Thomas PETRAULT

L'Âge des Héros
Tome 1 : L'Orbe d'Idvorg

Fantasy

« *Tous droits de reproduction, d'adaptation et de traduction, intégrale ou partielle réservés pour tous pays. L'auteur ou l'éditeur est seul propriétaire des droits et responsable du contenu de ce livre. Le Code de la propriété intellectuelle interdit les copies ou reproductions destinées à une utilisation collective. Toute représentation ou reproduction intégrale ou partielle faite par quelque procédé que ce soit, sans le consentement de l'auteur ou de ses ayants droit ou ayants cause, est illicite et constitue une contrefaçon, aux termes des articles L.335-2 et suivants du Code de la propriété intellectuelle.* »

Loi n°49-956 du 16 juillet 1949 sur les publications destinées à la jeunesse

© 2025 Thomas PETRAULT

Édition : BoD · Books on Demand, 31 avenue Saint-Rémy, 57600 Forbach, bod@bod.fr
Impression : Libri Plureos GmbH, Friedensallee 273, 22763 Hamburg (Allemagne)

Illustration : Gwendolyne PETRAULT

ISBN : 978-2-3226-2244-3
Dépôt légal : Juin 2025

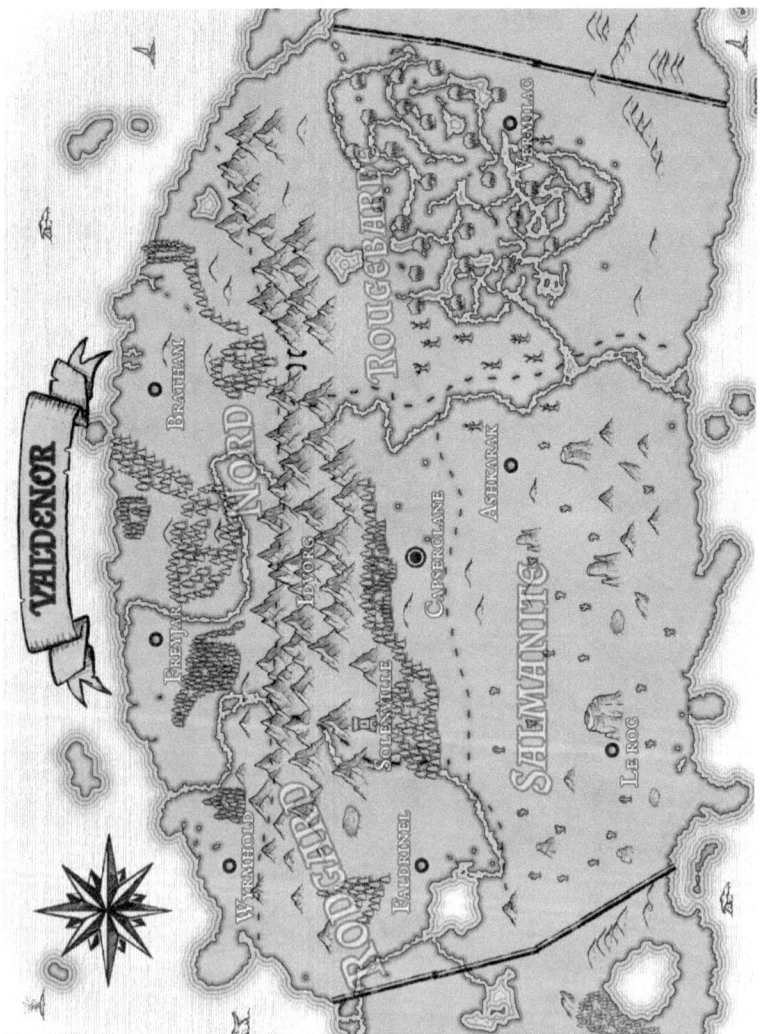

Aux héros cabossés, aux rêveurs invétérés, et à tous ceux qui savent qu'aucun tyran ne triomphe éternellement.

Chapitre 1

Troncs, Ragots et Sentiments

Le coq entamait à peine son récital. Les rayons du soleil filtraient à travers la fenêtre. La tasse de café diffusait sa douce chaleur aux mains d'Adeldon. En d'autres termes, la matinée débutait de la meilleure des manières possibles. Comme à son habitude, le jeune homme attrapa la tablette d'argile enchantée et la déposa sur le bord de la table. C'était son petit rituel, s'informer des nouvelles de l'Empire tout en trempant sa tartine dans son café pour finir de se réveiller.

Sa main caressa les runes gravées sur la tablette et le visage doux et bienveillant de l'Impératrice Thalinda apparut comme un songe projeté dans un halo bleuté. La dirigeante avait ensorcelé suffisamment de ces tablettes — qu'elle appelait des blocs de communication — pour que chaque maison de Valdenor puisse y avoir accès. Sur tout le pays, ça en faisait un paquet, mais en quarante ans de règne, elle avait largement eu le temps de réaliser cette volonté.

Les nouvelles étaient toujours sensiblement les mêmes. Une bonne récolte dans telle ferme ; un fonctionnaire de telle ville s'étant illustré par son travail ; et de rares fois, des intempéries qui venaient perturber la vie de ses concitoyens. La réalité, c'était qu'en temps de paix, le quotidien d'un Empire est si ennuyeux.

Ce triste constat n'avait pas toujours été vrai. Avant la guerre, tout était possible. Adeldon connaissait toutes les légendes qui avaient bâti son pays et lui aussi, rêvait un jour de pouvoir embrasser un destin grandiose. Terrasser des hydres maléfiques, déjouer des prophéties obscures, ou bien sauver des villageois terrorisés par une meute de loups-garous assoiffés de sang. Il n'allait pas être pointilleux sur la nature de la quête, il pouvait bien prendre tout ce qui passait. Sauf que tout ceci avait disparu avec l'avènement de l'Empire. Adeldon, du haut de sa vingtaine de printemps, n'avait jamais connu le monde d'avant, excepté dans les livres qui remplissaient ses étagères. Pour lui, ce n'était pas suffisant, il voulait vivre ne serait-ce qu'une aventure dans sa vie. Sentir son cœur battre à tout rompre, croiser le fer jusqu'à la victoire et pourquoi pas, laisser sa vie en héritage de quelque chose qui en valait la peine. Ceci était devenu un vœu pieux à Valdenor. Le prix à payer pour vivre en paix est souvent celui de sacrifier l'aventure au nom de la sécurité.

Soudain, le vacarme provenant de la rue arracha le jeune homme à ses rêveries. Le forgeron venait d'ouvrir sa boutique et tapait déjà avec ardeur le fer chaud. C'était le signe qu'il était en retard, il fallait qu'il se hâte. Sans perdre plus de temps, il enfila ses vêtements et poussa la porte de sa cabane. L'air vif du matin l'accueillit et acheva de le réveiller.

Le village de Freyjar, dans lequel Adeldon habitait, n'avait plus aucun secret pour lui. Ici, tout le monde se connaissait et s'appréciait. Les maisons étaient construites en cercle autour de la place centrale, le tout enfermé au fond d'un fjord qui procurait une protection naturelle grâce à ses immenses falaises rocheuses. Au nord, l'océan était la principale source de revenus des habitants qui allaient y pêcher. Au sud, une forêt de conifères s'étendait à perte de vue, les coupants du reste de l'Empire.

En vérité, ce village aurait pu être bien triste et si commun. Heureusement, une chose en faisait une exception. À la tête des villageois se tenait Parodegan, un vieux magicien qui avait participé à la gloire de ce pays, jadis. Adeldon connaissait une partie de ses histoires par cœur et ressentait une véritable fierté à l'idée de partager un bout de sa vie.

À mesure que le jeune homme remontait la rue, les passants le saluaient de loin. Certains discutaient des petites choses de la vie : le retour du soleil ou la fraîcheur relative des poissons du marché. Voilà une des seules préoccupations que les habitants de Freyjar pouvaient rencontrer en ces temps paisibles. Bien qu'il soit en retard, Adeldon ne se priva pas de commenter à l'occasion et de colporter quelques ragots qu'il avait pu glaner en chemin. Il avait goûté une dorade la veille et la nuit avait été difficile, les rumeurs avaient toujours quelque chose de vrai.

Malgré tout, il traversa rapidement le village jusqu'à en atteindre sa périphérie. Là, un nain adossé à une hache l'attendait. Ce dernier afficha un large sourire en le voyant arriver, dévoilant une rangée de dents bien entretenue. Ses cheveux roux, bouclés et ébouriffés, encadraient son visage jovial, tandis que sa barbe de la même teinte recouvrait ses joues gonflées et rougies. Les représentants de sa race arboraient souvent une barbe longue et noueuse, mais lui préférait en avoir une taillée et bien entretenue. Il était vêtu d'une chemise ouverte au col, n'allant absolument pas avec le climat actuel de la fin d'hiver. C'était le plus vieil ami qu'Adeldon avait : Brymir.

— Par la barbe des anciens dieux, t'es debout ! s'esclaffa le nain en le voyant arriver. Je commençais à me dire que tu ne viendrais pas.

Adeldon lui répondit par un sourire feint.

— En vérité, ce qui est surprenant, c'est plutôt de te voir toi, mon ami, de si bonnes heures sur tes deux pieds. Serais-tu tombé de ton lit ce matin ?

— Ah, ne m'en parle pas ! L'histoire classique : un mari qui revient plus tôt de sa fichue semaine de pêche. Qu'est-ce que j'y pouvais ? J'ai dû détaler, pas le choix !

— Je m'en doutais.

Un rire gras, des bras à la circonférence impressionnante, un séant proche du sol et un goût prononcé pour la boisson, Brymir possédait bien toutes les caractéristiques propres à son peuple. Excepté qu'il n'aimait pas se retrouver enfermé sous terre. Curieux défaut pour un peuple de mineur. Lui avait opté pour une vie à l'air libre, abattant des arbres pour subvenir à ses besoins.

En l'absence de quête et de danger menaçant la vie des habitants de Valdenor, Adeldon avait troqué son épée de chevalier pour une hache de bucheron afin d'aider son ami. Cette vie était bien moins prestigieuse, mais elle avait l'avantage d'apporter un petit pécule en fin de journée. Argent qui serait dûment redistribué au tavernier local le soir même. Comme le répétait si souvent Brymir : « autant faire marcher les commerces locaux ». En attendant qu'une raison de quitter le village se présente, cette vie convenait parfaitement à Adeldon.

En arrivant au niveau de son ami, le jeune homme décrocha une hache qui l'attendait, plantée dans une souche à côté de Brymir. Ensemble, ils se dirigèrent ensuite en direction de la forêt bordant le village. Pour Adeldon, ce travail était plus une occupation qu'une nécessité. Ses parents étaient morts plusieurs années auparavant et lui avaient laissé un héritage qui le dispensait d'exercer ce genre d'activité pour quelques dizaines d'années encore. Mais au moins, là, dans la forêt, il se rendait utile et les journées passaient plus vite.

Pendant quelques minutes, les deux hommes remontèrent le sentier. La cime des arbres était à peine visible, tellement ils étaient imposants. Ces forêts n'avaient rien connu d'autre que la guerre et la destruction pendant des siècles. Entre les incendies causés par des dragons ravageurs, les arbres déracinés pour servir de gourdin à des trolls abrutis et les constructions de palissades protégeant les cités, c'était difficile de pouvoir prospérer. Mais avec l'avènement de l'Impératrice Thalinda et de la paix impériale, les forêts purent enfin s'étendre, à la grande satisfaction des bucherons de tout le pays.

Brymir s'arrêta enfin devant un immense sapin, au tronc aussi large qu'un tonneau d'hydromel. Amusante comparaison en sachant comment serait dépensée la somme gagnée par sa vente auprès du menuisier. Adeldon ne perdit pas de temps et flanqua un premier coup de hache qui érafla à peine l'écorce.

— La demoiselle avec qui tu as passé la nuit valait-elle le coup de te mettre en danger ? s'amusa Adeldon en se retournant vers son ami.

Il aimait bien discuter pendant sa besogne.

— Oh, tu sais, j'en connais très peu qui ne le mériteraient pas. Mais puisque tu le demandes, oui, la soirée fut très bonne. Et toi ? As-tu encore rêvé d'une aventure épique ?

Son ami le connaissait par cœur. Son désir profond de saisir une quête n'avait rien de secret pour lui. En même temps, Adeldon lui en parlait tous les jours.

— Rien de bien original. Cette nuit, je me suis mesuré à un dragon pour délivrer une princesse de son joug.

— Une princesse, dis-tu ? Comment était-elle ? Sublime ?

En posant cette question, les yeux de Brymir s'étaient illuminés. C'était le genre d'histoire qu'il préférait. Son excitation lui fit même arrêter son inspection méticuleuse du tronc. Le nain n'était pas du genre à abattre un arbre sans avoir une idée précise de la façon dont il allait tomber. Adeldon, lui, s'occupait de frapper, il verrait bien au dernier moment.

— Connaitrais-tu des princesses qui ne sauraient l'être ? répliqua Adeldon en assaillant le tronc d'un nouveau coup de hache.

— Ma définition de la beauté, mon ami, ce n'est sûrement pas la même que la tienne !

— Il est vrai que, pour toi, il suffit de posséder une paire d'yeux pour être considéré comme beau.

— Oh, j'ai déjà croisé une borgne qui aurait fait pâlir les autres, crois-moi !

Un deuxième coup de hache. Des morceaux d'écorces se décollèrent avant de s'envoler autour d'eux, suivies d'une odeur puissante bien qu'agréable de sève. Brymir cracha dans ses mains et attrapa sa propre hache avant d'attaquer à son tour le tronc qui commençait à peine à réduire.

— Je te remercie de te joindre à moi, lança Adeldon avec ironie. Je craignais de devoir abattre cet arbre seul.

— Je te laissais juste un peu d'avance. Avant que tu finisses celui-là, j'aurais déjà mis à terre la moitié de la forêt qui nous entoure !

Adeldon émit un petit rire étouffé avant d'affliger un nouveau coup de sa hache. Étonnamment, taper sur ces troncs toute la journée procurait une certaine sensation d'apaisement.

— Bon, revenons à la princesse alors ? insista Brymir sans montrer aucun signe d'essoufflement.

— La princesse ?

— Celle de ton rêve, imbécile. À quoi ressemblait-elle ?

— Eh bien… Sa beauté était indescriptible.

Brymir arrêta sa tâche pour contempler son ami. Ses joues étaient toutes gonflées, déformées par un sourire sans subtilité.

— C'était la petite magicienne ? La fille de Parodegan, pas vrai ?

— Sotsha ! Elle s'appelle Sotsha.

Adeldon détestait quand son ami faisait mine de ne pas savoir le prénom de celle pour qui son cœur était épris. Il devait bien lui en parler trois fois par jour.

— C'était bien elle, hein ? reprit Brymir, tout en ignorant le ton pincé de son camarade.

— Oui, admit-il comme s'il devait s'excuser de penser à elle.

— Haha, je le savais ! Alors ? Dis-moi, tu l'as revue, cette magicienne ? Je veux dire en chair et en os, pas juste dans tes rêves !

— Il se peut qu'hier, je l'aie croisée et que je lui aie offert des fleurs.

Le bucheron jovial ouvrit la bouche de surprise et arrêta une nouvelle fois sa tâche.

— Tu ne comptais pas m'en parler, à moi, ton meilleur pote et expert en situations romantiques ?

— Expert en situations romantiques ? répéta Adeldon avec un léger mépris dans la voix. Courtiser des dames pour s'enquérir d'un plaisir éphémère, puis oublier leur nom le lendemain, ce n'est guère ce que j'appellerai du romantisme.

— Ah, ça, c'est plutôt du romantisme fugace, disons. Mon problème, c'est que j'aime trop les gens pour me limiter à une seule personne. Je n'ai pas ta grandeur d'âme qui te pousse à rester concentré sur une unique personne pour le restant de ta vie. Mais assez de blablas, raconte-moi tout !

— À quel propos ?

— Par rapport à Sotsha, bien sûr, idiot ! Qu'est-ce qu'elle t'a dit, hier ?

— À vrai dire, rien.

— Quoi, rien du tout ? Tu lui offres des fleurs et elle ne te répond pas ?

— Voilà. Cependant, elle a tout de même récupéré le bouquet.

— Ah ouais, c'est sûr que tu as tout déchiré, là ! fit ironiquement Brymir.

Adeldon lui adressa un faux sourire en donnant un coup plus fort que les autres sur le tronc, expulsant ainsi sa frustration. Voilà plusieurs années que cette histoire avec Sotsha durait. Il n'avait pas fait d'énormes progrès depuis. Bien que le fait qu'elle accepte les fleurs soit déjà encourageant.

— Bon, et toi, que lui as-tu demandé en lui filant le bouquet ?

— J'ai dit « Voici des fleurs cueillies pour toi ».

— C'est tout ?

— Que voulais-tu que je lui dise d'autre ?

Brymir se frappa dramatiquement le visage. D'un geste franc, il planta sa hache dans le sol, arrêtant sa besogne une nouvelle fois comme si utiliser ses mains pour expliquer lui ferait gagner en clarté.

— Mais t'es vraiment un empoté, par la barbe d'Orionis ! Pour séduire une femme, faut lui parler de tes sentiments, de ce que tu ressens pour elle. Je ne sais pas moi, parle-lui des rêves que tu fais avec elle toutes les nuits, ce que tu pourrais accomplir pour elle. Pas juste « tiens, j'ai cueilli des fleurs ». Enfin Adeldon, t'es amoureux ou t'es fleuriste ?

Le craquement de l'arbre vint sauver Adeldon qui sentait ses joues rougir de honte. Le tronc vacilla et le sapin s'écroula entier dans un grand fracas à l'endroit précis où le nain l'avait prédit. Une multitude d'oiseaux s'envolèrent depuis ses branches dans la chute comme si l'âme du sapin s'envolait au loin. Brymir, toujours concentré sur leur conversation, ne prêta même pas attention à l'arbre sur le sol.

— Franchement, je ne comprends pas ton obstination pour elle. Tu vois bien que ça ne prend pas. Tu tournes autour depuis des années, et ça n'avance pas d'un pouce ! Ce qu'il te faudrait, c'est que tu rencontres d'autres femmes. Parce que moi, je te le dis, ta Sotsha là, elle n'est pas si belle que ça.

Cette simple phrase fit monter la colère dans la poitrine d'Adeldon.

— Tu ne peux comprendre, Brymir. Pour moi, nulle femme en ce monde ne peut égaler la grâce de Sotsha. Il ne s'agit pas seulement de beauté ; elle est d'une finesse d'esprit incroyable, d'une élégance sans égale et d'une intelligence rare. C'est... c'est juste la femme parfaite. Je ne peux imaginer un jour sans la voir, sans la courtiser. Brymir... elle me hante.

L'autre leva les yeux au ciel d'un air exaspéré.

— Bon bah, va lui offrir un autre bouquet... Mais tu prépares un truc un peu mieux à dire pour cette fois, veux-tu.

Adeldon répondit à son ami par un chaleureux sourire et une tape sur l'épaule. Au fond de lui, il savait qu'il trouverait, un jour, un moyen de se faire remarquer par Sotsha. Si la paix impériale l'empêchait de vivre une aventure palpitante, au moins celle de conquérir le cœur de la jeune femme serait celle à laquelle il passerait le reste de sa vie.

Chapitre 2

Un Don pour le Néant

Le vent s'engouffrait entre les falaises des fjords, formant de grandes vagues sur la mer. Portant l'écume, il venait se fracasser contre les falaises abruptes jusqu'à remonter sur le petit plateau verdoyant. Là, Sotsha profitait des derniers rayons du soleil, ses cheveux dansants dans la brise. À cette période de l'année, la nature se réveillait, les fleurs commençaient doucement à colorer la colline. La jeune femme adorait s'emplir les poumons de leur doux parfum. Orgueilleusement, elle se prétendait souvent capable de reconnaitre chacune de ses plantes rien qu'à leurs odeurs.

Cette compétence, bien qu'incroyable, n'avait rien à voir avec le fait qu'elle était une magicienne. En réalité, ce statut, elle le portait davantage grâce à son père que par la puissance de ses pouvoirs. Ce n'était pas faute d'essayer, mais son Don n'avait rien de très impressionnant. À Valdenor, chaque magicien en possédait un qui lui était unique. Soumise à cette règle, Sotsha avait perdu à la loterie de la vie.

Son pouvoir était celui de la luxomancie. Autrement dit, elle pouvait manipuler la lumière. Une capacité très utile pour impressionner les villageois de Freyjar, mais qui n'avait aucune autre utilité dans l'existence. Personne ne s'était jamais illustré en éclairant une grotte obscure ou en produisant la plus belle boule de lumière. Non, ceux qui restaient dans l'Histoire, c'étaient plutôt ceux avec des Dons utiles. Par exemple, son père, le grand Parodegan pouvait contrôler le feu. Ça, ça en jette ! En tout cas bien plus que de pouvoir lancer quelques étincelles du bout de ses doigts.

Consciente que son pouvoir ne lui permettrait pas de devenir aussi célèbre que son père, Sotsha s'était penchée ensuite sur la conception de potion. Magicien ou pas, n'importe qui pouvait s'atteler à cette tâche. Rapidement, elle maîtrisa les philtres d'amour, les breuvages de chance ou encore les potions ramenant la passion dans un couple. Ça n'avait rien de compliqué. Pourtant, ça n'avait pas empêché Sotsha de faire sauter le laboratoire plusieurs fois. L'alchimie n'était pas un art qui se prêtait aux erreurs. Un peu trop de sel de feu, pas assez de bave de crapaud ou l'absence de feuille de laurier et *Boum*, la maison se voyait dotée d'une nouvelle entrée. Ce genre de pratique ne pouvait s'apprendre toute seule. La jeune femme avait bien compté sur son père pour lui enseigner, mais elle avait dû se confronter à un mur. En effet, sa puissance incomparable était loin d'égaler ses compétences en pédagogie. Il suffisait qu'il se lance dans une explication et Sotsha se retrouvait encore plus perdue qu'avant de demander.

Ni par sa magie ni par ses potions, elle ne pourrait espérer briller. Alors, comme toute personne à court d'options, Sotsha avait songé à rejoindre une école : l'Académie de Magie de Wyrmhold. Ses espoirs se heurtèrent à un refus catégorique de la part des professeurs de là-bas. L'Académie c'était pour les magiciens aux Dons utiles, comme ceux de sauver des vies, ou bien de contrôler les éléments. Pas ceux qui maîtrisent la lumière et encore moins ceux qui le font mal. Autant dire que

Sotsha avait renoncé à devenir une grande magicienne. Son talent resterait celui de reconnaitre les fleurs. C'était déjà pas mal.

Son père resterait le seul de la famille à être célèbre pour sa magie. Décevant, mais que pouvait-elle bien y faire ? Ce n'était pas pour ça qu'il ne l'aimait pas. Au contraire même, il avait l'habitude d'être protecteur — peut-être un peu trop à son goût — mais elle l'aimait ainsi. Peu importe l'heure de la journée, il serait là pour l'écouter. En réalité, c'était probablement même l'une des seules personnes avec qui elle se sentait proche au village.

Sotsha avait passé l'après-midi sur la colline et la luminosité déclinante annonçait qu'il était temps pour elle de rentrer. Son père n'aimait pas la savoir seule le soir, prétextant qu'une meute de loups rôdait dans la forêt. Tout le monde savait que c'était faux, car les loups comme le reste des prédateurs avaient été exterminés pour la plupart par l'Empire plusieurs années plus tôt. Il en restait bien quelques-uns, mais ils ne se risqueraient jamais si près d'un village. Toutefois s'il existait bien une constante invariable dans tous les mondes, c'était bien la déraison d'un père qui s'inquiète pour sa fille.

La jeune femme dévala alors la colline, s'arrêtant seulement pour humer quelques fleurs sur le passage afin de garder leur parfum jusqu'au lendemain. Tandis qu'elle pénétrait dans le village, l'atmosphère anormalement calme du village l'intrigua. D'ordinaire, à cette heure, les rues fourmillaient d'activités, les pêcheurs accostaient pour la plupart, ramenant leurs poissons en trophées, les enfants sortaient de l'école, courant dans les rues et le reste se dirigeait vers la taverne. Seulement, là, aucune âme n'agitait les rues.

Étonnée par cette observation, Sotsha prit la direction du centre du village. En arrivant sur la place du marché, elle trouva l'ensemble des habitants regroupés ici. Tous regardaient en direction du skaalar, ce grand bâtiment en forme de bateau dans lequel Parodegan prenait les décisions pour le village.

— Que se passe-t-il ? demanda Sotsha à une vieille dame assise sur un banc, un peu en retrait de la foule.

— C'est Parodegan qui nous a réunis, il a une grande nouvelle, parait-il.

Sotsha soupira. À tous les coups, il allait juste exhiber un poisson pêché le jour même, ou annoncer un mariage dans la ville. Son père avait la désagréable habitude de se montrer trop théâtral. Comment lui en vouloir quand les habitants du village lui vouaient un culte à moitié avoué ?

Les portes du skaalar s'ouvrirent et Parodegan apparut sur le seuil, une lettre à la main. Une petite estrade permettait de le surélever pour que toute la foule puisse le voir. Freyjar n'était pas un grand village, mais une bonne centaine de personnes y avait tout de même élu domicile et s'agglutinait désormais face à lui.

Le vieux mage parcourut du regard l'assemblée devant lui. Ses deux yeux d'une grande sagesse étaient surplombés par des sourcils broussailleux et mal entretenus, à tel point qu'il était difficile de les différencier. Ce n'était pas là, la seule excentricité capillaire de Parodegan. Sa longue barbe éternelle qui lui descendait jusqu'aux genoux en passant sur son ventre rebondi par le temps et la boisson en était une autre. À sa main gauche, il ne lui restait que quatre doigts, son index ayant été coupé. Selon lui, il l'aurait perdu dans un combat contre un troll, mais Sotsha doutait fortement de la véracité de cette anecdote.

Un murmure parcourut la foule en le voyant arriver. Son inspection visuelle de l'assemblée finit, Parodegan se racla la gorge pour apporter le calme. D'un ton solennel, il prit la parole :

— Mes chers administrés, mes estimés confrères, que dis-je… Mes amis.

Et voilà, il commençait déjà à en faire trop. Il était incapable d'aller droit au but.

— J'ai reçu des nouvelles en provenance de la capitale. L'Empire réclame les âmes les plus courageuses afin de partir en quête d'un artefact d'une valeur inestimable.

Le murmure parcourant la foule reprit de plus belle à ces mots, se transformant en véritable vacarme, chacun allant de son commentaire. Sotsha resta stupéfiée de cette nouvelle. Une quête ? Depuis plus de trente ans, le pays n'en avait pas connu et voilà qu'une se présentait devant eux.

Le vieux magicien regardait la foule s'agiter avec un léger sourire. Son effet avait fonctionné. Le village tout entier était dorénavant suspendu à ses lèvres et il adorait ça.

— Permettez-moi de vous lire cette lettre : « *À mes fidèles sujets, en cette journée, je requiers la présence de mes plus vaillants guerriers pour entreprendre une quête d'une importance capitale. En effet, mes érudits magiciens ont identifié la localisation d'une ancienne orbe au sein de la majestueuse montagne d'Idvorg...* »

— Une orbe ? le coupa un villageois au premier rang. C'est quoi ce truc ?

— Ne me dites pas que c'est un objet elfique, intervint un autre. On ne veut rien avoir à faire avec ces gens-là, nous.

— Non, non, renchérit un troisième. Une orbe, c'est un plat en sauce, je crois.

Le magicien dévisagea les trois pêcheurs qui venaient de le couper. Aucun d'eux ne brillait par leur intelligence, mais Parodegan avait reçu comme éducation de ne jamais laisser personne dans l'incompréhension. Après une longue inspiration, faisant appel aux forces les plus enfouies de son être pour se donner le courage, il reprit de sa voix bienveillante :

— Non, mes amis, cela n'a rien à voir avec les elfes, et encore moins avec la nourriture. Une orbe est un artefact d'une puissance extraordinaire, forgée par les éléments primordiaux de notre monde. C'est une merveille de la nature, une sphère d'une beauté inégalée, alliant à la perfection la roche, la terre et l'eau. Les légendes murmurent même qu'elles sont façonnées par le cœur d'un magicien au moment de sa mort. Toutefois, pour ce dernier point, je ne saurais l'affirmer avec certitude. En revanche, ce qui est certain, c'est qu'une orbe est la source d'un immense pouvoir pour celui qui sait s'en servir.

À nouveau, un silence pesant enveloppa le village. Le nain qui avait interrompu Parodegan plus tôt sembla plongé dans une profonde réflexion.

— C'est comme une pierre en fait, mais avec de la magie, c'est ça ? demanda-t-il d'une voix hésitante.

— On peut dire ça...

Le vieux magicien se pinça les lèvres pour se réfréner d'expliquer davantage, s'apprêtant à poursuivre quand un des vieux pêcheurs l'interrompit une nouvelle fois.

— Quel type de pouvoir possède cette orme ?

— Orbe ! s'écria le magicien d'un ton sec. On dit une orbe ! Et... pour être franc, je l'ignore. Chaque orbe possède des pouvoirs qui lui sont propres. J'en ai vu certaines capables de guérir toutes maladies, tandis que d'autres avaient la force de raser des villages entiers en un claquement de doigts. D'ailleurs, je me souviens d'une fois où je suis tombé sur une orbe, jalousement gardée par un troll des montagnes, qui était particulièrement vindicatif et qui...

Un raclement de gorge retentit dans la foule, ramenant le magicien à la réalité alors qu'il commençait à s'égarer dans une de ses histoires sans fin. Sa spécialité qui ne dérangeait personne d'habitude, mais cette fois l'attente de la lecture de la lettre était plus forte.

— Oui, pardon... Où en étais-je, moi ? Ah oui, la lettre : « *Cette orbe, symbole d'un pouvoir ancestral, doit être récupé-*

rée et ramenée aux mains de l'autorité impériale dans un dessein de sécurité et de prospérité pour tous. Je vous exhorte donc, chaque village, à dépêcher un ou plusieurs aventuriers pour mener à bien cette mission cruciale. Celui ou celle qui rapportera l'orbe à Casperclane se verra honorer d'un renom éternel, son nom et celui de son village seront parés d'or et de prestige. Votre Impératrice bien-aimée, Thalinda ».

Un silence pesant s'abattit de nouveau sur la place. Parodegan rangea délicatement la lettre dans un repli de sa robe bleue, puis observa quelques instants ses concitoyens en conservant son air grave.

— Idvorg est une montagne qui se trouve à quelques jours de marche d'ici, expliqua-t-il après un instant. Ainsi, ceux qui se lanceront dans cette aventure nous reviendront en un rien de temps. Sachez que je n'obligerais personne à entreprendre cette quête, je vous transmets seulement ce message. Rien ne vous oblige à participer. Y a-t-il tout de même des volontaires ?

— Moi, s'époumona Adeldon, interrompant le chef du village. Je suis prêt à m'engager. Pour l'honneur de l'Empire et de Freyjar, je ramènerai cette pierre magique à Thalinda. Que je trépasse si je faillis, mais jamais ma lame ne fléchira !

— Une orbe, grommela Parodegan dans sa barbe. On ne dit pas une pierre magique, mais une orbe, enfin ! Bien, continua-t-il d'une voix claire pour que chacun l'entende, je propose que nous célébrions ce soir nos valeureux aventuriers par une grande fête. Ceux qui le souhaitent pourront partir dès demain. Qu'on aille chercher Nörg !

Les villageois crièrent de bonheur en chœur à la suite de cette nouvelle, semblant plus enchantés par la fête que par la quête. Tous savaient que lorsque Nörg était conviée dans le village, une grande soirée de beuveries était sur le point de voir le jour. Cette géante qui avait élu domicile sur les collines du village ne sortait que dans ce genre d'occasion. Quelques jeunes villageois partirent en courant en direction de sa hutte pour avoir l'honneur d'être les premiers à l'inviter.

Chapitre 3

Magie et Débordements

L'annonce du concours pour l'orbe avait rendu tout le monde hystérique. À moins que ce soit la perspective de la fête. Depuis le discours de son père, Sotsha était restée en ville à préparer les festivités. La foule était en liesse, chacun allant de son avis. Une perte de temps pour certains, un jeu amusant qu'ils auraient adoré pratiquer si leur âge ne le leur interdisait pas pour d'autres. Pour Sotsha, c'était une opportunité évidente de montrer ses capacités. Jamais, elle n'avait quitté le village à plus de quelques kilomètres. Enfin, une occasion se présentait à elle.

La place du marché se transforma progressivement pour accueillir la grande fête du soir. Pour la jeune femme, ces festivités servaient souvent de prétexte pour des débordements auxquels elle ne prêtait pas grand intérêt. Mais au moins, les habitants passeront un bon moment et aduleront un peu plus son père.

Sotsha avait trouvé une place sur un banc de pierre, regardant de loin l'agitation du village quand soudain, la terre se mit à trembler. Avant qu'elle puisse identifier l'origine de ce phénomène, une voix rauque et tonitruante retentit du bout de l'avenue.

— Alors parait-il qu'il y aurait une fête ce soir ?

Nörg venait d'arriver. Pour une géante, elle n'était pas si grande que ça. Seulement la taille d'un chêne des Salmanites. Et dire que certains de son espèce pouvaient atteindre la hauteur d'un pin centenaire. Cependant, chez elle, ce n'était pas la taille le plus impressionnant, mais bien son aspect général. De longs cheveux roux emmêlés par des décennies de négligence, une peau d'ours comme seul vêtement et le crâne de l'animal en guise de couvre-chef. Vu l'odeur, Sotsha se demandait si elle n'avait pas oublié de le nettoyer avant de le revêtir.

Mais ce qui faisait sa légende était sans conteste le nombre de cicatrices qui irisaient son visage. Sans nul doute acquises à la guerre. Tous les enfants de Freyjar connaissaient Nörg. Son nom était synonyme de terreur. Les parents l'utilisaient pour leur faire croire que s'ils n'obéissaient pas, ils finiraient dans la marmite de la géante. Son sourire carnassier révélant une dentition plus que partielle faisait fuir le moindre bambin à un kilomètre à la ronde. Un très bon argument pour l'hygiène buccale chez les jeunes du village.

— Ma vieille amie, je savais que tu répondrais présente, s'exclama Parodegan le rejoignant depuis l'autre côté de la place du marché.

— Tu sais bien que jamais je ne raterai une occasion de festoyer à tes côtés, vieille canaille, répondit Nörg jovialement.

— Oh, je sais bien. Tu es plus attiré par l'odeur du houblon que par la perspective de l'aventure, j'imagine.

— Et comment ! Nous sommes bien trop vieux pour ces histoires de quêtes. Laissons ça aux jeunes.

La géante ponctua sa phrase par un rire gras qui fit vibrer la place.

— Tu as bien raison, acquiesça Parodegan. Nous en avons eu pour notre compte à l'époque. Rappelle-toi quand nous sommes allés chercher le trésor des pirates de Baïtican. Ça, c'était de l'aventure.

— Tu veux dire, le jour où je t'ai encore une fois sauvé la vie ?

Second éclat de voix, cette fois partagé par Parodegan. Quand ils se retrouvaient, ces deux-là avaient pour habitude de se remémorer leurs histoires improbables. Pour Sotsha, leur relation demeurait mystérieuse. Nörg était tout l'opposé de son père, pourtant dès qu'ils se voyaient, tous deux redevenaient des enfants, se taquinant non sans lourdeur.

— Il me semble que maintenant, nous pouvons commencer, s'écria Parodegan fort pour que tout le monde l'entende. Ma chérie, je te laisse l'honneur, continua-t-il en s'adressant doucement à Sotsha avec un large sourire.

La tradition du village voulait que chaque fête débute par un feu d'artifice. À vrai dire, il est simple d'établir ce genre de tradition quand une luxomanciste réside dans le village.

Sotsha quitta son banc de pierre et se rapprocha du centre de la place. Dans un geste théâtral afin d'impressionner les villageois les plus crédules, elle leva ses deux mains en l'air. Un souffle de surprise parcourut la foule quand la fumée verte s'échappa de ses yeux. C'était le signe qu'elle faisait appel à sa magie. De chacun de ses doigts jaillit un trait de lumière d'une couleur différente. En suivant des trajectoires anarchiques, ils s'élevèrent dans le ciel avant de se rassembler en une boule grouillante qui disparut soudainement. L'instant d'après, plus un bruit ne parcourait le village, tous se demandant où était passée la lumière. Elle savait que cet effet aurait du succès. Puis, une explosion retentit, illuminant le ciel d'un arc-en-ciel de couleurs diverses. Les spectateurs se mirent à hurler en chœur et à applaudir chaleureusement. Ils étaient ravis. La fête venait de commencer.

— Tavernier ! Cervoise ! hurla Nörg à l'homme qui servait les boissons. Jamais aucun être vivant ou mort n'a su rivaliser avec moi concernant la boisson. Qui donc parmi vous sera assez fou pour tenter ce soir ?

Évidemment, pas Sotsha qui laissa les pauvres forcenés se rapprocher de la géante pour tenter leur chance. Vu le physique de la grande, elle leur souhaitait bon courage pour espérer passer la première heure.

Alors que la foule commençait à s'agiter dans tous les sens, Parodegan s'approcha de sa fille. D'un geste paternel, il posa sa main sur son épaule et plongea son regard dans le sien. Aucun mot ne fut prononcé, mais Sotsha comprit l'intention derrière ce geste. Il était fier d'elle, de ce qu'elle devenait.

Cet instant de tendresse parentale fut soudainement interrompu par l'apparition d'un nain portant une chope d'hydromel aussi grande que son torse. Il la tendit à Parodegan qui l'accepta volontiers.

— Merci mon ami.
— Je vous en prie, Grand Chef.
— Ne m'appelle pas ainsi, voyons. Parodegan suffira amplement.
— D'accord, Grand Chef.

Les villageois de Freyjar n'étaient pas les plus fins de Valdenor.

— Que puis-je faire pour toi ? demanda le vieux magicien, voyant que le nain semblait attendre quelque chose de sa part.
— Euh… c'est juste que… je voulais savoir…
— Oui ?
— Pouvez-vous venir raconter l'histoire de l'hydre de Corfusac à ma fille ? Elle ne me croit pas quand je lui dis que vous l'avez tué.

— Ah, l'hydre de Corfusac ! reprit le vieil homme d'une voix débordant de fierté. Une belle histoire que celle-là. Allez, viens, je vais vous la raconter.

Parodegan disparut dans la foule, accompagné du nain. Raconter ses aventures était sans nul doute sa faiblesse. Il adorait ça.

Sotsha se retrouvait seule, entourée de fêtards qui criaient dans tous les sens. Ce n'était vraiment pas un endroit qu'elle aimait. En balayant l'assemblée du regard, elle tomba sur celui d'Adeldon qui avait déjà une chope à la main. Lui semblait bien plus à l'aise dans cet environnement. Le jeune homme lui adressa un large sourire et leva sa main pour la saluer de loin. Dans la panique, elle leva la main à son tour en guise de réponse. Sa politesse avait pris le dessus sur son corps et elle regretta immédiatement son geste. Si elle avait pu disparaitre à cet instant, elle l'aurait fait. Elle décida plutôt de rentrer sa tête dans ses épaules et de déguerpir de là, le plus rapidement possible.

— Elle m'a fait un signe ! s'exclama Adeldon.

— Qui donc ? demanda Brymir qui se tenait à côté de son ami, une chope d'hydromel dans la main droite et un bout de saucisson dans l'autre.

— Sotsha, bien entendu ! Bougre d'imbécile.

— Ah... J'aurais dû le deviner à la couleur de ton visage. Remarque, ça prouve qu'elle est vraiment douée, cette magicienne ; elle peut te faire rougir à distance d'un simple geste de la main.

— Quel sombre crétin, tu fais ! Mais elle m'a bel et bien fait un signe, je te l'assure. Cela signifie forcément quelque chose, n'est-ce pas ?

— Oui, sans doute. Mais le fait qu'elle parte dans la direction opposée à toute vitesse, c'est aussi un signe, mon vieux. Je parie que t'as plus de chance de passer la soirée avec Nörg qu'avec elle !

— Tu ne comprends rien. Je n'aspire point à me contenter d'une simple soirée. Je souhaite lui consacrer l'entièreté de ma vie. Mais cela t'échappe sûrement, toi qui termines chaque soir en compagnie d'une nouvelle dame.

— Je ne suis pas certain d'être aussi pointilleux sur le nombre ou sur le genre, ricana Brymir.

— N'as-tu aucun brin de noblesse en toi ?

— Je crains bien d'être né sans. Mais pour ta princesse, peut-être qu'il est temps de lui dire adieu ce soir, qui sait ? Après tout, le noble chevalier que tu es risque bien de ne pas revenir de cette quête si dangereuse !

— Tu peux te moquer, si tu le souhaites, mais lorsque je reviendrai victorieux de ce concours, elle ne pourra plus m'ignorer.

Brymir éclata de rire devant les propos de son ami et lui tapa l'épaule avant de croquer goulument son saucisson.

— Mon ami, t'es aussi triste qu'une buche pourrie ! Allons plutôt défier Nörg dans la seule aventure qui en vaille la peine : le voir s'effondrer sous l'ivresse et repartir victorieux au bras d'une beauté divine. Ce soir, si Kaelthor nous en donne la force, nous allons festoyer à en rendre les dieux jaloux !

La nuit était bien avancée quand Parodegan prit le chemin de retour jusqu'à sa maison. Derrière lui, la fête battait toujours son plein. Nörg tenait toujours debout contrairement à nombre de ses opposants. Parodegan pensa qu'il faudrait qu'il explique un jour à ce malheureux le métabolisme d'un géant. Pas ce soir. Là, il rentrait chez lui.

L'horizon vacillant, un léger goût amer en bouche et les jambes qui flagellaient : pas de doute, la cinquième pinte devait être celle de trop. Mais le vieil homme en avait vu d'autres. Quand on a cent cinquante ans, ce n'est pas une petite beuverie qui pouvait le déstabiliser. Il suffisait d'utiliser une ruse vieille comme le monde et se servir de son bourdon de bois septentrional comme appui. Tout magicien qui se respecte sait bien qu'un tel bâton ne sert qu'à soutenir son propriétaire durant une soirée arrosée. Le commun des mortels y voit un signe de puissance magique, mais en réalité, ce n'est que du flan. Voilà pourquoi Parodegan se réjouissait de l'avoir pris avec lui ce soir-là. Sa démarche manquait indéniablement d'assurance.

En passant le portail de sa propriété, le vieux magicien fut surpris d'être accueilli par un signe de vie. Allongée sur l'herbe, sa fille rêvassait en regardant les étoiles. L'idée de poser son postérieur sur une surface solide le séduisit et il vint s'asseoir à côté de Sotsha.

— Alors ? Combien y en a-t-il ? demanda-t-il.
— De quoi ?
— Bah, des étoiles.

Sotsha lui frappa docilement l'épaule. Il savait qu'elle adorait quand il l'embêtait.

— Tu rentres tôt, ce soir, remarqua-t-elle avec un grand sourire.

— Oh, tu sais, je n'ai plus l'âge de participer à ces folies toute la nuit.

— Avoue plutôt que tout le monde en avait assez de tes vieilles histoires.

— À cette heure-ci, l'alcool est un redoutable concurrent pour ceux qui veulent divertir.

— Ou un très bon allié.

Elle le dévisagea en faisant comprendre qu'elle n'ignorait pas l'état dans lequel son père se trouvait. Sa langue qui butait sur les mots n'avait pas dû l'aider à garder son état d'ébriété secret.

— Tu connais ses pouvoirs ? reprit Sotsha.
— Qui donc ?
— L'orbe.
— Ha oui… l'orbe. Euh… non, je n'ai jamais entendu parler d'une orbe au sommet d'Idvorg. Même à l'époque, avant que Thalinda rassemble les dernières reliques du monde, je ne la connaissais pas. Visiblement, il faut croire qu'elle en a oublié une.
— Ça veut dire que l'orbe attend là-haut depuis plus de quarante ans ?
— Oui, sans doute. Il n'y a pas grand monde qui va là-bas, tu sais. Puis, à tous les coups, elle ne possède pas de grands pouvoirs cette orbe.
— Pourtant, tu as passé ta jeunesse à en chercher des orbes toi, non ?

Les yeux de sa fille brillaient en le regardant.

— Oui, mais c'était utile avant. Quand les dragons existaient encore, les orbes permettaient de les contrôler. Maintenant qu'ils ont disparu, ce n'est pas très important.
— Ça pourrait me donner des pouvoirs un peu mieux que la luxomancie.

L'alcool ralentissait le temps de réaction du vieil homme, pourtant il parvint à comprendre l'implicite de cette phrase suffisamment vite pour s'y arrêter :

— Quoi ? Tu ne penses tout de même pas te lancer dans cette quête.
— Si, pourquoi pas ?
— Mais enfin Sotsha, c'est dangereux.

Argument pas terrible, mais l'heure tardive et l'état mental n'aidaient visiblement pas à en trouver des meilleurs.

— Dangereux ? De quoi parles-tu ? Il n'y a plus aucun danger dans ce pays depuis des années. La chose la plus risquée qui pourrait m'arriver, ce serait de me faire piquer par une guêpe.

— Attention, c'est très dangereux les guêpes, si l'on est allergique, on peut...

— Papa ! Tu sais aussi bien que moi qu'il n'y a aucun risque !

— Non, c'est non ! Tu n'iras pas !

Quand les arguments manquent, le plus simple encore est de faire jouer son autorité. Mais cet aspect aussi peut être altéré par l'ivresse.

— C'est pas croyable ça. Tu passes tes journées à raconter tes aventures d'il y a cent ans à qui veut bien l'entendre et moi je ne pourrais pas en vivre une seule. Si tu as tant peur, tu n'as qu'à venir avec moi.

— Non, mais... enfin, je veux dire... j'ai un village à faire tourner, moi.

— D'accord, et bah moi, j'ai une orbe à aller chercher !

— Comment comptes-tu t'y prendre ? Je veux dire, tu n'as jamais visité le pays plus loin que cette rangée de sapin.

— Et voilà, c'est toujours la même chose. Je suis incapable de faire comme toi, c'est ça ? Et bien, tu te trompes. Je vais te montrer que je suis tout à fait taillée pour ça !

— Sotsha...

— La fortune et la gloire, ce sera pour moi cette fois !

— Non, mais...

— Les histoires, ce sera à moi que les villageois viendront les demander.

— Enfin...

— Tu m'empêches toujours de faire ce que je souhaite. Et beh cette fois, je dis non. J'irai un point c'est tout !

Sur ces paroles claquantes comme un fouet, Sotsha se leva et prit la direction de la maison. Parodegan aurait bien voulu la suivre pour poursuivre cette discussion, mais au premier effort, la gravité gagna le duel contre ses muscles. Il n'était pas en condition pour se mettre debout. De toute façon, dans l'état dans lequel se trouvait sa fille, la convaincre serait aussi facile que de faire grimper une sirène à un arbre. Le mieux à faire était encore de la laisser se calmer. Quelques heures seule dans la nature la pousseront à revenir. Elle n'était pas faite pour ce genre d'aventure, jamais, elle ne trouverait cette orbe.

Chapitre 4

Loups et Paix

Le lendemain, le coq n'eut même pas le temps de chanter qu'Adeldon avait déjà revêtu son armure argentée. En passant devant le miroir, il s'admira un instant, fier de porter cette pièce d'armurerie magnifique. Son torse était recouvert d'un plastron rouge sur lequel était brodé en fil d'or un centaure cabrant, épée à la main, le symbole de l'Empire.

Avant de quitter sa cabane, il jeta un œil aux informations délivrées par la tablette d'argile enchantée. Rien d'extraordinaire. Une forte récolte à l'est, un orc nouveau-né qui tenait du miracle et la découverte d'une nouvelle oasis dans le désert du sud. Un peu comme tous les jours finalement. Adeldon remarqua tout de même que Thalinda n'annonça à aucun moment la quête de l'orbe d'Idvorg. Étonnant. Sans doute parce que seuls les villages du Nord avaient été invités à la réaliser. Les nouvelles passant par les blocs communicants étaient destinées à tout l'Empire et pas uniquement aux habitants nordiques.

L'image de Thalinda s'effaça à la fin du message et le chevalier décida qu'il était temps de partir. Sa bonne humeur matinale fut entachée par la grisaille extérieure qui l'accueillit en sortant de sa cabane. Une fine pluie l'accompagnait alors qu'il remontait le chemin boueux de Freyjar. Au sud, au-dessus de la chaîne de montagnes, des nuages menaçants s'amoncelaient autour des pics escarpés, s'illuminant à l'occasion de quelques éclairs. Ceci ne présageait décidément rien de bon pour le reste de la journée.

Adeldon se serait attendu à être accompagné par une foule l'acclamant pour son courage et sa bravoure. La réalité a toujours quelque chose de décevant. Seuls quelques villageois encore enivrés de la veille déambulaient dans les rues à cette heure matinale. Même son vieil ami Brymir n'était pas venu lui faire ses adieux. Le nain jovial avait dû finir la soirée en charmante compagnie au point d'oublier la raison de la fête. En guise d'unique présence, le jeune homme pouvait compter sur son cheval, une sublime jument robuste au pelage noir.

Freyjar étant peu étalé, la traversée ne dura pas longtemps. Rapidement, Adeldon rejoignit la lisière de la forêt. C'était ici que son aventure commençait. Avant d'enfourcher son cheval, il lança un dernier regard derrière lui.

— Les quêtes les plus glorieuses débutent souvent sous des cieux maussades, commenta une voix de l'autre côté du chemin.

Parodegan était assis sur une chaise, les bras croisés, et arborant une mine contrariée, qui ne lui ressemblait pas.

— Ce temps ne saurait décourager que les moins valeureux d'entre nous.

Le vieil homme ria tendrement. Son regard qu'il posait sur Adeldon était empli de nostalgie, se remémorant sans doute ses propres chevauchées héroïques en son temps.

— Sommes-nous nombreux à partir en quête de l'orbe ? demanda le jeune homme, espérant trouver du courage dans la réponse.

— Pas beaucoup. Seulement quatre personnes sont parties d'ici. Sotsha a pris son envol hier soir, tard dans la nuit. Cahsu et Ymir sont partis il y a dix minutes, et toi, à présent qui a décidé de te joindre à l'aventure.

Pas terrible pour se donner du courage. Adeldon avait pensé être le premier à partir et en réalité, il était déjà en queue de peloton. Parodegan dut comprendre son inquiétude, car il précisa :

— Ne te fais pas trop de soucis pour Cahsu et Ymir. Ils étaient encore sous l'emprise de la boisson d'hier soir au moment de partir et ont pris une direction complètement opposée à celle de la montagne d'Idvorg. J'ai vraiment hâte d'entendre leur récit !

Adeldon éclata de rire en imaginant ces deux villageois, qui n'avaient jamais manié une épée de leur vie, accomplir cette quête. Reprenant son sérieux, il évoqua la seconde chose qui troublait son esprit, en veillant à dissimuler ses pensées :

— Et…. Sotsha ? J'ignorais qu'elle voulait participer à cette aventure.

— Un caprice, rien de plus. Ma fille n'a jamais quitté le village, de sa vie. Dès demain, elle sera de retour.

— Que pourrait bien arriver à la fille d'un si puissant magicien ?

Parodegan lui sourit en guise de réponse d'une expression que le chevalier ne sut décrypter. De toute manière, il n'avait pas le temps pour ça. Il n'était pas en avance donc il donna un coup de talon sur flanc de sa jument. Cette dernière bondit en avant et commença à trotter sur le chemin boueux, s'éloignant du village.

Malgré la veste de fourrure qu'Adeldon portait, le froid le transperçait jusqu'aux os. En plus de cette constatation douloureuse, Adeldon remarqua un fait indiscutable propre à n'importe quelle aventure solitaire : l'ennui est un compagnon coriace. Depuis son départ, pas un animal n'avait croisé sa route. Ni belette ni sanglier, pas même un oiseau. À croire que la pluie faisait fuir tous les habitants de la forêt. Seul le bruit régulier des sabots se répercutait entre les arbres et venait rompre la monotonie de la forêt. Si seulement son vieil ami, Brymir avait accepté de venir avec lui. Il lui aurait raconté ses histoires au romantisme discutable. Au moins, ils auraient pu s'amuser un peu.

La météo ne s'améliora pas durant la journée. Au contraire, l'orage qui grondait sur les montagnes du sud se rapprochait dangereusement. La tempête n'allait pas effrayer Adeldon. Il espérait juste que lorsqu'il serait au sommet de la montagne d'Idvorg, les conditions climatiques seraient différentes. Subir une tempête en haute montagne n'avait rien à voir avec l'encaisser en fond de plaine.

En cette période de l'année, les jours étaient encore relativement courts et la nuit arriva plus vite que prévu. Ce fut avec une certaine satisfaction qu'Adeldon planta sa tente dans une clairière proche du sentier. D'ici peu, il pourrait enfin se mettre au sec. Pour la chaleur, ce serait illusoire de vouloir allumer un feu après une journée de pluie incessante. Le repas serait donc servi froid. Une tranche de pain ramollit par l'humidité et un morceau de viande séchée feront parfaitement l'affaire.

Une fois son maigre repas englouti, le jeune homme s'engouffra dans son abri. Depuis l'intérieur, il contemplait le paysage, profitant des dernières lueurs de la journée. Les ombres des conifères réalisaient une inquiétante danse, dirigée par les éclairs réguliers qui s'abattaient au loin. La nature pouvait avoir un aspect terriblement hostile par moments. Dans cet endroit, il n'était qu'un voyageur de passage qui n'avait aucun contrôle sur les éléments du dehors.

La fatigue gagna rapidement son corps et Adeldon se laissa glisser dans un sommeil réparateur. Le doux concert de la pluie sur la toile de tente, rythmé par le grondement lointain de l'orage, le fit s'endormir paisiblement.

Au milieu de la nuit, un bruit hautement désagréable le sortit de son sommeil. Quelle heure était-il ? Vu l'obscurité extérieure, sans doute au beau milieu de la nuit encore. Le son strident se répercutait en continu dans la nuit. Même un enfant de la capitale aurait pu reconnaitre ce cri si distinctif : le hurlement d'un loup. Jamais, Adeldon n'en avait vu en chair et en os. Il pensait même qu'ils avaient tous disparu de Valdenor. De toute évidence, il y en avait encore au moins un dans la région.

La curiosité le fit sortir de sa tente. Une rapide analyse de la situation lui fit comprendre que l'animal était éloigné de son campement, sans doute occupé par une partie de chasse nocturne. Sa jument semblait nerveuse et s'ébrouait avec vigueur, mais le danger n'était pas immédiat. Jamais un loup ne s'attaquerait à un cheval si robuste, encore moins s'il était accompagné d'un homme. Une envie irrésistible d'aller remonter la source du cri s'empara du chevalier, immédiatement rattrapé par une envie encore plus forte de ne pas affronter la pluie. Les choix dans la balance ne furent pas équilibrés et Adeldon décida qu'il pourrait toujours observer des loups un autre jour, quand il ferait beau par exemple.

Cette décision l'incita à revenir vers sa tente, bien décidé à reprendre son sommeil là où il l'avait laissé. Jusqu'à ce qu'un autre cri résonne dans la forêt. Bien plus sinistre et distinct, celui d'une femme qui criait à l'aide. Le loup ne chassait pas un frêle animal sauvage, mais bien une personne.

Son sang ne fit qu'un tour, il récupéra son épée dans la tente et se précipita en direction du chemin. Perdre du temps pour revêtir son armure aurait été futile. Pour faire fuir un loup, il n'aurait pas besoin de protection.

En quelques pas, il atteignit le sentier quitté la veille et s'arrêta un instant pour déterminer la provenance de l'appel à l'aide. Une lueur verte jaillit plus loin des fourrés, lui indiquant la direction.

À mesure qu'il avançait, les cris devenaient plus distincts. Quant aux hurlements du loup, ils étaient désormais accompagnés de grognements. Ce n'était pas qu'un seul prédateur nocturne, mais sans doute un groupe. Peu importe, l'épée d'Adeldon serait suffisamment forte pour venir à bout de tous. Soudain, une jument paniquée surgit d'un buisson. Sa bouche écumante et ses yeux écarquillés témoignaient de sa terreur. Il se rapprochait.

Adeldon quitta le sentier pour se frayer un chemin vers la source des bruits. Arrivé au sommet d'un petit monticule de terre, il aperçut en contrebas quatre loups gris entourant une femme perchée sur un tronc d'arbre. Les loups grognaient, montrant leurs crocs acérés et faisant claquer leur mâchoire dans le vide. La femme perchée était complètement tétanisée de peur. Ses deux mains étaient levées comme dernier rempart contre les prédateurs.

Bien qu'effrayant, les loups étaient d'une maigreur maladive. Sous leur pelage ébouriffé, Adeldon devinait leur peau parcourue de cicatrices. Leurs yeux étaient injectés de sang, comme de vulgaires machines à tuer prises dans un engrenage mortel. Toutefois, un cinquième loup sortait du lot. Il n'était pas avec les autres, mais plutôt perché sur une petite butte derrière eux hurlant à la lune. Lui avait un poil immaculé de blanc, soyeux et brillant. Lorsqu'Adeldon apparut au milieu d'un fourré, ce loup arrêta son concert nocturne et le fixa intensément de ses pupilles violets.

— Aidez-moi ! s'écria la femme prise au piège.

Le chevalier s'immobilisa brusquement. Cette voix lui était familière, il la connaissait parfaitement même, c'était celle qui hantait ses nuits depuis de nombreuses années. Détournant son regard des loups, il fixa la jeune femme réfugiée sur le tronc, incrédule.

— So... Sotsha ?
— Oh, c'est bien ma veine, il fallait que ce soit toi.
— Mais que fais-tu là ?

Les quatre loups gris ne lâchaient pas du regard la jeune femme et se retrouvaient à une distance inquiétante qu'un saut malencontreux aurait pu couvrir.

— Adeldon, quitte à être là, tu ne pourrais pas m'aider ?
— Que la peste m'emporte si je te laissais en danger sans bouger le petit doigt. Ma lame est tienne et sera teintée du sang de ces créatures qui ont osé t'importuner.

Sans hésiter davantage, il saisit fermement la garde de son épée et la tira de son fourreau. La lame brillait d'un éclat sublime, aidé par des années de polissage sans jamais avoir été utilisée. Enfin, il allait pouvoir lui rendre hommage. De quelques pas sautillants, il se précipita sur les loups. Son arme tournoyait dans l'air, se donnant la force nécessaire pour terrasser ses ennemis.

Le loup le plus proche reçut un coup sans pouvoir se défendre. La partie inférieure de sa mâchoire vola aussitôt au contact de l'épée, libérant un flot de sang et de bave important. Sans grande surprise, le canidé s'effondra au sol, mort. Un beau coup, digne des plus grands guerriers.

Cependant, la bataille était loin d'être gagnée. Il restait trois loups, qui avaient pleinement compris la présence d'une nouvelle menace. D'un mouvement simultané, ils se retournèrent pour lui faire face. La première attaque ayant fonctionné, Adeldon s'apprêtait à la reproduire. Un moulinet d'épée en direction de la gueule d'un des trois et le tour était joué. Sauf que cette fois, le loup esquiva l'attaque en sautant en arrière. Belle parade, bien que rudimentaire. Ça n'arrêterait pas Adeldon qui agitait son épée dans tous les sens, un coup finirait bien par porter.

Soudain, un éclair de couleur vert éclata sur son côté. Le chevalier comprit trop tard que Sotsha venait de lancer un sort pour l'aider. Cependant, sa proximité avec les loups fit qu'il fut tout aussi ébloui qu'eux par la lumière venant de la magicienne. La question était qui des loups et du chevalier retrouverait le plus vite la vue ? La réponse arriva à Adeldon avec le poids d'un prédateur se jetant sur son torse. Un d'eux lui avait sauté dessus, l'entrainant au sol. Le loup ne s'arrêta pas là et menaçait déjà d'arracher la gorge du jeune homme à coups de mâchoire. Pas le choix, il dut lâcher son arme pour empêcher l'animal de le priver de sa carotide.

Alors que la situation se présentait mal, les deux loups restants lui attrapèrent les chevilles, l'immobilisant complètement. Alors que la vue lui revenait peu à peu, sous forme d'étincelle de lumière colorée, Sotsha lança un second sort qui vint réduire à néant l'avancée de sa guérison. Les loups, eux, ne ressentaient visiblement aucune gêne pour poursuivre leur attaque.

— Sotsha, sans vouloir te commander, pourrais-tu arrêter de m'aveugler ?

— Ferme les yeux, idiot ! J'essaye de t'aider.

— Pourrais-tu le faire d'une façon plus efficace ?

La jeune femme lui répondit par un râle bruyant. Venait-elle de lui tirer la langue ? De nouveaux jets de lumière jaillirent de ses mains, mais ne produisirent toujours aucun effet sur les loups. Sentant les crocs des loups s'insinuaient dans sa chair, Adeldon s'en voulut de ne pas avoir revêtu son armure.

Soudain, un des loups qui lui lacérait les chevilles le lâcha. Ç'aurait été une bonne nouvelle si ce n'était pas pour se jeter sur la magicienne à la place. D'un coup d'œil, Adeldon la vit lever les mains en désespoir de cause. Un éclair bleu naquit entre ses doigts et vint heurter l'animal un peu trop imprudent. Cette fois, le sort avait fait des dégâts, ne s'arrêtant pas au loup. L'éclair jaillissait dans tous les sens, se propageant dans l'air. Chaque surface qu'il frappait éclatait à son contact et Adeldon espérait qu'il ne le touche pas.

Tout changea quand un de ces éclairs de lumière solide vint pulvériser un rocher au centre de la clairière. En un instant, la poussière de roche recouvrit tout. C'est à ce moment qu'Adeldon sentit sa seconde cheville se libérer et le loup qui voulait tellement lui bécoter le cou arrêta son attaque. Les yeux du mammifère passèrent de la fureur sanguinaire à de la terreur pure. Puis, presque comme en réponse à cette transformation, les trois loups gris se sauvèrent dans les bois en jappant.

Après un moment de stupeur, Adeldon se releva tout en essuyant de son visage la bave dont le loup venait de la gracier. Les éclairs avaient disparu et Sotsha ne lançait plus de sorts. Pourtant, ses mains tremblaient toujours autant et son regard perdu au-dessus de l'épaule du chevalier. Intrigué, il se retourna pour découvrir la source de son inquiétude : l'imposant loup blanc n'avait pas bougé debout à quelques mètres d'eux. Son regard était empreint de haine, et une large coupure zébrait son arcade gauche, descendant jusqu'à sa joue. Le sang coulait abondamment de la blessure, teintant son pelage de nuances rosées. Il avait dû être blessé par un éclat de rocher lors de l'explosion.

D'un geste habile du pied, Adeldon ramassa son épée avant de la rattraper fermement dans sa main droite. Le loup restant releva ses babines, le scrutant avec intensité avant de tourner son regard vers Sotsha, toujours perchée sur son tronc. Après quelques secondes, il poussa un souffle de désespoir et se retourna, disparaissant rapidement dans la sombre forêt à son tour.

— La victoire est nôtre ! s'exclama Adeldon en brandissant ses bras vers le ciel.

Heureux, il se retourna vers le tronc sur lequel Sotsha s'était réfugiée. Cette dernière reprenait son souffle en haletant. Son visage retrouvait peu à peu ses couleurs habituelles. Se retrouvait ainsi avec elle était si inattendu. Enfin, bien sûr, Adeldon l'avait espéré, mais d'y être confronté était une tout autre chose. Allait-elle le remercier de l'avoir sauvé ? Peut-être qu'elle reconnaitrait enfin son courage et lui sauterait au cou.

Le chevalier sentait son cœur battre à tout rompre dans sa poitrine. Ce face-à-face était plus impressionnant que celui avec les loups. Il tendit sa main vers elle pour l'aider à descendre de son perchoir improvisé. Elle le fixa un instant, regarda la main, puis sauta du tronc sans aucune aide.

— Es-tu blessée ?

— Non, ça va, répondit-elle en se dépoussiérant les épaules.

— Tu peux t'estimer chanceuse que je me trouvais dans les parages. Je ne peux même pas imaginer ce qu'il serait advenu de toi si je n'avais pas été là pour venir te sauver.

La magicienne leva un sourcil pour s'arrêter sur cette affirmation.

— Pardon ? C'est toi qui m'as sauvé ? J'ai plus l'impression que je nous ai sorties de ce mauvais pas.

— Veux-tu rire ? N'as-tu point vu quand je suis arrivé et que j'en ai occis un d'un seul coup ?

— Bravo, monsieur le héros ! Mais qui a fait fuir les autres ?

— Je dirais un travail d'équipe.

— Une équipe composée de moi toute seule qui te sauve les miches.

— Enfin, Sotsha…

— Peu importe, si tu veux : merci ! Maintenant que tu m'as sauvé, tu peux retourner de là où tu viens.

Un coup d'œil rapide au camp de la jeune femme confirma ce qu'Adeldon pensait déjà, il était ravagé. La tente ressemblait à un amas de toiles déchirées, les réserves de nourriture éventrées et sans parler du cheval disparues dans la nature.

— Que vas-tu faire ?

— Pour ?

— La suite. Je veux dire, tu ne vas pas dormir dans la nature ainsi.

— Et pourquoi pas ?

La pluie continuait toujours de tomber avec vigueur. Ajouté à la température relativement peu clémente, dormir dehors n'était pas une riche idée.

— Mon campement n'est pas loin d'ici.

La jeune femme déambulait dans les restes de ses affaires éparpillées.

— Tu pourrais venir avec moi.

Bien que la pénombre ne permît pas de voir avec précision les traits de la jeune femme, Adeldon comprit rapidement que cette idée ne lui plaisait guère.

— Pour ce soir, s'empressa-t-il de préciser. Demain matin, tu pourras choisir de faire ce que tu veux.

Encore un regard qui signifiait son aversion pour ce projet.

— J'ai une tente, tu pourras dormir au sec.

Une lueur s'alluma dans ses yeux. Peut-être avait-il touché une corde sensible.

— D'accord, mais où dormiras-tu, toi ?

Évidemment. Bon au moins, Sotsha ne dormirait pas loin de lui ce soir, ce serait toujours une petite victoire. Pour la grande défaite, ce serait de passer la nuit à la belle étoile sous une pluie fine et froide. Mais bon, le cœur à ses raisons dont la raison se moque complètement. Sotsha sourit. Elle acceptait de venir au campement.

Chapitre 5

Le Silence des Sentiments

Depuis une heure, au moins, Sotsha était réveillée dans la tente. La toile chauffait : l'heure était avancée. Pourtant, elle n'en sortait pas. Les évènements de la veille se retournaient sans cesse dans son esprit. Son père en colère, l'attaque des loups et bien sûr ce sort qu'elle avait lancé. C'était une luxomanciste, elle maîtrisait la lumière. Ce n'était pas son genre de lancer un sort qui faisait le moindre dégât. Pourtant, le loup avait eu sacrément mal, sans parler du rocher qui avait complètement explosé. Belle performance. Encore aurait-il fallu la réaliser avant que l'autre crétin débarque, pensant que c'était lui qui venait la sauver.

Pourquoi, parmi tous ceux qui auraient pu se trouver dans la forêt cette nuit-là, fallait-il que ce soit justement Adeldon qui vienne ? Sotsha maudit le destin et son sens de l'humour. Depuis au moins deux ans, il lui courait après pour obtenir ses faveurs. Quelle plaie ! Elle ne savait même plus comment lui dire qu'elle n'était pas intéressée. Parce qu'un barbare, égoïste et orgueilleux, ce n'était pas réellement le type de Sotsha. Non, vraiment, il n'avait rien à faire ensemble.

Alors que Sotsha se remémorait la liste des choses qu'elle n'appréciait pas chez le chevalier, une douce odeur de café s'insinua dans la tente. Finalement, elle pourrait bien lui reconnaitre une qualité. En ouvrant le rabat de la tente, la fraicheur matinale lui sauta au visage. L'herbe portait encore les traces de gelée nocturne et chacune de ses respirations formait un petit panache de fumée. Comme elle l'avait imaginé, Adeldon était assis au centre de la clairière, remuant une casserole déposée au-dessus d'un feu.

Épineux dilemme : rejoindre le jeune homme qui allait proposer une conversation ennuyante, mais accompagnée d'un café qui promettait d'être bon, ou bien fuir avant qu'il s'aperçoive qu'elle était réveillée. Son estomac eut le dessus sur sa sociabilité et Sotsha s'avança vers le chevalier. Alors qu'elle n'avait fait que quelques pas, elle aperçut sa jument échappée la veille qui broutait paisiblement à côté de celle d'Adeldon. La jeune femme n'en revenait pas, elle qui pensait l'avoir perdue pour de bon.

— Je l'ai rattrapée hier soir, déclara Adeldon. Elle s'attardait près du campement.

La magicienne sursauta. Trop tard pour la discrétion, elle avait été repérée.

— Me... merci, bégaya-t-elle, prise au dépourvu.

— Désirerais-tu un peu de café ?

Le chevalier pointait du doigt la casserole fumante qui reposait sur le feu. Sotsha feint d'apercevoir seulement à ce moment-là la précieuse boisson alors que c'était bien elle qui l'avait poussé à sortir de la tente et de ne pas s'échapper.

Sans aucune conviction, la magicienne se rapprocha du feu et profita de sa douce chaleur. Plusieurs tasses jonchaient le sol. Elle hésita avant d'en choisir une. Un frisson lui parcourut le dos en voyant des bouts d'herbe en sortir. Son besoin de sentir le liquide chaud dans sa gorge étant supérieur à son dé-

goût, elle versa le café dans la tasse en essayant d'oublier sa précédente vision.
— As-tu bien dormi ? ? lança Adeldon.
La jeune femme roula les yeux au ciel. La dernière chose dont elle avait envie, c'était d'une conversation vide de sens. Qu'allait-il demander après ça ? Comment trouvait-elle le temps ?
— Pas trop mal, compte tenu de comment la nuit a commencé, répliqua-t-elle tout de même. Mais j'aurais préféré ma tente.
— Je comprends.
Sotsha réalisa que ce n'était peut-être pas le bon moment pour se plaindre de ça. Le chevalier lui avait prêté sa tente et avait dormi dans le froid extérieur. En matière de nuits compliquées, la sienne devait se défendre également.
— As-tu décidé ce que tu allais faire ?
— Comment ça ?
— Retourneras-tu à Freyjar ou continueras-tu la quête ?
Sotsha hésita avant de répondre.
— À vrai dire… je ne sais pas, finit-elle par admettre. D'un côté, je n'ai plus de matériel pour continuer l'aventure, mais d'un autre si je reviens à Freyjar, le détour me fera perdre trop de temps pour trouver l'orbe. Je pense que je n'ai pas le choix.
— Tu abandonnes le concours, donc ?
— Ça ne va pas la tête ! Non, je continue même sans rien. Je me suis lancé dans cette expédition, ce n'est pas pour rentrer dès la première galère.
Adeldon ingurgita un tiers de sa boisson d'un trait. Le silence qui s'était installé ne fut brisé que par un pinson qui chantait à s'en briser les cordes vocales, sans doute pour attirer une femelle.
— Savais-tu que Parodegan attend que tu reviennes au village ? reprit Adeldon en réchauffant ses mains contre sa tasse.

Cette confession ne surprit pas énormément Sotsha qui se serait attendu que son père se lance lui-même à sa poursuite. Revenir au village si tôt signifierait qu'elle doive affronter son regard quand il lui dira qu'il avait raison. Hors de question de subir cette humiliation. Son choix avait été de partir, maintenant, elle irait jusqu'au bout. Restait tout de même le problème Adeldon.

— Vas-tu me renvoyer à Freyjar ? sonda-t-elle en regardant le chevalier droit dans les yeux.

— Non, bien sûr que non. Tu feras bien ce que tu veux, répondit-il en rougissant un peu au niveau des joues. Je n'ai pas envie de prendre du retard sur la quête non plus.

La réaction du chevalier amusa Sotsha. Derrière son armure, de fier guerrier se cachait un homme qui n'arrivait pas à lui soutenir le moindre regard sans flancher. Dans la situation actuelle, cela fut suffisant pour qu'il ne la ramène pas à Freyjar. Ses sentiments à son égard avaient finalement une utilité.

— Pourquoi ne pas entreprendre le voyage ensemble ?

La gorgée que Sotsha avait bue ressortit immédiatement dans un fort geyser. Celle-là, elle ne l'avait pas vu venir. La jeune femme scruta le visage d'Adeldon à la recherche de trace d'ironie, mais rien. La proposition était bien sérieuse.

— Adeldon, sans vouloir te vexer, je vais répéter ce que je t'ai déjà dit plusieurs fois, mais… je ne t'aime pas.

Dire cela au réveil était loin d'être ce que Sotsha appellerait une bonne journée. Mais là, elle n'avait plus le choix.

— Tu te méprends sur mes intentions. Mon cœur est épris de toi, certes, mais cette proposition n'a absolument rien à voir avec cela.

Allons bon, qu'allait-il encore inventer ?

— Regarde, nous sommes tous les deux à la recherche du même objet : l'orbe d'Idvorg. Il est évident qu'il ne peut y avoir qu'un vainqueur à ce concours. Soit, nous allons chacun de notre côté et prenons le risque de perdre tous les deux. Soit…

Le chevalier laissa planer un silence le temps d'ingurgiter une nouvelle gorgée de café.

— Regarde, la magie, c'est ton affaire et moi, je connais la route pour se rendre à Idvorg, puis à Casperclane. Sans parler du fait que je saurai régler la plupart des problèmes que nous rencontrerons en route. Ensemble, nous sommes assurés de gagner.

— Tu sembles y avoir déjà réfléchi.

— Certes, car c'est la meilleure association que nous pouvons faire. Magie et force ensembles. Qu'en penses-tu ?

Les arguments étaient bons. Visiblement, passer la nuit à l'extérieur permet de donner le temps nécessaire à affuter sa rhétorique.

— Je ne sais pas… reprit la jeune femme. Tu me dis ça aujourd'hui, puis quand on retournera à Freyjar, tu oublieras ma participation et tu t'accapareras tout le mérite.

— Je jure que non.

— Commence déjà par reconnaitre lequel d'entre nous à sauver l'autre hier soir.

Le visage d'Adeldon se déforma. Cela s'avérait être un terrible effort pour lui. Cependant, il consentit à le faire en acquiesçant :

— Très bien, sans ta magie, nous n'aurions pas pu y arriver.

Je le savais !

— Alors, acceptes-tu ?

— Je ne sais pas… Et si… tu en profites pour essayer de me séduire ?

— Je ne le ferai pas.

— Les hommes se ressemblent tous, ils ne pensent qu'à ça.

— Pas moi. Veux-tu que je m'engage à ne pas essayer de te séduire ?

— S'engager c'est bien, mais quelles seront mes garanties ?

— Je te jure sur mon honneur que mes intentions sont nobles. Si nous cheminons ensemble, notre relation sera uniquement tournée vers les défis que nous devrons relever. Rien d'autre.

De nouveau, la jeune femme tentait de percevoir sur le visage d'Adeldon ses pensées cachées. Il paraissait honnête. Et puis, si elle devait bien lui reconnaitre une chose, c'est que son sens de l'honneur était infaillible. S'il promettait une chose, il le ferait. Mais c'était quand même un gros pari à tenir.

Sotsha sentait sa mâchoire se crisper alors qu'elle réfléchissait à la proposition. Une fois l'histoire de la séduction passée, il restait tout de même qu'elle n'avait aucune envie de passer les jours suivants avec un guerrier aux manières déplorables. Toutefois, les arguments avancés n'étaient pas dénués de bon sens. Ses compétences en combat étaient irréfutables. Tout le village connaissait son envie de partir à l'aventure depuis son plus jeune âge. Ça ne faisait aucun doute qu'il ferait tout ce qu'il pourrait pour atteindre son objectif. Si elle refusait sa proposition, elle se retrouverait indubitablement contre lui dans la course à l'orbe.

D'un autre côté, la proposition comportait un autre aspect, elle serait responsable du côté magique de la quête. Bonne chose ou pas, Adeldon ignorait qu'elle était une piètre magicienne. Avec un peu d'esbroufe de temps en temps et de termes techniques, sa partie du contrat serait facilement remplie. Une orbe, ce n'était pas si compliqué finalement.

Le choix paraissait assez évident, tout compte fait. D'un côté, elle se retrouvait sans rien, en opposition avec un homme déterminé à réussir, et de l'autre, elle pouvait profiter de ses talents en supportant seulement sa présence pendant quelques jours. Une fois de retour à Freyjar, personne ne saurait différencier la participation des deux. Son père serait forcément fier et tout le monde se réjouirait.

Le chant du pinson devait être suffisamment bien pour qu'une femelle vienne se poser sur la même branche que la sienne. Sotsha aurait bien voulu observer la fin de cette parade nuptiale originale, mais une autre affaire devait être réglée avant cela.

— Nous partagerons les gains ?
— Évidemment.
— Nous ne dormirons jamais dans la même tente.
— Entendu.
— Tu n'essayeras pas de me séduire.
— Je m'y suis déjà engagé.
— Pas de déclarations fumeuses, pas de fleurs cueillies sur le chemin parce qu'elles te faisaient penser à mes yeux, pas de poèmes déclamés sur un coucher de soleil, pas de…
— Une promesse est une promesse.
— Je ne veux même pas que tu me laisses passer la première quand tu m'ouvres la porte. Rien. En es-tu capable ?
— Oui.

Elle en rajoutait plus que de raison, mais son père lui avait toujours dit qu'il valait mieux prendre le temps de fixer les clauses d'un contrat avant qu'il soit entamé. Et puis, ça permettait de la faire passer en position de force, alors que sa décision était déjà prise. Comment avait-elle pu penser une seule seconde qu'elle pourrait atteindre la montagne d'Idvorg seule, alors qu'elle n'avait jamais quitté Freyjar avant ?

— D'accord, allons chercher cette orbe ensemble, accepta-t-elle.

Sa gorge s'assécha immédiatement en disant cela. L'union était scellée, difficile de revenir en arrière maintenant. Le visage d'Adeldon s'illumina, première émotion qui le traversa depuis le début de la conversation. Évidemment qu'il était ravi, il venait d'obtenir ce qu'il désirait.

— Que tes puissants sorts et mon épée affûtée nous guident à travers la tempête ! Nul ne pourra se mettre en travers de notre chemin, je te l'assure. Que tremblent ceux qui nourrissent de sombres desseins visant à nous priver du plaisir de la victoire !

Sotsha acquiesça en esquissant un sourire. Elle n'avait aucun doute sur la maîtrise du jeune homme avec son épée. La chose qui venait à la faire douter était plutôt sa propre maîtrise des arts mystiques. Le sort de la veille, celui qui avait pulvérisé la roche, résultait d'un pur hasard qu'elle n'expliquait toujours pas. Quand elle utilisait la magie, ça finissait le plus souvent en catastrophe.

Le chevalier ingurgita le restant de son café d'une traite sans pouvoir effacer le sourire satisfait de son visage.

— Comment trouves-tu le temps, aujourd'hui ? fit-il. C'est bien mieux qu'hier, n'est-ce pas ?

Et voilà. De retour dans une conversation futile. Les deux pinsons avaient disparu. Le voyage allait être long.

Chapitre 6

L'Ombre de Bratham

Toute aventure durant plusieurs jours se voit dicter une loi universelle : le deuxième jour est celui où la fatigue apparait et le troisième celui où la tentation de l'abandon est à son paroxysme. Bien que la quête dans laquelle Adeldon et Sotsha s'étaient lancés n'avait rien à voir avec une randonnée plaisante, elle ne dérogea pas à ce principe. Même si la perspective de cette nouvelle alliance gonflait le cœur des deux compagnons, ils n'avancèrent pas beaucoup le lendemain de l'attaque des loups. Le soir venu, à peine quelques kilomètres les séparaient de leur ancien bivouac. La conversation non plus n'était pas à son fort. La magicienne plongea dans la tente aussitôt qu'elle fut montée et Adeldon goûta une nouvelle fois au plaisir des nuits dehors en début de printemps.

Le troisième jour, lorsque le moral était au plus bas, le chevalier essaya de se ressaisir. Il avait la chance de partager un moment avec Sotsha, il devait en profiter. Le dos droit, les rênes tendues, les poignets alignés, il donnait le meilleur de lui-même. Tous les enseignements qu'ils avaient reçus de ses professeurs ressortaient pour briller, le tout accompagné d'un sourire radieux. Non pas comme ça, trop de gencives. Le but était de donner envie à Sotsha de lui parler, pas d'entamer une consultation d'hygiène buccale. Adeldon se ravisa, essayant plusieurs expressions sur son visage, essayant de deviner laquelle était la plus ensorcelante. Vu la réaction de sa nouvelle compagne de voyage, aucune d'entre elles. Sotsha passait son temps à soupirer dès que son regard se posait sur le chevalier. La nature qui les entourait semblait l'intéresser nettement plus que sa présence.

Quoi qu'il en soit, Adeldon était aux anges. Il n'était plus seul dans cette quête. Même mieux, la femme dont il était épris l'accompagnait. Pour couronner le tout, c'était une magicienne qui devait s'y connaitre plus que lui sur les orbes. Parce qu'une chose l'inquiétait depuis son départ, pour lui, la magie, c'était vraiment quelque chose d'incompréhensible. Il avait bien tenté de briser la glace en demandant des informations sur cette pierre magique. Mais le vocabulaire de la jeune femme était bien trop précis pour comprendre quoi que ce soit. Ne voulant pas passer pour un benêt, Adeldon avait acquiescé. Le fait est qu'il n'était pas plus avancé sur la nature de cet objet qu'ils cherchaient. Y avait-il seulement un risque qu'il disparaisse de ce plan d'existence en la touchant ?

Ses questions restèrent en suspens. Le sentier qu'ils suivaient depuis la veille était tout à fait agréable. Un long chemin sinueux entre les mélèzes, inondé de la douce chaleur du soleil. L'orage n'était qu'un vague souvenir, seulement perceptible à l'odeur de terre humide que les chevaux retournaient. Sotsha laissait trainer ses doigts le long des branches et des douces épines des conifères. La magicienne découvrait pour la première fois un endroit aussi éloigné de son village natal. Ses yeux rayonnaient de plaisir, chaque centimètre carré proposait une nouvelle découverte.

Dans tout ceci, Adeldon devait trouver une approche. Certes, il avait promis de ne pas courtiser la jeune femme, mais si elle tombait elle-même amoureuse de lui, ce ne serait pas vraiment sa faute. Il fallait juste trouver un sujet où il excellait. Malgré plusieurs tentatives, aucune ne porta réellement ses fruits. Le chevalier essaya les légendes du pays, en oubliant qu'elle les connaissait mieux que lui puisque son père en avait fait partie. Il tenta ensuite de parler flore, comme c'était ce qui la passionnait. Cette fois, ce furent ses connaissances à lui qui lui fit défaut. Après plusieurs heures de conversation unilatérale, Adeldon baissa les bras et accepta le silence qui s'était installé entre eux deux.

Au fil de la journée, la forêt s'était clairsemée, jusqu'à ce qu'ils atteignent sa lisière. Devant eux s'étendaient des champs à perte de vue. Certains recouverts par du blé, d'autres hébergeant des troupeaux de bovins. Au loin, la mer du Nord se dessinait, se confondant avec l'horizon. Seul un point sombre ternissait le tableau, comme une nappe de fumée sombre et opaque qui enveloppait une ville côtière, semblable à une maladie gagnant du terrain.

— C'est quoi ça ? demanda Sotsha en pointant du doigt la tâche sur ce tableau.

— Bratham. Cette cité était le cœur du Royaume du Nord avant l'Unification. Maintenant, elle n'est que le vestige de son illustre passé.

— Ça ne donne pas envie de s'y rendre.

— Et pourtant, nous n'avons pas le choix.

— Quoi ? Tu rigoles ? Nous allons vers les montagnes, au sud, pourquoi on se rendrait dans cette ville sur la côte ?

— Car il n'y a pas d'autres villes d'ici à la montagne d'Idvorg. Et comme tu as perdu tes provisions et ta tente, je pense qu'il serait sage d'en racheter. Si tu n'y vois pas d'inconvénients.

La jeune femme contempla la ville au loin, avec un rictus de dégoût sur le visage. Visiblement, la perspective de s'approcher plus près de cet endroit ne l'enchantait guère.

À mesure qu'ils se rapprochaient de la ville, les champs adoptaient un aspect de plus en plus étrange, pour ne pas dire inquiétant. Les plantes se pliaient sous leur propre poids, les couleurs vives du printemps se voyaient remplacées par des teintes plus ternes. Les bêtes se trainaient à chaque pas.

En atteignant les portes de la cité, Adeldon et Sotsha ne furent pas surpris de découvrir que cette ambiance macabre y régnait également. Les rues étaient dépourvues d'activités, totalement désertées et plongées dans un épais brouillard. La nuit n'était pas encore tombée, mais ici, les torches étaient déjà allumées, rayonnant dans un halo lumineux au milieu de la purée de pois qui imprégnait la cité.

— Charmant, se plaignit Sotsha en se dépoussiérant les épaules de la cendre qui s'y déposait.

— Il est vrai que l'endroit n'a rien de particulièrement accueillant. Toutefois, cela ne devrait pas nous empêcher de dénicher une auberge convenable pour y passer la nuit.

Les deux compagnons remontèrent l'avenue principale. Ils passèrent devant un énorme bâtiment, construit en brique rouge, dont s'élevait une cheminée, crachant sans répit un nuage gris. C'était d'ici que provenait le brouillard qui enveloppait toute la ville. En tout cas en partie, car trois autres constructions identiques à celle-ci étaient présentes aux quatre coins de la ville.

Une pancarte qui ondulait avec la brise de la fin de journée les attira par le son typique d'un gond pas assez huilé. Une auberge. Adeldon et Sotsha attachèrent leurs deux montures à l'extérieur et entrèrent dans le bâtiment.

Le rez-de-chaussée était constitué d'une unique grande pièce, disposée en salle à manger, accueillant de nombreuses tables. Contre le mur du fond se trouvait un comptoir derrière lequel se tenait une orc à la peau verdâtre et aux cernes pendants. L'aubergiste releva la tête en entendant les deux compagnons entrer, dévoilant ses larges défenses faciales, et leur adressa un sourire de commodité.

— Bonjour étranger. Vous vouloir quoi ?

Sa voix tonitruante surprit Adeldon qui n'avait pas entendu d'orcs depuis un moment.

— Nous désirons une chambre pour passer la nuit dans votre humble demeure, expliqua le chevalier.

— Deux, le coupa brusquement Sotsha.

Peut-être trop brusquement, l'orc la dévisagea un instant avant de reprendre :

— Vous avoir autant de chambre que vous vouloir, tant que vous payer. À moins que vous être elfe et dans ce cas, vous être pas les bienvenus et vous dormir dehors.

— Détrompez-vous, noble dame, rétorqua Adeldon avec fierté. Nous sommes des Nordiques, nous venons de Freyjar, pas bien loin d'ici.

— Montrer oreilles pour voir, exigea-t-elle, son sourcil arqué.

Adeldon et Sotsha s'exécutèrent et révélèrent leurs oreilles à l'orc qui afficha un grand sourire en apercevant la courbe de chacune d'entre elles.

— Vous être de vrais Nordiques ! s'exclama-t-elle. Jamais, je avoir donné chambre à vermine elfique. Mais, vous... deux chambres être un grand plaisir.

Adeldon lança quelques pièces sur le comptoir qui tintèrent au contact du bois.

— Dites-moi, ce brouillard étrange... est-ce bien normal ? demanda-t-il alors que l'aubergiste cherchait les clés des chambres sur un panneau derrière elle.

— Ah ça... venir des usines.

— Et les habitants ? Où sont-ils passés ? En traversant la cité, nous n'avons croisé aucune âme qui vive.
— Aux usines. Pour voyageurs comme vous, être l'heure du repos, mais pour travailleurs, la journée pas être fini.

Les orcs n'étant pas connus pour leur pédagogie, Adeldon n'insista pas avec d'autres questions, se contentant des réponses qu'il avait obtenues.

Une fois leurs chevaux mis à l'étable, les deux compagnons montèrent dans leurs chambres respectives. C'étaient des pièces d'un confort sommaire, mais qui serait amplement suffisant après la nuit qu'il venait de passer dans la forêt.

Adeldon se défit rapidement de son armure et se jeta dans le lit. La douceur des draps et la sensation de sentir son corps s'enfoncer dans le matelas suffire pour lui donner envie de somnoler.

Le soleil disparut lentement à l'horizon et une heure s'écoula tandis que le jeune homme restait étendu sur son lit. Soudain, un puissant son de cor résonna dans la ville, tirant Adeldon de sa torpeur. Quelques minutes après, l'avenue grouillait de monde, des personnes vêtues de vêtements ternes et affichant une grande fatigue sur le visage. Quelques-uns pénétrèrent dans l'auberge et Adeldon les entendit s'attabler dans la pièce du rez-de-chaussée.

Le jeune homme se rendit compte qu'il avait, lui aussi, assez faim, et décida qu'il était temps d'aller manger. Il sortit de sa chambre et frappa à la porte de Sotsha pour lui proposer de l'accompagner. Ensemble, ils allèrent rejoindre une table dans la salle à manger qui était loin d'être pleine. En s'asseyant, Adeldon regarda autour de lui, avec un sourire satisfait.

— Curieux… L'auberge s'est remplie d'un seul coup, remarqua-t-il.
— Enfin un peu de signes de vie, tu veux dire. C'est plus convivial comme ça.

— Certes. Quelle étrange ville, tout de même. As-tu entendu le son de cor ? C'est plutôt amusant, ma foi.
— « Amusant » ? répéta un homme à la table derrière eux.
Le nordique adoptait un regard miséreux et son visage était recouvert de traces de suifs.
— Vous trouvez ça « amusant » d'être traité comme du bétail ? C'est « amusant » pour vous que notre journée de travail soit dictée par le son d'un cor alors que nous ne voyons même pas celui qui en joue.
— Non... je... euh....
— Ce que mon ami voulait dire, c'était plutôt que c'était surprenant, intervint Sotsha pour éviter un conflit inutile.
Le vieil homme dévisagea les deux voyageurs, se détendant au propos de la magicienne.
— Je vous prie de m'excuser, messire, reprit Adeldon sous le regard accusateur de Sotsha. Je n'avais nullement le désir de vous heurter. Mais peut-être pourriez-vous nous expliquer ce qu'il se passe dans cette ville.
— Ce qu'il se passe ? C'est très simple, malheur, tristesse et mort.
Ni Sotsha ni Adeldon n'osa parler, laissant planer un silence pesant.
— Je vous l'ai dit, nous ne comptons pas beaucoup plus que du bétail, forcé à travailler dans les usines jusqu'à ce que nos vieux os ne nous portent plus, reprit le vieil homme au bout d'un instant.
— Forcé ? répéta Sotsha intriguée.
L'habitant plongea sa cuillère dans le bol de soupe devant lui et l'aspira avec grand bruit. Son potage était constitué de quelques légumes qui flottaient dans de l'eau.
— Oui, tout à fait, forcé, obligé, contraint. Je ne sais pas comment vous le dire autrement.

— Nulle ne doit faire ce qu'il ne veut pas à Valdenor, le coupa le chevalier. Ainsi est la loi de l'Empire, tout le monde peut réaliser ce qu'il désire.

Le vieil homme se contenta de lancer un regard dépité avant de répondre au chevalier :

— Croyez-moi, nous sommes des oubliés de l'Empire alors. Voyez-vous, je suis pêcheur de formation moi. J'ai passé ma jeunesse sur les bateaux, comme bon nombre des anciens qui ont vécu ici.

— Pourquoi avez-vous arrêté alors ? s'inquiéta Sotsha.

— Nous étions privilégiés des dieux et nous en avons abusé. En une semaine, je pouvais ramener plus de poissons que ce que mon bateau pouvait en contenir. Mais nous avons été trop gourmands, à pécher plus que ce dont nous avions besoin. Au bout d'un moment, nos proies se sont raréfiées, au point où aucun d'entre nous ne pouvait continuer à vivre de la pêche.

En disant ces mots, ses yeux s'embuèrent et il fit une pause pour reprendre un peu de sa soupe. Les deux autres n'osèrent pas intervenir, sentant qu'il n'avait pas fini ses explications.

— Demandez-vous ce qu'un village de pêcheurs devient quand personne ne peut plus ramener de poisson. Nous avons dépéri... Et c'est à ce moment-là qu'un homme est arrivé, du nom de Dreynus. Il nous a proposé son aide, nous promettant un travail à tous. C'est lui qui a fait construire les usines, c'est pour lui que nous travaillons maintenant.

— Quel gentilhomme, s'exclama Adeldon.

— C'est ce que nous pensions au début, en effet. Mais aucun de nous n'avait compris que ce marché allait finalement nous réduire en esclavage.

— Sornette, s'écria le chevalier, en colère. Retirez cet odieux mensonge de votre bouche. L'esclavage est un mal éradiqué par l'Impératrice Thalinda, il y a de nombreuses années, en arrivant au pouvoir.

Le vieil homme attrapa son bol et en aspira directement le contenu restant avant de le reposer délicatement sur la table et de fixer les deux compagnons.

— Tous les jours de notre misérable vie, nous allons travailler à la chaîne dans des usines dans lesquelles même le soleil n'a pas l'audace de pénétrer. Depuis son lever jusqu'à son coucher, dicté seulement par le son du cor que vous avez entendu. Et cela pour quoi ? Une chambre et un repas comme celui-ci en guise d'unique salaire. Comment appelleriez-vous cela si ce n'est de l'esclavage ?

Les deux jeunes gens préférèrent se terrer dans le silence plutôt que de répondre à cette question qui de toute évidence était rhétorique.

— Je vous l'ai dit, nous sommes les oubliés de l'Empire.

— Mais pourquoi ne partez-vous pas ? demanda Sotsha, attristée par ce témoignage.

— Partir ? Pour aller où et avec quoi ? Nous ne possédons pas de salaires, pas de propriétés, rien. Bien sûr, quelques-uns de nos jeunes ont essayé de fuir cette misère. Parait-il qu'ils errent dans la forêt, libre, mais tout aussi miséreux. Au moins ici, j'ai un bol de soupe qui m'attend quand je rentre.

C'est à ce moment-là que la propriétaire de l'auberge apporta deux assiettes remplies de victuailles à Adeldon et Sotsha et les déposa sur la table. Ce repas n'avait rien à comparer face à celui que le vieil homme venait de manger devant eux. Une sueur de gêne glissa sur le front de Sotsha alors que son regard croisa le sien.

— Bon appétit étranger, déclara-t-il d'un ton presque accusateur. Bonheur à ceux qui sortent du brouillard de Bratham, malheur à ceux qui y restent.

Il se leva ensuite et disparut par les escaliers menant aux chambres. La jeune femme poussa son assiette, son appétit avait décidément été coupé par cette discussion. Quant à Adeldon, son appétit n'avait pas l'air d'être altéré, lui qui découpait déjà la cuisse de son poulet, comme s'il n'avait pas été témoin de la conversation qui venait d'avoir lieu.

Chapitre 7

L'Incapable

Ce n'est qu'en s'éloignant de plusieurs kilomètres de Bratham que les champs semblèrent enfin reprendre vie. Sotsha et Adeldon laissaient derrière eux la nappe de brouillard qui couronnait la ville, retrouvant avec joie le soleil. Ils étaient partis le matin, réveillés par le cor qui indiquait aux habitants le début de leur journée de travail. La marée humaine avait de nouveau inondé les rues avant de disparaitre derrière les épaisses portes des quatre usines.

Alors que la cité ne représentait plus qu'un simple point au loin, le terrain commençait à se vallonner doucement, laissant présager l'amorce de la montée qu'ils allaient devoir effectuer jusqu'au col. La vallée allait se rétrécir de plus en plus jusqu'à les mener au pied des montagnes aux courbures saillantes de ce massif. Au fil de la matinée, les champs laissèrent place à quelques bosquets, puis, progressivement, à une épaisse forêt de conifères, ressemblant en tous points à celle autour de Freyjar.

Dans cette forêt, la vie reprenait ses droits. Sotsha s'amusait à suivre les aventures d'un écureuil qui sautait de branche en branche à la recherche d'une noisette qu'il n'obtiendrait jamais. Son compagnon de route brisa le silence pour une autre conversation insignifiante :

— C'est étrange comme aucun habitant du coin ne semble avoir entendu parler du concours.

— Je pense que ces villageois possèdent bien d'autres préoccupations que de courir après une pierre magique.

— Certes, c'est fort possible. Mais cela signifie surtout que nous menons sans conteste cette course, pour le moment.

Sotsha se contenta de lui répondre avec un faux sourire. L'histoire que le pécheur leur avait livrée la veille l'avait empêché de trouver le sommeil. Pour un peu, elle avait failli arrêter la quête pour secourir ces malheureux. Mais qu'aurait-elle pu bien y changer ? Une fois riche et célèbre, ce serait sans doute une autre histoire.

Visiblement, Adeldon ne lisait pas les évènements de la même façon. Il préféra détailler avec passion un de ses rêves de la nuit. Une histoire de magicien qui était enfermé dans un château sans intérêt. À aucun moment, il ne sembla être parcouru par une once d'empathie envers les villageois de Bratham. Pourtant, la veille, Sotsha avait perçu de la détresse dans ses yeux. Avait-elle halluciné ? Était-ce la faible lumière de la taverne qui lui avait joué un tour ?

Alors que le chevalier décrivait maintenant une autre histoire insipide, Sotsha le scrutait à la recherche d'indice sur son fonctionnement de pensée. Le regard fut sans doute trop appuyé.

— Qu'y a-t-il ?

— Rien, répondit la jeune femme dans un soupir. C'est seulement que... je me rends compte que l'on ne se connait absolument pas. Voilà trois jours qu'on chevauche ensemble et j'en viens à me demander si je n'ai pas commis une terrible erreur.

La pomme d'Adam du chevalier roula le long de sa gorge alors que son assurance venait d'en prendre un coup.
— C'est... que... je...
Peut-être avait-elle été trop brutale, finalement.
— Ce que je veux dire, c'est que ce ne serait pas mal de se connaitre un peu, non ? Tiens, parle-moi de toi.
— Que désires-tu savoir à mon propos ? rétorqua le chevalier en retrouvant un peu de son assurance.
— Je ne sais pas... J'avoue que je n'en peux plus des récits de légendes Valdenoriennes. On pourrait peut-être parler d'autre chose. Je ne sais pas moi... ton passé par exemple. Le tien, hein, pas celui des guerriers d'il y a cent ans. Quand as-tu quitté Freyjar pour la dernière fois ?
— Oh, mon dernier voyage ne remonte pas à si longtemps. C'était pour me rendre à la capitale, il y a un hiver.
— L'année dernière ?
— Oui, c'est cela. Je m'y étais rendu pour faire forger mon épée, conçue par le forgeron de l'Impératrice en personne.
Son torse se releva dans un geste typique de l'homme trop fier de lui. Sotsha voyait mal ce qu'il y avait de si glorieux.
— C'est bien, lâcha-t-elle tout de même, sans conviction.
— Oui, c'est un honneur sans précédent. Seuls les plus valeureux de l'École Militaire de Casperclane peuvent y prétendre.
— Et toi... tu l'as eu ?
— Tout à fait.
— Donc... tu étais parmi les meilleurs ?
— Exact !
Sotsha comprenait mieux maintenant la fierté ressentie plus tôt.
— Je ne savais pas que tu étais un soldat impérial, poursuivit-elle.
— C'est normal, je ne le suis pas.

— Bah... Tu viens de me dire que tu as terminé une école militaire...

— Certes, mais je ne me suis pas engagé dans l'armée à l'issue du cursus.

Sotsha rassemblait ses idées pour essayer de suivre ce cheminement de pensées qui s'avérait déjà compliqué.

— C'est débile. Pourquoi aurais-tu suivi une école militaire pour ne pas finir soldat ?

— Oh, c'est... J'y ai songé, bien sûr, comme tant d'autres se sont engagés avant moi, mais... Quand je vois ce que la Garde Impériale est devenue, je ne pouvais me résoudre à finir ma vie ainsi.

— C'est-à-dire ?

Adeldon soupira longuement. Cette question sembla faire ressurgir un conflit interne qui brulait au fond de lui depuis de nombreuses années.

— Vois-tu, mon désir le plus cher est de me rendre utile pour mon pays, pour mon Impératrice. Néanmoins, de nos jours, l'armée est dévoyée. Ce ne sont pas de réels combattants. Ils attendent sagement qu'un conflit entre deux paysans explose pour venir les tempérer. Non, moi j'aspire à l'aventure. Arracher la gloire des fils du destin du bout de mon épée.

— Je pense que tu exagères un peu.

— À peine. Crois-moi, en temps de paix, le métier de soldat est loin d'être amusant.

— Enfin en temps de guerre, ce n'est pas terrible non plus, relativisa Sotsha en faisant une moue entendue.

— Tu dis cela parce que tu n'aimes pas te battre. Mais pour un guerrier, un soldat, il n'y a rien de plus déprimant que la paix.

La jeune femme ne pouvait pas être plus en désaccord avec Adeldon sur le dernier point. Cependant, elle comprenait son besoin d'action et d'aventures. Il s'était engagé dans la quête de l'orbe d'Idvorg pour cette raison. Finalement, ce n'était pas si éloigné que ses justifications à elle.

— Et toi ? Quand est-ce la dernière fois que tu t'es rendue à Casperclane ?

La question surprit Sotsha qui n'avait pas pensé qu'en lançant une série de questions, cela reviendrait vers elle.

— Je n'y suis jamais allé.

— Pour de vrai ? s'exclama le chevalier, comme si elle venait d'avouer n'avoir jamais bu d'eau. N'as-tu jamais voulu contempler de tes yeux les splendeurs de l'architecture de Casperclane ? Tu n'en seras point déçu, je te l'assure.

— Tu sais, je n'ai pas souvent voyagé dans ma vie. Je n'ai jamais quitté Freyjar de très loin. Je pense pouvoir dire que chaque pas que nous faisons m'éloigne un peu plus de ce que je connais.

— Je pensais que ton père exagérait en disant cela.

— Il faut croire que non.

— Pourquoi ?

La jeune femme évita cette question.

— Je veux dire, en tant que magicienne, tu aurais pu te rendre à Wyrmhold. Il me semble qu'il y a une Académie de magicien, là-bas. Avec tes talents, tu devrais pouvoir y trouver ta place aisément.

La remarque ne manqua pas de laisser un goût amer dans la gorge de Sotsha. Si seulement son père avait eu la même clairvoyance qu'Adeldon.

— Peut-être oui. Je ne connais pas trop les Académies de magie.

Elle n'avait aucune envie de rentrer dans le sujet.

— C'est compréhensible. Quand on a Parodegan comme père, toutes les Académies doivent paraître insignifiantes. T'a-t-il enseigné tous ces secrets ?

Les yeux du chevalier pétillaient d'une curiosité enfantine avec presque une pointe de jalousie. Si seulement il savait que son père ne lui avait rien appris en matière de magie. Sur ce sujet, elle devait en savoir quasiment autant que lui, pour dire.

— Je n'ai jamais vraiment compris cette histoire de Talent que vous avez, vous les magiciens.

— On appelle ça un Don, pas un Talent, le corrigea Sotsha avec bienveillance. Le Don est un pouvoir unique que chaque magicien possède.

Adeldon se contenta de hocher la tête de haut en bas. Le regard d'admiration qu'il lui lançait la dérangeait. Était-ce l'honnêteté qui l'incita à rétablir la vérité, ou seulement la gêne de ce silence prolongé ?

— Tu sais, je suis nulle comme magicienne.

Adeldon fronça les sourcils.

— Ne dis pas n'importe quoi. As-tu vu comment tu as fait exploser cette pierre dans la forêt contre les loups ?

Il venait de lui offrir une porte de sortie. Cependant, une fois qu'on a emprunté le chemin de la vérité, opérer un demi-tour s'avérerait être une pirouette périlleuse.

— Un coup de chance, expliqua-t-elle. Je ne sais même pas comment j'ai réussi à créer ça.

Le chevalier acquiesçait en silence, les lèvres pincées, tentant d'assimiler ce qu'il venait d'entendre. Décidément, il était aussi mauvais pour gérer ses propres émotions que celles des autres.

— Tu es... le seul qui sache, continua Sotsha. Tout le village est persuadé que je suis une grande magicienne. Et... j'aimerais bien que ça reste ainsi, s'il te plait.

— Bien entendu.

— Super.

Sotsha s'attendait à couper toute discussion, mais le chevalier lui lançait un regard en coin, remuant ses lèvres comme s'il se retenait de parler.
— Dis-moi, l'invita-t-elle.
— Rien... Je n'ai...
— Dis-moi !
— C'est seulement que... Je me demandais si tu pourrais reproduire le sort ou...
Sotsha ne répondit pas.
— Non pas que ce soit grave, mais...
— Tu ne veux plus faire équipe avec moi, c'est ça ?
— Non, jamais, je ne...
Les joues d'Adeldon viraient franchement au rouge.
— Je m'informais juste.
La jeune femme n'en répondit pas plus, mais le silence pesant dut apporter la réponse que le chevalier souhaitait.
— Et... pour ce qui est de ton père ?
— Quoi, mon père ?
— Le sait-il ?
— Comment pourrait-il l'ignorer ? Je suis une déception ambulante pour lui.
— Tu ne peux dire cela.
— Adeldon, t'es gentil, mais là-dessus, tu n'en sais rien. Bien sûr qu'il est déçu par la fille que je suis. Imagine, tu es le magicien le plus célèbre de tout le pays. Des sagas entières portent ton nom, ta légende te précède partout où tu te rends et pourtant ta fille, celle qui devrait suivre ton chemin, hérite d'un pouvoir inutile. Tu serais fier, toi ?
— T'a-t-il déjà fait part de ce ressentiment ?
— Non, évidemment que non. Quel horrible père irait dire à sa fille qu'elle est une moins que rien.
— Alors, comment le sais-tu ?

— C'est évident ! Il me protège toujours, ne me laisse rien faire. Dès que je traine trop tard le soir, il lance des villageois à ma recherche alors même que tous les dangers du pays ont été éradiqués. Pourquoi agirait-il ainsi si ce n'est qu'il pense que je suis une incapable ?

— Tu n'es pas…

— Dès qu'il me parle de magie, je ne comprends rien, comme s'il me parlait en ancien elfique. Quand je veux prendre des ouvrages de magie, il m'en empêche. Pourquoi selon toi ?

— Car ce sont des lectures compliquées ?

— Non ! Parce qu'il sait que je suis une incapable, je te dis.

— Je ne suis pas certain que…

— Et pourquoi ne voulait-il pas que je m'engage dans cette quête ?

— Parce que…

— … Je suis une : In ! Ça ! Pable ! C'est pourtant clair, non ?

Étonnamment, expulser cette rage qui bouillonnait en elle depuis longtemps de cette façon faisait du bien. Jamais, elle n'en avait parlé à quiconque. En même temps, à l'exception de son père, peu de gens lui parlaient au village. Avec qui pouvait-elle bien aborder ce sujet ? Et là, à qui venait-elle de se confier ? À celui qui avait la prestance émotionnelle d'un pot de fleurs. Adeldon la contemplait, les yeux ronds et exorbités, n'osant plus rien dire. Quelle sinistre ironie que ce soit lui, son confident.

— Je vais te dire, Adeldon, reprit-elle plus calmement. Je m'en moque, moi, de cette orbe. Tout ce qu'on fait, là, ce n'est pas pour moi. Je veux juste montrer à mon père que je lui ressemble, que je suis bien plus qu'un simple boulet qu'il se trimballe. Je vais lui prouver qu'il peut être fier de moi.

— Et, je te promets qu'il le sera ! Ensemble, nous trouverons l'orbe et reviendrons à Freyjar couvert d'or et de gloire.

Enfin un sentiment humain qui traversait la carapace de grosse brute du chevalier. S'ouvrir l'un à l'autre était une idée originale et finalement pas si mauvaise que ça. Bien qu'elle regrettait de lui avoir tout révélé sur elle et ses pouvoirs, elle sentait que la confiance commençait à naître. Pour elle, ce n'était plus qu'un chevalier stupide et sans émotion. Maintenant, elle le voyait comme un homme traversé par des sentiments qu'il n'arrivait pas à gérer. Mine de rien, c'était déjà un progrès.

Chapitre 8

La Mélodie de la Rébellion

Après Bratham, retrouver l'épaisse forêt de conifères procurait un sentiment assez apaisant à Sotsha. Comme un peu de normalité dans un quotidien bousculé par ce concours. Devant elle, Adeldon s'affairait en resserrant les sangles de son paquetage. Ce dernier avait tendance à glisser et l'esprit méthodique du chevalier l'incitait à rétablir l'équilibre systématiquement. De son côté, la jeune femme se laissait bercer par le concert agréable produit par les chants d'oiseaux. Des mésanges, des rouges-gorges et même un merle un peu plus loin.

Cependant, à travers cette sublime mélodie, quelques notes dissonaient. Sotsha n'arrivait pas à mettre le nom sur cet oiseau qui chantait une mélodie si étrange. Peut-être une espèce qu'elle ne connaissait pas ? Peu probable. Ce qui a de bien à ne jamais sortir de son village, c'est que Sotsha avait eu le temps de s'intéresser à l'étude des animaux de la région. Aucun chant d'oiseau ne pouvait lui être inconnu.

Elle se concentra davantage, essayant d'isoler cette étrange mélodie des autres. Plus grave et étonnamment plus régulière. Sans doute un oiseau d'une taille bien plus importante que les autres. Parmi les sons qui lui parvenaient, il y en avait un bien plus habituel dans une forêt, celui de branche qui craque. Du moins, habituel lorsqu'il y a du vent, ce qui n'était pas le cas à ce moment.

Devant elle, Adeldon ne semblait pas étonné par ce récital mystérieux, le désordre de ses affaires l'occupant bien plus. La jeune femme n'aimant pas rester sur sa faim, elle se concentra de nouveau. Le chant étrange était toujours là, maintenant rejoint par un autre identique. Puis encore un et bientôt tous les autres fut recouvert. Sotsha comprit que trop tard que ces sons ne provenaient pas d'un quelconque oiseau, mais bien d'un sifflement humain. Alors qu'elle aurait voulu partager ses doutes avec son camarade, le bruit du craquement de bois revint, accompagné d'un tronc qui se coucha au milieu du chemin. Le vent n'avait décidément rien à voir avec ceci.

La magicienne manqua quelques respirations, cherchant désespérément à calmer sa jument prise d'une crise de panique. Adeldon, lui, avait déjà tiré l'épée de son fourreau, tournant sur lui-même pour chercher la provenance de cette attaque.

— Qui ose ? hurla-t-il.

— Moi !

L'homme qui sauta sur l'obstacle attira l'attention des deux voyageurs. Prouesse athlétique pour un homme d'un âge certain comme lui. Ses cheveux noirs étaient tachetés de marques de sagesses blanches et suintant de gras comme un homme qui n'avait pas vu de douches depuis quelques jours. Ses yeux froncés sous ses sourcils foisonnants lui donnaient un aspect animal, celui d'un ours sur le point de charger sa proie. Seule différence notable, il portait un arc pointé directement sur Adeldon. Un ours aurait préféré un combat à main nue.

Le chevalier lui répondit avec la même agressivité en levant son épée dans sa direction.

— Messire, je dois vous avertir que vous êtes sur le point de commettre une bien funeste erreur. Votre vantardise vous pousse à croire que vous pouvez triompher de nous, alors que je vous trouve bien seul sur votre arbre.

L'archer éclata d'un rire qui glaça le sang de Sotsha, elle qui avait compris la raison de sa confiance en lui. Autour d'eux, les fougères s'agitèrent, tandis qu'une masse grouillante approchait en silence.

— Il n'est pas seul, conclut-elle avec dépit.

— Oh que non ! s'exclama l'homme à la barbe bien garnie. Je crains que vous ne soyez encerclé. Alors maintenant, décidez-vous, ce sera la bourse ou la vie.

À ces mots, une vingtaine de personnes apparurent entre les plantes bordant le chemin. Tous semblaient bien jeunes, accablés d'une maigreur presque maladive. Des humains, des elfes, des nains en tout genre, unis par le malheur qui se lisait dans leurs yeux. Le plus proche de Sotsha, un gobelin, arborait même un torse entièrement nu.

Leurs armes étaient à l'image de leurs accoutrements, des fourches tordues et des arcs fissurés. Toutefois, même ainsi, une arme pointée vers soi reste menaçante. Sotsha leva les mains en l'air en signe de soumission. Pour Adeldon, c'était une tout autre histoire. Le chevalier n'offrit même pas un regard aux guerriers autour de lui, son attention étant complètement aspirée par l'homme perché sur le tronc.

— Une armée d'enfants ? s'exclama-t-il dans un rire moqueur. Écartez-vous de notre route tant qu'il en est encore temps, et peut-être oublierai-je que nous avons croisé la plus piètre bande de voleurs que Valdenor n'ait jamais portée.

— Une bande de voleurs, nous ? s'offusqua l'homme ventripotent. Nous sommes la rébellion, mon beau. Nous ne volons pas, nous rétablissons la justice !

— La rébellion, dites-vous ? répéta Adeldon, les sourcils froncés. Jamais, de toute ma vie, je n'ai entendu pareille sottise. Contre quoi vous rebellez-vous donc ?

— L'Empire évidemment, et tout ce qui s'en rapproche. Comme vous, qui arborez ce centaure, symbole d'oppression et d'exactions parmi tant d'autres.

Il pointait l'image représentée sur le plastron du chevalier.

— Je vous arrête tout de suite, s'écria Sotsha paniquée par la tournure de la situation. Nous ne sommes pas des soldats, et nous n'avons rien à voir avec l'Empire, si ce n'est d'y vivre. Je vous en prie, nous paierons pour passer, personne n'a besoin d'être blessé.

Un murmure parcourut les jeunes rebelles et les fourches tendues vers la magicienne vacillèrent, montrant que les mots choisis avaient peut-être atteint quelques-uns.

— Que nenni, rétorqua Adeldon en manquant de s'étouffer. Ces vils individus menacent l'Empire et jamais, sur mon honneur, je ne laisserai un tel acte se produire sans réagir.

— Seul un impérial parlerait ainsi.

— Je vous ferai ravaler vos paroles. Mais avant que je ne vous terrasse, dites-moi votre nom, que je le grave sur votre tombe !

— Mon nom n'a pas d'importance, seule notre cause en a. Mais si connaitre le nom de celui qui te tuera t'importe tant, sache que je m'appelle Veignar.

Il peut être énervant de voir un combat d'égo entre deux hommes qui veulent comparer leurs virilités. Tout ceci aurait pu se terminer avec un échange de bourses, mais Adeldon en avait décidé autrement. Et Sotsha devrait forcément le suivre.

Veignar décocha une flèche qui vint se planter dans le bouclier du chevalier. D'un geste franc de l'épée, Adeldon éloigna les fourches de son visage et s'élança vers le tronc qui lui barrait la route. La piétaille ne l'occupait pas. Lui, ce qu'il voulait, c'était le chef de la bande. Une nouvelle flèche fut esquivée avant que la jument d'Adeldon saute au-dessus du tronc, entrainant son propriétaire et le chef rebelle dans une lutte qui se poursuivrait loin du regard de Sotsha.

Voilà comment la jeune femme se retrouva seule, entourée d'enfants armés qui n'étaient pas disposés à discuter. Même s'ils n'étaient pas bien impressionnants, leur nombre jouait en leur faveur. Ils étaient déjà en train de se regrouper autour d'elle.

Les doigts de la jeune de femme se contractèrent autour de ses rênes alors qu'elle rassemblait son énergie. Puis, d'un geste rapide, elle leva les bras et des filaments verts jaillirent de ses extrémités, se propulsant en l'air dans toutes les directions. Les rebelles défaillirent, voyant des traits de lumière se diriger sur eux, ils prirent peur et lâchèrent leurs armes. Certains sautèrent même dans les fourrés pour éviter les collisions.

Ce qu'ils ignoraient, c'était que ces filaments ne représentaient aucune menace. Toutefois, la réaction de ces jeunes gens fut exactement celle espérée par Sotsha, lui permettant de s'échapper. Sans attendre que ses opposants se ressaisissent, elle talonna sa jument et sauta à son tour la barrière que représentait le tronc couché dans sa longueur.

De l'autre côté, Veignar et Adeldon étaient lancés dans un combat à l'épée, le premier depuis le sol et le second depuis son cheval. Un combat de coqs aurait été plus impressionnant. Les deux s'invectivant davantage qu'ils ne donnaient de réels coups.

— Adeldon, on file !

— Pas avant que je l'aie occis. Je vais lui apprendre à se dresser contre l'Empire.

— Adeldon ! insista la jeune femme d'une voix sans appel.

Les jeunes rebelles franchissaient déjà le tronc pour rejoindre le lieu du combat. Sotsha attrapa les rênes du cheval de son compagnon de route et l'emporta avec elle à sa suite. Tous deux s'enfuirent rapidement sous les tirs mal ajustés des rebelles. L'avantage d'une forêt profonde, c'est que de nombreux arbres procurent une protection efficace. En un rien de temps, ils furent hors de portée, mais n'arrêtèrent pas pour autant leur chevauchée. Une rapide discussion sans mots échangés suffit pour qu'ils se mettent d'accord : il fallait mettre une bonne distance entre eux et les rebelles.

Ce qu'ils firent, galopant pendant plusieurs heures sans s'arrêter. C'est uniquement lorsque les deux juments furent à bout de souffle qu'ils prirent la décision de s'arrêter. En mettant pieds à terre, Sotsha était encore toute haletante, comme si c'était elle et non son cheval qui avait parcouru la distance. Dans sa tête, des dizaines de pensées se bousculaient, mais une en particulier tenait à être réalisée en première. Elle se rapprocha du chevalier et lui frappa l'épaule de toutes ses forces. Adeldon se retourna sans paraître le moins du monde troublé par le choc qu'il venait de recevoir.

— Pourquoi as-tu fait ça ? hurla-t-elle.
— De quoi parles-tu ?
— Pourquoi fallait-il que tu l'attaques ?
— N'as-tu point entendu les infamies qu'il a prononcées ? Ils voulaient nous dérober.
— On a failli y rester à cause de toi.
— Enfin, Sotsha n'exagère pas.

La jeune femme flanqua de nouveau un coup dans son épaule. Avec l'armure, il y avait fort à parier qu'elle se ferait plus mal que lui à chaque fois, mais au moins ça défoulait.

— Si tu veux continuer avec moi, il va falloir qu'on établisse des règles.
— Je…

— Non, tu ne parles pas, tu écoutes ! La violence inutile et gratuite, c'est fini.
— Ce n'était en rien inutile, tu as bien vu qu'ils...
— On aurait pu payer ! Avec la fortune que nous allons gagner, à quoi bon garder quelques pièces sur nous ?
— Jamais, je ne donnerai le moindre sou à une bande de brigands de bas étage.

Les mains de la jeune femme tremblaient encore sous l'effet de la colère. Entre l'affrontement et la fuite précipitée, elle avait eu le temps de la sentir s'accumuler. L'envie d'affubler l'épaule du chevalier d'un troisième coup était très forte. Pourtant, elle n'en fit rien et reprit plus calmement :

— C'étaient des rebelles, pas des brigands.
— Cela revient à la même chose, si tu veux mon avis.
— Non... Et, non, je ne demande pas ton avis.

La voix de Sotsha portait plus de dédain que ce qu'elle aurait bien voulu en mettre.

— Certes, ils en voulaient à nos bourses, mais tu as bien vu que leur chef a pointé ton centaure pour se justifier.
— Et alors ?
— Des brigands ne s'attaqueraient pas à des symboles de l'Empire. Or, ici, c'est l'inverse. Ils nous ont attaqués précisément parce qu'ils pensaient que nous appartenions à l'Empire. Ce ne sont pas de simples voleurs, je te le dis.
— Je ne vois pas bien la différence.
— Ça change que s'il y en a d'autres, il vaudrait mieux que tu le retires.
— Quoi donc ?
— Le centaure.
— Veux-tu rire ? Retirer les armoiries de l'Empire ? Plutôt mourir.
— C'est bien ce qui a failli nous arriver.

— S'il y en a d'autres, je les affronterai un par un s'il le faut !

— Et l'orbe ? Dois-je te rappeler que nous avons une course contre-la-montre à terminer ? Si tu veux l'emporter, nous ne pouvons pas perdre plus de temps.

— Mais…

— Pas de mais, retire-le juste !

Le chevalier la regardait avec une défiance qui aurait fait défaillir de nombreuses personnes. Mais pas Sotsha. L'idée de devoir affronter de nouveau des rebelles n'était pas pour la rassurer, et elle ferait tout pour éviter cette situation. Devant son insistance silencieuse, Adeldon craqua et décrocha les agrafes de son plastron en le laissant tomber sur le sol.

— Bien maintenant, il reste à trouver un endroit où nous reposer. Je ne tiens pas à avoir une mauvaise surprise en me réveillant.

— Ils ne viendront pas.

— Qu'est-ce que tu en sais ?

— Voyons, Sotsha, as-tu vu leurs états ? Penses-tu sincèrement que ces bons à rien posséderaient des chevaux ? Je n'en ai vu aucun, et toi ?

— Non, c'est vrai.

— Nous avons chevauché plusieurs heures depuis la rencontre. S'ils veulent nous rejoindre, il leur faudra voyager la nuit entière à marche forcée. Ils ne viendront pas, je te le dis.

— Tu as raison, disons que cet endroit fera l'affaire.

La jeune femme vint détacher la tente qui reposait à l'arrière de la selle de sa jument. Les mots d'Adeldon ne l'avaient pas vraiment rassurée, mais en même temps, dans leur état, leurs chevaux n'iraient pas plus loin. Et puis, la clairière était tout à fait charmante. Suffisamment à l'écart du chemin pour qu'ils soient invisibles et proches d'une source d'eau pour pouvoir en profiter. En n'allumant aucun feu, ils seraient à l'abri ici. Sans parler du fait que deux voyageurs ne représentaient pas non plus une prise exceptionnelle pour des rebelles. Il y avait fort à parier qu'ils préfèrent attendre une autre proie plus importante.

Alors que la magicienne parvenait presque à se rassurer, une fougère proche d'elle bougea. Subtilement certes, mais trop fortement vu l'absence de brise. Le chevalier remarqua aussi cet étrange phénomène qui attira son attention.

— Les rebelles ? chuchota Sotsha.

— C'est impossible, comment auraient-ils pu ?

— Une seule façon de savoir.

Adeldon porta sa main sur la garde de son épée. La densité de la végétation et la luminosité faiblarde de la fin de journée ne permettaient pas de voir ce qui se cachait dans ce fourré. Ç'aurait pu être une musaraigne un peu trop pataude comme un bataillon de rebelles. Tout était possible.

Dans un mouvement bien coordonné, Sotsha fit apparaitre une boule de lumière qui explosa au centre des fougères. Inoffensif, mais qui aveugla celui qui s'y cachait et le força à sortir. Adeldon n'eut qu'à l'attraper par le col et le flanquer sur le sol violemment.

Le garçon affichait un air surpris, ne comprenant pas ce qu'il venait de se passer. Il était jeune, frêle et mal coiffé, comme les rebelles précédemment croisés. Seule différence, son habit était constitué d'une armure de cuir plus robuste que celle des autres, mais bien moins résistante que celle d'Adeldon. Son visage était illuminé d'un sourire en coin, déformé par la dague qu'il tenait en travers de sa bouche.

— Chalut, cha va ? fit-il.

Chapitre 9

Le Prisonnier Récalcitrant

Couché sur le sol, l'air toujours aussi surpris, le garçon levait les mains en l'air. D'un coup assuré, le chevalier le délaissa de sa dague portée en travers de sa bouche et dirigea la pointe de son épée vers son cou. Inutile de préciser que cet intrus n'était pas très impressionnant. Si l'homme moyen était représenté par un sapin, lui en serait une brindille.

De nombreuses questions se lisaient au fond de ses yeux, mais il se contenta de sourire comme seul signe de communication. Alors qu'il ne se montrait pas hostile, Adeldon prit tout de même la peine de lui asséner un coup de poing dans le ventre.

— Tu ne sais pas que quelqu'un qui lève ses mains, ça signifie qu'il se rend, idiot ! bougonna le garçon, le souffle court.

Sans dire un mot, Adeldon attrapa le jeune gaillard par une de ses épaulières en cuir et le releva d'un simple geste avant de le plaquer contre le tronc d'un arbre à proximité. Le visage du garçon vira au rouge alors que le chevalier se préparait à le frapper une seconde fois.

— Adeldon ! l'arrêta la magicienne en lui touchant le bras. Je ne pense pas que ce soit nécessaire. Il a dû comprendre dès le premier coup.
— Oh, j'avais compris bien avant ça ! confirma le petit voleur. Vous savez, je suis plutôt doué pour savoir quand il est temps de baisser la tête et me rendre.
Le chevalier inspira longuement avant de le relâcher. Il s'éloigna d'un pas et récupéra la dague qui gisait entre deux fougères. Étonnamment, c'était une belle arme, bien entretenue et tout à fait équilibrée. Rien à voir avec l'allure dépravée de son propriétaire.
Une fois l'inspection de la lame finie, Adeldon revint vers le garçon et tourna la pointe de l'arme dans sa direction.
— Parle ! aboya-t-il. Que faisais-tu dans ce fourré ?
— Je cherchais des fraises sauvages, c'est la période idéale, répondit le jeune garçon avec un sourire narquois. J'ai toujours eu un faible pour les petites douceurs sucrées.
La réponse infligea un rictus de colère au chevalier alors que ses doigts serraient fermement le manche du couteau.
— Es-tu seul ? continua-t-il, sa voix de plus en plus autoritaire.
— Si je ne l'étais pas, crois-moi, ta peau serait déjà recouverte de flèches !
Sotsha voyait la dague entre les mains de son compagnon de voyage trembler et elle en devinait la cause. Délicatement, elle s'approcha de lui et croisa son regard, lui faisant comprendre qu'elle allait s'occuper du reste de l'interrogatoire. Adeldon acquiesça et recula d'un pas.
Rassemblant ses forces mystiques, Sotsha fit apparaitre une petite boule de lumière qui flottait sous les yeux du garçon. Encore un sort inoffensif, mais suffisamment agaçant pour quiconque n'apprécie pas de fixer le soleil longuement.
— Qu'est-ce que... vire-moi ça !

— Tu vois cette... boule ? Je pourrais la faire rentrer dans ton crâne. Bien sûr, ce serait douloureux, mais... j'obtiendrai les réponses que je veux, au moins.

— D'accord... j'ai compris, je ne fuis plus. C'est pas trop mon truc les boules d'énergie dans le cerveau.

La menace avait fonctionné. Le visage du garçon virait maintenant vers une pâleur inquiétante. Satisfaite, Sotsha rappela son sort et la boule de lumière disparut.

— Que fait-on ? demanda Sotsha vers le chevalier.

— Comment ça ?

— Nous ne pouvons pas rester ici, c'est trop dangereux. Les rebelles ont retrouvé notre trace, nous devons partir.

— Les rebelles ? Crois-tu sincèrement que ce pitre y soit associé ?

— Bien sûr. Tu as vu son apparence dépravée ? Ses habits miteux ? C'en est un, c'est sûr.

— Eh, je vous entends, vous savez ! s'offusqua le captif. Et franchement, je ne vois pas en quoi mes habits sont si horribles. Est-ce que je juge vos fringues, moi ?

Une armure de cuir usée, un haut de laine trouée et un pantalon bâillant, c'était clairement la définition d'habits miteux. Sotsha ne lui répondit pas, se contentant de le toiser de haut en bas.

— Je pourrais nous en débarrasser.

— Adeldon ! s'indigna Sotsha sans savoir si la proposition était sérieuse.

— Cela représenterait un bel avertissement pour les rebelles, s'ils nous surveillent.

— Je ne suis pas pour, intervint le garçon comme s'il avait voix au chapitre.

Ce n'était pas cet argument qui convainquit la jeune femme. De toute façon, il était hors de question de tuer qui que

ce soit. Cependant, le problème des rebelles demeurait inchangé.
— Y en a-t-il d'autres ? demanda-t-elle.
— De ?
— Des rebelles, crétin.
— Mais pourquoi, vous me parlez d'eux depuis tout à l'heure ?
— Parce que tu en es un ! s'emporta Adeldon.
— Mais non !
— Prouve-le.
— Mais enfin, c'est fou ça. Comment voulez-vous que je vous prouve que je ne suis pas quelque chose que je ne suis pas ?

Cette interrogation laissa un silence de quelques secondes, le temps que tous puissent interpréter son sens.
— Voudrais-tu nous faire croire que tu n'as pas de liens avec la rébellion ?
— Absolument aucun. Enfin…

Lorsque quelqu'un se sent obligé de rajouter ce mot à la fin de son affirmation, c'est que ce qui l'a précédé était sans doute faux.
— Enfin ? releva Sotsha en fronçant les sourcils.
— Peut-être que j'ai passé un peu de temps avec eux.
— Voilà, je le savais.
— Non, mais écoutez-moi, je ne fais plus partie de leur bande. Je les ai quittés hier soir.
— Menteur ! accusa Adeldon en relevant la dague vers la nuque du garçon.
— Non, je vous promets. J'en avais un peu… marre de leur façon de procéder. J'avais besoin d'un peu d'air frais, vous voyez ?
— Alors pourquoi nous épiais-tu ?

Le garçon déglutit péniblement devant la question.

— C'est... euh... je...
— Parle !

La dague se rapprocha dangereusement du cou du garçon qui se plaqua contre le tronc derrière lui. Il ne pourrait pas aller plus loin à son grand désespoir.

— Rappelle-toi, ma magie peut te faire parler, insista Sotsha, comme si la menace de la dague n'était pas suffisante.

— D'accord, d'accord. Je vais vous raconter. Comme je vous l'ai dit, j'ai passé un peu de temps avec les rebelles. Mais... je suis parti. Mais j'avais besoin d'un peu d'argent. Trois fois rien, juste de quoi passer un jour ou deux.

— C'est un voleur, résuma Sotsha avec dépit.

— Voleur ? Oh non, quel vilain mot ! Je comptais simplement prendre de quoi survivre. Après tout, vous avez l'air d'avoir de quoi faire, il suffit de voir comment la boite de conserve parle. Même les nobles de la capitale ne se la racontent pas ainsi ! D'ailleurs, si vous me permettez, je peux toujours vous prendre quelques sous et je disparais, vous ne me verrez plus.

— Il est hors de question que tu nous soustrais le moindre sou.

— Ha oui, je vois. Ou sinon, vous me laissez partir sans rien. C'est moins sympa, mais je vous pardonnerai.

— Cesse tes idioties ou ma lame te transperce la gorge.

— Tu veux dire, ma lame. Cette dague m'appartient toujours et...

Le coup de poing qu'il reçut dans l'abdomen suffit à le faire taire. Après un crachat par terre et quelques respirations faiblardes, le garçon reprit :

— Bon, d'accord, je ne pars pas ? Mais du coup, quoi ? Je reste avec vous ?

Il soulevait un bon point. Le laisser partir n'était pas une solution, mais le garder était une issue handicapante. Faute de mieux, les deux compagnons décidèrent de le garder. Afin qu'il ne profite pas de la nuit pour s'échapper, ils l'attachèrent à un tronc solide. Ainsi saucissonné à ce grand arbre, le petit voleur paraissait encore moins dangereux qu'avant. Il ne pourrait pas partir bien loin.

Une fois le captif immobilisé, Sotsha reprit son interrogatoire. De nombreuses questions restaient sans réponse et elle ne voulait pas prendre de risque inutile.

— Reprenons : ton nom !

Le garçon la contempla en hésitant, comme si cette information pouvait bien lui être préjudiciable. Pour sa défense, il existait une idée reçue à Valdenor qui laissait imaginer que les magiciens pouvaient exercer un pouvoir sur ceux qui leur donnaient leur vrai prénom. Sotsha ignorait si cela était fondé, en tout cas pour une luxomanciste, cela ne servait à rien. Elle peinait déjà à réaliser un sort un tant soit peu efficace, elle n'avait pas besoin de nom pour que ça fonctionne.

— Flenn, répondit enfin le captif.

Avait-il menti ? Peu importe, au moins, elle savait comment le nommer dorénavant quand elle aurait besoin de lui dire de se taire.

— Tu étais donc avec les rebelles ?
— C'est ça.
— Quand les as-tu quittés ?
— Hier ou avant-hier, je ne vois pas bien ce que ça change.
— Réponds ! aboya le chevalier.
— Oui, ça devait être hier, maintenant que j'y réfléchis.
— Donc, tu les connais ?
— Oui, enfin vite fait, hein. Je ne suis même pas sûr de connaitre plus de cinq noms, là-bas.
— Veignar, celui-ci te parle ? demanda Adeldon.
— Si l'on parle du vieux gars jamais content, oui, je vois.
— Qui est-il ?

— Le chef des rebelles, un truc du genre.
— Contre quoi se battent-ils ?
— L'Empire, le froid, les taxes, qu'est-ce que j'en sais moi ? Demandez-leur.
— Ont-ils des chevaux ?
— Non, aucun.
— Donc, ils ne nous traqueront pas ?
— Vous traquer ? Pourquoi feraient-ils ça ? D'accord, vous avez rencontré les rebelles, mais tout doux, vous n'êtes pas les premiers à leur échapper. Honnêtement, ils ont déjà dû oublier votre existence.
— Je te l'avais dit, se gargarisa Adeldon.
Tout ceci rassura la jeune femme. Pour l'égo, ce n'était pas terrible de savoir que les rebelles ne les poursuivraient pas, mais pour la tranquillité de leur sommeil, cette information avait une valeur extrêmement rassurante.
— Donc, si nous te libérons, tu n'iras pas revoir le reste des rebelles ? résuma la magicienne.
— Absolument. Vous pouvez immédiatement le faire et je vous garantis que c'est le dernier endroit dans lequel je voudrais me rendre.
Sotsha et Adeldon échangèrent un regard, communiquant sans paroles.
— Je te crois, trancha la jeune femme.
— Que dis-tu ? Tu ne songes tout de même pas à libérer ce malandrin ?
— Non.
— Non ? Mais, tu viens de dire que tu me croyais !
— Oui, je te crois pour les rebelles. Par contre, je sais aussi que si on te libère maintenant, tu profiteras de la nuit et de notre sommeil pour venir nous piller.

— Ha... oui, c'est vrai que mes actions du jour ne vont pas m'aider à défendre mon cas. J'imagine que de vous promettre de ne pas le faire ne suffira pas ?

Aucun des deux compagnons ne prit la peine de répondre.

— C'est bien ce que je craignais. En même temps, je ne suis pas sûr que j'aurai réussi à tenir cette promesse...

Sotsha se releva pour aller finir d'installer le campement. Le chevalier ne lui fournit aucune aide, préférant garder leur prisonnier à l'œil. Le feu était exclu par raison de sécurité, mais elle étendit tout de même une couverture sur le sol, devant le captif pour pouvoir manger. Même face à un voleur, elle n'en perdait pas ses bonnes manières. Décidée à proposer un repas digne de ce nom, elle se rendit vers les ballots de nourriture, quand les fougères se remirent à bouger.

— Adeldon ! Là-bas !

Le chevalier dégaina de nouveau son épée et la leva, prêt à l'abattre sur le nouveau venu.

— Attendez ! implora le prisonnier. Ce n'est pas une menace. C'est mon âne.

— Ton... âne ?

— Un robuste compagnon. S'il vous plait, j'accepte de ne pas fuir et de me taire, mais par pitié... ne faites pas de mal à mon âne.

— Si ça peut le faire taire, allons lui chercher sa monture, concéda Sotsha.

Adeldon disparut alors dans la sombre forêt, et en revint avec la mule gris terne. Ses oreilles pendantes et son regard triste l'auraient fait passer pour la créature la plus accablée de la création. Tout le contraire de son propriétaire qui conservait un sourire malicieux en toute circonstance. En tout cas, il n'avait pas menti, il n'avait pas essayé de se sauver depuis qu'il avait vu que la mule était bien traitée. Il avait même cessé de parler : une grande victoire.

Le calme revenant, Sotsha finit de rassembler de quoi faire un repas digne de ce nom : une miche de pain, trois oignons et trois morceaux de viandes séchées. Un repas de rois si tant est que leur royaume soit tombé en ruine. Chacun eut le droit à une partie égale de ces mets. Sotsha jeta sa part sur les genoux du garçon. Ce dernier la regarda avec étonnement, les bras attachés dans son dos.

— Génial, et comment suis-je censé manger ça, sans mes mains ?

— Cesse, donc de parler, ou je te bâillonne et l'absence de tes mains ne sera plus ton seul problème.

Le petit voleur ne répondit pas et essaya d'attraper le morceau de viande en se contorsionnant sur lui-même du mieux qu'il pouvait. Ce spectacle réjouit Adeldon qui moqua le petit voleur à chaque tentative échouée de sa part.

La jeune femme quant à elle n'avait pas l'esprit à la rigolade. Elle était plongée dans une profonde réflexion alors qu'elle essayait de démêler le vrai du faux concernant les rebelles. Étaient-ils, comme Adeldon le pense, de simples brigands qui dépouillent les voyageurs ? Ou bien quelque chose de plus grave se tramait ? Son regard se posa sur les étoiles, oubliant les disputes des deux hommes à ses côtés et se surprit à espérer que la nuit lui apporterait des réponses.

La porte de la taverne grinça sur ses gonds comme un vieillard voulant s'asseoir. Ce râle que Parodegan connaissait si bien, puisqu'il gémit de la même façon en s'attablant, une bière à la main. Des villageois le saluèrent de loin, mais aucun n'osa s'approcher en voyant Nörg l'accompagner. La géante avait ce don de faire reculer quiconque par son unique présence. Pourtant, excepté son apparence pour le moins rebutante, elle était adorable. À l'époque, elle et Parodegan avaient sauvé de nombreux villages sans hésiter. Mais l'histoire a toujours eu la tendance d'oublier la participation de la géante dans ces aventures.

— Alors, est-elle revenue ? demanda Nörg de sa voix caverneuse en ingurgitant une lampée monumentale de bière.

— Pas encore.

— Le grand Parodegan aurait-il commis une erreur d'appréciation ? Tu avais dit qu'elle abandonnerait en une journée et ça fait déjà quatre jours, si je compte bien.

— Ma fille n'est pas taillée pour l'aventure. Je ne comprends même pas comment elle a pu tenir si longtemps.

— J'ai déjà hâte de la voir revenir avec l'orbe pour pouvoir admirer ta tête.

— Nörg ! Ce n'est pas un jeu. Tu sais bien ce qu'elle risque.

— Pas grand-chose sachant que ce bon vieil Adeldon veille sur elle.

La voix qui venait de s'élever était celle de Brymir, le nain bucheron. C'était un des rares habitants de Freyjar qui ne défaillait pas devant la géante. Parodegan le soupçonnait même de chercher sa présence par un sourire vers elle un peu trop appuyé.

— Puis-je me joindre à vous ? demanda-t-il.

— J'ai l'impression que tu te l'es déjà permis, remarqua le mage grincheux alors que le nain remplissait son godet grâce au pichet au centre de la table.

— Comment sais-tu qu'Adeldon est avec elle ? l'interrogea la géante.

— Croyez-moi, ce vieux briscard aura tout fait pour se joindre à elle.

— Si tu le dis.

— Par la barbe de Guntrac, il n'y a rien de plus sûr au monde. Adeldon voyage en compagnie de votre fille et ils trouveront l'orbe.

Invoquer le nom d'un dieu ne rendait pas pour autant une affirmation véridique. Parodegan poussa un long soupir las.

— Si tu t'en fais tant pour elle, reprit Nörg, pourquoi ne pas partir la chercher ?

— La chercher ? Enfin, tu sais que je n'ai plus l'âge de partir dans…

— Tu te cherches des excuses, Paro.

— Mais et le village ? Qui s'en occupera ?

— Moi, je peux, intervint le nain, ponctuant sa proposition par un rot sonore.

— Allons, Paro, songe à cette belle aventure qui nous tend les bras. Ensemble, tous les deux comme à l'époque, tout ça pour rattraper ta fille parce que le vieux père que tu es à trop peur pour elle.

— À juste titre. Tu connais les dangers qui la guettent.

— Raison de plus pour aller à sa rescousse.

— Buvons à cela ! hurla Brymir qui n'avait pas tout saisi de cet échange. Que la fortune s'abatte sur Freyjar et que la gloire nous étreigne comme une déesse en quête de plaisir.

Dans une taverne du Nord, lorsqu'un client lève son verre, une tradition veut que tout le monde présent, hurle Aye, en soutien. Ceci ne fit pas exception et la vingtaine d'habitués se prit au jeu en beuglant ce mot avant d'ingurgiter une gorgée de leur boisson. Cette euphorie momentanée ne rassura pas Parodegan qui avala tout de même sa rasade elle aussi. Toutefois, dans les tréfonds de son esprit, une idée folle faisait son chemin, aidée par les effluves de l'alcool. Encore quelques verres comme celui-ci et il pourrait envisager sérieusement de partir secourir sa fille.

Chapitre 10

Un Voleur Flenn-matique

Le son apaisant de la rivière coulant en contrebas sortit Adeldon de son sommeil. La matinée devait juste débuter à en juger par la fraicheur qui régnait toujours dans la tente. Étant réveillé et n'aimant pas rester à rêvasser, le jeune homme en sortit et eut comme premiers réflexes de regarder Sotsha. Manque de bol, sa tente était grande ouverte et surtout vide. La jeune femme devait être plus matinale que lui pour le coup.

Par acquit de conscience, plus que par crainte, le chevalier porta son attention ensuite sur leur captif de la veille. Il s'attendait à l'entendre bougonner, lui qui avait passé une nuit dehors. Quelle ne fut pas sa surprise, en s'apercevant qu'à la place d'un prisonnier récalcitrant, il restait seulement un amas de cordes emmêlées. Le garçon s'était échappé. Adeldon se serait maudit sur trois générations pour ne pas avoir serré davantage les liens. Toutefois, il devait bien reconnaitre qu'il n'y avait rien de tel qu'une petite frayeur pour se réveiller. Sortant de sa tente pour de bon, il attrapa son épée. Le petit voleur allait voir ce qu'il en coute de jouer à la grande évasion avec lui.

L'âne du garçon était toujours là, broutant paisiblement à côté des deux juments. Jamais, Flenn ne serait parti sans sa monture. Pour une raison qui échappait à Adeldon, ce petit voleur y semblait attaché. Cela signifiait qu'il était encore dans les parages. Tant mieux, il pourrait lui apprendre les bonnes manières.

Un simple coup d'œil suffit à Adeldon pour le convaincre que le garçon ne se cachait pas dans le campement. Soudain, le bruit régulier de l'eau en contrebas changea pour devenir un bruit moins continu. Quelqu'un était en train de se baigner, ou pire, de s'échapper. N'écoutant que son courage, Adeldon n'hésita pas. L'arme au poing, il se précipita vers la source de ce bruit, traversant les fougères comme si elles n'existaient pas.

Il se préparait à tout. Une armée de rebelles, Flenn tentant d'assassiner Sotsha, une meute d'ours des cavernes prenant leur bain printanier ou même le réveil d'un dragon antique. Quelle que soit la menace, il l'affronterait de la même manière : un coup d'épée en plein dedans, en visant la tête de préférence.

L'endroit était une grande vasque à l'eau turquoise et transparente. Un havre de paix où virevoltaient des fées des forêts, de leurs petites ailes fluorescentes. Ces êtres de la taille d'un pouce se nourrissaient de la magie et à défaut, comme ici, du nectar de fleurs. Les figuiers qui bordaient la rivière leur offraient une cachette idéale. Ce spectacle réjouissant n'alerta pas le chevalier, habitué à voir de pareilles créatures en bordure de forêt. En revanche, la vision de Sotsha nageant paisiblement au milieu de la vasque manqua de le faire défaillir. Elle était aussi vêtue qu'un nouveau-né sortant du corps de sa génitrice et n'avait pas remarqué l'arrivée d'Adeldon.

De sa position, il voyait juste le haut du crâne de la jeune femme dépasser de l'eau. Le tas de vêtements sur le rivage suffit à lui faire chauffer ses joues. Sous le choc de cette vision, son épée lui échappa des mains. Comme tout objet de métal chutant contre la pierre, elle provoqua un bruit sourd, qui attira logiquement l'attention de la magicienne.

— Adeldon ! hurla-t-elle en serrant ses bras contre son corps pour le cacher.

Le chevalier reprit ses esprits.

— Non, ce n'est pas ce que...

— Va-t'en !

Le chevalier se retourna, raide comme un piquet et le cœur tambourinant contre sa poitrine. Ses jambes ne lui répondaient pas, il ignorait comment agir. C'est à ce moment-là que Flenn sortit d'un bosquet devant lui, le sourire aux lèvres et les bras chargés.

— Wow, vous en faites un sacré boucan, là !

— Toi ! s'écria Adeldon qui se souvint soudainement de sa mission. Perfide voleur, crois-tu que je ne vois pas clair dans ton jeu ? Voulais-tu nous dérober notre bourse encore une fois ?

Avant que le garçon ne puisse répondre, le chevalier l'attrapa par le col, le soulevant de terre sans peine.

— Du calme, du calme ! Je suis juste allé chercher... des groseilles. J'ai remarqué qu'il y en avait dans les buissons par là-bas. Pas de quoi s'affoler !

En disant cela, Flenn tendit ses mains et révéla les baies dont il parlait.

— Je comptais en ramener pour le petit déjeuner. J'ai un petit faible pour les fruits rouges !

— Tu me crois assez stupide pour avaler tes mensonges ?

Le garçon laissa planer un instant de silence seulement interrompu par le bruit de l'eau avant de reprendre.

— Pour être tout à fait honnête, je n'avais pas encore décidé. Si vous aviez eu la bonne idée de dormir jusqu'à midi, effectivement, ç'aurait été tentant.

— Je vais te...
— Adeldon ! s'écria une nouvelle fois Sotsha.
— Mais, c'est lui qui...
— Ça m'est égal, partez ! Vous deux !
La voix tranchante ne laissait pas de place à la discussion et le chevalier s'exécuta, entrainant avec lui le petit voleur.

Ce matin-là, Sotsha avait espéré pouvoir obtenir un moment de relaxation rien qu'à elle. Après les loups et les rebelles, la perspective d'une baignade dans ce lieu paradisiaque avait été tentante. Trop pour ne pas y céder. Voyant qu'Adeldon mettait du temps à se réveiller, la jeune femme s'était glissée dans la rivière. Les fées dansaient au-dessus d'elle, affairées à amasser du pollen pour leur dirigeante. Enfin, Sotsha ne savait pas comment fonctionnait l'organisation chez les fées, mais elle l'assimilait à celle des abeilles. Après tout, elles avaient la même taille et le même attrait pour les fleurs.
Cet instant de pur bonheur avait été gâché par le chevalier qui avait fait irruption. Il s'était disputé avec Flenn, sans même que la magicienne comprenne pourquoi le garçon n'était plus attaché au tronc qui lui avait été attribué. Quoi qu'il en soit, il était trop tard pour se détendre. Voyant les deux perturbateurs s'éloigner, Sotsha en profita pour regagner la rive et se rhabiller.
En quelques sauts agiles à travers les fourrés, Sotsha retourna au campement. Comment deux tentes et une couverture sur le sol pouvaient-elles prendre autant de place ? Évidemment, il ne fallait pas compter sur Adeldon pour les ranger. Pendant que le chevalier poursuivait ses litanies contre le prisonnier qui jouissait d'une liberté retrouvée, la jeune femme plia toutes les affaires et les chargea sur les juments.
— Tu ne viens pas, décréta Adeldon sentencieux.

— Dites-moi où vous allez, au moins. On pourrait faire un bout de chemin ensemble, après tout. Je commence à bien vous aimer.
— Non.
— Même une demi-journée, c'est mieux que rien.
— La ferme.
— Ça va, pas besoin d'être grossier.
— Non, tais-toi ! Vraiment !
Le chevalier porta sa main sur la bouche du garçon qui visiblement peinait à suivre un ordre aussi simple que celui-ci. Il fit signe ensuite d'écouter. Sotsha ne comprit pas de suite. Au début, seul le vent dans les branchages lui parvint. Rien d'exceptionnel dans une forêt. Puis, un autre son se distingua : celui de personnes marchant sur un sentier de cailloux.

En tête, Adeldon prit sa jument par la longe et se dirigea vers le chemin pour observer. Flenn l'imita, avec moins de prestances puisqu'il tirait un âne, et enfin Sotsha les rejoint, à son tour. Ils dominaient le chemin depuis une butte en y étant dissimulés pour autant. Un endroit parfait pour observer et pour voir que les passants étaient ceux croisés la veille.

— Je croyais que nous étions si peu intéressants pour les rebelles qu'ils ne nous traqueraient pas, remarqua Sotsha en direction du garçon.

— Peut-être qu'ils voulaient juste descendre vers le sud. Tout ne tourne pas autour de vous, les amis.

— Nous ne sommes pas amis.

— Façon de parler.

— C'est n'importe quoi, s'offusqua Adeldon. Pour se trouver ici, ils auraient dû marcher toute la nuit.

Les mines abattues des frêles soldats confirmaient nettement cette théorie. Leurs pas manquaient d'assurance, voire ils chancelaient. Les fourches servaient plus d'appuis que d'armes. Clairement, ils n'étaient pas frais.

— S'ils ont marché toute la nuit, c'est forcément pour nous, poursuivit Sotsha.
— Ou alors, c'est parce qu'ils recherchent celui qui a volé leur âne.
Les regards d'Adeldon et de Sotsha convergèrent en même temps vers celui qui avançait cette théorie loufoque.
— Quoi ?
— L'âne ne t'appartient pas ?
— Bah... maintenant, si.
— Tu nous as pourtant affirmé que les rebelles ne possédaient pas de chevaux.
— Je confirme puisque c'est un âne. Et en plus, comme il n'en avait qu'un et que je leur ai piqué, ce que je vous ai dit est la simple vérité.
Dépité de cette réponse, Adeldon enfouit son visage entre ses mains. Ce constat, bien que déconcertant, était factuel : les rebelles étaient là et ils leur bloquaient l'accès à la route.
— Bon, que fait-on ? demanda Sotsha.
— S'ils le cherchent, lui, nous n'avons qu'à leur livrer. Quant à nous, nous en profiterons pour partir.
— J'aime bien la partie du plan qui consiste à fuir, mais beaucoup moins le début, concéda Flenn.
— Je ne vais pas me battre pour cet avorton, cupide et lâche.
— Eh ! Je ne suis pas un avorton, je...
Le petit voleur n'eut pas le temps de finir sa phrase que son âne commença à brailler. Reconnaissait-il son véritable maître ou trouvait-il que le moment était opportun pour appeler une femelle ? Quoi qu'il en soit, les rebelles furent immédiatement informés de la présence de l'animal dans les fourrés au-dessus d'eux. Il aurait été plus évident d'ignorer le cri d'un bébé en manque de lait.

— Fais taire ta sale bête, murmura sèchement Adeldon en direction du petit voleur.
— Comment veux-tu que je fasse, hein ? Je dois plonger mes mains au fond de sa gorge ?

Le mal était fait, même s'il parvenait à faire taire son âne, les rebelles s'amassaient déjà sur le chemin, quelques mètres devant eux.

— Flenn, montre-toi ! aboya Veignar de sa voix tonitruante. On sait que tu es là.

Adeldon se redressa et sortit de sa cachette.
— Qu'est-ce qu'il fait ? chuchota le garçon.
— Celui que vous cherchez est ici, déclara le chevalier. Nous vous le livrerons avec plaisir.
— Oh, le fils de troll !

Livrer le garçon n'était pas le souhait de Sotsha. Si Adeldon lui avait demandé, elle l'aurait empêché. Maintenant, le mal était fait, et la réaction des rebelles était tout aussi imprévisible que les décisions du chevalier.

— Regardez ! C'est l'impérial qu'on a croisé hier, remarqua un des plus rapides que les autres.
— Ils sont de mèches, c'est sûr, dit un autre.
— Absolument pas ! s'écria Adeldon, plus offusqué d'être associé à un voleur que par peur des représailles. Vous voyez bien qu'il est notre prisonnier.

Les rebelles hésitèrent un moment, se demandant s'ils étaient en train de se faire avoir ou non. Flenn trancha pour eux.

— Bien joué, Adeldon. Ils sont tombés dans le panneau et pensent que nous sommes vraiment ensemble.

Subtile ruse de la part du petit voleur. À présent, les rebelles étaient persuadés qu'il était avec Sotsha et Adeldon. Et leur colère s'abattrait autant sur eux que sur lui. Cette colère prit la forme de flèches dirigées vers les trois compagnons embusqués. Bien que toujours mal ajustées, les probabilités finiraient par les aider à atteindre leurs cibles.

Sotsha ne voulait pas attendre ce moment-là et concentra son pouvoir sur ses mains. Plusieurs boules de lumière en jaillirent avant de se diriger vers les rebelles. Ce stratagème avait porté ses fruits la veille, mais s'avérait complètement inutile cette fois. Les frêles guerriers n'esquivèrent pas. Était-ce parce qu'ils comprenaient que ces sorts étaient inoffensifs ou par manque d'énergie ? Le résultat était le même, les flèches continuaient de pleuvoir et ceux armés de fourches se rapprochaient sérieusement.

— Nous n'avons plus d'alternatives, en selle ! s'écria Adeldon. Nous nous frayerons un passage par la force si nécessaire.

— Donc on fuit ? reformula Flenn.

— Aurais-tu une idée plus pertinente ?

— Non, la fuite, ça me va très bien. C'est presque une seconde nature chez moi !

Les trois camarades bondirent sur leur monture respective, tandis que les rebelles avaient quasiment atteint leur position. Les flèches fusaient autour d'eux avec une précision toujours aussi approximative. Si tous les chasseurs du pays tiraient avec une telle adresse, Valdenor serait devenue un pays gouverné par le gibier. Toutefois, ils n'allaient pas leur donner le temps de s'exercer.

Ce fut Adeldon qui s'élança le premier. Son épée avait un pouvoir de dissuasion bien plus fort que les boules de lumière de la magicienne. Il la faisait tournoyer autour de lui, et comme par enchantement, les rebelles se jetaient sur le sol, la tête contre la terre et les fesses en l'air. Une technique aussi ridicule qu'inefficace, empruntée aux autruches des Salmanites.

En un rien de temps, les trois compagnons sortirent de la cohue sans subir de dégâts. En même temps, quand le combat est uniquement constitué d'esquives, il est plutôt simple d'en réchapper. Les chevaux se mirent à galoper à toute allure et s'éloignèrent du lieu de l'affrontement. Seuls les cris de Veignar résonnèrent dans la forêt, une ultime menace pesant sur Flenn.

Une fois hors de portée, c'est-à-dire après une demi-heure de course effrénée plus tard, Adeldon tira sur ses rênes et somma la magicienne de faire de même. Il dégaina son épée et la pointa sur le petit voleur.

— Donne-moi une seule bonne raison de ne pas libérer ta nuque de la charge de supporter ta tête.

— Je… sais des choses.

— Mauvaise réponse.

La lame du chevalier s'éleva dans les airs avant que Sotsha arrête son mouvement. Jamais, elle ne saura s'il aurait pu aller au bout de son acte. Elle en doutait sérieusement.

— Que sais-tu ? demanda-t-elle.

— Enfin, Sotsha, tu vois bien que c'est un grossier artifice pour gagner du temps.

— Non, promis. Je peux vous être utile.

— Comme tu l'as été face aux rebelles ?

— Pardonnez-moi pour ça, mais je n'avais pas le choix. Vous alliez me livrer à Veignar, je vous rappelle. Ce gars n'est pas mon plus grand admirateur, alors… j'ai préféré me joindre à vous.

— Et bien, c'est fini. Nos routes se séparent maintenant !

Le garçon acquiesça doucement de la tête, sans perdre pour autant son sourire qui le caractérisait tant. Tout aurait pu s'arrêter là, chacun reprenant son chemin et ses problèmes au passage, mais une chose taraudait Sotsha. Comme un picotement dans son crâne qui lui intimait de poser cette question :

— Quels genres de choses sais-tu ?

Le sourire du voleur s'agrandit encore un peu plus devant la curiosité de la magicienne.
— Je sais qu'une autre partie de la bande des rebelles attend un peu plus loin. Si vous continuez sur cette voie, arrivé au col, vous serez mort.
— Pas si tu nous laisses, trancha Adeldon.
— Je vous rappelle que pour eux, nous faisons équipe désormais.
Cette idée arracha une grimace de dégoût au chevalier.
— Par où nous proposes-tu de passer ?
— Tu ne vas pas lui faire confiance, Sotsha !
— Réponds !
— Tout dépend d'où vous vous rendez. Voyez-vous, je connais cette région comme ma poche, je pourrais vous guider.
Ça sentait le piège à plein nez. Pourtant, quand une opportunité se présente parfois, il suffit de la saisir.
— Tu saurais nous conduire à Idvorg ?
— Sotsha ! Nous n'avons pas besoin de lui !
— Idvorg, tu dis ? Ce gros bloc de pierre qui domine Valdenor. Pourquoi voulez-vous y aller ?
— C'est pas tes affaires, ça. Tu peux nous y conduire, ou non ?
— Sotsha !
— Oui, ça se peut. Moyennant rémunération, bien sûr.
— Ta rémunération sera de ne pas être livrée aux rebelles ni à la Garde Impériale une fois que nous serons en sécurité.
— Je vois que tu es dure en affaire.
— Alors ?
— J'accepte !
— Je me dois de protester.
— J'ai entendu Adeldon. Mais, je fais confiance à Flenn pour nous trouver un chemin rapide et sûr. N'est-ce pas ?

— Tout à fait ! Il se trouve que je connais… un petit raccourci dans le coin.
— Quel type de raccourci ? s'inquiéta la jeune femme qui n'aimait pas le sourire qui accompagnait cette proposition.
— Genre, un petit tunnel à travers la montagne. Une promenade de santé, croyez-moi. Un aveugle pourrait le faire !
— Un aveugle ne rencontrerait aucune difficulté à s'orienter dans une grotte obscure, misérable écervelé, hallucina Adeldon.
— Pas faux. En tout cas, vous devriez y arriver. Allez, mes amis, en route.

Sotsha perçut le regard accusateur de son acolyte sans approuver cette nouvelle alliance. Mais son avis était fait et elle était certaine d'avoir fait le bon choix. Malgré son côté agaçant, une chose brillait au fond des yeux de ce garçon. Certes bien cachée, mais elle était sûre de pouvoir lui faire confiance. En tout cas suffisamment pour atteindre l'autre bout de la grotte.

Après une heure de chevauchée à un rythme bien plus tranquille, Flenn leur indiqua que l'entrée du passage était là, dissimulé au milieu d'un chaos rocheux. Entre les pierres, une large faille apparut et le petit voleur s'y engouffra. Adeldon partagea une nouvelle fois ses craintes à la jeune femme qu'elle ne l'écoutât pas, préférant emboiter le pas de ce guide improbable.

Chapitre 11

Traversée des Profondeurs

Seul l'écho des sabots heurtant la roche résonnait dans la grotte. À intervalle régulier, ce concert était ponctué par le battement des gouttelettes qui s'écoulaient depuis les stalactites, sortes de métronomes à cet orchestre improvisé. Le chant des oiseaux s'atténuait alors que les trois compagnons s'enfonçaient dans la cavité, au même titre que la lumière extérieure. Ils auraient dû préparer des torches. Mais si la magie de Sotsha pouvait bien servir à quelque chose, c'était assurément à briser l'obscurité. La jeune femme arracha une touffe de poil dans la crinière de sa jument. Le cheval n'apprécia pas et s'ébroua, mais Sotsha avait obtenu ce qu'elle désirait. D'un souffle bien dirigé, elle expira sur sa récolte et les crins s'envolèrent autour d'elle. Chacun émit une légère lumière, suffisante pour percer les ténèbres. Flenn laissa échapper un cri de surprise, Adeldon la remercia sobrement et la magicienne sentait un peu de fierté pour une fois que son pouvoir servait.

Le boyau qu'ils empruntaient était naturel. Un rappel immémorial de la toute-puissance aqueuse sur la roche pour les générations futures. Il était assez grand pour qu'ils puissent rester sur leur monture. En revanche, ils durent adopter une file indienne de nécessité. L'ordre se fit naturellement. Flenn en tête, il connaissait les lieux après tout ; Sotsha ensuite, elle fournissait la lumière à tout le groupe ; Adeldon en queue, parce qu'il ne restait pas tant de place que ça. La magicienne espérait tout de même que si des dangers arrivaient, ils viendraient du derrière et pas du devant. La capacité du chevalier à gérer les combats physiques était nettement plus élevée que celle du garçon fluet qui leur servait de guide.

Le couloir qu'ils empruntaient jusqu'alors déboucha sur une salle naturelle bien plus grande. La roche qui, jusqu'à présent, leur frôlait la tête s'élevait en une large voute de plusieurs mètres. Les murs suintaient tellement que la lumière se reflétait à l'intérieur. Néanmoins, l'air était chargé d'une odeur beaucoup moins agréable. Un mélange de mousse et de moisissure, teinté d'huile brûlée. Un régal.

Au fond de la salle, en passant à côté, Sotsha devina la source de cette flagrance nauséabonde. Plusieurs couvertures étaient entreposées sur le sol, recouvertes d'un résidu vert. Pour rien au monde, elle ne se serait enroulée dedans. Plus loin encore, des caisses de bois étaient disposées à la va-vite, celles-ci parsemées de champignons vaguement fluorescents.

— Les rebelles ? questionna Sotsha en montrant les restes de l'occupation passée.

— C'est un vieux tunnel de contrebande, expliqua Flenn, peu surpris de voir ces caisses. Mais rassurez-vous, ça fait un bail qu'il n'est plus utilisé.

— Guidé par un voleur à travers un tunnel de contrebande afin d'échapper aux rebelles, résuma le chevalier. Qu'ai-je fait pour me retrouver dans une telle situation ?

— Toi qui voulais de l'aventure, tu es servi, ironisa la magicienne.

Adeldon ne répondit pas et réajusta plutôt sa fourrure autour de ses épaules. La température avait franchement chuté depuis leur entrée dans la grotte.

Un second tunnel les attendait au fond de la cavité. Il était en tous points semblable à celui emprunté en entrant dans la grotte. Les grottes ressemblaient souvent à cela : une succession de tunnels étroits et de salles impressionnantes. Celle-ci ne dérogea pas à cette règle et une seconde salle se dévoila à la sortie du boyau. Plus petite que la première sauf pour le plafond qui, lui, était bien plus haut. Ce n'était pas sa seule particularité d'ailleurs, car il était parsemé de nombreux points noirs, grouillant et infestant la roche. Sans se retourner, Sotsha entendit son camarade de derrière porter sa main sur son épée.

— Ce ne sont que des chauves-souris, rassura la jeune femme. Personne ne s'est jamais fait attaquer par de telles créatures.

Cela ne le rassura pas. Flenn, en tête de peloton, accéléra subtilement l'allure de son âne. Serait-ce par sollicitude pour les craintes du chevalier, ou bien parce qu'il les partageait ? Quoi qu'il en soit, cette salle fut vite traversée et ils pénétrèrent dans un troisième tunnel étroit. Le tout sans avoir été dérangé par les chauves-souris. L'envie de leur dire « je vous l'avais dit » démangea Sotsha, mais elle se retint.

— Alors, pour quelles raisons voulez-vous vous rendre au sommet d'Idvorg ? demanda Flenn, rompant le silence religieux de la grotte.

— Une mission de la plus haute importance, expliqua brièvement Adeldon.

— Une mission ? Du genre… avec un trésor à la clé ?

Même dans la pénombre relative, il était facile de voir les yeux de Flenn briller en prononçant ces mots.

— Tu ne nous accompagneras point, trancha le chevalier d'un ton ferme. Une fois que nous aurons quitté cette grotte,

nos chemins se sépareront définitivement. Estime-toi déjà heureux que je ne te corrige point comme ta condition de voleur me forcerait à le faire en temps normal.
Le jeune garçon réagit avec une moue boudeuse.
— Et toi Flenn, que vas-tu faire maintenant que tu t'es libéré des rebelles ? demanda Sotsha, curieuse.
— Je ne sais pas trop encore. Peut-être que j'irai me réchauffer un peu au sud. Les marchés d'Ashkarak sont magnifiques à cette époque de l'année. Et puis, je pourrais toujours alléger certains nains de leurs bourses bien trop pleines, qui sait ?
— Sacré programme, ironisa la jeune femme en riant.
À ce moment-là, les trois compagnons entrèrent dans la troisième cavité, de loin la plus grande de toutes jusque-là. Si grande qu'elle était divisée en deux parties, chacune séparée par un gouffre béant au fond duquel s'écoulait avec rage le torrent souterrain. Ce même torrent qui devait avoir creusé le reste de la grotte. L'eau en furie disparaissait dans un siphon inquiétant, qui avalait tout ce qui se trouvait à portée. Et forcément, le chemin se poursuivait de l'autre côté de ce gouffre.
Pour passer de l'autre côté, pas le choix, une seule possibilité s'offrait à eux. Un pont de pierre, aussi étroit qu'humide.
— Vaut mieux passer un par un, déclara Flenn, comme s'il avait été possible de procéder autrement.
— J'y vais en première.
Aucun des deux autres ne donna d'objection à cette proposition. Avec précaution, Sotsha posa son premier pied sur la structure de pierre. Sans y mettre tout son poids au début, juste pour voir si ça tiendrait. Pas de craquement, pas de fissures, l'ensemble semblait suffisamment résistant. Le danger serait plutôt l'adhérence tout à fait relative de la pierre trempée par des années d'érosion.

Sotsha inspira profondément pour chasser sa peur. Son père, en son temps, devait passer des épreuves comme celle-ci trois fois par jour. Si elle voulait devenir son égale, elle ne devait pas flancher devant la première difficulté. Deuxième pas. Maintenant, tout son poids repose sur le pont, et il tenait. Soulagée de cette constatation, elle continua son avancée, sans se presser. Parfois, elle devait s'arrêter pour conserver son équilibre précaire. Sous ses pas, elle sentait la fureur des eaux torrentielles. C'était bien le dernier endroit en monde où il fallait faire trempette. Le calme et la précaution paient toujours, Sotsha parvint sur l'autre rive, heureuse d'avoir su dompter sa peur.

— Envoyez-moi les chevaux ! lança-t-elle aux deux autres qui l'applaudissaient.

L'une après l'autre, les montures traversèrent l'abime facilement. Une fois la jument de Sotsha arrivée, Flenn s'avança vers le pont, mais Adeldon lui barra immédiatement le chemin en posant son bras sur le torse du petit voleur.

— Tu passeras en dernier, ordonna-t-il.
— Comment ? hurla le garçon révolté.
— Que ce soit clair entre nous, je ne t'accorde aucune confiance.
— Mais que pourrai-je bien faire en passant avant toi sur le pont ?
— Je l'ignore, mais je ne t'octroierai nullement l'occasion de me le montrer.

Le chevalier repoussa Flenn en arrière et avança à son tour sur le pont de pierre. Pas après pas, il progressait rapidement. Alors qu'il était à mi-parcours, il se figea d'un coup. Un bruit grondait depuis la galerie derrière Sotsha. Avant même qu'elle ne puisse identifier la source, une nuée de chauves-souris déferla depuis l'ouverture dans la salle. Leur trajectoire les conduisit droit sur Adeldon qui fut immédiatement entouré par les mammifères ailés.

La panique gagna le chevalier qui agitait ses bras comme s'il exécutait un pas de danse orquien. L'énergie dépensait dans cette vaine tentative de faire fuir les chauves-souris le détourna de son objectif principal : ne pas glisser. Dans un cri mêlant surprise et terreur, Adeldon fut entrainé dans le vide, vers les flots menaçants. Sotsha devait agir. Ses mains se levèrent et quand elle ouvrit les yeux, deux tentacules de lumières solides avaient rattrapé le jeune homme dans sa chute. La même lumière qui avait mis les loups en fuite.

La magicienne était tout aussi surprise qu'Adeldon d'avoir réussi à faire ce tour de force. Son pouvoir possédait encore de nombreux secrets pour elle.

— Remonte-moi, s'écria Adeldon en regardant avec effroi le siphon plusieurs mètres sous lui.

Le maintenir en l'air était déjà une tâche difficile et sans parler du fait, qu'elle n'avait aucune idée de comment elle faisait cela.

— Je ne peux pas ! expliqua-t-elle sans rentrer dans les détails. Flenn, viens m'aider !

Sans se faire prier davantage, le jeune garçon traversa le pont en quelques sauts agiles, évitant les dernières chauves-souris. Une fois sur l'autre rive, il se précipita vers son âne et sortit de sa sacoche une fine corde qu'il fixa solidement autour d'une stalagmite. Il retourna ensuite vers le bord du précipice, et d'un geste ample, lança l'autre extrémité de la corde à Adeldon. Ce dernier l'attrapa et la serra contre lui comme un lépreux chérissant son dernier doigt.

— Tu peux le lâcher.

Ces mots furent une délivrance pour Sotsha, épuisée par tant d'effort magique. Les tentacules de lumière disparurent et la gravité rattrapa le chevalier. Les ingénieurs le savent bien, tout poids relié par une corde et lâché dans le vide exécutera un mouvement de balancier. Ici, le poids, c'était Adeldon et le point d'équilibre, la paroi. Forcément, le choc fut brutal. La tête du chevalier heurta la roche, ses doigts lâchèrent la corde et Adeldon tomba dans les eaux agitées. Emporté par la force du courant, son corps tournoya à une vitesse alarmante un instant, avant de disparaitre tout simplement.

— Tu n'aurais pas un petit tour de magie pour l'aider, là, par hasard ? demanda le jeune garçon, sans pouvoir détacher son regard du torrent.

— Non, je ne peux rien faire !

— Faut-il vraiment le sauver, après tout ?

— Flenn ! Fais quelque chose !

— Je craignais que tu dises ça, marmonna le voleur en empoignant la cordelette toujours fixée à la structure rocheuse.

Accompagné d'un cri peu glorieux, Flenn sauta dans le torrent et disparut à son tour dans les flots tourbillonnants. Effondrée sur le bord, Sotsha scrutait attentivement l'eau, guettant le moindre remous inhabituel. Pendant de longues secondes, rien. Que des gerbes d'eau causées par le tourbillon. Soudain, la corde se tendit. La tête de Flenn apparut entre deux sombres vagues, Adeldon sur son épaule et la cordelette dans la main.

— Faudrait que tu nous remontes, là !

C'était à son tour, Sotsha devait les aider. Rapidement, elle balaya du regard son environnement et une idée lui vint en tête. Elle attrapa la corde qui les reliait et vint l'accrocher à la selle d'une des juments. Ensuite, il ne fallait plus que diriger l'animal dans la bonne direction et sans grande peine, les deux hommes regagnèrent la rive.

Une fois au sec, Flenn déposa Adeldon, inconscient, sur le sol avant de s'écrouler à son tour. La magicienne se précipita vers le chevalier et posa sa main sur son cou avant de pousser un soupir de soulagement :

— Il vit !

— Moi aussi, je vais bien, si jamais quelqu'un s'en souciait, haleta le garçon.

— Il est inconscient, il faut le réveiller !

— Laisse-moi faire. C'est ma spécialité ça.

Flenn se releva et s'approcha du chevalier. Sans hésiter, le garçon lui asséna une gifle retentissante qui tira Adeldon de sa torpeur immédiatement en lui laissant un souvenir impérissable sur la joue. Rassurée de le voir ouvrir les yeux, Sotsha s'agenouilla à ses côtés et lui prit la main.

— Que... Que s'est-il passé ?

Ses yeux tournoyaient dans ses orbites alors que la mémoire commençait à lui revenir. Enfin, son regard se fixa sur le visage de la jeune femme.

— Verserais-tu une larme ? Pour moi ?

— Non, non, rétorqua la jeune femme en essuyant ses yeux humides d'un revers de la main.

Un large sourire ensoleilla le visage d'Adeldon et il lui serra sa main tendue.

— Donc, moi, pour mes remerciements, je peux aller me faire cuire un œuf, c'est ça ?

Le regard du chevalier parla à sa place, montrant qu'il ne comprenait pas ce qui s'était produit.

— Tu t'es évanoui quand tu as heurté la paroi et tu es tombé dans le torrent, expliqua Sotsha. On a bien cru que c'était fini pour toi, mais Flenn a plongé pour te sauver.

— Flenn ?

— Moi-même, auteur d'un acte héroïque qui mérite bien... disons... une petite récompense. Quelques remerciements pourraient être un bon début.

— Je... je dois avouer que cela m'étonne en vérité, concéda Adeldon. Tu as fait preuve de bien plus de cran et de bravoure que je ne l'aurais imaginé. Je te remercie... et sois assuré que je n'oublierai point cet acte.

Flenn se mit à sourire à s'en faire craquer la peau du visage.

— Disons que ça me convient comme récompense, en plus de ceci évidemment.

Le petit voleur sortit sa dague de derrière son dos, celle qu'Adeldon lui avait confisquée la veille et qu'il avait conservée sur lui depuis. Devant les yeux étonnés et amusés des deux autres, Flenn leur expliqua :

— Ne laissez jamais un voleur vous sauver si vous ne voulez pas qu'il profite d'un petit quelque chose au passage. C'est dans la nature des choses, vous savez.

La clairière était un champ de ruine. La tente de Sotsha était éventrée et ses affaires éparpillées dans tous les sens. Sans parler du loup étendu à qui il manquait la mâchoire inférieure

— Pourquoi les bonnes bagarres, ça arrive toujours aux autres ? bougonna la géante.

— Nörg, il n'y a rien de drôle. Je l'avais dit que des dangers existaient encore.

— Ta fille s'en est très bien sortie. Elle est plus forte que tu le crois.

— Qu'en sais-tu ?

— Tu vois son corps ? Non ? Bon, bah, ça veut dire qu'elle est en vie.

Le vieux magicien porta ses mains sur son visage. Pourquoi avait-il fallu qu'il mette quatre jours avant de se lancer à la poursuite de sa fille. Dès le premier soir, elle avait eu des ennuis.

— Des loups, observa la géante en s'accroupissant pour examiner les empreintes.

— Merci, j'avais vu, rétorqua Parodegan en désignant le cadavre canin.

— Non, je veux dire qu'ils étaient plusieurs.

— Combien ?

— Je ne suis pas une pisteuse, moi. C'est pas une science exacte.

— Nörg… combien ?

— Je dirais trois ou quatre.

Ce n'était pas bon signe. Les meutes de loups sont généralement plus nombreuses. Parodegan envisageait les différentes possibilités qui pouvaient expliquer que ces créatures se soient trouvées là. Chacune d'entre elles, lui faisait froid dans le dos.

— Tu penses qu'on pourrait tomber nous aussi sur ces loups ? Ma massue me démange.

— Nörg ! Dois-je te rappeler que nous ne sommes pas en excursion pour ton simple plaisir ?

— Toujours aussi rabat-joie, toi.

— Et toi, toujours aussi insouciante. Les loups ne devraient pas pouvoir attaquer une humaine de la sorte. Quelque chose ne va pas.

— Ce sont des prédateurs.

— Si c'est pour dire n'importe quoi, tu aurais dû rester à Freyjar.

La géante ne répondit pas.

— Remettons-nous en marche.

— On ne s'arrête pas pour la nuit ?

— C'est hors de question. Nous avons quatre jours de retard sur Sotsha. On se reposera quand on la retrouvera.

— Sacré programme.

Parodegan ignora son éternelle compagne de voyage et fit demi-tour pour reprendre la route. Au moment où il allait quitter la clairière, il vit un rocher, explosé en une multitude d'éclats. Quelle force avait bien pu le réduire à cet état de poussière ? Certainement pas les loups. Le vieux mage réprima une angoisse passagère et se hâta de reprendre sa route. Ses craintes étaient bel et bien fondées, sa fille courait un grand danger.

Chapitre 12

Les Ombres du Passé

La température de la grotte étant déjà fraiche, le bain imprévu d'Adeldon n'arrangea rien à cette situation. Pour ne pas rendre son dernier souffle dans une toux glacée, il s'était déshabillé puis enroulé dans de chaudes fourrures. Flenn avait fait de même. Avec sa frêle carrure, seule sa tête dépassait du tas de vêtements.

Ne voulant pas trainer plus que de raison, les trois compagnons se remirent en route. Comme précédemment, un nouveau tunnel déboucha sur une plus grande salle, mais qui, cette fois, comportait une particularité marquante. Pas de chauvesouris ni de torrent qui s'écoule au milieu, mais plutôt des parois étrangement lisses. C'était comme si elles avaient été creusées à mains d'hommes. Les murs étaient décorés par une fresque qui recouvrait l'ensemble des cloisons. En se rapprochant, Adeldon fut surpris de reconnaitre une des personnes représentées ici.

— Ne serait-ce pas ton père, Parodegan ?

Sotsha s'approcha à son tour du dessin. Le bonhomme reproduit arborait une longue barbe blanche et une robe bleue inimitable.

— On dirait bien, répondit-elle. Et, celui-là, on dirait bien un troll des montagnes, vu les défenses. Si je ne dis pas de bêtise, je crois qu'il en a combattu un dans cette région, bien avant la guerre.

— Tout à fait, c'est le roi-troll du gouffre de Tÿchurg, compléta le chevalier qui connaissait ces histoires par cœur. Les bracelets sacrificiels qu'il arbore ne laissent pas de doute. Je crois bien que cette traque avait duré pendant vingt-huit jours.

La jeune femme lui sourit légèrement.

— Les légendes ont parfois tendance à exagérer, tu sais.

Adeldon ne l'entendait plus, il était déjà passé au dessin suivant. Une autre fable de la région qui mettait en scène le chevalier Férus, un héros de son état combattant une armée de mort aux ordres d'un nécromancien corrompu. La fresque entière représentait l'histoire du pays. Chaque scène était un mythe différent, montrant un nouveau héros. Étonnamment, le père de Sotsha apparaissait sur la plupart d'entre elles.

— Parodegan… pourquoi ce nom me dit-il quelque chose ? réfléchissait Flenn à voix haute. Ton père n'aurait-il pas égaré une bourse un jour ?

— Ce nom te parle ? se retourna Adeldon, ahurit par cette déclaration. Évidemment que tu le connais, idiot. Il s'agit du plus grand magicien qui n'ait jamais vécu.

— Ah ouais ? Vous savez, moi et l'histoire…

L'ignorance du garçon incita Adeldon à soupirer lourdement. Quel ignare !

— Par contre, les légendes représentaient ici ne datent pas d'hier. Comment peut-il être ton père ? Sans offense, mais ne devrait-il pas être mort ?

Alors que la question aurait pu blesser de nombreuses personnes, Sotsha émit juste un léger rire de surprise.

— Disons que les magiciens ne vieillissent pas comme les autres, expliqua-t-elle. Je dirais qu'il doit frôler les cent cinquante ans maintenant. Et crois-moi, il a encore bien assez d'énergie.

— Il fait partie des rares vivants à avoir eu le privilège de connaitre l'Âge des Héros, compléta le chevalier.

— L'Âge des Héros ? répéta le petit voleur, curieux.

— Être ignorant à ce point devrait constituer un crime ! Ignores-tu tout de l'histoire de ton pays ?

— Bah... euh...

— Je ne saurais laisser ton savoir être si creux. L'Âge des Héros désigne une époque d'insouciance, certains diraient même de folie. Le quotidien de tous était dicté uniquement par l'aventure et par le goût du risque.

Les yeux de Flenn parlaient pour lui. Il ne comprenait pas.

— Tu devrais commencer par lui expliquer que l'Empire n'existait pas à cette époque et que le territoire était divisé en pays indépendants, le coupa la magicienne.

— Est-ce donc une chose que tu ignores également ?

Le petit voleur haussa les épaules pour signifier que Sotsha avait vu juste.

— Ton ignorance est véritablement déconcertante. Très bien, je vais t'expliquer. À cette époque, quatre pays se partageaient notre monde. Au sud se dressait le Royaume des Salmanites, un désert aride et désolé. Initialement, ce furent les nains qui domptèrent ces contrées en creusant leur ville sous la surface de la terre. À l'est, la République des Rougebardes, domaine des orcs et des créatures de la nuit, un marécage putride et infect. Nous sommes ici dans ce qui était le Royaume du Nord, gouverné par les hommes et regorgeant de magic. Et enfin, à l'ouest, se trouvait le territoire des elfes, le Rodgard, paré de ses vergers luxuriants et de ses villes aux architectures défiant l'imaginaire.

— Jusque-là, je te suis. Ces pays sont devenus des régions de l'actuelle Valdenor.

— Tout à fait, mais ne brûle pas les étapes. Comme je te disais, à cette époque, chacun avait l'opportunité de se lancer dans des quêtes afin d'y prouver sa valeur. Que ce soit en chassant de redoutables créatures qui menaçaient leurs terres ou en récupérant des artefacts oubliés, il y avait des milliers de façons de s'illustrer et de gagner une renommée !

— Et de devenir riche !

Les yeux du garçon s'illuminaient en réalisant cela.

— Ce qu'Adeldon ne te dit pas, c'est que cette époque d'aventures créait des tensions entre les royaumes et leurs habitants. Chacun voulait ramener richesses et honneurs chez soi, c'était une véritable compétition de tous les instants. Un royaume, en particulier, se distinguait des autres dans ce jeu...

— Ces maudits elfes, ajouta le chevalier. Ils possédaient des technologies bien plus avancées que celle des autres, érigeant des cités imprenables et forgeant des armes merveilleuses. Ils avaient incontestablement une longueur d'avance sur tous les peuples.

— Les elfes ? répéta le petit voleur, surpris. T'es sûr qu'on parle des mêmes ? Ceux qui vivent dans la crasse et la maladie ? Y a même un principe de voleur sur eux : ne jamais toucher à un elfe, tu y perdrais plus que ce que tu gagnerais.

— Oui, tel est devenu leur triste sort, des misérables sans honneur. Voilà l'héritage de leur passé, car c'est leur orgueil qui les conduisit à s'attaquer aux trois autres royaumes. Malgré leur infériorité numérique, les elfes réussirent presque à remporter la guerre. Ce fut uniquement grâce à l'intervention des puissants magiciens, qui se rangèrent aux côtés des hommes, que la balance pencha. Les plus puissants d'entre eux étaient Parodegan, et bien sûr, la valeureuse Thalinda.

— Ah ouais, Thalinda, je connais ! Une salle des trésors qui ferait saliver n'importe quel voleur !

— C'est elle qui unifia les pays à la fin de la guerre en un seul : l'Empire de Valdenor, poursuivit Sotsha. Et depuis quarante ans, elle dirige sans aucune concurrence.

— Qui pourrait bien s'opposer à elle ? Son règne a propulsé les habitants dans la prospérité et la paix. Depuis, il n'y a plus jamais eu de guerres ni de conflits.

Alors qu'Adeldon et Sotsha expliquaient l'histoire du pays à leur jeune compagnon, ils avançaient à travers la salle, passant devant les dessins qui évoquaient les évènements en question. Ils arrivèrent devant celui d'un reptile cracheur de feu tué par un personnage représentant Thalinda.

— Une fois la guerre finie et l'Empire unifié, expliqua Sotsha, reprenant le rôle de pédagogue, Thalinda décida de chasser toutes les menaces qui pesaient sur le pays. Cette période s'appelle l'Éradication et a duré une bonne dizaine d'années. Les survivants de la guerre ont accompli toutes les quêtes restantes, amassé tous les trésors et éliminé tous les monstres. Ainsi, le peuple ne serait plus jamais tenté de se mettre en compétition.

— C'est ainsi que l'aventure prit fin…

— Et que le pays connut enfin le calme, compléta la jeune femme.

— Mouais, je pense qu'il vaut mieux ne pas avoir connu cette époque-là, franchement, conclut Flenn faisant une moue peu convaincue.

Le cours d'histoire touchait à sa fin alors qu'ils avaient parcouru l'ensemble de la fresque. Ils s'arrêtèrent un instant sur le dernier dessin représentant trois personnages autour d'une sphère. Les deux premiers se reconnaissaient facilement : Thalinda et Parodegan. Le dernier, en revanche, paraissait avoir été effacé, il ne subsistait qu'une vague ombre de sa présence. Et cette sphère, qu'était-elle ? Adeldon ne connaissait aucun artefact qui pourrait être représenté de la sorte. Le chevalier se creusait la tête quand un lointain écho de voix se fit entendre depuis les galeries derrière eux.

— Tu n'avais pas dit que les rebelles mettraient du temps à venir ici, chuchota Sotsha en direction du petit voleur.

— J'ai dit que j'en doutais pour être précis. Visiblement, Veignar a une dent contre vous, faut croire.

— Mon doigt à couper que nous n'avons rien à voir dans sa détermination.

Flenn répondit au chevalier par un clin d'œil de complicité unilatérale. Il se retourna ensuite vers le fond de la pièce où se trouvait une étroite fissure qui leur permettrait d'en sortir. Un par un, ils la traversèrent, arrivant dans une galerie aménagée par des humains, des poutres soutenant la voute et des rails métalliques courants sur le sol.

Avant de poursuivre leur chemin, Sotsha se retourna vers l'ouverture et la fixa un instant. Les voix des rebelles se faisaient de plus en plus proches, ils passaient maintenant le pont sur lequel Adeldon avait failli perdre la vie.

De l'autre côté de l'ouverture était entreposé un amas de pierres. La jeune femme émit l'idée de combler l'ouverture avec ces gravats pour empêcher les rebelles de les atteindre. Les deux autres n'opposèrent aucune résistance et ensemble, ils s'affairèrent à reboucher l'ouverture. En un clin d'œil, la salle fut scellée. Les rebelles ne viendraient pas à leur poursuite. Il ne restait plus qu'à trouver une sortie.

Les trois voyageurs s'éloignèrent de l'ancienne brèche afin de remonter la mine. Les étais de bois soutenant la voute rocheuse paraissaient vétustes et peu résistants, fissurés à de multiples endroits par le poids de la montagne qu'ils soutenaient.

Rapidement, le son métallique et régulier d'une pioche frappant la pierre remplaça le silence pesant des profondeurs. Il leur fallut peu de temps avant de rejoindre la source de ce raffut : deux hommes travaillant la roche, éclairés seulement d'une lampe à huile.

— Bonjour messieurs, lança Sotsha à leur attention, essayant de couvrir le vacarme des pioches.

Les deux mineurs arrêtèrent leur tâche et se retournèrent sans cacher leur surprise. En même temps, croiser des voyageurs venant des profondeurs ne devait pas être habituel. L'expression d'incrédulité sur le visage du plus vieux serait celle d'un pécheur voyant sa proie s'envoler à coups d'aile. Même si les nains n'étaient pas connus pour leur grande vivacité d'esprit, celui-ci parut rapidement comprendre qu'une chose clochait. Le second, bien plus jeune et aux oreilles d'elfe bien pointues, mit plus de temps à analyser cette situation.

— Qu'est-ce vous fait'là ? s'inquiéta le vieux nain. Z'êtes qui ?

— Nous sommes des voyageurs égarés, le rassura la jeune femme. Pourriez-vous nous montrer le chemin le plus court pour remonter à la surface ?

Le vieux nain les toisa du regard d'un air dédaigneux en s'attardant particulièrement sur Flenn et Adeldon uniquement vêtus de couverture.

— Des voyageurs, vous dites ? J'veux même pas savoir c'que vous avez fichu dans ma mine. Pour sortir, suffit de suivre les rails.

— Votre générosité est à la hauteur de l'ardeur de votre labeur, messire, le remercia le chevalier en inclinant la tête dans un signe respectueux.

Sans plus attendre, ils reprirent leur route en suivant attentivement les rails comme leur avait indiqué le vieux mineur.

Aussitôt partis, les coups métalliques sur la roche reprirent de plus belle.

Cette musique lointaine les accompagna jusqu'au moment où un rayon de soleil perça l'obscurité, signe qu'ils avaient atteint la sortie. Adeldon n'avait rien contre le fait d'être enfermé, d'ailleurs, il se moquait régulièrement de Brymir qui ne le supportait pas, mais de sentir l'air libre sur sa peau avait quelque chose de si réconfortant. L'atmosphère n'est jamais aussi douce que quand une montagne ne risque pas de s'effondrer sur sa tête.

Devant eux s'étendait une vallée boisée, luxuriante et chantante d'oiseaux en tout genre. Au loin, les montagnes se dessinaient sur un ciel vaguement bleu et en leur centre, Adeldon la vit enfin : la montagne d'Idvorg, la plus haute cime de ce massif. Sa taille défiait les cieux eux-mêmes, une canine plantée directement dans la voute céleste, un alpage verdoyant en guise de gencive.

— Nous touchons au but, commenta Adeldon comme si les autres n'avaient pas compris.

Flenn ne sembla pas plus transcendé par ce spectacle qu'un autre et son regard se perdait plutôt vers la petite chaumière construite à côté de l'entrée de la mine. Sans doute celle des deux hommes rencontrés plus tôt. Une légère fumée s'échappait de la cheminée et enveloppait les alentours d'un doux fumet de légumes bouillis. Tout autour de la demeure s'étendait un potager richement garni regorgeant de légumes aux couleurs et aux formes alléchantes. Tout à côté de la porte, un enclos abritait quatre cochons se prélassant dans la boue ainsi qu'un petit poulailler et des cages à lapins bien remplies.

Avant même que le garçon ne puisse évoquer une quelconque proposition immorale quant à cette maison, sa porte s'ouvrit sur une elfe d'un âge mûr. Habillée d'un tablier à car-

reau, elle tenait dans sa main un rouleau à pâtisserie qui avait l'air d'avoir écrasé plus de crânes que de tartes.
— Eh vous là ! Qu'est-ce vous f'siez dans ma mine ?
— Bonsoir, gente dame, salua cordialement Adeldon. Nous avons simplement traversé votre mine, rien de plus, je vous assure.

La vieille elfe le dévisagea en fronçant les sourcils lorsqu'elle s'aperçut que ni lui ni Flenn ne portaient de vêtements sous la fourrure.
— Ne m'dites pas que vous avez...
— Non, ce n'est pas ce que vous croyez, bégaya le chevalier, réalisant enfin l'origine du quiproquo. Nous avons simplement chuté dans un cours d'eau au sein de la grotte et avons dû nous dévêtir pour éviter le froid.
— Oh, quelle drôle d'idée aussi, reprit la vieille femme alors que son visage s'apaisait. Mais vous devez être frigorifié, mes braves p'tits gars, venez donc plutôt vous réchauffer chez nous aut ».
— Ce serait abusé de votre gentillesse, répondit Adeldon.
— Mais quel idiot, murmura le petit voleur pour que seuls ses deux camarades l'entendent. Bien sûr qu'on va abuser de sa gentillesse, crétin. On meurt de froid ici ! On ne va pas passer la nuit trempée dehors comme ça. Quand on te tend la main, tu la saisis et tu ne poses pas de questions !
— Cette fois, je suis d'accord avec Flenn, appuya Sotsha. C'est proposé si gentiment en plus.

Adeldon hésita un peu puis reprit la parole en direction de la vieille elfe :
— Finalement, nous acceptons avec gratitude votre offre des plus plaisantes. Toutefois, soyez assurée que nous ne vous importunerons guère plus que nécessaire.
— Foi de Brutjill, je ne laisserai personne dormir dehors dans c't'état. Venez donc, venez !

Après avoir posé leurs affaires dans l'étable, endroit dans lequel ils allaient passer la nuit faute de place suffisante dans la maison, les trois compagnons rejoignirent la vieille elfe à l'intérieur. C'était une pièce unique, aménagée dans un style rustique, et au centre de laquelle un feu diffusait sa chaleur. Adeldon et Flenn n'hésitèrent pas une seconde avant de se placer juste à côté du foyer, réchauffant leur corps après une demi-journée trempé par le fleuve souterrain.

Peu de temps après s'être installé, les deux mineurs croisés plus tôt les rejoignirent. Brutjill leur expliqua que le vieux nain était son mari, Thorndull et que l'autre était leur fils, Rezaa.

Les deux nouveaux venus allèrent se débarbouiller le visage et ensuite, tous se réunirent autour de la table en se serrant. Le repas était un plat traditionnel de la région du Rodgard, une viande bouillie dans de la sauce, accompagné de quelques légumes locaux. Adeldon se mordit les lèvres pour ne pas faire de commentaires sur la nourriture elfique. Tout ce qui venait de ce peuple avait le don de le dégoûter au plus haut point. Même s'il n'avait jamais dégusté un plat de là-bas, il se servit avec une parcimonie digne des moines d'Oriolis ayant fait vœu de maigreur.

— Vous n'êtes que trois à exploiter la mine ? demanda Sotsha en dégustant son repas.

— Oui m'dame, assura le vieux nain. C'est une p'tite mine, mais on y est d'puis vingt ans déjà.

— Et quel type de minerai, vous en extrayez ?

— Oh bah c't'une question ça, se moqua le jeune elfe. À la couleur de not' tête vous z'auriez dû le savoir. On est sorti d'là noir comme des pruneaux mûrs.

— Rezaa, ne soit pas impoli, le reprit sa mère avant de continuer en direction de la magicienne : on y extrait du charbon.

— Du charbon ? s'étonna Adeldon en plissant les yeux. Quel intérêt peut bien susciter un tel matériau ?

— D'puis quelques années, y a des types qui en sont très intéressés, répondit Thorndull. À c'qui parait, c'est pour faire tourner des forges qui ne s'éteignent jamais. Fin bon, moi tant qu'ils achètent, ils en font bien c'qu'ils veulent de mon charbon.

— Bratham, siffla Sotsha en claquant la langue.

Évidemment, pour pouvoir alimenter autant d'usines, il fallait bien une grande quantité de charbon. Dreynus, l'homme qui possédait ces forges devait avoir plusieurs contrats similaires avec d'autres mineurs de la région.

— Bon et vous, que f'siez-vous dans la mine, alors ? demanda Brutjill.

— Nous avons traversé une grotte qui nous a menés tout au fond de votre mine, expliqua Adeldon, goûtant enfin à son plat.

— Ha oui c't'exact, confirma Thorndull. Y a une grotte au fond avec tout plein de dessins bizarres sur les murs. On l'avait trouvé en creusant, tu t'rappelles Rezaa ?

— Bien sûr P'pa.

Sotsha déglutit péniblement avant d'oser leur avouer :

— On a dû fermer l'accès à la grotte depuis votre mine, malheureusement.

— C'est pas bin grave va, lui assura le vieux nain. On n'a pas besoin d'aller là-bas, y'a pas de charbon. Et puis, à voir comment vous en êtes sorti, j'suis pas sûr d'avoir envie d'y mettre les pieds.

— C'est vrai, qu'faudrait qu'vous nous expliquiez un peu c'qui vous est arrivé, insista la vieille elfe. Comment peut-on se promener nu dans une mine ?

— Nous n'étions pas complètement dévêtus, se défendit Adeldon, partagé entre de la gêne et de l'agacement de revenir sur cette histoire. Enfin, Flenn, explique-leur.

131

Le visage du garçon s'illumina d'un sourire radieux, véritablement ravi de pouvoir conter les évènements qui s'étaient déroulés dans la grotte. Les mineurs furent pendus aux lèvres du voleur qui révélait avoir un véritable talent pour la narration, n'oubliant pas d'enjoliver la vérité et de rajouter des détails qui n'avaient pas eu lieu. Sotsha et Adeldon écoutèrent en souriant, redécouvrant avec surprise l'histoire qu'ils venaient de vivre. Mais la joie communicative du jeune garçon suffit pour lui pardonner n'importe quelle entorse au réel.

Une fois le repas terminé, les trois compagnons regagnèrent l'étable pour pouvoir se reposer d'un sommeil amplement mérité. Sotsha s'installa sur un tas de paille en hauteur, s'endormant quasiment sur le coup. Flenn décida de se blottir contre son âne, se créant un nid douillet avec des morceaux de couverture et des ballots de paille. Quant à Adeldon, il s'assit près de la porte, son épée entre ses mains. À travers les planches, il voyait Idvorg qui se dressait dans la nuit, éclairée par la Lune qui brillait telle une pierre précieuse dans le ciel. Un frisson parcourut son bras en pensant qu'il s'approchait de son objectif. Cette idée l'accompagna alors que son esprit sombra dans les limbes du sommeil.

Chapitre 13

Les Bonnes Manières

En émergeant de son sommeil, Adeldon constata qu'il n'avait pas bougé d'un pouce. Ce genre de nuit qui passe aussi vite qu'un claquement de doigts, mais qui revigore comme dix. Plus loin, les chevaux broutaient paisiblement. Le seul qui manquait à l'appel était encore une fois Flenn. Décidément, ce garçon avait la fâcheuse habitude de disparaitre tous les matins.

Au fond de l'étable, dormant d'un sommeil profond, Sotsha était étendue sur son lit improvisé. Ses cheveux noirs s'éparpillaient gracieusement sur le foin. Quelques mèches s'emmêlaient dans les herbes jaunies, lui donnant l'aspect d'une perruque grotesque. Même ainsi, Adeldon la trouvait splendide. Recroquevillée sur elle-même, ses bras repliés le long de son torse, elle semblait tellement sereine.

Le jeune homme n'osa pas remuer, bloqué dans une contemplation silencieuse. Son amour pour elle n'avait cessé de croître ces derniers jours à son contact. Bien sûr, il s'était engagé à ne pas lui faire de déclarations, mais en la voyant ainsi, il savait qu'il pourrait renverser le monde pour une minute de plus en sa compagnie.

C'est à ce moment précis que Flenn passa la porte d'entrée de l'étable et alla se poster à côté du chevalier. Il poussa le vice jusqu'à poser son coude sur son épaule dans une nonchalance ahurissante.

— Ça saute aux yeux que t'en pinces pour elle, mon vieux, fit-il avec un grand sourire. Qu'est-ce que t'attends pour lui avouer, hein ?

Le chevalier fit rouler son épaule afin de chasser le coude du malandrin.

— N'importe quoi ! J'ignore ce qui te fait croire cela, mais...

— C'est bon, te casse pas grand. J'ai compris.

Adeldon le dévisagea un instant avant de tourner son regard vers la belle endormie. Il sentit ses pommettes se réchauffer et son cœur s'emballer.

— Tu as raison, concéda-t-il finalement. Je suis épris de Sotsha. Pour elle, je sacrifierais jusqu'à ma propre vie, s'il le fallait. Hélas, je crains que mes sentiments ne soient nullement partagés.

— Comment le sais-tu ? Je veux dire, tu lui as demandé ?

— Non, je ne peux point lui faire d'aveux. Nous avons un accord qui stipule que tant que nous réalisons cette quête, il est impossible...

— Un accord ? Tu veux plutôt dire que tu t'es arrangé pour pouvoir passer plus de temps avec elle sans qu'elle s'en aperçoive.

— Non, ce n'est pas ce que...

— Malin ! Comme ça, dans le feu de l'action, elle te fait confiance, et petit à petit, tu lui voles l'amour qu'elle refuse de te donner. Vraiment, du grand art !

— Point du tout, c'est...

— C'est excellent, Adeldon ! Un plan génial ! s'amusa Flenn en agitant les bras comme un fou. Par contre, si tu veux mon avis, un chevalier et une magicienne… pff, c'est tellement cliché !

— Ton opinion sur le sujet m'indiffère, bougonna Adeldon qui regrettait déjà de s'être confié au garçon.

— Ne t'en fais pas, mon ami. Maintenant que je suis dans la confidence, tu peux compter sur moi.

Le chevalier se frappa la tête de ses mains. Comment pouvait-il penser que se livrer à Flenn serait une bonne idée ?

— Ne t'avise pas de faire la moindre chose, menaça-t-il.

— Adi, voyons ! Pour qui me prends-tu ?

La familiarité qui s'imposait entre eux n'était pas au goût d'Adeldon qui lui répondit par un grognement guttural. Flenn était assurément ce type de personne qui trouve son bonheur en taquinant ceux qui avaient le malheur de croiser sa route. Son sourire, ravi de lui-même, consolida cette hypothèse. Comme pour entériner le rapprochement forcé qui venait d'avoir lieu, Flenn sortit une pomme d'une de ses poches et la lui tendit. Sachant que le ventre d'Adeldon lui criait famine, il accepta volontiers. Peut-être avait-il été trop prudent sur la nourriture elfique finalement.

Tout en croquant dans le fruit, Adeldon se dirigea vers son armure disposée sur le sol afin de vérifier si elle avait eu le temps de sécher. La dernière chose dont il avait envie serait de se retrouver dans une boite de conserve pétrie de rouille. Le feu de la veille avait visiblement fait un bon travail et Adeldon put revêtir son équipement. Toutefois, qui donc pourrait s'équiper d'une armure de fer silencieusement ? En tout cas, pas Adeldon. Le bruit du métal réveilla Sotsha qui se tourna vers les deux autres, les yeux encore plissés.

— Vous partez sans moi ?

Sa voix, légèrement plus grave qu'à son habitude, marque de la nuit de qualité qu'elle venait de passer.

— Jamais ! Nous venons de nous réveiller à l'instant.

— À l'instant... faut vite le dire, renchérit le petit voleur. Disons qu'y en a un parmi nous qui a pris le temps de te regarder dormir, si tu vois ce que je veux dire.

Le souffle manqua à Adeldon. Ce garçon ne respectait décidément rien.

— Quoi, je n'ai pas précisé lequel de nous deux, ajouta Flenn sous le regard de colère du chevalier.

— Vous auriez dû me réveiller, nous ne pouvons pas perdre davantage de temps.

Adeldon fut soulagé qu'elle ne relève pas ce que les propos du petit voleur.

— Tu as raison, hâtons-nous, compléta-t-il.

— Pomme ? proposa Flenn en montrant un autre fruit dans sa main en direction de la magicienne.

La jeune femme acquiesça et réceptionna son déjeuner d'une main.

Ne voulant pas perdre plus de temps, les trois compagnons rassemblèrent rapidement leurs affaires et quittèrent l'étable tout aussi vite. Dans les cages proches de l'entrée de la maison, les lapins sautillaient de bon cœur et les cochons se délectaient dans la boue de leur enclos. Quelle belle vie que la leur. Le calme tranquille fut soudainement rompu par la porte de la maison qui s'ouvrit avec fracas, Brutjill sur le pas, brandissant un curieux objet. Une sorte de sceptre doré qui ne collait pas avec sa vie de fermière.

— Vous partez sans dire au revoir ? demanda-t-elle d'une voix menaçante.

— Nous n'avions point l'intention de vous déranger en cette heure si matinale, s'excusa promptement Adeldon. Toutefois, nous sommes enchantés de pouvoir vous exprimer toute notre gratitude pour votre accueil.

— Et j'suis censé croire ces diableries d'mensonges ? répliqua la vieille elfe avec un regard perçant.

Pas l'intention de nous déranger, mais tout d'même le besoin de nous dérober.

Le dernier mot hérissa le dos du chevalier, touché à l'endroit qui lui faisait le plus mal : son honneur.

— Thorndull, Rezaa ! V'nez !

Les deux appelés vinrent se positionner autour de la vieille femme. Thorndull tenait dans sa main une pioche aiguisée, tandis que son fils possédait une arbalète ancienne, bien que chargée et toujours dangereuse.

La situation était inexplicable. La veille, ils avaient quitté leurs hôtes en très bons termes. Comment expliquer ce revirement de situation ? En se tournant vers ses compagnons, Adeldon comprit qu'ils étaient tout aussi surpris que lui.

— Permettez-moi de lever le malentendu qu'il y a entre nous, commença-t-il. Je…

— De quel mal'tendu tu causes toi ! le coupa le vieux mineur. Vous croyez qu'on verrait pas qu'vous nous avez volés ?

— Volé ? répéta Sotsha confuse.

— Oui, volé, ma p'tite dame, vous aviez bien entendu, continua Brutjill. Les pommes que vous croquez là, elles viennent de chez qui à vot' avis ?

Adeldon serra le trognon du fruit qu'il avait dans la main et regarda celui de Sotsha. Évidemment, Flenn ne pouvait pas échapper à sa nature.

— Je pensais que c'était en libre-service, moi, lança le garçon à voix basse en haussant les épaules d'une manière innocente.

La colère monta jusque dans le nez du chevalier qui se retrouvait assimilé aux agissements douteux du petit voleur.

— Nous vous présentons nos plus humbles excuses, déclara Adeldon d'un ton grave et respectueux. Il semble que notre jeune compagnon ignore les règles sacrées de l'hospitalité.

Permettez-nous de vous dédommager pour ces trois pommes malencontreusement empruntées.
— Euh, ne t'avance pas trop sur le nombre, murmura le jeune voleur.
— Flenn ! houspilla la magicienne.
— Quoi ? C'est que des pommes…
— Nous allons vous rembourser l'intégralité de cette perte, répéta Adeldon en direction des trois personnes sur le pas de la porte.

Les elfes n'étaient pas connus pour leur sens des négociations. Ou alors c'était juste Rezaa qui péchait dans ce domaine. En tout cas, celui-ci décocha un carreau en direction du petit voleur qui esquiva le projectile de justesse en se jetant sur le sol. Beau tir. À la kermesse de Freyjar, il serait parti les bras chargés de cadeaux.

— C'étaient que des pommes ! hurla le garçon, le visage blême.

La complainte ne calma en aucun cas les trois mineurs. Rezaa rechargeait déjà son arbalète et Thorndull se précipitait en direction du petit voleur, pioche en avant et salive aux lèvres. Bien que Flenn mériterait bien une claque ou deux, il n'avait pas entièrement tort en prétendant que la mort était un sort élevé pour le vol de quelques pommes. Sans oublier que le garçon avait sauvé Adeldon la veille dans le torrent. L'honneur est un code de conduite qui ne peut jamais être ignoré. Le chevalier attrapa son bouclier et le leva juste avant que la pioche ne traverse le frêle crâne de Flenn.

— Bien que je comprenne votre véhémence à son sujet, je ne peux vous laisser l'occire sans réagir, notifia-t-il.
— Trop gentil, Adi !

Le vieux nain ne fut visiblement pas sensible à cette déclaration et asséna un second coup de pioche directement dans le bouclier. La force des nains n'étant pas proportionnelle à leur taille, il est toujours surprenant de recevoir un aussi puissant coup de leur part. Adeldon sentit ses pieds glisser sur le sol, mais il ne faillirait pas. Thorndull allait renouveler son attaque, pointe saillante de la pioche en vue, mais un trait de lumière se précipita sur la face du vieux mineur. Sans surprise, le sort de Sotsha ne fit aucun dégât et parvint même à l'énerver encore plus. *Bim*, nouveau coup. Le bouclier d'Adeldon allait obtenir de nouvelles rayures.

Thorndull et Adeldon étaient en plein combat. Flenn blotti sur le sol, la tête enfouie dans le sol et les fesses en avant. Curieuse technique de combat, mais quand un chevalier comme Adeldon prend votre défense, elle suffit généralement pour rester en vie.

Sotsha venait de lancer un sort sur le nain. Sans effet. Elle avait espéré l'aveugler ou avec un peu de chance de produire la lumière solide qui avait marché à deux reprises déjà. Mais non, ses habitudes d'incapable revenaient assez rapidement. Les probabilités marchant mieux quand l'évènement est répété plusieurs fois, Sotsha s'apprêtait à essayer de nouveau, quand un éclair explosa à ses pieds. C'était Brutjill. Le sceptre qu'elle avait entre les mains n'en était pas un. C'était un bâton de foudre. Une relique magique trouvable dans tous les commerces de Valdenor et particulièrement utile pour casser la roche. Très efficace pour chasser les voleurs de ses terres aussi, visiblement.

La fermière relança un coup de son fabuleux bâton. L'éclair frappa l'épaule de la jeune femme, laissant un ravissant trou dans son haut ; Sotsha devait puiser dans ses ressources, elle leva ses mains et quand la troisième attaque eut lieu, elle était prête. L'éclair fut maintenu dans une sphère de lumière à mi-parcours. Elle avait réussi. La lumière solide était de retour. Restait à savoir ce qu'elle allait faire de cette boule magique dans laquelle se mêlaient lumière et éclair. Rezaa ne sembla pas très patient et décocha un carreau qui toucha la jeune femme au niveau du front.

La blessure n'était pas très profonde, mais suffisamment douloureuse pour que Sotsha perde le contrôle de la sphère de magie pure. Que s'est-il passé après ça ? Sotsha ne voyait pas grand-chose, un filet de sang lui couvrait les yeux. Les bruits et les cris lui permirent tout de même de se faire une idée. La boule de magie dut s'effondrer sur l'enclos des cochons. Par un moyen inconnu, la magie se mêla à tous les êtres pataugeant dans la boue et les lia. Quand elle rouvrit les yeux, il n'y avait plus de cochons dans l'enclos, seulement un être, ou plutôt, une créature : son corps était celui d'un homme et son visage celui d'un porc.

Pendant quelques secondes, plus personne ne bougea, regardant avec surprise la naissance du nouvel être. Rezaa, qui visiblement pensait davantage avec son arbalète qu'avec sa tête, décocha un carreau qui se planta dans l'épaule de la créature. Pas terrible comme première sensation après sa naissance. Sa réaction fut immédiate, la créature chargea l'elfe et sa mère sur le parvis de la maison.

L'arbalète est une arme efficace, mais qui demande un long temps de rechargement. Rezaa avait dû oublier cet aspect de son arme. Désemparé, il ne put rien faire contre la créature à part encaisser un coup de poing digne des plus beaux combats de lutte ashkarienne et s'envola dans le parterre de rosier. Sa mère n'eut d'autre destin que de le rejoindre. Évidemment, avant cela, elle utilisa son bâton de foudre, mais la créature ne parut pas plus dérangée que ça par les picotements qui lui parcouraient le cuir.

Thorndull se retourna, prêt à se jeter sur cette engeance qui venait d'étendre les deux représentants de sa famille. C'était sans compter sur Flenn qui entra dans la bataille à cet instant. Le garçon se releva, armé d'une pierre et donna un coup assuré sur la tempe du nain alors qu'il lui tournait le dos.

Sur la place, il ne restait que les trois compagnons et le nouvel être venu au monde par la magie de Sotsha et du bâton de foudre. Ses yeux entièrement noirs fixés un par un les trois autres. De ses naseaux sortait une épaisse vapeur marquant sa colère naissante. S'il les attaquait, le combat serait rude. Heureusement, il n'en fit rien et plutôt leva les mains devant lui.

— Je ne vous veux aucun mal, déclara-t-il.

Chapitre 14

La Malédiction Bienheureuse

La boue, la joie, les copains, la nourriture et la simplicité. Vinrent ensuite le choc et l'incompréhension. Avant même que leur corps soit intégré, la douleur apparut dans ce qui sera reconnu plus tard comme une épaule. Ensuite, la rage, la peine et le combat. Immense surprise de voir que les fermiers ne faisaient pas le poids face à la force. Qui était-ce ? Plusieurs êtres qui ont fusionné pour ne devenir qu'un. Les émotions se succédaient, l'une après l'autre, assimilant les informations qui traversaient cette nouvelle chair, ce nouveau corps. Petit à petit, ces connexions commençaient à former des pensées, puis une conscience. Il s'appellerait Gronk.

Devant lui, trois personnes le scrutaient. Un homme blond, à la carrure athlétique et aux traits harmonieux ; un garçon au regard espiègle et à la démarche hésitante ; et une femme aux yeux fumants et aux mains brillantes de mille feux. Qui étaient ces individus ? Une seule certitude, ils se battaient avec ceux qui venaient de le blesser.

De sa gorge s'éleva alors un son, un souffle qui prit progressivement forme et ressembla au dialecte que les fermiers utilisaient entre eux :
— Je ne vous veux aucun mal.
Le pire, c'est que Gronk comprenait les mots utilisés et il y croyait. Ses poings encore brûlants ne désiraient plus combattre. Ces trois-là étaient bons, il le sentait.
— C'est quoi ce monstre ? bégaya le plus jeune.
Monstre ? Est-ce que ce mot pouvait avoir plusieurs sens ?
— Je... je suis désolé, s'excusa-t-il promptement.
La dernière chose qu'il souhaitait, c'était partir sur de mauvais pieds avec ces personnes.
— Je ne comprends pas encore tout, nous étions là en train de... Et puis soudain, nous sommes devenus... moi.
— Quelqu'un pige ce qu'il raconte ?
— Oui, moi, j'en ai bien peur, intervint la jeune femme.
Les lumières qui lui parcouraient les mains jusque-là s'éteignirent et ses yeux cessèrent d'émettre de la fumée. Toute sa posture se détendit alors qu'elle s'apprêtait à donner son explication.
— Je combattais Brutjill. Elle possédait un bâton de foudre. Son maléfice s'est mêlé au mien et quand la flèche m'a touché, j'ai perdu le contrôle et le sort s'est abattu sur l'enclos des cochons.
— Et ?
— Et, je pense que c'est ce qui a formé cet être.
La jeune femme ponctua son hypothèse par un large sourire en direction de Gronk. C'était donc elle la créatrice.
— Attend, attend, depuis quand es-tu capable de tels exploits ? demanda l'homme en armure. N'es-tu pas une luxomanciste ?
— Une quoi ?

Le garçon posait la question qui brulait les lèvres de Gronk. Au moins, il n'était pas le seul à être largué.
— Une luxomanciste, répéta la jeune femme. C'est quelqu'un susceptible de contrôler la lumière.
Le regard ahuri du plus jeune l'incita à poursuivre :
— En fait, les magiciens ne peuvent pas tout faire. Ils ont un champ de compétences limité qu'on appelle le Don. Chaque magicien en possède un unique. Il ne peut pas y avoir deux fois le même pouvoir en même temps. Une fois que le magicien rend son dernier souffle, son Don est transmis à un nouveau-né. Ainsi va le cycle de la magie depuis des millénaires.
— Et toi… tu contrôles la lumière.
— Voilà.
— C'est un peu nul.
La jeune femme ne sembla pas apprécier cette remarque déplacée.
— Ça n'explique point cette chose.
— Oui, alors pour ça, j'avoue que je n'ai pas toutes les explications non plus. Ce que je peux vous dire c'est ça : depuis que nous sommes partis de Freyjar, j'ai réalisé que j'étais capable de créer une sorte de lumière solide qui pouvait interagir avec mon environnement. Je l'ai fait plusieurs fois, contre les loups, pour stopper la chute Adeldon dans la grotte et enfin là pour arrêter l'éclair de Brutjill.
— Fallait commencer par ça, c'est mieux que de maîtriser de la lumière.
— Sauf que je ne contrôle pas vraiment cette partie de mon pouvoir. Je n'y arrive qu'en cas de force majeure, comme si mon pouvoir essayait de me protéger. Il n'y a rien de conscient dans ce que je fais.
— Pas pratique ça.
— En tout cas, la boule de lumière a fusionné avec l'éclair qu'elle emprisonnait et cela a dû permettre de créer une nou-

velle forme de magie suffisante pour assembler les cellules d'un nouvel être. Toi.

Explication partielle, mais qui suffirait à Gronk. Il était le résultat d'une combinaison magique incontrôlée. Mais, il demeurait une question : des trois cochons présents dans l'enclos à ce moment-là, lequel des trois était-il ? La matriarche, le mâle fainéant ou le jeune immature ? Un peu des trois sans doute et aucun à la fois. Il était un nouvel être. Tout était à construire. Ces trois-là seraient assurément de bons guides dans la vie.

— Assez perdu de temps, mettons-nous en route, trancha l'homme en armure.

— Et lui ?

Le garçon désignait Gronk du doigt.

— Il pourra bien faire ce qu'il veut, je vous rappelle qu'une mission nous attend.

— Tu ne comptes pas l'abandonner là, tout de même ? renchérit la jeune femme.

Bonne remarque, Gronk n'osait pas la formuler lui-même. Que deviendrait-il tout seul ?

— Enfin, tu n'y penses pas, nous n'avons pas le temps.

— C'est ma magie qui l'a créé. Certes par inadvertance, mais il n'empêche que j'ai un devoir envers lui. Je ne peux pas l'abandonner de cette façon.

— Et l'orbe ?

— Il n'a qu'à venir avec nous. Tu as bien vu comment il a réglé son compte aux fermiers.

— N'oubliez pas que c'est moi qui nous aie débarrassés de Thorndull, intervint le plus jeune.

— Enfin, Sotsha, tu ne penses tout de même pas embaucher toutes les âmes en peine de Valdenor en route.

— Il se montrera utile.

Le ton de la voix de la jeune femme ne laissa aucune négociation possible. Le choix était fait et c'était pour le plus grand plaisir de Gronk. Une nouvelle émotion lui traversait l'échine : la reconnaissance.

— Bon, en route alors.

— Il faut trouver un endroit au calme pour se soigner, le coupa une nouvelle fois la jeune femme en désignant son front ensanglanté et l'épaule de Gronk.

Le vieux nain, assommé par le garçon, se retourna sur lui-même dans un grognement. Il n'était pas réveillé, mais ça ne tarderait pas.

— Pour commencer, je propose qu'on vire de là, suggéra le garçon. On pourra trouver ça plus loin.

— Soit, en route.

Chacun sur sa monture — sauf Gronk qui les suivait à pied — le groupe augmenté d'une personne emprunta le chemin qui menait à la forêt. Rapidement, deux clans se formèrent : Sotsha et Adeldon en tête qui débattaient avec vigueur sur l'intégration du nouveau venu et Gronk et le garçon en queue. Naturellement, la créature porcine se retourna vers celui qui se trouvait là.

— Il n'a pas l'air content que je vous accompagne, remarqua-t-il piteusement.

Le garçon le dévisagea comme s'il était surpris de l'entendre parler.

— Adi ? Ouais, on peut dire ça. Je ne le connais pas depuis très longtemps, mais je parie qu'il préfère largement embrocher les monstres plutôt que de faire équipe avec.

— Un monstre ? répéta Gronk, de l'émotion dans la voix.

Voilà deux fois que le garçon le qualifiait de cette façon. Certes, sa tête énorme et son corps disproportionné n'étaient pas des plus gracieux, mais de là à prétendre qu'il était un monstre, c'était un peu gros.

— Bah, disons que tu as un physique particulier.

— Tu penses que c'est pour cette raison qu'Adeldon doute de moi ?
— En partie, oui. Mais surtout parce que ta présence contrecarre légèrement ses plans.
— Quels plans ?
— Tu sais, leur mission, le truc mystérieux qu'ils veulent garder secret. Ils veulent se rendre au sommet de cette montagne, là-bas, pour y chercher un quelconque trésor.

Le petit voleur désignait le pic le plus haut de la chaîne qui se trouvait devant eux. Vue d'ici, la tâche ne semblait pas si ardue.

— Un trésor ?
— Un truc de ce style en tout cas. L'or, j'y crois moyen, ce n'est pas leur style. Je penche plutôt pour un bibelot magique. En tout cas un truc qui vaut son pesant d'or si tu le donnes à la bonne personne.

Le garçon ponctua son raisonnement par un léger clin d'œil.

— C'est à cause de ce trésor qu'Adeldon ne veut pas que je vous rejoigne ?
— C'est toujours la même chose quand y a un trésor, y a une question de partage. Tous les plus grands voleurs connaissent ce principe. Plus l'équipe est grande, moins le butin sera élevé.
— Mais je m'en moque du butin, moi !
— Alors, tu es plus idiot que tu en as l'air.
— J'ai l'air... idiot ?
— Les oreilles pendantes, les yeux de chatons apeurés, les chicots qui sortent dire bonjour... J'ai vu de sombres crétins qui semblaient plus futés que toi. Après pour ta défense, le côté porcin, ça ne va pas jouer pour t'aider dans ce domaine. Tu sais les cochons, c'est un peu...

Gronk ravalait un peu de sa fierté avant même qu'elle naisse.
— Fais pas la tête, reprit le garçon. Vaut mieux paraitre idiot et ne pas l'être que l'inverse. Tu surprendras ceux qui voudront se jouer de toi. Regarde-moi, Adeldon et Sotsha pensent bien que je suis débile, je te rappelle.
De nouveau, un clin d'œil.
— Et toi ? demanda Gronk pour changer de sujet.
— Quoi, moi ?
— Que fais-tu avec eux ?
— Ha, ça dépend des jours, ça. Hier matin, j'étais leur prisonnier, après leur guide et aujourd'hui, leur compagnon de route. Qui sait ce que je ferai demain ?
Gronk attendait en silence que Flenn réponde à sa question en le regardant les yeux grands ouverts.
— Non, mais c'est... rhétorique, reprit le petit voleur. En gros, ça veut dire que je ne sais pas ce que je ferai demain.
— Ha pardon.
— Y a pas de mal. Mais... tu as encore beaucoup à apprendre toi.
— J'ai déjà appris que je ressemblais à un monstre, doublé d'un idiot, et que toutes les questions n'attendent pas de réponses.
— C'est déjà plutôt bien pour une première journée, non ?
La joie contagieuse du garçon arracha un rire gras et sincère à Gronk. C'était la première fois qu'il découvrait cette sensation, un souffle d'air inarrêtable qui se propulsait hors de ses poumons, le ventre qui se contracte et les lèvres qui convulsent. Ce n'était pas si désagréable que ça.
Pendant quelques heures, les quatre compagnons continuèrent leur route ainsi scindée. Deux devants qui débattaient vivement et deux derrières qui discutaient de tout et de rien. Ceci dura jusqu'à ce que Sotsha impose l'arrêt pour tous. Sur le bord

de la route, à la lisière de la forêt se trouvait une vieille bâtisse en pierre. C'était la démarcation entre les arbres et les alpages qui s'élevaient derrière la maison comme une coulée verte recouvrant la montagne. Dans cet environnement, de nombreuses marmottes gambadaient gaiement, ponctuant leurs avancées par de petits cris stridents. Au loin, les falaises menant au sommet d'Idvorg se dessinaient, dominant ce sublime tableau par leur imposante taille.

— On s'arrête, exigea Sotsha d'une voix tranchante.

— Mais, nous sommes seulement en milieu d'après-midi, protesta le chevalier. Nous pourrions aisément poursuivre notre route jusqu'à ce que le soleil décline.

— Non, répéta la magicienne avec fermeté. Cette maisonnette sera parfaite pour que nous puissions passer la nuit et soigner nos blessures. Demain, nous partirons tôt et si les astres sont alignés, nous devrions atteindre le sommet avant midi.

Adeldon accepta sans broncher. Gronk ne les connaissait que depuis quelques heures, mais il avait déjà senti les relations qui tissaient ce groupe. Lorsque la jeune femme ordonnait, les autres étaient bien en peine de pouvoir argumenter.

— Je vais avoir besoin de plusieurs ingrédients, reprit Sotsha. Ramenez-moi des baies de genévriers et des fleurs d'achillée millefeuille. Il m'a semblé en voir le long du chemin.

— Quand tu dis vous, j'espère que ça n'implique pas ma participation ? questionna le garçon.

— Si tu es aussi habile à trouver des plantes qu'à voler des pommes, tu devrais être revenu avant la tombée de la nuit.

La pique suffit à parer toutes résistances. Après un léger bougonnement de la part de Flenn, les deux hommes replongèrent dans la forêt qu'ils venaient de quitter. Sotsha invita alors Gronk à la suivre dans la bâtisse qui serait leur refuge d'un soir. C'était une cabane de berger qui n'avait sans doute pas été visitée depuis l'été dernier. L'intérieur était rustique, poussiéreux et franchement mal odorant. Mais, pour quelqu'un qui a passé sa vie précédente dans la boue, une odeur de renfermé n'allait pas l'empêcher de dormir. La température, en revanche, allait poser un problème. Par bonheur, un âtre au fond de la pièce allait pouvoir le résoudre. Le reste de l'ameublement était plus que pauvre. Une table chargée de toile d'araignée au centre de la pièce, une commode grinçante et un vieux matelas dans un coin. Enfin, pour une soirée seulement, ce serait parfait.

Une fois la pièce unique aérée et rapidement nettoyée, Sotsha et Gronk s'assirent face à face à la table. Ce fut le départ d'une conversation qui dura plusieurs heures. La jeune femme lui raconta plus ou moins tout ce qui était utile de savoir dans ce monde. Le fonctionnement de l'Empire, l'histoire héroïque — bien que tragique — du pays, jusqu'à sa petite vie à Freyjar. Gronk l'écoutait sans l'interrompre, comme s'il se nourrissait de ces anecdotes.

Soudain, la porte s'ouvrit sans aucune grâce et les deux autres pénétrèrent dans l'endroit. Flenn, les bras chargés de bois, avança jusqu'à l'antre dans lequel il jeta sa cargaison dans un râle de personne âgée. Adeldon, lui, tenait un bouquet garni qu'il tendit à celle qui lui avait commandé.

— J'aurais peut-être dû être plus précise sur la description des fleurs que j'attendais.

— Nous ignorions lesquelles sélectionner. Pour parer à toutes éventualités, nous avons décidé d'en prendre plus que de raison.

— Ça suffira.

Sotsha attrapa le bouquet tendu et se mit à rire chaleureusement.

— C'est bien la première fois que j'accepte ton bouquet de bon cœur, se moqua-t-elle.

Ce dernier rougit aussitôt et planta son regard dans la contemplation des lattes du parquet. Depuis l'autre bout de la pièce, Flenn éclata à son tour de rire devant la réaction du chevalier en se frappant les jambes.

— Pourquoi n'acceptes-tu pas ses fleurs d'habitude ? demanda innocemment la créature porcine qui ne comprenait pas toutes ces réactions.

— Oh, euh... hésita-t-elle à expliquer. C'est-à-dire que...

— On devrait peut-être te soigner, coupa Adeldon.

— Oui ! Faisons cela, acquiesça-t-elle afin de changer de sujet.

La magicienne prit alors les fleurs du bouquet, en sélectionnant celles qui l'intéressaient, avant de les placer dans un bol rempli d'eau. Ensuite, elle demanda à Adeldon de les écraser pour obtenir ce qui ressemblait à de la bouillie florale. Puis, elle prit un linge propre dans son paquetage et le fit bouillir dans une marmite grâce au feu que Flenn avait allumé dans la cheminée. Une fois bien stérilisée, elle appliqua l'onguent de fleurs sur le linge et recouvrit son front avec. Ensuite, elle posa ses mains sur la blessure recouverte et contracta doucement ses doigts. Une légère chaleur familière l'entoura et ses paumes brillèrent d'un doux voile vert.

Une fois son front guérit, elle recommença toute l'opération pour soigner Gronk. Avec toutes les nouveautés de la journée, il avait presque oublié qu'un carreau d'arbalète lui décorait l'épaule. L'étape la plus douloureuse fut de retirer le projectile. Le reste était même plutôt agréable. Une fois finie, la créature s'affaissa sur sa chaise. Son esprit reposé trouvait le calme dans cette ambiance chaleureuse et apaisante. Le silence régnait, seulement rompu par le bruit d'une commode qui s'ouvrait. C'était le garçon qui la fouillait, jetant son contenu sur le sol.

— Flenn ! s'indigna Adeldon. Ne compte pas dérober la moindre chose. Je t'ai à l'œil.
— Je ne vole rien. Je regarde juste s'il y a... des trucs utiles.
— Cesse donc, ou je te promets que...
— Regarde ça ! C'est précisément ce qui manque à notre nouveau compagnon ?

Le garçon tendait devant lui une de ses trouvailles : un tablier de cuir. Sans doute utilisé par les fermiers pour tondre les moutons durant l'été.

— Ne me dites pas que je suis le seul à en avoir assez de le voir se trimballer tout nu. Même dans le quartier de la Joie à Casperclane, sa tenue serait indécente.
— Je te l'accorde. Exception faite pour cette fois !

Le garçon envoya alors le vêtement à Gronk qui l'enfila rapidement. Il le serra au niveau de la taille à l'aide d'une ceinture. Cela cachait parfaitement son anatomie et ne le bloquait pas dans ses mouvements. Parfait pour aller crapahuter dans les montagnes.

Gronk considéra les trois personnes qui étaient ensemble dans cette pièce. Quelques heures auparavant, il ne les connaissait pas et pourtant, ces trois-là étaient devenus toute sa vie, dorénavant. Même le ressentiment du chevalier semblait s'être estompé avec le temps. Ceux qui étaient devant lui représentaient ce qu'il ne voudrait plus jamais perdre : ses amis.

— Une femme brune accompagnée d'un chevalier blond ? Vous en êtes sûr ?
— Moi être certaine.

Ce n'était pas toujours évident de communiquer avec une orc. Mais celle-là paraissait leur donner une description suffisamment précise pour qu'ils puissent s'imaginer qu'elle parlait de Sotsha et d'Adeldon. Le magicien se retourna vers sa compagne de route, Nörg et acquiesça silencieusement.

— Brymir avait raison, ils font route ensemble, appuya la géante.

— Certes, mais j'ignore encore si c'est une bonne nouvelle.

— Au moins, l'un d'eux saura se battre si besoin.

Le vieux mage poussa un terrible soupir.

— Se battre contre un adversaire qui respecte les règles de la chevalerie, je n'en ai aucun doute. Néanmoins, ce qu'ils s'apprêtent à affronter n'est pas du genre à se battre avec honneur.

— Tu n'en fais pas un peu trop, Paro ?

— Absolument pas. Ils courent un grand danger.

— Comment le sais-tu ? Un sens de magicien ?

— Non, un truc de père.

La géante ne répondit pas, comme si elle pouvait comprendre ce que représentait cette responsabilité. Sotsha était quelque part, là, dans l'immensité de ce pays et Parodegan avait déjà plusieurs jours de retard sur elle. La peur qu'il ressentait pour elle était si forte qu'il ne savourait même pas le fait d'être reparti à l'aventure avec la géante, lui qui avait passé les dernières décennies cloitré à Freyjar.

— Vous prendre chambre ou non ? s'impatienta l'orc.

— Non. Nous avons du chemin à parcourir. En route, Nörg ! ne perdons pas plus de temps !

Chapitre 15

Le Nid du Hibou

Jadis, certains mages possédaient le Don d'accélérer le temps. À cause d'utilisations trop néfastes de ce pouvoir, des règles strictes furent émises pour endiguer le problème : l'interdiction pure et simple de voyage dans le temps. Adeldon n'était pas du style à vouloir contourner les règles. Pourtant, ce matin-là, il aurait payé cher pour faire un saut dans le futur jusqu'au sommet d'Idvorg.

Son impatience de toucher au but l'avait réveillée de bon matin. Assis sur un rondin de bois, il attendait que les trois autres s'éveillent. Devant ses yeux se révélait le fabuleux spectacle naturel d'un lever de soleil sur le massif montagneux. Le sommet blanchi d'Idvorg reflétait les rayons qui arrivaient à percer la couche de nuages. Dans quelques heures, il serait là-haut, trouvant l'orbe tant convoité. À cette idée, un frisson lui parcourut les bras et son ventre se serra. Après tout ce temps à espérer, il allait enfin venir à bout d'une quête.

La porte de la petite bâtisse s'ouvrit, ramenant le chevalier à la réalité. Il aurait aimé que tous fussent réveillés et qu'ils puissent partir à la conquête de la montagne, mais seule Sotsha apparut sur le seuil. Son visage encore marqué par le sommeil, elle vint s'asseoir à côté de lui, sur le rondin. Comme toutes les personnes pour qui le réveil est plus proche de la torture que d'une saine activité, elle ne prononça aucun mot. Son regard se perdit devant l'éblouissant paysage devant eux.

Dans les alpages qui s'étendaient à perte de vue, les marmottes se réveillaient, elles aussi. Ces petits rongeurs à l'allure pataude se faufilaient entre les herbes, comme si elles glissaient sur le sol. Leur hibernation venait de se terminer après plusieurs mois passés dans leur terrier. C'était la première fois qu'Adeldon en voyait réellement. Elles lui rappelaient les loutres qui venaient s'amuser dans les fjords de Freyjar en été. Leur fougue insouciante et leur caractère amusant étaient identiques. Il se renvoyait enfant, courant sur les roches moussues pour faire la course avec elles. Malgré ses efforts, il n'avait jamais gagné.

C'était la première fois qu'Adeldon remarqua que son village lui manquait. Il n'avait pas entendu les potins des clients du poissonnier depuis plusieurs jours. Orgueilleusement, il se demanda si pour une fois, les discussions ne tourneraient pas autour de lui et de la glorieuse quête qu'il avait entrepris. Une chose en entraînant une autre, il pensa ensuite à son fidèle ami. Comment Brymir s'en sortait-il tout seul ? Certes, l'aventure est agréable, mais c'était si dépaysant par rapport à son quotidien. Dans quelques jours, il reviendrait dans sa monotonie habituelle. Cette pensée lui fit pousser un soupir. Un mélange de nostalgie et d'ennui face à l'avenir. Sotsha se retourna vers lui et lui adressa un sourire chaleureux. Les affres du sommeil l'avaient enfin quitté.

— Pas de café ce matin ? demanda-t-elle.

— Je... ne voudrais pas perdre la course à l'orbe si près du but.

La jeune femme émit un petit rire étouffé.
— Tu as sans doute raison, mais je ne vois pas qui pourrait bien nous avoir dépassés. Le raccourci de Flenn nous a fait gagner beaucoup de temps.
— C'est exact. Devoir le reconnaitre me peine, mais il s'est montré utile.
— Fais attention Adeldon, bientôt, tu vas accepter que lui aussi nous accompagne jusqu'au bout.

Le chevalier sourit face à cette remarque. En réalité, Sotsha ne croyait pas si bien dire. Adeldon y avait réfléchi toute la nuit. Certes, le garçon représentait tout ce qu'il détestait. C'était un voleur, un escroc, un truand et un lâche de la pire espèce. Toutefois, il ne pouvait ignorer qu'il l'avait sauvé dans la grotte. Alors qu'il se sentait emporté par des flots ravageurs, c'était lui qui était venu à son secours. Après tout, l'orbe donnerait la fortune et la gloire à ceux qui la rapporteraient, ils pourraient bien partager cela à quatre.

Sotsha sembla lire dans l'esprit du chevalier et acquiesça en souriant.
— Je suis d'accord, il n'est pas si mal, finalement, déclara-t-elle.
— Tu n'auras qu'à lui dire que cela vient de toi.
— Évidemment. Allez, je pense qu'il est temps de réveiller les deux autres. Si préparer un café nous ferait perdre trop de temps, une grasse matinée n'est pas conseillée non plus.

Ensemble, ils pénétrèrent dans la bâtisse et se dirigèrent vers l'amas de couvertures sous lequel le petit voleur avait élu domicile. Il avait la faculté de s'endormir dans des positions improbables. Aucune once de son corps ne dépassait et il aurait aussi bien pu ne pas être à cet endroit. Lorsqu'Adeldon remarqua que c'était, en effet, bien le cas, il manqua une respiration. Sous les couvertures, il y avait uniquement une caisse et quelques ballots. Pas de petit voleur rachitique au sourire sournois.

— Que la peste s'abatte sur nous, où est-il ?

Un rapide coup d'œil à travers la maison lui indiqua qu'il n'y était pas. Adeldon se rappela sa théorie de la veille qui voulait que le garçon se réveille systématiquement en premier. De rage, il donna un coup dans la caisse qui imitait la présence du voleur.

— Son âne n'est plus là, indiqua la magicienne proche de la fenêtre.

— Ggrn ? grogna Gronk en se réveillant.

Bien que manquant cruellement de voyelles, les deux autres comprirent que sa question portait sur la présence du dernier des quatre acolytes.

— Flenn, il est parti, expliqua Sotsha.

— Il nous a trahis, tu veux dire !

— Peut-être est-il seulement allé chercher de quoi manger, essaya de le défendre Gronk.

— Pas avec son âne. Il veut l'orbe.

— Il ne l'aura point. En avant, nous le rattraperons.

Adeldon sortit en trombe du refuge et se dirigea vers sa monture. En un rien de temps, il sella sa jument ainsi que celle de son amie. Il ne pouvait pas s'empêcher de sentir sa rage monter en pensant à Flenn qui s'emparait de l'orbe. La seule image qui le réconfortait était l'idée de lui flanquer sa main dans la mâchoire.

— Qu'est-ce donc que cela ? demanda-t-il en voyant Gronk passer le pas de la porte.

La créature avait passé un large sac par-dessus ses épaules et tenait entre ses mains un maillet de berger. Le marteau de bois, aussi large que long, aurait pu aplatir la face de Flenn en un seul coup. Cette pensée donna un peu de baume au cœur au chevalier.

— Je me suis dit qu'en cas de... problèmes, ça pourrait toujours servir.
— Bonne idée. Seulement, pourras-tu nous suivre à pied ?
— Évidemment !

Bien que le chevalier fût sceptique au début vis-à-vis de cette affirmation, il dut reconnaitre qu'il avait tort. Même lancé au galop, Gronk arrivait à les suivre au pas de course sans montrer le moindre signe d'essoufflement. Son corps n'était pas taillé pour cet exercice et pourtant il s'en sortait à merveille. En même temps, son corps n'était taillé pour pas grand-chose, ce qui n'empêchait pas qu'il soit en vie et d'une moralité visiblement bien supérieure à celle de leur ancien camarade.

Dans les alpages, il n'existait pas de chemin. Les chevaux pouvaient s'abandonner à l'ivresse de la vitesse sans crainte. Aucun arbre, aucun muret, aucun obstacle ne venait les entraver. Les marmottes sifflaient de panique devant cette course effrénée qui venait perturber l'équilibre de la montagne. Les rongeurs se jetaient dans leur terrier avec effroi.

Dorénavant, il existait deux options qui s'offraient à eux. La première était de suivre les alpages jusqu'à un col et longer ensuite une crête qui monterait jusqu'au sommet. C'était ce chemin que Flenn avait dû emprunter. Le fait que sa silhouette ne soit pas visible dans la montagne pourtant dégagée laissait supposer qu'il avait une bonne avance. La seconde possibilité n'était pas franchement réjouissante. En prenant une ligne droite, ils éviteraient le détour qui les mènerait au col et ils arriveraient directement sur un plateau qui donnerait sur le sommet. La seule difficulté, et pas des moindres, était que pour accéder au plateau, il faudrait gravir l'imposante falaise qui se dressait devant eux. En montagne, la ligne droite est rarement le chemin le plus aisé. Cependant, avec le retard accumulé, la première option ne pouvait pas être envisagée. Pour parvenir les premiers en haut, il n'y avait plus qu'une solution : la falaise.

Sotsha et Gronk n'accueillirent pas cette proposition avec une joie évidente. En arrivant au pied de l'immense bloc de calcaire, Adeldon douta un instant de son plan lui aussi. Mais à l'heure de la tempête, les doutes n'ont pas leur place. Ils rassemblèrent leurs affaires dans le sac de Gronk, en choisissant seulement le strict nécessaire, puis se tournèrent vers leur objectif vertical.

Le sol au pied de la falaise était tapissé d'édelweiss, ces fleurs des montagnes si rares. Sotsha qui les connaissait sans n'en avoir pourtant jamais vu les prit comme une bénédiction pour leur ascension. L'escalade n'était pas forcément son fort, mais à Freyjar, elle s'était déjà aventurée dans les fjords pour observer de près des oiseaux. Ce serait un peu la même chose. Mais dans le froid et la pluie.

La roche poreuse leur simplifierait la tâche pour gravir la paroi. Elle procurerait de bonnes prises en quantité. En revanche, le brouillard qui s'abaissait à leur niveau n'avait rien d'encourageant. Comme si un quelconque dieu s'amusait à jouer avec leur destin. Gravir une falaise pour rattraper le garçon qui les avait trahis serait trop simple s'il ne fallait pas en plus que le temps vienne jouer contre eux. À ces hauteurs, la pluie risquait bien de se transformer en flocons. Belle perspective.

Trop réfléchir, revenant à douter, Sotsha s'approcha de la paroi et entama son ascension. Les deux juments galopaient déjà en direction du bas de la vallée. En d'autres circonstances, Sotsha aurait admiré ce magnifique spectacle, mais les circonstances n'avaient rien de normal. Il fallait rattraper Flenn. Ainsi, elle monta son bras pour attraper une nouvelle prise et s'éleva d'un bon mètre. La roche sous ses doigts était gelée, comme si elle était entièrement composée de glace. Et ce n'était que le début de la falaise qui n'était pas encore au niveau des neiges éternelles. La fin de l'ascension risquait de devenir nettement plus compliquée.

Derrière elle, Adeldon progressait étonnamment bien malgré son armure. Le style était moins athlétique, moins souple, mais il ne se laissait pas distancer par la jeune femme. Pour Gronk, c'était une tout autre histoire. Ses mains de cochons ne lui permettaient pas de s'accrocher à la paroi de façon convenable. Toutefois, il ne s'arrêta pas. Faisant preuve d'effort considérable, il suivait le rythme, lui aussi. Sotsha l'aurait bien aidé, mais que pouvait-elle bien faire pour lui dans cette condition ? Il fallait seulement espérer que cette épreuve se finisse le plus rapidement possible.

À mi-parcours, le vent se faisait de plus en plus violent. Il s'engouffrait entre la paroi et le buste de Sotsha. Heureusement qu'elle ne croyait pas en ce dieu farceur qui lutterait pour les faire échouer, elle aurait dû le maudire pour ces trouvailles.

Sous ses mains, la roche était toujours plus froide. Aux endroits où la paroi s'aplatissait, de petits blocs de glace se formaient. Chaque prise la faisait énormément souffrir, ses doigts étant boursouflés et rougis par le froid. Il aurait été facile d'abandonner, d'opérer un demi-tour et de laisser Flenn s'emparer de l'orbe. Cette pensée la révolta au plus haut point. Non seulement il était hors de question de laisser le petit voleur remporter la partie, mais en plus abandonner n'était pas une possibilité. Elle s'était engagée dans cette quête pour montrer à son père qu'elle n'était pas une incapable et elle ne lâchera rien avant d'avoir pu le prouver.

Malgré la douleur, elle continua son ascension. Une prise après l'autre. Main gauche, pied droit, puis main droite, pied gauche. Ainsi de suite et elle ne s'arrêterait pas avant d'avoir gravi cette falaise en entier. Ou alors qu'un évènement extérieur vienne l'arrêter. Cette condition n'aurait jamais dû être évoquée, car d'après la célèbre loi de Murphy, quand quelque chose de mal peut arriver, c'est une chose encore pire qui se produit.

Concentrée sur la roche devant ses yeux, Sotsha ne vit pas l'ombre jaillir de la brume. Quand elle sentit le choc des serres du hibou sur son crâne, il était trop tard. Sa tête heurta la paroi et sa vision se remplit de petites étoiles aux ondulations anarchiques.

— Sotsha ! hurla le chevalier.

— Je… je vais bien, le rassura-t-elle en reprenant ses esprits.

— Qu'est-ce que c'était ? demanda Gronk d'une voix qui frôlait la terreur.

— Un rapace, répondit Adeldon. Il a surgi du brouillard et y a disparu aussitôt.

— Un rapace ? Est-ce… dangereux ?

— Pour nous, non, expliqua Sotsha en se frottant le crâne. Enfin, je crois. Ils chassent de petits mammifères normalement.

— Peut-être sommes-nous proches de son nid.

— Adeldon, les hiboux ne nichent pas dans les falaises.

— Dans le doute, ne trainons pas.

— Bien dit.

Sur ces mots, Gronk retrouva le double du courage qu'il avait. Son rythme augmenta et il rattrapa rapidement son retard. Ce qui lui manqua pour passer en tête, ce fut le temps sans doute. Le hibou revint et agrippa Sotsha au niveau des épaules. L'oiseau d'une taille impressionnante battait des ailes avec une vigueur telle que la jeune femme sentait son corps entrainé vers le vide. À cette hauteur, la chute serait forcément fatale. Elle n'avait aucune envie de le découvrir, mais la force du rapace étant supérieure à la sienne, Sotsha se sentit glisser.

Dans une telle chute, elle prendrait quelques longues secondes avant d'en voir la fin. Le moment de revoir un peu l'ensemble de sa vie. Son père en avait le premier rôle évidemment. Contre toute attente, une de ses pensées alla pour son compagnon nouvellement découvert : Adeldon. Quelques jours plus tôt, elle n'aurait jamais songé que le jeune homme puisse occuper une place dans ses pensées le jour de sa mort. Comme quoi, la vie est une chose bien imprévisible.

Mais la sienne n'était pas encore sur le point de finir. Alors que Sotsha attendait de subir le choc libérateur du sol, elle fut surprise d'accueillir plutôt l'étreinte chaleureuse du chevalier qui lui attrapa sa main. La chute avait paru durer une éternité alors qu'elle n'était tombée que de quelques mètres.

— Je te tiens !

La jeune femme se retrouvait suspendue dans le vide, soutenue uniquement par Adeldon. Lui-même ne se tenait de ce fait que d'une seule main à la falaise. Une cascade digne des plus grands cirques, mais que personne n'aurait envie de réaliser si haut du sol sans protection.

Avant que Sotsha ne puisse agripper de nouveau la paroi, le rapace revint à la charge, cette fois visant l'appui du chevalier. Elle le voyait pour la première fois réellement. Un hibou large et majestueux aux plumes entièrement blanches et aux yeux mauves. Pendant le court instant où elle croisa son regard, elle crut y reconnaitre celui du loup qui l'avait attaqué le premier soir. C'est une stupide idée d'essayer de faire des connexions quand sa vie est en danger. Il aurait mieux valu qu'elle s'accroche à la roche. À la place, la prise d'Adeldon lâcha et ensemble, ils tombèrent dans le vide.

Une nouvelle fois, sa vie défila devant ses yeux, en recommençant par le même point. Elle allait finir par connaitre son enfance par cœur. Et de nouveau, la chute semble durer plus longtemps que la réalité, car cette fois, ce fut Gronk qui attrapa ses deux compagnons au passage. Pour ce faire, il dut lâcher ses mains de la paroi et planter ses larges pieds dans la roche pour y avoir un appui suffisant.

Alors que la position n'avait rien d'agréable, le terrible oiseau réapparut, sauf que cette fois Sotsha était préparée. Par deux fois, elle avait expérimenté la sensation de chute dans le vide. Elle n'avait pas vraiment envie d'aller au bout de l'expérience. La magicienne leva ses mains et projeta un trait de lumière qui éblouit le hibou juste assez pour qu'il manque sa cible et heurte avec fracas la paroi. Désorienté, l'oiseau chuta dans le vide dans une spirale absurde avant de disparaitre dans le brouillard. Cette fois, pour de bon.

— Si vous voulez mon avis, ce hibou défendait bel et bien son nid, déclara Adeldon en reprenant son souffle.

— Je ne pense pas.

— Pourtant, il y a mis du cœur. Quelle autre raison aurait-il pour nous attaquer de la sorte ?

— Je ne sais pas. Ça me rappelle… non, c'est idiot.

— Sans vouloir déranger vos ruminations, pourriez-vous m'aider ? les coupa Gronk, toujours suspendu tête en bas.

Les réflexions de la magicienne lui avaient fait oublier que c'était lui seul qui les retenait. Sans perdre plus de temps, elle s'accrocha de nouveau à la paroi, imitée par le chevalier immédiatement. Gronk put aussitôt se remettre dans le bon sens.

Après ces émotions, ils poursuivirent leur ascension, Sotsha se retournant régulièrement pour voir si le rapace ne revenait pas. Mais le reste de la montée ne fut plus dérangé par aucune distraction.

En arrivant au sommet de la falaise, les muscles de la jeune femme étaient complètement tétanisés par l'effort et ses mains gelées par le froid. Le brouillard était maintenant accompagné d'une fine neige qui venait frapper leur visage comme de petites piques glacées. Les nuages noirs accumulés autour du sommet s'illuminaient à l'occasion de flashs lumineux. Quel magnifique temps pour gravir une montagne. Sotsha referma sur elle sa veste de fourrure, exposant le moins possible sa peau aux intempéries. Mais le mal était fait : chaque mouvement de ses doigts était une torture. Seule la satisfaction de toucher au but la faisait tenir debout.

Le sommet d'Idvorg était là, droit devant, de l'autre côté d'un plateau recouvert de neige et grimpant sereinement. Sotsha aurait aimé prendre le temps de s'arrêter, de souffler un moment. Mais un point noir qui se déplaçait au travers de l'étendue blanche lui rappela son objectif. Flenn était là à quelques centaines de mètres d'eux. Ils avaient rattrapé le temps perdu. Il ne restait plus qu'à le rattraper.

Chapitre 16

Le Choix du Voleur

La neige tombait sans arrêt et recouvrait les traces derrière Flenn. Lorsqu'il s'était réveillé en pleine nuit, alors que tous les autres dormaient, il avait pris ça pour un signe. Pourquoi ne pas partir la chercher seul cette orbe ? Un plan tout à fait improvisé qui pourtant avait été adopté sans aucun remords. Pour lui, la magie était une chose bien obscure, mais ça ne l'empêchait pas de savourer le moment où il s'emparerait de l'orbe. Quel que soit cet objet, si l'Impératrice avait lancé un concours afin de le récupérer, forcément, il devait avoir une grande valeur. Peut-être suffisamment suffisante pour se faire oublier de la Guilde.

L'avance qu'il avait sur ses anciens compagnons devait lui suffire pour grimper au sommet et trouver le trésor avant tout le monde. Mais il y avait deux choses auxquelles il n'avait pas pensé. La première était le climat hostile des montagnes. Adeldon et Sotsha avaient visiblement anticipé ce problème en ramenant de nombreuses fourrures. Lui ne possédait que sa fine armure de cuir pour se couvrir. Face à la neige, elle la protégeait autant que si elle devait affronter un trébuchet. Tous ses membres étaient pris de spasmes incontrôlables. Ce serait acceptable s'il pouvait avancer vite, sauf que son âne était dans le même état que lui. Visiblement, Veignar ne l'avait pas entrainé à se rendre dans pareil endroit. La seconde chose qu'il n'avait pas anticipée était l'apparition soudaine de ses anciens compagnons, quelques centaines de mètres derrière lui. Durant les quatre heures qui le séparaient de sa trahison et qui lui avaient permis de se rendre sur le plateau, il n'avait jamais aperçu ses poursuivants. Et d'un coup, ils étaient là. Par quelle sorcellerie était-ce possible ?

Tant pis pour le confort d'arriver le premier et de repartir en secret. S'il se débrouillait bien, il pouvait encore trouver l'orbe et fuir sans devoir combattre. À trois contre un, il savait qu'il n'avait aucune chance. Surtout face à une magicienne, un chevalier et une créature à la musculature d'un géant du désert. Pour empêcher cela, il fallait se dépêcher. Le garçon fouetta son âne et imposa un rythme de marche plus soutenue. Son objectif était le sommet de la montagne et il ne s'arrêterait pas avant.

D'aucuns auraient pu se morfondre dans les regrets face à une trahison. Pour Flenn, seule la perspective de perdre la course lui retournait le ventre. Parce que la trahison, il connaissait que trop bien. Dès le plus jeune âge, il avait appris l'avantage de la ruse sur la force. Un de ses frères d'adoption misait tout sur cette dernière. Un écervelé qui finissait systématiquement par se faire prendre. Les raclées, c'était toujours pour lui. Alors que le petit garçon chétif et souriant, personne ne le remarquait. On lui accordait même la confiance rapidement. Juste le temps nécessaire pour lui de trahir un bon coup.

D'aussi loin qu'il s'en souvienne, Flenn avait passé sa vie à fuir. La famille, les problèmes, la Guilde et ses règles, récemment les rebelles et leurs idéaux naïfs et maintenant trois aventuriers qui ont eu le malheur de le prendre pour un ami.

Un trait de lumière le frôla en le ramenant à la réalité. Un rapide regard en arrière lui confirma ce qu'il redoutait déjà, ses poursuivants gagnaient du terrain. S'ils avaient eu des arcs, il serait à portée de tirs. Heureusement, la magicienne ne contrôlait pas son pouvoir et ne pouvait que lancer des sortilèges inoffensifs.

Les cris d'Adeldon perçaient le vacarme du tonnerre alors qu'il hurlait le nom du garçon. Ce dernier ne se retourna pas, cravachant sa monture avec force. Il n'avait plus le luxe de prendre son temps. Le plateau paraissait si long, sans fin. Cette impression étant accentuée par la course-poursuite.

Un projectile heurta l'arrière de l'âne et lui arracha un râle de douleur. Était-ce une boite de conserve ? Cette fois, les autres étaient trop proches. La fuite n'était plus une possibilité, il allait devoir combattre. La lâcheté étant une qualité lorsqu'on affronte plus fort que soi, Flenn, s'arrêta sur une butte de neige et se retourna vers ses poursuivants. Son unique avantage était la hauteur de sa position. Pas beaucoup, mais juste assez pour prévenir d'une attaque directe.

— Flenn ! Immonde pourriture de traître. Comment oses-tu ?

— Traître ? Enfin, je faisais seulement du repérage pour vous indiquer le plus court chemin.

— Cesse donc ! Je vais te couper la langue afin de t'empêcher de profaner de nouvelles insanités.

Devant la lame du chevalier, Flenn dégaina son couteau. Dans un combat entre les deux, son arme ne ferait pas le poids, mais ça ralentirait un peu les ardeurs de tous.

— Pourquoi ? demanda Sotsha. Nous t'avions accepté, tu aurais pu faire partie de l'aventure.

— Je ne sais pas, c'est ma façon de vivre. Je n'aime pas trop partager.

— Je nous croyais amis, déclara Gronk piteusement.

— Eh oh, je veux bien que la soirée d'hier était sympathique, mais on se connait depuis une journée. Entre trois étrangers dont deux m'ont fait prisonnier et la promesse d'une magnifique récompense, je ne vois pas comment j'aurais pu douter.

— Tu... n'es qu'un sale garnement. Viens que je te corrige.

Autant pour l'avantage de la hauteur. La colère donne parfois des capacités hors norme. Adeldon gravit la butte en deux enjambées et se retrouva au niveau du garçon, l'épée à la main. Un coup d'estoc évité, une parade lancée, mais avec cette neige et ce froid, impossible de bouger suffisamment pour réaliser une belle contre-attaque. Un coup de pied dans sa cuisse le fit défaillir et le chevalier attrapa de sa main libre la dague. Il était maintenant désarmé face à un Adeldon visiblement dans une colère rouge.

— Si je m'excuse, ça compte ?

Comme seule réponse, le petit voleur reçut un poing ganté au niveau de l'œil. Une sensation qui n'était pas inconnue pour le garçon, mais dont il se serait bien passé.

— C'est bon, il a ce qu'il mérite, déclara Sotsha en arrivant à la hauteur du chevalier.

— Loin de là. Il mériterait qu'on le pende en place publique tel le voleur qu'il est.

— Pour ce qui est du public, je vois mal où tu vas le trouver, et pour la pendaison, encore faudrait-il des arbres.

— Si vous voulez mon avis, j'ai bien compris mes torts et je m'engage à ne plus trahir quiconque.

Un nouveau coup s'abattit sur son visage. En même temps, il l'avait un peu cherché celui-là. Le premier aussi en y réfléchissant bien.

— Laissons-le là, Adeldon. L'orbe est à nous désormais.

— Et s'il nous poursuit ?

— Disons qu'il le regrettera.

— Que ce soit clair, si d'aventure, nous nous recroisons, je te ferais passer la corde au cou moi-même.

Le garçon porta sa main sur sa nuque comme pour la soulager d'une chose qu'il n'avait jamais encore vécue.

— Très clair. Tout à coup, j'ai beaucoup moins envie de te croiser, Adi.

Cette fois, le coup de poing était un peú injuste. Une myriade d'étoiles dansa devant ses yeux. La scène était un peu floue, mais il vit quand même le chevalier et la magicienne reprendre leur route vers le sommet. Devant lui, il ne restait que Gronk qui le contemplait de ses grands yeux dépourvus de pupilles.

— Comment as-tu pu ?

— Ce n'est pas ma faute, tu sais. Les deux là-bas, ils ont parlé de fortunes et de gloire devant un voleur. Comment j'étais censé pouvoir résister ?

— Encore une question qui n'attend pas de réponse, n'est-ce pas ?

— J'en ai peur.

Flenn tenta de se relever, mais le tambour qui lui servait actuellement de crâne lui fit comprendre que cela serait impossible. Il retomba piteusement dans la neige, la poudreuse lui procurant un lit douillet, bien qu'un peu froid. Rien de tel pour lutter contre une contusion. Son visage ne lui faisait déjà plus mal.

Alors qu'il se serait attendu à un ultime coup de la part de Gronk, ce dernier sortit une couverture de son sac et la déposa amicalement sur le corps affaissé du petit voleur. La créature semblait partagée par de douloureuses pensées, elle qui dès son premier jour d'existence était familière avec la trahison.

Ce fut la dernière image que Flenn vu avant que ses paupières décident que le spectacle avait assez duré. Les étoiles revinrent, mais cette fois pour danser sur un fond noir et, somme tout, réconfortant. La douleur et le froid n'étaient qu'un lointain souvenir et enfin Flenn connaissait la paix.

— Pour une fois, l'endroit est plutôt sympathique, s'exclama Nörg en voyant la vasque d'un bleu turquoise devant eux.

Entre les figuiers, la rivière s'écoulait paisiblement en lançant un appel irrésistible à s'y jeter dedans. Parodegan n'était pas un homme à céder à ses pulsions et détailla plutôt les environs. Du bout de son bourdon, il écarta une fougère sous laquelle un petit objet brillait de mille feux. Une écaille, aussi grosse qu'un ongle de doigt. Elle devait appartenir à un serpent. Jusque-là, rien d'anormal en pleine forêt de trouver cela, néanmoins, sa couleur était étonnante : du blanc immaculé. Parodegan pouvait admettre avoir des failles sur certains sujets, mais certainement pas sur la botanique. Or, il n'avait jamais vu, ni entendu parler d'un reptile qui arborerait pareille écaille. Un mystère de plus qui alourdissait ceux déjà existants. Ses craintes les plus terribles étaient sur le point de se concrétiser.

— C'est quoi ? demanda Nörg, curieuse.

— La preuve qu'ils sont suivis. Félicia sans doute.

— Oh, je vois... tu penses que c'est lié à ça ?

La géante désignait une nuée de flèches plantées dans les troncs alentour. Dans sa recherche d'indice sur le sol, Parodegan n'avait même pas songé à lever son nez. Sans son amie, il serait passé à côté de ça.

— Non, ce n'est pas son style. Qui donc peut avoir autant d'archers ?

— Les Gardes ?
— Je ne pense pas. Plutôt les rebelles.
— Les rebelles ? Crois-tu sérieusement à leur existence ?
— Oh, ils existent, oui. Pour quelles raisons, ça, je l'ignore, en revanche.
— Pourquoi seraient-ils après Sotsha et Adeldon ?
— Pour une fois, je n'ai pas de réponse. Mais ça ne me dit rien qui vaille.
— Y a pas à dire, Paro, pour une première aventure en dehors de Freyjar, ta fille s'est mise dans un sacré pétrin. Même nous, on ne faisait pas autant à l'époque.
— Je ne sais pas si tu essayes de me rassurer, mais ça ne marche pas vraiment là. Allez, en route, nous devons les rattraper.

Chapitre 17

L'Orbe

Le brouillard recouvrait la montagne et chaque pas était incertain. Les vents puissants rendaient l'ascension difficile. Adeldon ouvrait le chemin, s'enfonçant dans la poudreuse jusqu'aux genoux. L'alpinisme en armure de chevalier n'était certainement pas recommandé. Il fallait avancer malgré ce déchaînement de puissance des forces naturelles. Adeldon n'y connaissait rien en magie, mais il se disait qu'un artefact de cet ordre devait bien être protégé. Ce qu'ils subissaient ressemblait bien à cela.

Le chevalier sentait la main de Sotsha sur son épaule. Elle ne l'avait pas lâché depuis qu'ils avaient laissé Flenn derrière eux. La fine neige qui déferlait depuis les cieux l'empêchait d'ouvrir les yeux. Elle se reposait entièrement sur Adeldon. Beau geste de confiance, en revanche le chevalier se retrouvait confronté au même problème qu'elle sans toutefois avoir de guide. Il sentait ses mèches de cheveux gelées lui battre le front, qui n'était rien quant à la douleur de ses poumons à chaque respiration.

Le pied gauche avançait, s'enfonçait jusqu'à tomber sur une surface solide pouvant le maintenir ; inspiration profonde, puis de même avec le pied droit ; expiration. C'était la seule chose qui traversait son esprit à cet instant. Il fallait décomposer chaque geste, le moindre mouvement, pour que son cerveau ne gèle pas. Combien de mètres devait-il encore faire ? Dix ? Vingt ? Peut-être cent ?

En guise de réponse, le pic rocheux qui représentait le sommet de la montagne d'Idvorg apparut à travers le brouillard. Si proche et pourtant si loin encore. Quoi qu'il arrive, ils ne pourraient aller plus haut.

Un petit effort et ils y seraient. Cette distance n'était même pas la moitié de celle parcourue tous les matins pour traverser le village et rejoindre Brymir. Toutefois, quand la neige s'y mêle, ce n'est pas la même histoire. Entre deux rochers du pic, Adeldon aperçut une porte de salut, un espace. Une grotte. Que l'orbe soit là ou non, ils trouveraient un abri loin de ce désastre climatique. Plus que quelques pas.

Soudain, la libération. Le vent était bloqué par la roche, la grotte les protégeait des chutes de neige. Ils avaient réussi. Adeldon sentait son cœur battre à tout rompre dans sa poitrine. Ses jambes flanchèrent et il dut s'asseoir un instant pour se remettre de cette course contre la nature. Sotsha et Gronk n'étaient pas en meilleur état. Chacun reprenait son souffle dans une danse commune de vapeurs qui s'échappaient à chaque expiration. La température ne remontait pas, mais au moins, ils étaient au sec.

Une fois qu'Adeldon eut repris ses esprits, il détailla la grotte dans laquelle ils avaient trouvé refuge. La cavité était peu profonde. Depuis l'entrée, il parvenait à en distinguer le fond, aisément. Le sol était jonché de divers détritus, abandonnés aux affres du temps. Des armes et des cages rongées par la rouille étaient entreposées dans le fond parmi des ossements épars.

Néanmoins, cela était de loin la chose la moins remarquable que cette grotte avait à offrir. Tout ceci était visible comme en plein jour alors que la faible lumière du soleil ne passait pas la barrière de roche qui les séparait du dehors. Disposée sur un lit de paille, au centre de la salle, la source de cet éclairement bleuté attira le regard des trois compagnons. C'était une petite roche, ovale, de la taille d'une poire. Une belle poire, celle dont les arboriculteurs seraient si fiers. La comparaison s'arrêtait là, car Adeldon n'avait jamais vu de fruits irradier de lumière contrairement à cette pierre. C'était comme si une flamme brûlait dans son cœur éternellement. Graciant ceux qui l'entouraient de son aura bienveillante. Car comment concevoir qu'une si belle chose puisse être la source d'un sombre pouvoir ?

— C'est... c'est elle, murmura Adeldon alors que chaque souffle était encore une torture. L'orbe d'Idvorg.

L'émotion lui arracha une larme qui gela immédiatement avant même d'avoir atteint le milieu de sa joue.

— C'est elle, acquiesça Sotsha en se relevant avec peine. Et nous sommes les premiers !

C'était ici, au sommet de la plus haute montagne de Valdenor, après avoir traversé toutes ces épreuves qu'ils trouvaient enfin l'objet de leur quête. Maintenant qu'Adeldon la voyait, tout ceci semblait tellement dérisoire. Des loups, des rebelles, ou encore la trahison de Flenn, il pourrait les refaire des centaines de fois s'il le fallait pour pouvoir l'admirer quelques minutes de plus. Son rêve n'avait jamais été aussi près de se réaliser, car comme Sotsha l'avait fait remarquer, ils étaient les premiers. Le chevalier se voyait déjà remonter l'avenue principale de Casperclane, acclamé par la foule. L'Impératrice serait là aussi, le remercierait, ainsi que ses deux compagnons évidemment. Sans parler de son retour à Freyjar. Ils pourraient lire de la fierté dans les yeux de tous. Brymir l'attendrait, une chope de bière à la main et il pourrait lui raconter toutes leurs aventures qui n'était pas de simples rêves cette fois.

Dans un geste délicat, la magicienne vint poser sa main sur l'épaule d'Adeldon. Leurs deux regards se croisèrent et il y lut les mêmes émotions que les siennes qu'il n'arrivait pas à contenir. Pour elle, l'orbe représentait la preuve qu'elle n'était pas une incapable. Les pupilles vertes de la jeune femme luisaient sous la lumière tamisée de l'orbe. L'instant était gravé dans leur mémoire à tous pour le restant de leur vie. Ils avaient réussi.

Ensemble, main dans la main, ils se rapprochèrent de la gemme tant convoitée, enjambant les débris sur le sol. L'orbe était disposé sur un petit lit de paille, comme un nouveau-né qui viendrait de naître. Elle semblait à la fois si fragile et si redoutable.

— Que… comment… hésita Adeldon. Enfin, qui de nous devrait s'en saisir ?

Son acolyte lui répondit par un petit sourire qui craquela sa peau gelée.

— Toi, évidemment, répondit-elle, amusée.

— C'est… Peut-être que ce serait à toi de le faire. Après tout, c'est un objet magique et tu es la…

— Ne sois pas idiot ! Jamais nous ne serions arrivés jusqu'ici sans toi. Cet honneur te revient. Vas-y !

Le chevalier déglutit lourdement en prenant conscience de l'ampleur de la tâche. Il saurait s'en montrer digne. Les deux autres l'encouragèrent par une petite tape sur son épaule alors qu'il se baissait pour se mettre au niveau de la pierre. Même ainsi, elle était fascinante. L'esprit rationnel d'Adeldon serait bien en peine de pouvoir expliquer le fonctionnement de cette chose. Toutefois, il savait que dès à présent et pour toujours, il vouerait sa vie à sa protection.

Une goutte de sueur perla sur son front alors qu'il tendait ses mains de part et d'autre de la gemme. En saisissant l'orbe, il savait que c'était toute une destinée qu'il embrassait. Ses doigts se refermèrent, prêts à saisir son dû. Mais le destin est une chose bien cruelle qui, s'il est trop ardemment convoité, aura la fâcheuse habitude de glisser entre les doigts. Une force puissante le tira en arrière, avant même que ses phalanges aient le temps de rentrer en contact avec la pierre.

En un instant, il fut soulevé de terre, tenu par une chaîne enroulée autour de son cou. Il lui fallut encore quelques autres secondes pour reprendre ses esprits et analyser la situation. Proche de l'entrée, un homme encapuchonné se dressait là. Trois chaînes de fer sortaient de ses manches et venaient le soulever ainsi que Sotsha et Gronk dont le sort n'était pas différent du sien.

Un autre concurrent ? Peu importe, pour le moment, c'était surtout une menace. Si les chaînes bravant la gravité qui lui sortait des bras n'étaient pas un indice suffisant, une fumée bleue s'élevait de sous sa capuche. Un magicien, donc. La promesse personnelle qu'Adeldon venait de formuler auprès de l'orbe n'allait pas être mise à l'épreuve si rapidement. Le chevalier dégaina son épée. C'était une chose de soulever ses adversaires de terre, c'en était une autre de les empêcher de combattre.

Un coup d'épée dans la chaîne et il serait libéré. Le plan était simple, se rapprocher suffisamment du magicien avant même qu'il ne puisse relancer le moindre sort. Adeldon leva son épée, mais l'individu encapuchonné réagit plus rapidement que prévu. Une nouvelle chaîne jaillit de ses manches et vint désarmer le jeune homme avant de s'enrouler autour de ses poignets. Là, il ne pouvait plus combattre.

Apprenant de ses erreurs, le mystérieux magicien fit de même avec les deux autres. Deux nouvelles chaînes émergèrent de ses manches et vinrent se fixer autour des bras de Sotsha et de Gronk. La riposte n'allait pas être évidente. Mais Adeldon comprit que leur adversaire allait avoir un problème de taille s'il voulait s'emparer de l'orbe. Étant relié à ses prisonniers par les mêmes chaînes qui les entravaient, il ne pourrait jamais saisir la gemme sans les relâcher. À ce moment, ils pourraient agir. Trois contre un, même si c'était un magicien, l'histoire serait vite réglée.

Le seul détail qu'Adeldon n'avait pas prévu, c'était que le magicien n'était pas seul. Sortant de la pénombre, un second homme apparut. Bien plus imposant, plus terrifiant. Sa tête n'était pas recouverte d'une capuche, mais son visage était dissimulé derrière un masque doré. Seuls ses yeux étaient visibles par de fines ouvertures. Le front, lui, était orné de deux cornes asymétriques, qu'un chamois juvénile aurait pu porter. Il se déplaçait avec l'aisance d'un homme qui n'a rien à craindre. Parce qu'il est accompagné d'un magicien, ou grâce à ses deux épées accrochées à son dos qui n'attendaient que de sortir ?

— Libérez-nous sur-le-champ ! s'écria Adeldon d'une voix qu'il espérait menaçante.

Le regard de glace de l'homme masqué faillit désarçonner le chevalier. Aucun être humain ne pouvait avoir ce regard. La colère, la haine et une bonne dose de confiance, voilà ce qu'Adeldon lut dans les yeux de l'étranger. S'il demeurait quelques doutes sur leurs intentions, elles n'avaient rien d'amical.

Les bottes de l'homme mystérieux raisonnèrent sur le sol alors qu'il s'avançait vers les trois êtres toujours suspendus dans les airs. Sa cape claquait au vent à chaque mouvement, comme pour accentuer son côté cruel.

— Un chevalier à la langue bien pendue, une magicienne aux doigts gelés et... une créature inconnue, décrit-il en les dévisageant chacun son tour. Pourtant, cette troupe disparate est parvenue à trouver le moyen d'arriver ici en premier. Hélas, je crains que ce ne soit la seule chose qui restera à votre crédit dans cette histoire.

Sa voix était tout aussi terrifiante que son aspect. Si les démons n'avaient pas disparu en même temps que les autres créatures maléfiques, Adeldon jurerait que celui qui se tenait devant eux en était un. Peut-être le dernier représentant de son espèce.

— Avant d'aller plus loin dans votre sinistre projet, je tiens à vous avertir que jamais je ne vous laisserais quitter cette grotte avec l'orbe, menaça Adeldon.

Nouveau regard de la part de l'étranger, toujours aussi glaçant. La suite de sa réaction n'était pas réellement ce qu'Adeldon avait espéré, il se mit à rire.

— L'insolence des condamnés, s'amusa-t-il. Non seulement je quitterai bientôt ces lieux avec l'orbe, mais je compte bien m'en servir, vois-tu. Et toi, petit chevalier, tu devrais apprendre à rester à ta place. Sur un champ de bataille, je t'aurais écrasé, comme le minable petit insecte que tu es. De là où je viens, personne n'arrive à égaler ma puissance et tu prétends que toi, misérable avorton, tu aurais la moindre chance contre moi ? Pitoyable.

Même si ces paroles n'avaient rien d'encourageant pour la suite, Adeldon venait d'apprendre des révélations importantes. De un, il n'était pas ici pour le concours. De deux, il ne venait tout simplement pas d'ici. La piste du démon pourrait de nouveau être envisagée. Et troisièmement, cet homme était persuadé de ce qu'il avançait. Ce serait un plaisir de lui faire comprendre son erreur et qu'il morde la poussière. Encore fallait-il qu'Adeldon puisse s'échapper de l'emprisonnement du magicien.

— Dois-je les tuer ? demanda l'autre au bout des chaînes.

Après cette question, ce n'est jamais bon signe de laisser planer un silence. Cependant, cette fois, ce fut différent. Celui qui donnait les ordres secoua la tête en signe de négation.

— Non. Ils ont tout de même remporté le stupide concours que leur Impératrice leur avait proposé. Une victoire doit toujours être récompensée. Aujourd'hui, ce cadeau sera celui de votre vie. Sachez tout de même que ceci pourrait s'apparenter à une malédiction. Une fois cette orbe en mon pouvoir, rien ne pourra m'empêcher de ramener mes hordes vengeresses avec moi sur ces terres pour les conquérir. Personne ne pourra m'en empêcher. Ma première victime sera votre Impératrice bien aimée. Celle-là même que vous mettez sur un piédestal. Croyez-moi, bientôt, tout ici sera rayé de la carte, et alors, vous apprendrez à craindre le nom de Mandrog.

Même avec la meilleure volonté du monde, c'était difficile de surenchérir derrière cette menace prophétique qui n'annonçait rien de bon. Le dénommé Mandrog ne semblait pas attendre particulièrement de réponse de toute façon. Il préféra se diriger doucement vers l'orbe et s'arrêta au-dessus pour la contempler.

— Quel sublime objet. Le monde vaut bien la peine d'être renversé pour lui.

— Touche-la et je te promets que j'arracherai cette pierre à ton cadavre !

Cette menace creuse n'effraya en rien Mandrog qui s'agenouilla devant la gemme, de la même manière qu'Adeldon avait fait quelques minutes auparavant. La suite, toutefois, ne fut pas identique. D'un geste protecteur, l'homme masqué s'empara du précieux trésor. La lueur vacilla à son toucher, comme si l'orbe ne voulait pas finir entre ses mains.

Mais que vaut la volonté d'une pierre face à celle d'un despote à la recherche de pouvoir ?

Mandrog resta à contempler son nouveau jouet comme un prêtre qui découvrirait l'illumination divine. Après de longues secondes qui parurent une éternité à Adeldon, l'autre se releva.

— Viens Lasus, partons, lança-t-il au magicien.

Ce dernier hésita.

— Et eux ?

L'homme masqué se retourna vers les trois compagnons suspendus comme s'il avait oublié leur existence.

— Ha oui, c'est vrai. Eux. Jette-les dans ces cages au fond de la grotte.

Pour un magicien contrôlant le fer comme ce Lasus, l'ordre évoqué était d'une simplicité enfantine. Les chaînes s'allongèrent et en un rien de temps chacun avait le droit à sa petite cage de fer rouillé. Avant de relâcher son emprise, le magicien prit le temps de trouver la clé parmi les décombres et de venir personnellement fermer chaque cellule. Une sollicitude qui aurait pu être appréciable si elle n'avait pas pour but de les priver de leur liberté dans une grotte isolée de toute civilisation.

Une fois son travail fini, le dénommé Lasus s'éloigna des cages en laissant tomber ostensiblement la clé sur le sol, bien loin. Une fois au niveau de Mandrog, les deux hommes quittèrent la caverne, emmenant avec eux l'orbe et sa lumière chaleureuse. Ils laissèrent l'obscurité comme seul compagnon aux prisonniers.

— Cela ne peut se finir ainsi ! s'époumona Adeldon, furieux.

— Hélas, j'ai l'impression qu'on a perdu cette partie, répondit Gronk avec dépit.

— Pas la partie, seulement la manche, surenchérit Sotsha d'une voix qui réveilla l'espoir dans le cœur d'Adeldon.

183

Elle avait un plan, une idée du moins. Le chevalier la vit se contorsionner dans son étroite cage pour se mettre de face au reste de la grotte. Ses yeux se fermèrent alors que ses mains se tendirent à travers les barreaux. La clé était bien trop loin pour pouvoir être atteint à cette distance. Du moins, si elle voulait utiliser ses bras. Pour la magie, c'était une tout autre histoire.

Une légère fumée verte naquit sur le bord des paupières de la jeune femme. Ses doigts gelés tremblaient sous l'effort considérable. Mais des filaments lumineux apparurent le long des murs, de plus en plus proches de la clé. Cette dernière oscilla subtilement, mais suffisamment pour faire monter la fièvre de l'espérance. Sotsha allait y arriver et ils allaient pouvoir rattraper les deux dangereux voleurs.

Adeldon n'avait rien retenu de la leçon que la vie venait de lui enseigner sur le destin. Alors que la clé vibrait de plus en plus, avançant lentement vers eux, la magicienne se mit à hurler et s'effondra dans sa cellule. Ses doigts fumaient comme une épée sortant du fourneau et sa peau cassante laissait passer des filets de sang.

— Je… je n'y arrive pas, avoua-t-elle à demi-voix.

Adeldon y avait cru et ressentait une déception encore plus grande qu'au départ. La situation aurait pu se régler si facilement. Mais, il restait encore une solution, celle de la force. Le chevalier banda ses muscles et attrapa deux barreaux de sa frêle prison. Malgré leur état de vétusté, les barreaux ne cédèrent pas. Ils étaient bien trop résistants pour lui. Gronk essaya cette méthode dans sa propre cage, mais lui non plus n'arriva pas à se défaire de cette situation.

À court d'options, un cri de rage sortit de la gorge d'Adeldon. Ça faisait mal, mais pas le choix. Comment son destin avait-il pu lui glisser à ce point entre les mains ? L'orbe était là, à portée de main. Mais lui, ce Mandrog avait arraché tous les rêves du jeune homme. Ce démon paiera. Parce que ça ne faisait plus aucun doute qu'il en était un. Sa démarche, ses yeux, sa voix et sa volonté de destruction. Tout concordait. Il voulait ravager le monde en commençant par détruire l'icône de la paix qu'était l'Impératrice Thalinda. Cela, Adeldon ne le permettrait pas.

Tout espoir semblait perdu, quand soudain, un bruit de pas résonna depuis l'entrée de la grotte. Avec cette pénombre, impossible de savoir qui était la silhouette qui avançait vers eux en boitant. Ce n'était pas Mandrog ni son subalterne. Les deux avaient une carrure impressionnante, ce qui n'était pas le cas de celui qui arrivait.

— Qui est-ce ? lança Adeldon.

L'individu ne répondit pas et poursuivit son chemin. Arrivé au niveau des clés abandonnées sur le sol, il se pencha douloureusement et les ramassa. Une fois redressé, il s'amusait à les faire tournoyer entre ses doigts, tel un gardien de prison narguant ses détenus.

Maintenant, il n'était qu'à un jet de pierre des trois compagnons. Aucun d'eux n'osait parler, attendant de savoir. En se rapprochant encore un peu, son identité put être dévoilée. Une allure sournoise, un physique de brindilles mortes, un sourire narquois et dernier ajout au tableau, un hématome coloré sous l'œil droit. Son sourire s'élevait d'un côté plus haut que l'autre, son coquart cassant toutes symétries.

Le garçon dévisagea les trois prisonniers en posant son regard sur chacun d'entre eux l'un après l'autre.

— C'est drôle, ce n'est pas exactement ce que j'imaginais quand vous parliez de fortune et de gloire.

Chapitre 18

Chaîne de Vie

— Flenn ! Délivre-nous ! aboya Adeldon.
L'ordre du chevalier se répercuta en écho dans la grotte. Le petit voleur ne bougea pas, se contentant de faire danser le trousseau entre ses doigts. Le contour de son œil était toujours marqué d'un hématome vif. Dans sa cage, Gronk retenait sa respiration, attendant avec impatience qu'il se décide à les libérer.
— Flenn, s'il te plait, implora Sotsha d'une voix cassée. Je suis désolée pour ce qu'il s'est passé, mais des choses plus graves sont en jeu. Un fou furieux s'est emparé de l'orbe.
— Un fou furieux ? Tu parles des deux affreux habillés en noir et qui vous ont mis une raclée en deux secondes ?
— Ils ne nous ont point…
— Oui, c'est bien eux, le coupa la jeune femme. Ils ont prévu tout de réduire à néant. Mais nous pouvons encore les en empêcher si tu nous libères.
Le garçon soupira lourdement, émettant au passage une large nappe de vapeur.

— Résumons un peu, fit-il, les yeux rivés sur les clés dans sa main. Vous me frappez, me laissez inconscient dans la neige, et maintenant, vous voulez que je vous libère ?

La négociation était franchement mal partie. Gronk, distant, regardait ses camarades se disputer, ignorant comment intervenir. La réalité était implacable : chaque instant passé enfermé les distançait de Mandrog. Adeldon en vint à la même conclusion et poussa un cri de frustration, en essayant de nouveau de plier les barreaux. Cette tentative désespérée fut soldée par le même échec que les précédentes, ne servant qu'à arracher un sourire au petit voleur.

— D'accord, convint Sotsha. Mais avoue que tu l'avais un peu cherché. Tu voulais quand même récupérer l'orbe tout seul.

Le garçon la contempla un instant avant d'émettre un rire cristallin qui rappelait qu'il n'était qu'un enfant.

— C'est bien vrai ! accorda-t-il. Allez, c'est bon, je vous pardonne.

Le jeune garçon s'approcha des trois cages et les déverrouilla une par une. Il n'y avait pas besoin d'être mentaliste pour deviner la satisfaction qu'il éprouvait dans cette position de sauveur. Gronk fut le dernier libéré. En sortant de sa cage, il s'étira de tout son long. Même si cet emprisonnement n'avait pas duré longtemps, il sentait toujours la présence des barreaux autour de lui. Cette première expérience de la captivité n'avait rien de réjouissant. Le petit voleur se rapprocha de lui et l'aida à se remettre debout en le tenant par l'épaule. Ce geste de gentillesse désintéressée était surprenant venant de lui. Serait-ce une façon de le remercier de l'avoir couvert lorsqu'il était inconscient ?

— Hâtons-nous ! s'écria Adeldon en allant récupérer son épée sur le sol. Nous pouvons encore les rattraper.

— Les rattraper ? répéta Sotsha d'un ton pincé. Enfin, tu n'y penses pas, ils ne sont clairement pas de notre niveau.

— Ils ont réussi à prendre le dessus sur nous, uniquement grâce à l'effet de surprise. Maintenant que nous savons à quoi nous attendre, nous ne rencontrerons aucune difficulté à les terrasser.

— C'est bien trop dangereux.

— Mais, Sotsha, toi-même, tu as dit que nous devions agir.

— Oui, en prévenant les Gardes Impériaux, pas en risquant notre peau dans un combat perdu d'avance.

— Ne me dis pas que la couardise de Flenn a déteint sur toi ?

— Eh ! J'entends !

— Il nous faudra plusieurs jours avant de trouver un Garde et que ferions-nous s'il ne nous croit pas ? Mandrog aura alors réuni ses forces et tout sera perdu. Nous n'avons pas le choix : nous devons nous en charger nous-même !

L'argument sembla débloquer quelque chose chez la magicienne qui ne répondit pas immédiatement. Elle considéra plutôt les options qui s'offraient à eux. À peu près autant que celles d'un condamné à mort avait à propos de son dernier repas.

— Comment veux-tu qu'on les retrouve de toute façon ? Regarde les traces, elles sont toutes recouvertes.

En regardant à l'entrée de la grotte, Gronk comprit que la magicienne avait raison. Il ne restait que de vieux vestiges, des empreintes. La neige tombant encore avec une vigueur excessive, il ne faudrait pas longtemps pour qu'elles soient entièrement recouvertes.

Un crâne roula sur le sol avant de s'éclater sur la paroi. Adeldon exultait sa frustration par un très beau lancé d'os. Si ce sport existait, il en serait incontestablement le champion autoproclamé.

— Imaginons un instant que quelqu'un connaisse l'endroit où les deux affreux se rendent ce soir ?
Le plaisir d'être le sauveur était donc fortement addictif. Flenn avait réussi son effet et les trois paires d'yeux étaient maintenant braquées sur lui.
— Parle ! s'exclama le chevalier. Où sont-ils allés ?
— Oh, je pourrais vous le dire, c'est sûr. Mais une fois que ce sera fait, qu'est-ce qui vous empêchera de m'abandonner dans cette grotte, hein ?
Qu'il est difficile de négocier avec un voleur. Un autre crâne subit le même sort que son acolyte sous la frustration d'Adeldon.
— D'accord que désires-tu ? reprit-il.
— Ce que tout homme accompli désire : de l'argent. Pour ce qui est de la gloire, vous pouvez vous la garder, ça ne m'intéresse pas. C'est même carrément contre-productif quand on est voleur. Être un inconnu, c'est bien plus pratique. En revanche, la fortune... On va dire que c'est mon péché mignon. Donc voilà ma proposition : je vous mène jusqu'à ces deux terreurs, on récupère l'orbe ensemble, et après, on la ramène à l'Impératrice. Elle vous couvre de gloire, elle me couvre d'or, et tout le monde est content. Alors, marché conclu ?
— Non ! répondit sèchement Adeldon du tac au tac. Je ne négocierai pas l'argent de l'Empire avec un immonde traître doublé d'un sinistre brigand.
— Très bien. Je comprends.
Le chevalier serrait la garde de son épée à s'en faire pâlir les articulations. Il devait imaginer mille et une façons de soutirer l'information souhaitée. Le connaissant, aucune d'elles ne devait être agréable.
— Je n'ai rien à faire de la fortune, intervint Gronk. S'il la veut, je la lui laisse.
— Ah ! Voilà, on commence à discuter.

— C'est hors de question !

— Adeldon... nous n'avons pas le choix, déclara à son tour Sotsha. Retrouver l'orbe est primordial. Mettons de côté nos différends.

— Je savais que c'était toi la plus sensée du groupe, So.

— Imaginons que nous acceptions, concéda le chevalier. Quelles assurances avons-nous que tu ne nous trahiras pas une fois de plus ?

— La plus grande assurance qui existe : la certitude que si je pouvais récupérer l'orbe sans vous je ne vous aurais pas libéré.

— Ça devra suffire pour le moment, soupira Sotsha. Aller... en route !

Le garçon afficha encore une fois son sourire éternel, quelque peu déformé par l'ecchymose qui parcourait sa joue. D'un pas léger, presque en sautillant, il se dirigea vers la sortie. Le regard accusateur d'Adeldon ne le lâcha pas alors qu'il indiquait la direction. De toute façon, dans cette tempête de neige, tous les chemins se ressemblaient. Aller vers l'est n'était pas plus une mauvaise idée que vers le nord. À la différence près qu'ainsi, ils longeraient la crête et demeureraient plus longtemps à des altitudes élevées.

Sans perdre davantage de temps, Adeldon fut le premier à retourner affronter les intempéries. Ses jambes s'enfonçaient jusqu'à ses genoux dans la poudreuse fraiche et chaque pas creusait une tranchée qui permettait aux autres d'avancer.

Les pentes à droite et à gauche de la crête qu'ils suivaient étaient relativement douces, loin de la falaise qu'ils avaient dû gravir pour atteindre cet endroit. Cependant, avec ce temps, une erreur pouvait vite arriver. Une mauvaise chute ou une avalanche ne jouerait pas en leur faveur dans la course à l'orbe. Gronk, peu assuré en montagne, prenait garde à chaque pas qu'il faisait. C'est ainsi qu'une distance apparut entre lui et

Sotsha. La magicienne grelottante suivait Adeldon de près, les bras croisés afin de se réchauffer. Avant de quitter le refuge de la grotte, elle avait recouvert ses doigts gelés de tissus pour éviter d'aggraver son état. Vu la température qu'ils affrontaient maintenant, peu de chance que de simples bouts de tissu puissent lui sauver ses extrémités.

Pourtant, dans toute cette tempête de glace et, Gronk ne ressentait pas le froid. Ce n'était pas grâce à son tablier de cuir qui recouvrait uniquement les parties dignes de son être, mais plutôt, car il ne prêtait aucune importance à cette information. En deux jours d'existence, il avait connu trop de nouveautés, la plupart causées par le garçon derrière lui. Tirant son âne par la longe, il sifflotait, comme s'il entreprenait une balade dominicale.

— Comment peux-tu être si joyeux ? finit-il par demander. Un être malfaisant va peut-être réduire tout le pays en cendre et toi, tu t'en moques ?

Le garçon cessa son air entrainant.

— Oh, ce genre de réaction passe avec l'habitude.

— Tu... as déjà croisé quelqu'un qui voulait détruire l'Empire ?

— Non, ça, c'est une première. Par contre, des tarés qui voulaient me tuer, ça oui, j'en ai connu des tas. Que la menace pèse sur tout l'Empire ou que ma petite personne, ça ne change pas grand-chose finalement. Et s'en inquiéter ne supprimera pas le problème.

Sans se retourner, Gronk ne voyait pas son interlocuteur. Il aurait quand même pu parier que Flenn souriait de toutes ses dents. Ses dires étaient-ils seulement vrais ? Sans pouvoir l'expliquer, Gronk sentait tout de même qu'il existait une différence entre une menace collective et une menace individuelle. Toutefois, il ne continua pas ce débat, une autre question le taraudait violemment :

— Pourquoi nous as-tu trahis ?

La symphonie du vent rabattant la neige sur la crête était si forte que Gronk pensa qu'elle lui avait caché la réponse du voleur. Il poursuivit, cette fois plus fort.

— Je veux dire, j'ai compris que tu voulais l'orbe à toi tout seul. Ce que je ne comprends pas, c'est pourquoi ne pas avoir voulu la récupérer avec nous ?

— Je t'avais déjà expliqué ce point. Le problème des trésors vient toujours au moment de son partage. Dès qu'Adeldon m'a parlé d'une orbe, je savais qu'il me la faudrait.

— Pourquoi ?

— C'est compliqué.

— Flenn ! Tu nous as trahis, le moins que tu puisses faire c'est de t'expliquer.

— Tu passes trop de temps avec Adeldon, toi. Tu commences à parler comme lui. Mais, allez, pourquoi pas ? Vois-tu, ça va peut-être t'étonner, mais je n'ai pas que des amis dans ce vaste monde. Certains sont plus coriaces que d'autres.

— Comme les rebelles ?

— Non, ceux-là ne sont pas bien méchants. Là, je te parle d'une organisation qui me pourchasse, la Guilde des Voleurs.

Gronk stoppa sa progression et se retourna vers le garçon. Cette fois, il était bel et bien sérieux.

— C'est quoi ?

— C'est... une sorte de bande qui dirige les voleurs, quoi. Il y a même un système de vote pour élire un chef. C'est un truc sérieux. Mais bon, toutes leurs règles, c'est pas trop pour moi.

— Toi, tu n'es pas trop pour le partage.

— T'as tout pigé !

— Mais, depuis quand les voleurs ont-ils une Guilde ?

— Oula, ça date tout ça. C'est plus vieux que l'Empire, même. Mais attention, y'a pas que nous. Les Assassins ont aussi leur truc. Bon, elle est un peu moins drôle, celle-là, faut pas rigoler trop fort, sinon tu te retrouves avec un contrat sur ta tête en deux temps, trois mouvements. Je dis ça, je dis rien, mais surtout, ne leur parle pas d'un certain Nelf. Ces idiots n'ont toujours pas compris que j'ai juste inversé les lettres de mon nom.

La manière désinvolte que Flenn adoptait pour parler de sujet aussi grave déstabilisa encore une fois Gronk. Mais, pour une fois que le garçon se livrait, il n'allait pas s'arrêter là-dessus.

— Pourquoi la Guilde te pourchasse-t-elle ?

— Trois fois rien. J'ai peut-être oublié de donner ma dîme quelques fois.

— C'est tout ?

— Oui. Et puis... il n'est pas impossible que j'aie subtilisé quelques coffres à leur trésor commun.

— Tu... as volé des voleurs.

— C'est l'idée. Mais ça ne valait pas tellement le coup. J'ai pas gagné grand-chose à part d'avoir toute la Guilde sur le dos. C'est pour cette raison que je suis allé me planquer chez les rebelles.

— Pourquoi les quitter, alors ?

Le garçon marqua une pause.

— On va dire que je peine à rester longtemps dans un groupe.

— Tu les as trahis, eux aussi ?

— Disons que j'ai saisi une opportunité.

Gronk enfouit sa tête dans ses mains. Le garçon ne pouvait pas échapper à sa nature.

— Et l'orbe dans tout ça ? recentra-t-il.

— Ah oui, l'orbe. Je me suis dit que pour que la Guilde arrive à me pardonner, il me faudrait un cadeau unique. Le dernier artefact magique de Valdenor devrait faire l'affaire.

— Te pardonner ? Après tout ça, tu te verrais regagner leur rang ?

— Non, pas tellement. C'est surtout pour ne plus avoir à craindre un archer embusqué à chaque bosquet. C'est fatigant à la longue.

— Si tu nous avais expliqué ta situation, nous aurions pu t'aider.

— Gronk, ne sois pas ridicule. Tu vois vraiment Adeldon me donner l'orbe à la place de l'Impératrice ?

Il n'avait pas tort. L'honneur du chevalier n'avait pas d'égal. Il n'aurait jamais accepté.

— Ça veut dire que tu vas t'emparer de l'orbe une fois que nous l'aurons retrouvée ?

— Non. Je pense que le paquet d'argent promis par sa trouvaille pourrait marcher tout aussi bien.

— Il aurait peut-être fallu commencer par là.

— Que veux-tu, on ne se refait pas.

Cette fois, ce fut Gronk qui lui sourit en se remettant à avancer. Maintenant qu'un des mystères venait d'être éclairci, une autre question venait lui brûler les lèvres. :

— Si nous avions récupéré l'orbe, nous aurais-tu attaqués ?

— Voyons, Gronk ! Je ne fais clairement pas le poids contre vous trois. Vous dérober l'orbe quand vous dormiez, là je ne dis pas, mais vous attaquer, enfin ! De toute façon, les deux affreux vous ont mis une telle raclée que ce scénario n'arrivera jamais.

— Tu les as vus nous battre ?

— Bien sûr. Mais je ne pouvais pas faire grand-chose pour vous, mon ami. Alors, j'ai fait ce que je fais de mieux : je me suis caché, j'ai observé de loin... et puis, hop, je suis venu vous libérer.

Le dernier mot fit tiquer Gronk.

— Attends, tu savais dès le début que tu allais nous libérer ?
— Bien sûr !
— Alors, pourquoi avoir joué avec les nerfs d'Adeldon ?
Le petit voleur se mit à pouffer de rire.
— La vie est remplie de petits plaisirs. Le mien sera toujours d'énerver les personnes trop sérieuses comme Adeldon.
La créature porcine dévisagea son interlocuteur, essayant de percer les méandres de sa psychologie.
— Tu es un bien étrange personnage, Flenn...
— C'est toi qui me dis ça ? T'as vu ta tronche dans un miroir ?
Gronk ne put réprimer un sourire qui lui écarta les joues. Le garçon avait cette capacité à rendre toutes les situations comiques, comme si tout glissait sur lui.
— Bon allez, on ne va pas rester fâché, s'indigna le jeune garçon. Promis, je ne te trahirai plus.
— Je pense que tu ne devrais pas faire des promesses que tu ne saurais tenir.
— Bon, j'essayerai au moins.
Le petit voleur éclata de nouveau de rire. Ce rire qui était si communicatif. Gronk le rejoignit dans son euphorie. Il ne pourrait de toute façon pas lui en vouloir bien longtemps.
Alors que la neige continuait de tomber autour d'eux, Flenn en profita pour raconter ses aventures, qui impliquaient décidément souvent de la trahison. Mais la manière qu'il avait de les raconter les rendait magiques. C'était peut-être ça son pouvoir, de rendre les pires défauts pour des dons des dieux.

Chapitre 19

Sans Encombre

Les vents balayaient la crête avec une telle force que la poudreuse s'était transformée en une fine couche de glace qui craquait à chaque pas. Passer la journée à courir, gravir des falaises et pourchasser une sorte de démon génocidaire avait de quoi épuiser. Adeldon sentait les muscles de son corps se raidir à chaque enjambée. Pour couronner le tout, dès qu'il se retournait, il voyait Flenn — ce sale traître — bavarder tranquillement avec Gronk. De toute évidence, les deux avaient fait la paix. Pitoyable. Heureusement pour lui qu'ils avaient besoin de l'information qu'il portait afin de retrouver Mandrog. Plus vite ce serait fait, plus vite il pourrait se passer de la compagnie de ce voleur. C'était une motivation suffisante pour ne pas s'arrêter. Cette dernière ne sembla toutefois pas partager par l'ensemble du groupe. En arrivant au niveau d'un petit bosquet de sapin, Sotsha demanda d'y faire une pause. Les quelques arbres se dressaient sur la montagne, défiant les vents puissants et procurant un refuge momentané aux quatre voyageurs. La magicienne s'effondra contre le tronc de l'un d'eux en soupirant lourdement.

— Tâchons de ne pas trainer, conseilla Adeldon.
Sotsha ne répondit pas, grelottante sur place.
— Jusqu'à quand allons-nous suivre cette crête ? reprit le chevalier, mais cette fois en direction du seul qui savait où ils se rendaient.
Flenn perdit son regard dans les nuages qui bordaient la montagne. Autour d'eux, rien n'était visible à plus de cinq enjambées.
— Bon, c'est vrai qu'il est peut-être de temps de regagner la vallée.
— Par où souhaites-tu passer ? Il n'y a aucun chemin sur ce versant.
— Pas besoin de chemin.
— J'ose espérer que c'est une plaisanterie. Tu voudrais que nous coupions à travers champs dans le brouillard ? N'as-tu jamais entendu parler des ravins ou des avalanches ?
— Si... vaguement. Enfin, après, on peut toujours suivre tes directives et arriver en retard pour rattraper l'orbe. À toi de voir.
Le sourire habituel du garçon faillit emporter Adeldon. Après tout, lui qui aimait tant l'ordre aurait bien mis un peu de symétries dans les ecchymoses du petit voleur.
— Nous ferons attention où nous mettrons les pieds, avança Gronk pour apaiser les tensions.
— La prudence pourrait nous faire encore perdre trop de temps. Je propose l'inverse : une bonne vieille glissade.
— Une glissade ? répéta le chevalier, méprisant.
— Sur quoi veux-tu qu'on glisse ? demanda Gronk.
Le petit voleur s'approcha d'un des troncs et arracha une partie de l'écorce qui bâillait déjà fortement.
— Ça devrait faire l'affaire.
— C'est une blague ?

— Flenn, tu veux qu'on descende sur un morceau d'écorce ?
— Vous avez un autre plan ? Non ? Alors, faute de mieux, on prend celui-là. En quelques minutes, on aura dévalé toute la montagne et on aura rattrapé le temps perdu.
— C'est de la folie, souffla le chevalier. Sotsha, dis quelque chose ?
Le regard tremblant de la jeune femme s'éleva vers lui.
— Si l'on peut quitter cet enfer rapidement, je suis partante.
— Gronk, tu me suis, toi ? renchérit Flenn en quête de soutien.
— C'est… dangereux ?
— Non. Enfin, juste un peu.
— D'accord, alors.
— Très bien. Et toi, monsieur le grincheux, tu viens ?
— Il n'y a pas un monde où je monte sur cette luge.
— Alors, on te saluera depuis le palais de Casperclane quand nous serons acclamés comme les sauveurs de l'Empire.
Le chevalier savait qu'ils perdaient du temps. Mandrog et son compagnon devaient avoir des chevaux qui les attendaient plus bas et chaque minute perdue les éloignait de leur objectif. Il soupira lourdement pour marquer son agacement, mais finit par accepter tout de même. De toute manière, ils ne disposaient pas d'autres options.
La fragile embarcation fut portée puis mise dans la pente. Adeldon s'installa en premier, suivi de Sotsha. Gronk attrapa l'âne dans ses immenses bras et prit place à la suite, puis Flenn fut le dernier à embarquer. Sans attendre, ce dernier poussa de toutes ses forces la luge improvisée dans la pente.
Rapidement, ils gagnèrent en vitesse. Le vent leur fouettait le visage et la neige qui tombait leur transperçait chaque bout de peau exposé. Entre le brouillard épais et la poudreuse re-

muée par leur descente, ils ne voyaient pas grand-chose. C'était une course dans l'inconnue où chaque erreur pouvait leur couter la vie.

Sous le manteau neigeux, les rochers avaient formé de petites bosses qui les faisaient bondir à chaque passage. Malgré tout, l'écorce ne plia pas, et la luge garda son intégrité à la surprise d'Adeldon. Ce dernier sentait les bras de la magicienne enroulés autour de lui. Il n'osait pas bouger de peur qu'elle les retire.

En un rien de temps, ils dévalèrent la pente enneigée sans encombre, mais soudain, transperçant les nuages au loin, les premiers bosquets d'arbres apparurent sur leur trajectoire.

— Regardez ! s'écria Sotsha en voyant les conifères se rapprocher. Il faut ralentir !

Sans perdre un instant, Adeldon planta ses pieds dans la neige qui défilait sous la luge. À cette vitesse, la poudreuse était aussi dure que de la pierre. Une vive douleur lui parcourut les jambes déjà endolories de la journée. Il se mordit les lèvres et continua d'essayer de diminuer leur vitesse. Malgré tous ses efforts, l'embarcation ne ralentissait pas. Les arbres se rapprochaient dangereusement d'eux et dans quelques secondes, ils seraient sur eux.

— Je... je n'y arrive pas ! hurla Adeldon, paniqué de voir que son action n'avait aucun effet.

— Pas de souci, je gère ! répliqua Flenn depuis l'arrière. Attention, on va tourner !

À son tour, le petit voleur planta son pied dans la neige, mais uniquement d'un seul côté de l'attelage. Ainsi, la luge dévia à peine sa trajectoire, mais suffisamment pour éviter les arbres. Les branches les giflèrent au passage, mais l'embarcation ne fut pas endommagée et continua sa course à une vitesse toujours plus folle.

Plus ils avançaient, plus la couche de neige perdait en épaisseur. Si bien qu'ils finirent par glisser sur un mélange de boue et de névés épars. L'embarcation était prise d'un tremblement constant en sinuant sur le terrain accidenté. Adeldon n'arrivait même plus à ouvrir les yeux à cause de la terre qui venait recouvrir son visage. Toutefois, entre deux clignements difficiles, il aperçut un énorme rocher sur leur trajectoire.

Cette fois, impossible de l'éviter et la luge improvisée vint se fracasser contre l'obstacle à une vitesse folle, propulsant les quatre passagers et l'âne dans toutes les directions. Adeldon sentit son corps ballotté par les éléments alors qu'il rebondissait sur le sol encore quelques instants avant d'être immobilisé.

À cet instant, il regretta sa stupide décision de ne pas porter de casque. Cela aurait pu lui éviter un mal de crâne digne des plus beaux lendemains de soirée. Il se redressa tout de même, inspectant mentalement toutes les parties de son corps à la recherche de blessures. Visiblement, il n'avait rien de cassé. Avant même de pouvoir se contenter de cette observation, il vit la magicienne allongée sur le sol et son cœur manqua un battement. Il se précipita dans sa direction.

— Sotsha ! Vas-tu bien ? s'inquiéta-t-il en se penchant au-dessus d'elle.

— Je… je crois que ça va, rassura-t-elle en enlevant la boue qui recouvrait son visage.

Un large sourire se dessina sur le visage du chevalier en la voyant se relever sans encombre. Mais son bonheur ne fut que de courte durée, il entendit le petit voleur glousser depuis sa position. Il avait atterri dans un arbre et était suspendu tête en bas, complètement hilare de la situation.

— Il n'y a rien de drôle, s'exaspéra Adeldon. Nous avons failli tous périr à cause de toi !

Flenn descendit de son perchoir sans s'arrêter de rire, ce qui agaça encore plus le chevalier. Il alla ensuite aider Gronk à se relever et se dirigea vers son âne qui visiblement se remettait déjà de la chute.

— Bon, maintenant où va-t-on ? lança Sotsha, impatiente.
— Par-là, indiqua le voleur en pointant la forêt proche.
— Comment peux-tu en être sûr ? intervint Adeldon.
— Je vous ai dit que j'avais entendu où ils allaient.

Les trois autres le regardaient avec insistance et le petit voleur roula alors ses yeux au ciel.

— Très bien, je vous le dis, mais prenez ça comme une marque de confiance. Ils vont à Solenville.

La révélation fut comme une évidence pour Adeldon. Évidemment qu'ils se rendaient là-bas. Une forteresse elfique en ruine, désaffectée, c'était forcément l'endroit idéal pour deux démons en quête de puissance. Et puis, ce n'était pas très éloigné, ils pouvaient s'y rendre avant le coucher du soleil.

— Il n'est point de lieux plus appropriés que Solenville pour abattre Mandrog, s'exclama Adeldon avec ferveur. C'est là-bas que les légions elfiques plièrent le genou face aux glorieuses armées de Thalinda.

Le chevalier tourna les talons et adopta un rythme soutenu pour pénétrer dans la forêt. L'heure de la revanche avait sonné et il brûlait d'envie de faire sentir la morsure de son épée à ce tyran. Avant le prochain lever du soleil, l'orbe serait sienne.

— Je te répète que ces représentations n'avaient rien de flatteur. Je pense que la roche a dû déformer mon corps.
— Ne te plains pas, Paro, au moins toi, tu y es représenté. J'ai l'impression que l'histoire oublie souvent la participation de Nörg la valeureuse.

— Personne ne t'a jamais appelé ainsi.
— C'était quoi alors ? Nörg la brave, Nörg la sublime ?
— Encore moins. Je ne suis pas sûr que quelqu'un ait déjà remarqué ton existence au point de te donner un surnom.
— Là, tu es méchant. Sans moi, la fresque de tes aventures aurait été amputée de plusieurs mètres.

Cette remarque arracha un rire au vieux magicien qui savait qu'elle n'avait pas entièrement tort. Il aurait pu renchérir et la pousser dans ses retranchements, mais l'apparition d'un rayon de soleil au loin, attira son attention. Enfin, ils allaient revoir la lumière du jour et quitter cette grotte sans fin.

Quelle ne fut pas sa surprise en découvrant une chaumière à l'entrée de la mine avec trois personnes sur son seuil. Une vieille elfe bouffie par la colère, un vieux nain arborant un coquard hideux et un adolescent qui pointait une arbalète sur les deux nouveaux visiteurs.

— Nous venons en paix, amis, déclara Parodegan de sa plus belle voix.
— Nous n'avons pas d'amis, répliqua l'elfe. Qu'est-c'vous voulez ?
— Rien d'autre que passer.
— Et une information, compléta la géante. Auriez-vous vu une jeune femme accompagnée d'un chevalier ?
— Ces sales voleurs ! Pour sûr qu'on les a vus.
— Voleurs, vous dites ?
— Ils nous auraient piqué toutes not' réserve s'ils pouvaient. R'gardez c'qui reste de mon enclos à cochon.

La vieille elfe désignait un trou dans la terre qui nécessitait beaucoup d'imagination pour y voir un enclos à cochon.

— Si on les r'voit par ici, on les tue !
— Vous les connaissez ? demanda le nain.

— Oh, si peu, répondit Parodegan qui n'avait aucune envie de se lancer dans un affrontement. Merci de vos renseignements, nous ne vous embêterons pas plus.
— Vous êtes à leur trousse vous aussi ?
Cette question troubla le vieux magicien.
— D'autres personnes le sont ?
— On a bien vu un groupe sortir de la mine à leur poursuite. Selon leurs dires, ils avaient passé la nuit à dégager le chemin là-d'dans.

Les rebelles ne les avaient pas lâchés. En même temps, cela expliquait les amas de pierres dans la salle aux représentations. Sotsha et Adeldon avaient dû boucher l'accès et les autres avaient mis du temps pour pouvoir passer. Cependant, cela signifiait que ce groupe leur en voulait particulièrement. Qu'est-ce que sa fille avait bien pu faire pour énerver à ce point les rebelles ?

Parodegan salua les trois mineurs et invita la géante à le suivre. Ensemble, ils s'enfoncèrent dans la forêt de conifères. Au loin, le sommet d'Idvorg se dessinait à travers les nuages menaçants. Une chose était certaine, Sotsha s'était fourré dans un sacré pétrin. Il ne restait plus qu'à espérer qu'il puisse la rejoindre suffisamment vite.

Chapitre 20

Le Prix de l'Orgueil

Un éclair déchira le ciel en illuminant les contreforts imposants de Solenville. La cité, jadis le fleuron de l'armée elfique, n'était plus qu'un champ de ruines fumantes. Les maisons étaient éventrées et les ruelles recouvertes de gravats. Les affrontements s'étant déroulés en ces lieux avaient non seulement marqué l'histoire par leur notoriété, mais également par leur violence inouïe. C'était ici que cent ans plus tôt, les elfes avaient abdiqué en faveur des légions assemblées autour de Thalinda. Depuis, il fallait croire qu'aucune âme vivante n'était revenue fouler le sol de la ville.

La nuit était tombée depuis quelques heures maintenant. Tout était sinistre dans ces lieux. Les ombres, projetées sur les murs par les éclairs, prenaient vie comme de terrifiants fantômes hantant les ruines. Heureusement pour Adeldon, sa volonté de récupérer l'orbe était plus forte que ses superstitions.

Comme toutes les cités elfiques, les quartiers étaient construits de façon sphérique autour d'une place centrale sur laquelle était érigée une magnifique tour dorée. De cette architecture, il ne restait que les ruelles concentriques, les amas de maisons et les premiers étages du bâtiment central. Toute trace d'or avait été subtilisée depuis bien longtemps. Ces lieux n'étaient plus marqués que par la tristesse et la désolation.

Parfait endroit de villégiature pour les démons dans le style de Mandrog. Et c'est justement sur la place centrale qu'une lueur dansait dans la pénombre.

— Un feu, observa Adeldon.

— On les a rattrapés ! s'enthousiasma Sotsha en esquissant un sourire.

— Approchons, en toute discrétion, ordonna le chevalier à voix basse. Mais, avant toute chose, Flenn, laisse ton âne en arrière. Je ne tiens guère à ce qu'il reproduise ses frasques passées avec les rebelles et trahisse notre position.

Le garçon fronça les sourcils en réponse à ce commandement. N'étant pas stupide au point de faire deux fois les mêmes erreurs, il s'exécuta et accrocha la bride à une plante grimpante qui avait envahi la ruelle. Ensuite, tous se glissèrent furtivement entre les bâtiments en ruine jusqu'à atteindre la place. Cette dernière était entourée d'un muret de pierre — souvenir ancien d'une jardinière — qui leur servit de cachette.

Adeldon ne trembla pas au moment d'examiner l'endroit. Autour du feu de camp se trouvaient Mandrog et Lasus. Ils étaient assis, inconscients qu'ils étaient observés en ce moment même. Plus loin, deux chevaux étaient attachés. Depuis l'une de leurs sacoches, une lueur bleue s'en échappait. Un doux sentiment de réconfort parcourut l'échine d'Adeldon en la voyant. L'orbe était là, à quelques mètres de lui.

— Alors ? s'impatienta Flenn, lui bien caché.

— C'est eux, confirma le chevalier. L'orbe est toujours en leur possession. Nous allons pouvoir la récupérer.

— Parfait ! s'exclama la jeune femme affichant un large sourire.

— On fait comment ? demanda Gronk, plus prosaïque.
— On attend qu'ils s'endorment, et on reprend l'orbe quand ils ne regardent plus, proposa le petit voleur.
— Non, trancha Adeldon, d'une voix sans appel.
— Comment ça, non ?
— Il est absolument hors de question que nous agissions en pleutres ! Nous les affronterons l'épée au poing. Ce soir, nous mettrons un terme définitif à leurs funestes desseins !
— Adeldon, je ne suis pas certaine que ce soit une bonne idée, rétorqua la magicienne. Nous sommes épuisés de la journée que nous venons de passer et puis... même sans ça, je doute qu'on soit de taille.
— So a raison. T'as déjà pris une raclée monumentale tout à l'heure en les affrontant, je te rappelle. Honnêtement, vous avez eu de la veine de vous en tirer en vie. Alors, évitons de jouer les héros pour une bête histoire d'orgueil.

Adeldon plongea son regard dans celui de ses trois camarades. L'un après l'autre. S'ils ne le suivaient pas, il s'en remettrait. Mais Flenn se trompait en pensant que c'était une histoire d'égo. C'était une histoire de devoir et il savait ce qu'il devait faire.

— Ce soir, Mandrog chutera, déclara-t-il en attrapant son épée et son bouclier. Je comprendrai que vous ne vouliez pas y prendre part. Toutefois, personnellement, je ne faillirai pas à ma mission.

Le discours d'un héros ne doit jamais attendre de réponse. Adeldon le savait plus que quiconque, c'est pourquoi, aussitôt eut-il fini de le déclamer qu'il sauta par-dessus le muret. Son cœur battait à tout rompre dans sa poitrine, sentant l'exaltation de l'affrontement qui approchait. Ses pas étaient légers, guidés uniquement par la certitude qu'il en sortirait victorieux. Après tout, en combat régulier, il n'avait jamais été vaincu.

Sans surprises, il sentit la présence à ses côtés de Sotsha et Gronk. Évidemment, le petit voleur était absent, il refuserait de se joindre à la mêlée. Peu importe, ils étaient trois contre deux, ce serait largement suffisant pour l'emporter.

— Mandrog ! hurla-t-il en préparant son corps à l'affrontement. Tu possèdes une chose qui nous revient, et nous allons la récupérer !

Les deux êtres sinistres se retournèrent à l'annonce de cette bienheureuse prophétie. Sa face masquée dégageait toujours autant d'assurance et aurait pu faire défaillir bon nombre de combattants, mais pas Adeldon.

— Tiens donc, fit calmement Mandrog. Je ne pensais pas vous revoir de sitôt, vous. Visiblement, nous n'avons pas été assez clairs tout à l'heure.

Sa voix caverneuse se répercutait à travers toute la place jonchée de gravats.

— Tes ignobles desseins ne se réaliseront point, poursuivit Adeldon en brandissant fièrement son épée en direction de son adversaire. Remets-nous l'orbe et dépose les armes ! Ou bien tu porteras pour l'éternité le regret d'avoir croisé ma route.

Un rire rauque et terrifiant s'éleva de la poitrine de l'intéressé.

— Tu entends ça, Lasus ?

Le magicien à ses côtés émit le même ricanement sinistre.

— Ils nous menacent maintenant ? Finissons-en rapidement, veux-tu ?

Le mage dressa ses deux mains devant lui, ses yeux dégageant une épaisse nappe de fumée. Cette fois, Adeldon était prêt. Il pouvait invoquer autant de chaînes qu'il souhaitait, ça ne suffirait pas. Mais rien ne sortit de ses manches. Lasus opta pour une stratégie bien plus économe. En tant que chevalier, l'armure d'Adeldon était constituée de fer, ce même métal que le magicien contrôlait. Sans pouvoir ne rien y faire, le jeune homme se retrouva soumis à la volonté de son adversaire, tel un vulgaire pantin. Les pieds d'Adeldon quittèrent le sol et il s'éleva dans les airs. Il essaya bien de se débattre, mais ses efforts ne servirent qu'à ravir les deux démons.

Sotsha et Gronk tentaient de venir en aide à leur compagnon en lui offrant leur main. Aucun des deux ne vit les chaînes les enlacer. L'instant d'après, ils rejoignirent le chevalier.

— Les mêmes causes font toujours les mêmes effets, railla Mandrog.

Adeldon pesta intérieurement. La magie avait toujours été pour lui l'arme des lâches. C'était impossible que ça finisse encore une fois ainsi. Il s'était préparé à un combat et n'attendait qu'une chose, pouvoir s'y précipiter. Lasus n'était qu'une perte de temps. Si seulement ce mage pouvait les lâcher.

Ce souhait fut rapidement réalisé lorsqu'un reflet argenté traversa la place pour atteindre le ventre du magicien. Pendant quelques secondes, rien ne se produisit, comme si tout le monde se demandait s'ils n'avaient pas rêvé. Puis, Lasus porta ses mains sur l'endroit du choc, libérant au passage son emprise sur les trois compagnons.

— Je savais que vous ne pouviez pas vous passer de moi, se gargarisa Flenn, debout sur le muret derrière eux.

Adeldon resta interdit. C'était le garçon qui venait de les sauver. Son habilité à lancer une dague était remarquable. De si loin, il n'avait pourtant pas loupé sa cible.

— Tiens donc, voilà que vous avez trouvé un autre gringalet en chemin, réalisa Mandrog, sans sourciller devant la souffrance de son compagnon.

— Tout à fait. Flenn, tueur de démons et sauveur de situation, qui…

Le petit voleur n'eut pas le temps de finir son introduction qu'une chaîne venait de s'enrouler autour de sa gorge. Lasus assouvissait sa vengeance tandis qu'il n'était même pas relevé encore. De son tentacule métallique, il souleva le garçon et le propulsa violemment contre un mur qui se brisa sous l'impact. Les décombres le recouvrirent, si bien que seuls ses pieds dépassaient du monticule de pierres. De là où il se tenait, Adeldon ne pouvait pas savoir s'il avait survécu. La seule certitude était que son intervention leur avait donné un peu de temps et qu'il fallait en profiter.

Le chevalier ramassa son épée et se précipita vers le magicien blessé. Ce dernier reprit le contrôle de son armure et par extension de tout son corps. Cette fois, l'intention n'était plus de le soulever, mais plutôt d'agresser les autres grâce à son épée. Impuissant, Adeldon voyait son arme se diriger vers ses deux amis. Sotsha évita un coup du tranchant et lui projeta une gerbe de lumière. Aucun effet et les attaques se poursuivaient.

La magicienne étant épuisée par la journée passée, elle ne pouvait pas tout esquiver. L'épée se dirigeait dramatiquement vers son visage et Adeldon put seulement tourner son poignet de quelques degrés afin de proposer le plat de l'épée plutôt que son tranchant. L'arme la frappa au niveau de son front. Sous le choc, la malheureuse s'effondra sur le sol, inconsciente.

Le cœur d'Adeldon se serra d'avoir fait du mal à celle qu'il aimait, mais Lasus n'était pas disposé à lui laisser le temps de se morfondre. Déjà, son corps était entrainé ailleurs. Soudain, le chevalier sentit son armure lui répondre de nouveau. Le magicien avait relâché son emprise. D'un coup d'œil, il comprit ce qu'il s'était passé : Gronk avait profité que toute l'attention soit portée au combat d'Adeldon contre Sotsha pour se glisser derrière le magicien. Une fois au bon endroit, il avait asséné un terrible coup de marteau dans le ventre du magicien, terminant d'enfoncer la dague dans ses entrailles.

Sur la dalle froide, Lasus se tordait dans un dernier supplice. Il était maintenant mort.

Un bon début qu'Adeldon ne put pas savourer. Devant eux, Mandrog les regardait, complètement impassible. À aucun moment, il n'avait fait mine de vouloir intervenir dans le combat. Le sort de son compagnon semblait l'indifférer au plus haut point.

— C'est un peu mieux que tout à l'heure. Disons que vous avez gagné mon attention.

D'un geste ample, le démon dégagea la cape qui lui recouvrait les épaules, dévoilant sa sombre armure de cuir. Sans précipitation ni marques de frayeur, il attrapa ensuite les deux épées qui reposaient dans son dos. Une pour chaque main. Elles étaient légèrement courbées et tout aussi sombres que son accoutrement. La seule excentricité était quelques runes antiques gravées sur la lame qui brillait d'un vert étincelant. D'aucuns auraient réfléchi avant de se lancer face à pareil combattant, mais ce n'était pas le genre d'Adeldon.

Dans un cri de guerre impressionnant, le chevalier se précipita vers son adversaire, faisant tournoyer sa lame dans les airs. Le premier coup fut paré sans difficulté d'une seule main de la part de Mandrog, ce qui lui permit de relancer immédiatement son attaque de sa seconde. C'était là l'avantage d'avoir deux armes. Une pour parer, l'autre pour agresser. Un peu dans le même style qu'Adeldon avec son bouclier, mais en bien plus offensif.

La manière dont le démon se déplaçait et portait ses coups traduisait une vie entière de combats. Adeldon n'avait pas affaire cette fois à une recrue de la Garde Impériale, mais sans nul doute au meilleur combattant qu'il n'avait jamais affronté.

Les lames d'ébènes vinrent frapper plusieurs fois l'armure du chevalier, mais sans jamais lui infliger de réelles blessures. Plusieurs coups sans effet furent échangés avant que Mandrog tourne sur lui-même et flanque un redoutable coup de pied dans l'abdomen de son adversaire qui l'envoya valser à plusieurs mètres. Le souffle coupé, Adeldon ne parvint pas à se relever immédiatement. Il haletait, tentant de reprendre son souffle.

Gronk en profita pour se mettre entre son compagnon au sol et le sinistre chevalier. Tous ses muscles étaient bandés, prêts à recevoir le tyran aux ambitions démoniaques comme il fallait.

— À quelle horrible race appartiens-tu, toi ? demanda Mandrog d'un ton hautain.

— Ce n'est que mon deuxième jour sur cette terre, mais une chose est sûre, tu ne toucheras pas à un cheveu de mes amis.

Un ricanement tonitruant accompagna Mandrog quand il s'élança vers la créature porcine. Le combat fut brutal, Gronk déchaînant une véritable tempête de rage à l'aide de son maillet. Chaque coup aurait pu déraciner un arbre centenaire. Malheureusement, aucun ne fit mouche, Mandrog esquivant avec une agilité déconcertante les assauts. Gronk avait la force pour lui, mais la vitesse de son adversaire lui était largement supérieure. Il pouvait encaisser plusieurs attaques, mais ne put empêcher Mandrog de glisser derrière lui dans une roulade et de venir l'étrangler avec son bras. Dans cette position, il ne pouvait rien faire. Le corps fonctionnant avec de l'air, quand il vient à en manquer, un phénomène étrange se produit : essoufflement, toux, peau qui vire au bleu, puis l'évanouissement. Toutes ces étapes furent franchies par Gronk sans qu'Adeldon ne puisse y faire la moindre chose.

En quelques secondes, Mandrog avait vidé la place de toute résistance. Flenn était enseveli sous une pile de roche, Sotsha évanouie, le front en sang et Gronk étendu sur le sol. Étonnamment, les trois semblaient encore en vie, mais incapable de combattre. Contrairement à Adeldon qui se releva. Lui vivant, il ne laisserait jamais Mandrog quitter cette place. Il cracha un caillot de sang qui lui bloquait la respiration et se prépara de nouveau au combat. La douleur ne devait plus être prise en compte, ce n'était qu'une information. Cependant, il accorda une seconde à son bras gauche qui le faisait souffrir. Il était complètement bloqué par son bouclier qui n'avait pas fière allure. Encaisser les coups d'épée du démon l'avait totalement déformé. Ne lui servant plus à rien, il le jeta au loin.

Un pas après l'autre, Adeldon clopina pour se mettre de nouveau face au chevalier masqué qui le jugea de haut en bas.

— Tu peines à reconnaître la défaite, toi, se moqua-t-il. Si tu veux un conseil : reste au sol la prochaine fois.

— C'est là bien mal me connaître.

Les deux combattants s'engagèrent à nouveau dans un affrontement d'une brutalité saisissante. Chaque coup qu'Adeldon encaissait venait s'ajouter à la souffrance qu'il ressentait déjà. Mais il ne s'arrêterait qu'une fois son adversaire vaincu. Sans se soucier de la douleur, il relançait inlassablement ses attaques. Son armure encaissait le plus gros, le reste ne serait que du mental.

Aucun des deux chevaliers ne parvenait à prendre le dessus sur l'autre. Adeldon misait sur sa force, portant des coups puissants qui déstabilisaient son adversaire, pendant que Mandrog comptait sur son agilité et sa rapidité à donner des coups. À chaque fois qu'il parait une attaque, il en relançait une de son autre main, tel un automate sanguinaire. Pour prendre l'ascendant, Adeldon devait trouver une faille dans la défense.

Voulant prendre son adversaire au dépourvu, le jeune homme s'abaissa pour effectuer une roulade. Contrairement à Mandrog, son armure était lourde et son agilité beaucoup plus réduite. Pensant prendre de court son adversaire, il venait plutôt de lui offrir une ouverture.

Mandrog n'hésita pas une seconde pour s'y précipiter et le faucha d'un coup de pied. Adeldon était maintenant allongé sur le dos, sans possibilités de se relever. Il para une attaque verticale en levant son épée au niveau de ses yeux. Mais le coup fantastique vint exploser sa lame. Son visage était lacéré par les débris de l'arme brisée. Adeldon voyait le sang s'agglutiner sur ses paupières. L'information commençait sérieusement à être handicapante, là.

Le tyran démoniaque resta un instant à contempler la souffrance de son adversaire puis se releva et se dirigea vers le feu de camp d'un pas victorieux.

Sur le sol, Adeldon se tordait de douleur. Son armure tombait en lambeaux sous les coups qu'il avait encaissés. Dans sa main, il sentait la garde de son épée brisée. Cette même épée qui était si chère à son cœur. Elle représentait ses glorieuses réussites à l'école militaire. Pourtant, elle avait volé en éclats comme un vulgaire morceau de bois.

Le jeune homme lança un regard à ses compagnons. Gronk demeurait immobile, respirant faiblement. Sotsha était allongée, une coulée de sang lui barrant le front. Et enfin, de Flenn dont il ne restait qu'une jambe qui dépassait d'un tas de gravats. C'était lui, Adeldon, le dernier restant encore conscient. Le seul qui pourrait se dresser contre Mandrog et la barbarie qu'il s'apprêtait à déchaîner s'il contrôlait l'orbe. Toute sa vie, le jeune homme avait rêvé de grandeur, d'aventures épiques et de combats légendaires. Ce n'était pas pour abandonner si facilement. Rassemblant ses forces, Adeldon se releva péniblement et lâcha le reste de son épée. Le bruit de fer heurtant le sol attira l'attention de Mandrog qui se retourna. Le démon ne paraissait même pas essoufflé alors qu'Adeldon, lui, peinait à garder les yeux ouverts.

— Ne me dis pas que tu n'en as pas eu assez ?

— Tant que je vivrai, tu ne mettras point tes viles mains sur cette orbe, jura Adeldon d'une voix haletante, mais emprunte de défi.

— Je peux m'arranger pour ça...

Sans répondre, Adeldon se précipita une nouvelle fois vers son adversaire en hurlant pour se donner de la force. Il n'avait plus d'arme, seulement ses poings qu'il projeta devant lui. Sa vision était troublée par le sang qui s'écoulait sur ses yeux, mais il voyait encore suffisamment pour savoir où Mandrog se situait. Sauf qu'aucun coup n'atteignit sa cible. Le tyran démoniaque esquivait sans peine, comme s'il se battait avec un homme ivre.

Soudain, coupant court au combat, Mandrog attrapa le chevalier par la taille et le projeta au loin, telle une poupée de coton. Adeldon heurta le sol violemment avant de glisser sur les dalles de pierre. Le choc désarticula son épaule et lui lança une vive douleur lui parcourant tout le corps. Malgré cela, il se releva une nouvelle fois, le bras pendant dans le vide.

— Tu devrais t'arrêter là, lui dit le démon d'une voix remplie de pitié. Ta tâche était simplement de prévenir le monde de mon arrivée. Pourquoi ne pouvais-tu pas la remplir gentiment ?

— Je n'annoncerai rien d'autre que ton trépas.

Adeldon se lança de nouveau vers son adversaire, mais cette fois-ci, Mandrog anticipa son mouvement en le saisissant par les épaules. Dans une roulade habile, il projeta Adeldon en arrière, la tête la première dans le feu de camp. La chaleur insupportable s'empara aussitôt de lui avant qu'il ne puisse se dégager du brasier. Seulement le mal était fait, la partie droite de son visage était entièrement consumée par les flammes, ne laissant qu'une souffrance insoutenable à la place. Adeldon se tordait de douleur sur le sol, cherchant à apaiser ses tourments de quelconque façon. Mais rien n'y fit. La silhouette de Mandrog se dessina au-dessus de lui, l'observant d'un regard implacable.

— Tu aurais vraiment dû t'arrêter quand il était temps, lui dit-il calmement.

— Je te hais ! lui hurla Adeldon dans un cri de douleur pur.

— Contente-toi de jouer ta partition pour la suite. Tu n'as pas l'étoffe d'un héros.

Après ces mots, Mandrog disparut de son champ de vision. Il demeurait seul, étendu sur la dalle froide de la place. La pluie continuait inlassablement de tomber, mais elle n'arrivait pas à apaiser les brûlures vives qu'il ressentait. Au contraire, chaque goutte était une nouvelle source de souffrance, venant heurter une zone maintenant dépourvue de peau et de chair.

Sa vision se troublait alors que son œil droit ne percevait plus qu'un monde teinté de rouge. Les éclairs dans le ciel n'étaient désormais qu'un halo diffus. Un voile noir envahissait progressivement tout ce qu'il voyait, le laissant seul face à ses pensées. Il avait perdu, une nouvelle fois. Mandrog avait récupéré l'orbe pour lui tout seul et il n'y avait plus aucun espoir de l'arrêter à présent. Mais, ce combat était perdu d'avance. Son adversaire se battait comme un forcené, utilisant des techniques qu'il n'avait jamais vues auparavant.

Mais dans cette défaite, la chose la plus amère était de savoir que c'était son égo qui l'avait incité à se lancer dans ce combat. S'il avait écouté le plan de Flenn, ils auraient récupéré l'orbe. Peut-être que Mandrog avait raison finalement. Peut-être n'avait-il pas l'étoffe d'un héros. Cette pensée fut la dernière qui traversa son esprit avant que la conscience ne s'éteigne totalement.

Chapitre 21

Les Funérailles Pathétiques

Le son régulier d'une pelle pénétrant la terre sortit Adeldon de son sommeil. Ses paupières étaient lourdes et impossibles à ouvrir. Toutefois, même si ses yeux ne lui apportaient aucune information, il parvenait à prendre conscience de lui-même. Mentalement, il inspecta chaque partie de son corps. Une épaule démise, des éraflures sur tout son poitrail, une foulure à la cheville. Mais tout ceci n'était rien face à la douleur qu'il ressentait au niveau de la partie droite de son visage, un souvenir brulant du combat qu'il avait livré. La seule bonne nouvelle était que s'il la ressentait, cela signifiait qu'il n'était pas encore mort.

Toujours les yeux clos, il porta ses mains sur son visage et fut étonné de s'apercevoir qu'un linge recouvrait la partie brulée. Redoublant d'efforts, il parvint enfin à ouvrir ses yeux péniblement. La pièce dans laquelle il se trouvait était ronde et modeste. Construite en pierre taillée, elle baignait dans une atmosphère froide et humide. Les quelques rayons de soleil qui lui parvenaient depuis la porte entrouverte devant lui ne suffisaient pas à la réchauffer.

Comment avait-il bien pu se retrouver ainsi ? Son dernier souvenir était les flammes qui venaient lui lécher le visage. Désormais, il était pansé et mis sur un lit de fortune. Ses pensées se clarifièrent peu à peu, il comprit qu'il devait se trouver dans la tour détruite de Solenville. Tout correspondait, la taille, l'endroit et le fait qu'il n'avait pas pu aller bien loin dans son état.

À l'extérieur, la pluie et l'orage avaient cessé, laissant place à un ciel gris et terne. Cela lui allait très bien, car malgré la faible lumière qui lui parvenait, c'était déjà trop pour ses yeux qui n'y étaient plus habitués.

Par l'entrebâillement de la porte, il vit les restes du feu qui l'avait privé de son visage. Un frisson d'effroi lui parcourut le corps en se remémorant la scène d'horreur qu'il avait vécue. En le voyant ainsi, un tas de buches fumantes et de cendre dispersées, il ne paraissait pourtant pas si dangereux.

Plus loin, sur la place, gisait le corps du magicien figé dans la mort. Dans cette pose, il ressemblait à une statue immuable qui ornait l'entrée des temples. Passant en coup de vent, il aperçut Flenn qui semblait s'en être sorti. Sa démarche était un peu clopinante, mais après avoir reçu un mur entier sur soi, c'était assez normal.

La position du chevalier dans la pièce ne permettait pas de voir ses deux autres compagnons. La seule chose qu'il percevait de l'extérieur était ce bruit de pelle pénétrant inlassablement dans la terre. Un doute l'assaillit soudain : et s'ils creusaient un trou pour l'y enterrer, lui ? Peut-être avaient-ils cru qu'il était mort ? Il fallait qu'ils les préviennent. Il voulut le faire, mais en ouvrant la bouche, aucun mot n'en sortit. Sa gorge le piqua, comme si elle aussi avait soumis aux épreuves du feu. Il essaya de nouveau :

— So... Sotsha.

Sa voix, à peine un souffle, témoignait d'un effort surhumain. Mais il suffit pour attirer l'attention de la jeune femme qui apparut sur le pas de la porte. Elle était baignée dans la lumière, telle une divine créature qui lui apparaissait. Adeldon ressentit alors enfin un peu de réconfort lorsqu'elle se pencha au-dessus de lui pour lui attraper la main. Une blessure lui lézardait le front, mais n'entachait en rien sa sublime beauté.

— Tu es réveillé ! Comment te sens-tu ? demanda-t-elle d'une voix emplie de bienveillance.

— Je... je ne saurai vraiment le dire.

La jeune femme perçut le ton faiblard de sa voix et attrapa une gourde d'eau à proximité pour la lui tendre. Il avala plusieurs gorgées avant de reprendre avec une voix plus normale :

— Mon visage... Il... ?

— Oui, j'ai vu. Je suis désolé.

— Est-ce toi qui m'as soigné ?

La magicienne soupira en posant sa main sur le linge qui couvrait la partie droite de son visage.

— Je n'ai pas ce pouvoir, malheureusement, dit-elle. J'ai seulement fait un pansement pour éviter que la blessure ne s'infecte.

Adeldon reposa sa tête sur son lit de paille, déçu par cette réponse, même s'il connaissait les limites des pouvoirs de son amie.

— Flenn nous a indiqué qu'il existe un dispensaire pas très loin d'ici, reprit-elle. Là-bas, ils pourront te fournir des soins de qualités. Maintenant que tu es réveillé, nous allons bientôt partir.

Cette perspective était un soulagement, tant sa souffrance le rongeait. Toutefois, une autre pensée l'obsédait :

— Et... Mandrog ?

La jeune femme ne répondit pas et baissa le regard.

— Qu'y a-t-il ? demanda Adeldon sentant la gêne chez sa partenaire.
— Quand nous nous sommes réveillés, il avait disparu et toi, tu gisais sur le sol. On a cru que tu... Enfin, on ne l'a pas poursuivi. On ne pouvait pas t'abandonner ainsi.
— Mais... l'orbe ?
— Il a gagné.

Ainsi, l'Empire entier courait un danger certain parce qu'Adeldon n'avait pas réussi à remporter son combat contre Mandrog. Les mots du tyran revinrent alors le hanter une nouvelle fois : *contente-toi de jouer ta partition, tu n'as pas l'étoffe d'un héros.* Ces paroles n'avaient jamais été aussi justes.

— Nous devons au moins porter cette nouvelle à l'Impératrice, décréta-t-il avec gravité en ne pouvant se résigner à être inutile.
— Peut-être oui. Mais pour le moment, aucun de nous n'est en état de le faire. Nous irons au dispensaire ce soir et demain... nous verrons.

La dévotion d'Adeldon pour la sécurité de l'Empire était sans faille, cependant, même lui devait bien reconnaitre qu'il ne menait pas fière allure. Sortir de cette tour représentait déjà un défi en soi. Avec regret, il acquiesça donc doucement avant de se recoucher sur le lit de paille.

— Parfait, je préviens les autres.

Sur ces paroles enthousiastes, la jeune femme se releva et sortit de la tour. Elle traversa la place afin de rejoindre Gronk qui creusait un trou dans un des parterres de fleurs qui entourait l'endroit. Son teint blafard parsemé de cernes profonds lui donnait une mine atroce. À chaque coup de pelle, il expulsait une grande quantité de terre sur un monticule qui grossissait à vue d'œil.

— Tu as bientôt fini ? demanda Sotsha en s'approchant.

Gronk n'eut pas besoin de répondre que la pelle heurta le fond de la jardinière. Le trou était suffisamment profond et large pour accueillir le corps d'un homme. Et voilà pourquoi il l'avait creusée. Gronk avait insisté depuis son réveil pour donner à Lasus une sépulture décente. Sans attendre, il alla chercher le corps de celui qu'il avait défait la veille et le déposa en douceur au fond de la tombe. Sotsha et Flenn vinrent se mettre à côté de lui.

— Doit-on dire un mot ou quelque chose ? demanda Gronk.

— Je doute qu'il le méritait, lui répondit Flenn d'une voix froide. Si ça ne tenait qu'à moi, je l'aurais laissé pourrir au milieu de la place.

— Flenn ! sermonna la jeune femme.

— Il ne méritait pas de mourir, continua la créature porcine d'une voix tremblante. Je... je ne voulais pas le tuer. Mes mains ne répondaient plus, j'ai... Je ne sais pas ce qu'il s'est passé.

— Ça arrive, le rassura Sotsha. Tu étais en plein combat, tu t'es juste défendue.

— Et puis, si ça peut te rassurer, je l'avais pas mal amoché avant toi, compléta le petit voleur.

Ces mots n'apaisèrent pas le cœur de Gronk qui soupira longuement.

— Que se passe-t-il quand on meurt ? demanda-t-il innocemment. Je veux dire, j'ai encore du mal à comprendre le concept d'existence, alors je n'ai aucune idée de ce qu'il se produit lorsqu'elle finit.

— On nourrit les vers de terre, répondit Flenn.

— C'est tout ?

221

— En fait, ça dépend des croyances de chacun, répondit Sotsha plus explicitement. Certains croient en la réincarnation, d'autres que notre conscience monte dans un royaume paisible...

— Et les plus malins, eux, disent qu'on finit juste par disparaitre.

— Mais comment savoir laquelle de ces croyances est vraie ?

— Ah ça, y a qu'une façon de le découvrir, l'ami, lança Flenn avec un sourire en coin. Mais, entre nous, je te souhaite d'avoir la réponse le plus tard possible.

Gronk se tourna vers la jeune femme.

— Et toi, Sotsha ?

— Honnêtement, je ne sais pas trop. Je n'ai jamais été une fervente croyante en quoi que ce soit. Mais je dois dire que la vision de Flenn n'a rien de rassurant. J'aime à penser qu'il existe quelque chose, quelque part, qui veille sur nous.

— Oh non, pas ça ! Ne va pas lui bourrer le crâne avec ces inepties, s'il te plait. Déjà qu'il ne cogite pas bien vite, faudrait pas qu'il devienne en plus un cul-bénit qui voit des miracles partout !

Gronk lui esquissa un sourire en coin. Son cœur était lourd d'avoir ôté la vie d'un homme, mais au moins, il restait encore ses amis pour l'épauler. La créature porcine lança un dernier regard à l'homme qu'il avait tué et débuta de le recouvrir de terre. À chaque coup de pelle, il se jurait de ne plus jamais faire cela de sa vie. Il ignorait tout de ce qui se passait après la mort. Mais au cas où la sombre prédiction de Flenn se révélait exacte, il se promit de ne plus jamais envoyer personne de l'autre côté du voile obscur.

▶▶▶

— Ça sent la magie, huma Parodegan.
— J'aurais dit que ça sentait l'humidité, moi plutôt.
— Les deux vont souvent ensemble.
— Non, mais sérieusement, qui peut bien avoir mis autant d'objets dans une grotte aussi loin de tout ? Regarde, des cages. À quoi ça peut bien servir, ici ?

Parodegan s'approcha d'une des cages que la géante pointait. Des prisons individuelles aux barreaux rouillés. Sur les extrémités, quelques touffes de poils appartenant à des vestes de fourrures étaient encore accrochées. Mais le plus intéressant dans cette salle n'était pas ces cages, mais plutôt ce qui n'y était pas. Au centre était disposé un petit lit de paille complètement vide. Malgré sa puissance, Parodegan n'arrivait pas à percevoir les restes de puissance. Si l'orbe y avait passé un moment, des restes de magie devraient y demeurer.

Pour en avoir le cœur net, il sortit d'une de ses poches intérieures le petit être qui avait accepté de les suivre. Une fée à la chevelure ébouriffée étira ses ailes et se dirigea directement sur l'endroit souhaité. Ces créatures étaient les meilleures pour déceler les traces de magie.

— Alors ? demanda Nörg.
— Attends, ça peut prendre du temps.

Le petit être accumula une boule d'énergie dans le lit de paille.

— Regarde, il y avait bien quelque chose de magique ici, observa Parodegan.
— Tant mieux. Ça veut dire qu'ils ont trouvé l'orbe.
— On s'en moque de ce concours. La seule question qui compte est plutôt de savoir s'ils étaient seuls ou non.
— Si tu en parles, j'imagine que non.
— Tu imagines bien.

— J'aimerais, juste une fois, que tout se passe bien quand je t'accompagne. Histoire d'essayer.
— Si tout allait bien, nous serions restés à Freyjar.
— C'est pas faux. Bon, sur une échelle du lagon des naufragés à la traque de Tyrul le sanguinaire, on est sur quel niveau de danger ?
— Je ne sais pas... Quelque chose cloche. Comme si...
— J'aime pas trop quand tu ne finis pas tes phrases, Paro.

La fée avait délaissé le lit de paille et agglutinait une énorme boule d'énergie quelques mètres plus loin.

— Oh non... viens, dépêchons-nous. Tout ceci pourrait bien être pire que tout ce que j'ai imaginé.

Chapitre 22

Le Dispensaire

La journée était sur le point de toucher à sa fin lorsque les briques rouges du dispensaire apparurent entre les arbres. Pour Adeldon, le voyage s'était fait dans une civière, tirée par l'âne de Flenn. Un confort précaire, mais c'était ça ou périr à Solenville. Plus que quiconque ce jour-là, la vision de cet imposant bâtiment rectangulaire était un véritable soulagement.

Ici, l'architecture générale n'avait rien à voir avec la ville elfique qu'il venait de quitter. L'architecture du dispensaire n'avait rien d'élégant ni de raffiné. Tout y était pensé pour que ce soit efficient et fonctionnel. C'était le propre des humains. Pour parachever cet aspect austère, une palissade de bois entourait la zone. L'entrée y était matérialisée par une immense arche, au-dessus de laquelle trônait une croix rouge, symbole universel de la santé.

Deux hommes en armures argentées surveillaient les allées et venues. Des Gardes Impériaux reconnaissables à leurs longues hallebardes dans une main et le centaure gravé sur le poitrail. Aucun d'eux ne broncha quand les quatre compagnons passèrent à leur niveau. Veiller sur un tel endroit devait obligatoirement désensibiliser face à la souffrance des personnes qui s'y rendaient.

À l'intérieur de l'enceinte, une véritable foule grouillait. Des nains à la face cramoisie. Des elfes aux teints verdâtres. Un orc qui vomissait plus qu'il ne respirait. Un faune qui avançait à tâtons les yeux bandés ou encore une famille arborant tous des bras couverts de boutons purulents. Ce petit monde formait une parade disparate de maladies et d'affection en tout genre. Adeldon se serait presque senti chanceux de ne pas être dans le même état qu'eux. Puis, il se rappela que la partie droite de son visage était brulée. Pas si terrible pour se sentir chanceux.

Après avoir guidé l'âne à une écurie, les quatre compagnons entrèrent réellement dans le dispensaire. Le bâtiment était mal éclairé, froid et puant. C'était comme visiter la demeure de la Mort elle-même. Une maison qui comporterait une salle d'attente remplie à craquer. Quelques chaises étaient disposées contre les murs, mais cela devait faire longtemps que le nombre de patients avait dépassé cette capacité. Ceux qui n'avaient pas la chance d'avoir un siège s'agglutinaient sur le sol, agonisant dans des râles de douleur. Quelques encens brulaient aux quatre coins de la pièce pourtant circulaire, remplissant l'atmosphère d'une fumée épaisse et d'un parfum tenace.

Derrière un bureau noyé sous les dossiers, un fonctionnaire remplissait des fiches. Lui n'attendait pas pour se faire soigner, il travaillait ici. Accoudé entre les épaules de Sotsha et de Gronk, le chevalier clopina jusqu'au bureau. Le nain à la barbe noueuse releva la tête pour consulter les nouveaux arrivants.

— Hmm, fit-il.

— Nous requérons des soins de la plus haute urgence, marmonna Adeldon le plus fort possible.

— Jeune homme, c'est un dispensaire, ici. Tout le monde attend des soins.

Sa voix nasillarde allait à la perfection à sa mine hautaine. Une scie glissant sur du métal produirait un son plus agréable aux oreilles.

— Nom ? reprit-il sans plus de forme.

— Adeldon. Nous avons affronté un terrible démon qui…

— Les autres ? le coupa le nain.

Le chevalier s'arrêta un moment, surpris d'avoir été interrompu avec si peu de compassion.

— Sotsha, Gronk et lui, là-bas, c'est Flenn, répondit-il tout de même. Comme je vous disais, nous avons eu affaire à un…

— Je vois, le coupa encore une fois le nain en écrivant quelques mots sur sa feuille devant lui. Vous pouvez vous asseoir ici et attendre qu'on vous appelle.

Asseoir était plus une façon de parler qu'une réelle possibilité dans cette salle bondée.

— Combien de temps devrons-nous attendre ? demanda Sotsha.

Le nain releva sa tête vers la magicienne, puis sonda la pièce du regard.

— Et toi là ! Depuis combien de temps, es-tu ici ?

Il venait d'invectiver un orc dont le visage était recouvert de pustules. Avec la couleur verte de sa peau, il rassemblait étrangement à un crapaud.

— Moi être arrivé hier matin, répondit le malade au souffle court.

— Bah voilà, vous avez votre réponse. Ce gars-là, c'est le prochain à être reçu. Donc vous, vous devriez passer d'ici un jour et demi, en déduisit le nain.

— Non, mais c'est pas possible ! marmonna Flenn pour n'être entendu que de ses amis. On ne va pas rester ici pendant un jour et demi.

— On n'a pas le choix, rétorqua Sotsha sur le même ton. Il faut bien guérir. Aucun de nous n'atteindra la capitale dans notre état.

— On n'a qu'à dire qu'Adeldon fait partie de la Garde Impériale. Vu comment il est fringué et sa façon de parler, ça paraitra crédible.

— Non, l'arrêta le chevalier. Nous n'allons pas mentir devant des représentants de l'Empire.

— Je vais me gêner tiens, s'amusa le petit voleur avant d'interpeller le Garde en faction derrière le nain : Eh toi ! Tu ne vas pas nous aider. Le gars que tu vois là, il est de chez vous. Tu ne pourrais pas faire quelque chose ?

Le Garde apostrophé s'approcha, le dos droit et la nuque raide. Il détailla Adeldon d'un regard froid, mais curieux.

— Je ne te connais pas. De quel régiment fais-tu partie ?

Adeldon était sur le point de s'excuser pour le mensonge proféré par Flenn, mais le garçon ne lui laissa pas le temps.

— Affaire interne. C'est une mission secrète sous les ordres de l'Impératrice elle-même. Mais ne me dites pas qu'un Garde est incapable de reconnaitre un des siens ?

L'imposant soldat sembla hésiter un instant.

— Que vous est-il arrivé ? finit-il par demander.

— Comme j'essayais d'expliquer à votre collègue, nous avons affronté un terrible…

— Secret défense, l'ami, l'interrompit une nouvelle fois Flenn. On ne peut répondre à ce genre de questions que devant l'Impératrice en personne, tu vois ? Ça dépasse largement le grade d'un sergent, désolé. Mais bon, si tu nous permets de nous soigner pour qu'on puisse reprendre la route rapidement, je suis sûr que Thalinda entendra parler de ton… hum… admirable dévouement.

Le Garde fixait intensément le petit voleur. Allait-il le corriger pour ces affronts répétés ? Cette fois, Adeldon ne pourrait

pas le secourir vu son état. Cependant, le coup d'esbroufe du garçon fonctionna. Le sergent abdiqua et lança à l'attention du nain responsable des admissions :
— Ceux-là viennent avec moi.
— Tu n'y penses pas, réagit l'autre de sa voix stridente. Ils mentent, c'est sûr !
— Tout compte fait, je crois bien que son visage me parle. Je ne le reconnaissais pas avec ce bandage, c'est pour ça. Je les emmène voir Loumina.

Le nain essaya bien de protester, mais la promesse d'une reconnaissance impériale était bien supérieure à la colère d'un petit fonctionnaire. Le Garde ouvrit la porte derrière lui et entraina les quatre compagnons avec lui dans un couloir encore plus sombre et plus froid que la salle d'attente. Évidemment, ceux qui patientaient depuis plusieurs heures tentèrent de se révolter. Une vaine tentative vu leur état. La porte claqua et les cris se dissipèrent.

Au fond de lui, Adeldon savait que ce qu'il venait de faire était mal. Certes, ce n'était pas lui qui avait menti, directement, mais il avait laissé faire. Toutefois, la sensation de brulure à son visage lui enleva rapidement ses remords.

Le sergent les guida à travers le bâtiment, délaissant les nombreuses pièces froides d'où s'élevaient des cris de douleur. Pendant plusieurs minutes, ils déambulèrent ainsi sans savoir où ils se rendaient. Finalement, il les mena dans une partie réservée à la Garde. Ici, les couloirs étaient toujours aussi austères, mais les armures argentées remplaçaient les tuniques blanches. Grâce au mensonge de Flenn, les portes du dispensaire s'ouvrirent grandes pour eux. Un bureau leur fut mis à disposition, avec de grandes fenêtres donnant sur l'extérieur et même un feu de cheminée. Il y avait fort à parier que peu de patients avaient le droit au même traitement.

Quatre lits furent amenés ainsi qu'autant de bassines. Enfin, après encore quelques minutes d'attentes, la porte se rouvrit sur une femme portant une robe de bure et un collier de glands. Adeldon qui connaissait un peu les codes de l'armée impériale reconnut l'uniforme des mages-médecins.

— Bienvenue, les accueillit-elle. J'ai cru comprendre que vous êtes des personnes d'une importance capitale pour l'Empire.

Sa voix résonna avec une légère hésitation. Il était encore temps de rétablir la vérité, mais Adeldon ne le fit pas, laissant le garçon répondre pour lui.

— Tout à fait. Nous avons besoin de soin avant de pouvoir poursuivre notre route demain.

— Ce sera avec plaisir. Je suis Loumina, celle qui va vous soigner. Permettez-moi de vous inspecter.

En plus de posséder un Don lui permettant de cicatriser les plaies, elle possédait de solides connaissances en médecine. Pendant une heure, elle s'affaira autour des quatre compagnons. L'un après l'autre, elle soigna les plaies et cicatrisa les tissus. Lorsque son tour vint, Adeldon put enfin trouver un peu de paix. Certes, son visage demeurerait toujours déformé, mais la souffrance s'en était allée. Apaisé, il posa sa tête sur son oreiller et divagua un instant.

— Vous avez dû affronter un terrible adversaire pour vous mettre dans cet état, commenta Loumina.

— Le pire de tous, répondit-il. Je ne saurais comment vous remercier pour ce que vous avez fait.

— De rien, c'est mon métier.

— Un rudement beau métier, s'exclama Flenn. Heureusement qu'on fait partie de l'Empire, n'est-ce pas ?

Son clin d'œil absolument pas discret aurait pu les repérer. Mais la docteure ne prêta aucun intérêt aux remarques du voleur.

— Vous ne vous occupez que des blessés de la Garde ? demanda Gronk, lui aussi visiblement troublé par le mensonge.
— Oui.
— Pourquoi ?
— C'est la règle. Les mages-médecins ne sont affectés qu'à la Garde Impériale. Pour être honnête, je suis la seule à posséder des pouvoirs dans ce dispensaire.
— Mais et les autres ? Ceux qui n'appartiennent pas à l'armée ?
— Il y a des médecins.
— Mais ils ne possèdent pas de pouvoirs. C'est injuste !
— Je ne fais pas les règles. Moi, je soigne ceux que je peux. Ici, ce sont des soldats, mais au moins mon Don sert à quelque chose. Que voulez-vous que je vous dise ? Vous, vous êtes du bon côté de la barrière, alors, contentez-vous-en.

Ce n'est pas que la conversation n'intéressait pas Adeldon, c'est juste que le poids de la journée et de l'affrontement contre Mandrog lui explosa au visage. La mage-médecin avait fini avec lui et passait maintenant aux autres. D'un œil endormi, il la vit plonger les mains de Sotsha dans un bol d'eau chaude afin de les dégeler. Ce fut la dernière chose qu'il vit avant de sombrer dans un sommeil mérité. Alors que sa conscience tombait dans une chute vertigineuse le conduisant vers l'endormissement, les paroles de Mandrog revenaient le hanter : *tu n'as pas l'étoffe d'un héros*. Il avait échoué et désormais, la seule façon de se racheter était de prévenir l'Impératrice de cette menace. Cela ne le ferait pas devenir de nouveau un héros, mais permettrait au moins de s'endormir sans que cette phrase lui broie le cerveau.

Chapitre 23

Un Hymne à la Bulle

La mage-médecin avait quitté la pièce depuis plusieurs minutes et le silence y régnait depuis. Après les jours passés, redécouvrir le calme avait un goût bien agréable. Sotsha s'en imprégnait, savourant le retour de sa mobilité au niveau de ses doigts. En revanche, les courbatures qui parcouraient tous ses muscles étaient encore bien présentes. Son corps n'avait pas l'habitude d'en fournir autant. Et c'était sans parler de ses articulations raides comme du bois sec.

Depuis son lit, elle voyait la vapeur s'élever des bassines entreposées au fond de la pièce. Plus que de la vapeur, le parfum du savon fondant dans l'eau chaude emplissait ses narines. Sotsha s'amusait à essayer de reconnaitre de quelle plante cela pouvait bien venir. La meilleure façon d'en avoir le cœur net était sans doute de s'en rapprocher. En plongeant sa main, elle remarqua la température idéale du bain. Un coup d'œil vers ses trois compagnons lui indiqua qu'ils dormaient tous. Après tout, ce serait du gâchis si ces bassines avaient été remplies pour rien.

Aussi rapide qu'un serpent qui se défait de sa mue, Sotsha retira ses vêtements et s'inséra dans l'eau. Sa peau accueillit avec une grande satisfaction le toucher délicat de la mousse. Chaque seconde passée ainsi immergée éloignait un peu plus les traumas du sommet d'Idvorg et de son vent glacial. Ici, tout n'était que douceur et chaleur.

Après quatre jours de marche, ses cheveux ressemblaient à un sac de nœuds et de poussière. Pour y remédier, il n'y avait qu'une solution : les rincer. La jeune femme plongea ainsi la tête sous l'eau et y resta un moment. Quelle délicieuse sensation que de ne plus rien entendre et de se retrouver seule face à ses pensées. Mentalement, elle retraça le parcours qu'elle avait effectué depuis son départ de Freyjar. Comment son père l'accueillerait-il à son retour ? Serait-il fier d'elle sachant qu'elle avait échoué dans sa mission ? De toute façon, le plus important maintenant était de prévenir Thalinda.

En reprenant sa respiration, elle provoqua des remous qui attirèrent l'attention de Flenn et de Gronk. Leur sommeil n'était pas si profond que ça. Ils relevèrent la tête de concert vers la magicienne.

— Qu'est-ce que tu fais ? demanda Gronk intrigué.

— Je me lave.

— Pourquoi ?

— On voit qu'il te reste encore des réflexes de ta vie passée, toi, se moqua Flenn.

— Vous devriez venir, vous aussi, proposa la jeune femme. Vous sentez comme deux trolls des cavernes après leur hibernation.

Gronk renifla ses aisselles de son nez en forme de groin.

— Ce n'est pas faux, admit-il.

— C'est rare que je dise ça, mais là, je prendrai bien un bain, moi aussi, surenchérit le garçon.

Ce fut Gronk le premier à se lancer dans cette aventure hygiénique. D'un claquement de doigts, il desserra le tablier de cuir qui lui servait de vêtement et glissa dans son bain. Des frissons parcoururent ses épaules lorsqu'il entra dans l'eau. Son sourire satisfait montra que l'expérience n'avait rien de traumatisant pour lui. Désormais, seule sa tête de cochon dépassait du bac. Enfin, sans compter son ventre rebondi qui accumulait la mousse autour de lui. L'eau perdit rapidement sa couleur blanche immaculée pour une teinte plus sombre. Ce bain n'avait que trop attendu pour Gronk.

De son côté, Flenn fut un peu plus hésitant à se dévêtir, tel un prince protégeant sa vertu. Une fois, les vêtements jetés, Sotsha fut surprise de voir son corps d'une maigreur maladive, parsemé de cicatrices en tout genre. Devant la gêne évidente du garçon, elle ne posa pas de questions et détourna même son regard. L'autre ne se fit pas prier et glissa à son tour dans l'eau fumante en affichant un sourire ravi.

— Je pourrais rester ici une année entière, soupira de bonheur Sotsha.

— J'admets que c'est pas mal, acquiesça Gronk. Je suggère que nous prenions un bain tous les jours à partir de maintenant.

— Tous les jours ? s'étouffa le jeune garçon, les yeux ronds. Mais ça va pas, non ? Tu veux qu'on se rende malade ou quoi ?

— C'est... C'est dangereux de prendre un bain ?

— Absolument pas, le rassura la jeune femme. Ne l'écoute pas, il s'y connaît visiblement autant en propreté qu'en loyauté.

Le petit voleur répondit par un grand sourire, aucunement gêné par cette remarque. Sotsha posa sa tête contre le rebord de la bassine pour se reposer. Cet instant était comme suspendu dans le temps. Ici, plus d'orbes, de Mandrog ni de danger, juste le plaisir de sentir son corps revivre de nouveau. Les yeux fermés, la jeune femme profitait de ce moment comme s'il allait durer éternellement. Mais c'était sans compter les deux trublions à côté d'elle. Une bulle éclata soudain dans le bain de Gronk, rompant la tranquillité de la pièce. Aucun des deux autres ne réagit jusqu'à ce qu'une seconde bulle éclate au même endroit.

— Gronk, ne me dit pas que tu viens de... ? commença le petit voleur.

— C'est marrant, ça fait des bulles, le coupa l'intéressé d'un ton hilare.

— Mais, tu es un gros porc, hurla le petit voleur.

— Tout à fait !

Une gerbe d'eau propulsée par Flenn aspergea Gronk et vint gifler le visage détendu de la magicienne. C'était impossible, ces deux-là n'allaient pas lui laisser un instant de repos. Elle n'eut pas besoin de dire un mot, l'expression sur son visage suffit pour que Flenn s'arrête.

— C'est pas ma faute, So ! C'est cet idiot qui vient de...

— Je m'en moque, le coupa la jeune femme. Prenez simplement votre bain en silence ou bien je vous fais sortir.

L'ordre directif fit son effet et elle reprit sa position détendue. Cette fois, elle espérait bien ne pas avoir à se relever. L'eau chaude eut de nouveau son effet et la relaxation se poursuivit. Toutefois, Gronk ne devait pas avoir tout saisi à l'importance du silence dans ce genre de moment et reprit la parole.

— C'est injuste.

— Enfin, c'est quand même toi qui viens de...

— Non, je veux dire cette histoire de mage-médecin réservé à certaines personnes. C'est injuste.

— Ah oui, on change de sujet, là, s'amusa le garçon.

— Si nous n'avions pas menti, nous serions encore dans cette salle à attendre.

— Et la blessure d'Adeldon se serait infectée. Ce n'est pas toujours mal de mentir, tu sais.
— Peut-être, mais et les autres ? Ceux qui sont honnêtes ou qui n'ont pas le loisir de pouvoir se faire passer pour des Gardes ? Parmi eux, certains ont peut-être succombé à leurs blessures.
— Mais nous, on est en vie.
— Certes, mais c'est injuste.
— Avant de te soucier de la situation des autres, je te conseille de t'intéresser à la tienne.
Gronk ne semblait pas convaincu.
— Franchement, reprit le petit voleur, ne me dis pas que tu regrettes.
— Non... mais ce n'est pas juste. Comment est-on sûr d'être du bon côté ?
— Question de point de vue.
— Si tu te retrouves du même côté que Flenn, alors sache que tu es du côté de ceux qui dorment tranquilles, lança perfidement Sotsha sans ouvrir les yeux.
— C'est malin ça, lui répondit le petit voleur en lui adressant une moue faussement vexée.
— Probablement qu'il ne devrait pas y avoir de côtés, poursuivit Gronk sans considérer les remarques des deux autres. Je ne sais pas, mais je dirais que chacune et chacun devrait avoir le droit aux mêmes chances dans ce monde.
— Utopiste, railla Flenn.
— Ce n'est pas bête, approuva la jeune femme. Sur le principe, les choses devraient être ainsi.
— Alors, pourquoi ça ne l'est pas ?
— Parce que la vie, c'est pas un conte de fées mon ami. C'est un peu plus compliqué que trois principes vite pensés dans un bain. Mais quand nous rencontrerons l'Impératrice

demain, tu pourras lui soumettre tes idées. Je suis sûr qu'elle rêve d'avoir l'avis d'un homme-cochon sur sa politique.

— Et bien au moins, l'homme-cochon, comme tu dis, aura essayé de rendre ce monde meilleur, répondit l'intéressé visiblement vexé. Alors que le petit lâche de voleur, lui, n'aura rien fait d'autre que trahir ses amis.

— Oh, ça va, hein ! On ne va pas remettre ça sur le tapis ! s'exclama Flenn en se redressant d'un bond. Écoute-moi bien : si je pouvais faire un truc pour ces gens dans l'autre pièce, je le ferais, d'accord ? Mais soyons honnêtes, mon ami, je n'y peux rien. Nous vivons dans un monde où l'égoïsme est devenu un prérequis. La seule personne sur qui tu peux vraiment compter, c'est toi-même.

— Un monde dans lequel tu t'y complais parfaitement, rajouta Sotsha, toujours aussi moqueuse.

— So, t'es gentil, laisse-moi expliquer deux-trois trucs à Lardon sinon on ne va pas s'en sortir.

— Tu m'as appelé comment là ? s'énerva Gronk.

Flenn répondit par un geste obscène, qui aurait fait rougir un charretier de honte. L'autre répliqua en lui attrapant une touffe de cheveux. Bel exploit, soit dit en passant, car le garçon avait les cheveux courts et Gronk des doigts énormes. Suspendu par la tignasse, le petit voleur se débattait vigoureusement en agitant ses bras dans tous les sens. Qu'ils dérangent Sotsha avec leur débat faussement philosophique passe encore, mais qu'ils se remettent à chahuter, ça, c'était inacceptable.

— Vous me soulez, s'écria-t-elle, agacée.

D'un geste souple, elle fit naître une boule de lumière verte dans le bain de Gronk. Ce dernier, n'étant pas tout à fait habitué à la magie de la jeune femme, sursauta et libéra le garçon qui sortit de son bain. Il lui lança une nouvelle pique acerbe concernant son poids et l'autre le menaça en retour. La suite était évidente, les deux disparurent par la porte empruntée plus tôt par Loumina, l'un à la poursuite de l'autre. Sotsha contempla les deux garçons quitter la pièce, satisfaite de ne plus les entendre, mais surtout d'avoir pu user de sa magie de nouveau. Le calme étant revenu, elle voulut se réinstaller dans le bain, mais l'eau n'était plus aussi chaude qu'auparavant. Même si elle n'avait pas pu en profiter comme elle le souhaitait, elle y était depuis un moment. Maintenant que tout le monde avait quitté la pièce, c'était sans doute le moment d'en sortir. Elle revêtit les affaires qui étaient déposées sur son lit et s'emmitoufla dans la couverture. Au loin, elle entendait les deux garçons poursuivre leur course, renversant des objets métalliques sur leur chemin. Ils avaient atteint la cuisine, bonne chance à ceux qui espéraient travailler là-bas.

La place de Solenville était déserte. Seules des traces de sang éparses couraient sur les dalles.
— Tu es sûr qu'ils sont venus ici ?
— Malheureusement, oui. Regarde par terre.
Parodegan désignait des débris de fer sur le sol du bout de son bourdon. Il pouvait encore y voir les gravures qui décoraient l'épée d'Adeldon. Le chevalier avait combattu ici, et sans doute était-il accompagné de Sotsha. Un monticule de terre sur le bas-côté produisit un haut-le-cœur au vieil homme. Ce n'était pas elle, il l'aurait sentie, mais tout de même.
— Dans quel pétrin se sont-ils fourrés cette fois-ci ? demanda Nörg.
— Un combat... violent et sans pitié.
— Et qui a gagné, au final ?
— La question serait plutôt de savoir qui ne l'a pas perdu.

— Tu joues sur les mots Paro.
— Je ne saurais dire. En tout cas, on se rapproche de Sotsha, c'est la seule certitude.
— J'imagine que ce n'est toujours pas ce soir qu'on va se reposer ?
— Depuis quand les géants ont-ils besoin de repos ? En route, on a peut-être encore le temps de la sauver.

Chapitre 24

Une Histoire de Maladresse

Adeldon dormait d'un sommeil profond, les deux garçons se poursuivaient dans les dédales du dispensaire, Sotsha savourait de nouveau un moment de détente. Pour un peu, elle aurait oublié qu'un démon s'était emparé de l'orbe et voulait utiliser son pouvoir pour mener Valdenor à la nuit.

La jeune femme ajusta sa position dans le lit en haussant ses épaules. Ce geste, pourtant anodin, fit reculer le coussin qui appuya sur la tête du lit dont une petite baguette mal fixée se détacha et tomba sur la table de nuit. La catastrophe aurait pu s'arrêter là, mais la baguette continua sa course sur le socle de la bougie et la fit vaciller. Comme un incendie était la dernière chose que Sotsha désirait, elle se jeta sur la chandelle branlante pour la rattraper. Ce qu'elle fit avec brio, mais avec un peu trop d'entrain, ce qui entraîna le vase proche du bord. Trop proche, puisque la gravité fit son œuvre et l'emmena vers le sol. Les mains déjà prises par son précédent sauvetage, la magicienne ne put rien faire d'autre que de regarder sa maladresse faire une nouvelle victime. Le bruit qui s'ensuivit aurait réveillé un mort, en tout cas, il tira Adeldon de son sommeil.

— Excuse-moi, je ne voulais pas te réveiller, se contrit Sotsha en grimaçant.
— Ce n'est rien, répondit-il, les paupières encore collées entre elles.
— Tu as l'air d'aller mieux, constata-t-elle.
— Je... Oui, je n'ai plus mal.
Malgré le bandage qui lui cachait une bonne partie du visage, un sourire radieux se dessina sur ses lèvres. Ses pupilles se dilatèrent et Sotsha pouvait voir le rythme de son cœur battant contre sa paupière inférieure. Un poil soutenu pour quelqu'un qui venait de se réveiller.
— Tu es resplendissante, finit-il par dire.
— M... merci, répondit-elle, gênée.
— De toutes les femmes que j'ai eu la chance de contempler, tu es de loin celle dont la beauté ferait pâlir les dieux.
— Enfin, Adeldon ! Qu'est-ce qui te prend ? Rappelle-toi ta promesse !
— Je ne l'ai pas oublié. Toutefois, mon court voyage derrière le voile obscur m'a fait comprendre à quel point nos vies sont fragiles. Plus que jamais, j'aimerais t'ouvrir mon cœur.
— Et bah dis donc, tu te remets vite, toi.
— Sotsha, je ne rigole pas. Lorsqu'hier, j'étais étendue sur le sol, attendant ma mort, j'avais peur, non pas pour moi, mais plutôt parce que j'allais te laisser seule, face à la destinée que Mandrog planifie pour ce monde.
— D'accord, mais maintenant, tu vas bien alors...
— Ne t'en fais pas, je sais pertinemment que mes sentiments ne sont pas partagés. Cependant, il est important pour moi que tu saches que mon amour pour toi est indéfectible.
— Oui... je sais.
— Je renverserai des dynasties, pour toi. Je ferai même plier le genou au dieu de la guerre si besoin.
— Je n'en demande pas tant.

— Tu t'es emparé de mon cœur et tu le maintiens prisonnier depuis le premier jour.
— Non, pas depuis le premier jour.
— Te savoir en danger soumet mon être entier aux pires supplices et...
Le jeune homme arrêta sa diatribe pour la fixer, les sourcils froncés.
— Que... que viens-tu de dire ?
— Hein ? feignit Sotsha.
— Tu prétends que je ne t'aime pas depuis le premier jour ?
— J'ai dit ça moi ?
— À l'instant.
Quelle poisse ! Parfois, elle se maudissait d'avoir la bouche agissant sans le consentement de son cerveau.
— Non, mais je disais ça comme ça.
— Je ne te crois pas. Explique-toi !
Finalement, elle préférait le Adeldon qui renverserait des montagnes plutôt que celui qui avait l'ouïe fine et le tempérament vif. Le chevalier attendait une réponse d'un air de celui qui n'était pas prêt à laisser tomber. Sotsha enfouit sa tête dans ses mains et regrettait déjà ses paroles. Cette conversation avait déjà très mal commencé et elle partait maintenant dans une direction franchement déplaisante.
— Je ne suis pas sûr que...
— Explique-toi !
À cet instant, elle aurait adoré mentir aussi bien que Flenn. Dans ce domaine, ses compétences étaient si mauvaises que même la naïveté d'Adeldon l'avait percé à jour.
— Bon. Est-ce que tu te rappelles notre première rencontre ?
— Bien sûr, ce souvenir illumine la plupart de mes nuits. C'était il y a deux hivers de cela, à la taverne du village. La

nuit était drapée de sublimes aurores boréales, comme signe des dieux pour notre rencontre. J'étais attablé avec mon ami Brymir et tu es entré dans ma vie en tombant dans mes bras.
— J'avais trébuché, corrigea Sotsha comme si ce fait avec une importance.
— Tes magnifiques yeux se sont fixés sur moi et depuis mon cœur ne fait que battre pour toi.
— Hmm, je vois. Et...
Si elle posait cette question, il n'y avait plus d'issues possibles. Sotsha hésita. Elle se mordit les lèvres avant de se convaincre qu'Adeldon avait le droit à la vérité après tout ce temps.
— Tu ne te souviens pas de moi avant ça ?
— Absolument pas.
— Adeldon... nous avons grandi dans le même village. Nous n'avons que deux ans de différence, nous avons côtoyé la même école et nous avions la même institutrice. Je t'accorde qu'on ne se parlait pas, d'ailleurs personne ne me parlait réellement, mais on s'était vus de nombreuses fois avant cette soirée-là.
L'expression d'Adeldon était la même que celle d'un oursin apprenant qu'il est fait d'épines. Pendant quelques secondes, il ne parla pas, essayant sans doute de se remémorer des souvenirs de son passé. Sotsha savait déjà qu'il n'y arriverait pas. D'une part, parce qu'elle avait vécu son enfance à être un fantôme pour tous les enfants du village, vivant dans l'ombre de son père ; et d'autre part puisqu'elle savait l'origine de cette amnésie.
— Le soir dont tu parles, celui à la taverne sous les aurores boréales, je m'en rappelle très bien aussi. C'est le dernier soir où j'ai pratiqué l'alchimie.
— De l'alchimie ?

— Oui, l'art de la fabrication de potions. Quoi qu'il en soit, à l'époque, je me faisais payer pour en réaliser quelques-unes. Une fille du village est alors venue me trouver pour que je lui fasse un philtre d'amour. Elle voulait s'attirer tes faveurs.

— Une fille du village ? Qui ?

— Ça t'intéresse maintenant ?

Les pommettes du chevalier rougirent rapidement et il éloigna cette interrogation d'un mouvement de main.

— Donc, j'ai réalisé un philtre d'amour et j'avoue que pour une fois, j'étais plutôt douée dans ce genre de potion. Le plan était simple, je le versais dans ton verre et cette fille se jetait devant toi pour être la première que tu voies.

— Et... que je tombe amoureux d'elle ?

— Voilà, sauf que... J'ai versé le philtre dans ta chope comme convenu, mais au moment de me reculer pour laisser la place à ma cliente, j'ai glissé.

— Glisser ?

— Oui. Il faudrait vraiment que quelqu'un parle un jour au tavernier des normes élémentaires d'hygiènes sur son sol. Enfin bref, j'ai glissé et j'ai atterri dans tes bras... après ta première gorgée évidemment. Donc le sortilège a fait effet, mais pas sur la fille. Tu es tombé amoureux de moi.

C'était la première fois que Sotsha racontait cette bourde à qui que ce soit. De toutes les personnes dans ce monde, Adeldon était bien le dernier auquel elle se serait attendue à le faire. Finalement, c'était peut-être mieux ainsi. Étrangement, elle se sentait soulagée d'un poids.

— C'est impossible, reprit le chevalier. Ce que je ressens pour toi ne peut pas être le fruit d'une potion magique.

— Je suis désolée, mais si.

Le visage du jeune homme était tiraillé entre le désespoir et les cicatrices que Mandrog lui avait laissées en souvenir.

— Admettons.

— Il n'y a rien à admettre, c'est un fait.
— D'accord, mais est-ce que cela nous empêchera de nous aimer ?

Celle-là, Sotsha ne l'avait pas vu venir. Naïvement, elle s'était dit qu'une fois la vérité révélée, le chevalier comprendrait que leur amour serait impossible et essayerait de passer à autre chose. Pourquoi fallait-il que le seul sortilège qu'elle ait réussi dans sa vie soit celui-ci ?

— Non, Adeldon, c'est impossible.
— Pourquoi ?
— Enfin, je ne t'aime pas, moi.

Lui envoyer un verre d'eau froide rempli de glaçons taillés en piques aurait été moins violent que cette phrase.

— Je suis désolée, se reprit-elle. Les sentiments, ça ne se contrôle pas.
— Ça ne t'a pas empêché de le faire avec les miens.

Là, il marquait un point.

— Voilà pourquoi j'ai arrêté l'alchimie. C'est une science bien trop dangereuse. Je suis profondément désolée que tu en aies fait les frais. Si je pouvais faire machine arrière, crois-moi, je le ferais. J'ai tout essayé, j'ai effectué des recherches, j'ai même demandé à mon père. Mais dans ce genre de potion, aucun retour n'existe.

Arrivée à ce point, Sotsha se demanda si elle n'avait pas fait une grosse bêtise en lui révélant tout.

— Pourquoi ne boirais-tu pas un philtre d'amour pour changer tes sentiments ?

Clairement, elle avait commis une erreur. Était-il vraiment sérieux ? Son regard répondit à cette question pour lui : il l'était.

— Tu ne peux pas me demander ça. Enfin, Adeldon, toi qui es si romantique, tu ne trouves pas que ce serait une terrible chose à faire ?

Il baissa le regard
— Tu as raison. Mais...
— Écoute, soyons réalistes. Depuis que nous sommes partis de Freyjar, je me suis rendu compte que je me trompais sur ton cas, mais pas au point de nier l'évidence : nous n'avons rien à faire ensemble. On ne se ressemble pas et nous n'avons aucune passion commune.
— Sotsha, reprit-il, la voix posée et la mine résolue. Je ne peux concevoir ma vie sans toi. Ce serait comme un jour qui viendrait sans son soleil, ou bien une mer sans ses vagues. Que ce soit à cause d'une potion ou par la force des sentiments, j'ai besoin de toi.

Même si son cœur restait insensible, Sotsha devait bien reconnaitre que personne ne lui avait jamais parlé de la sorte. Une boule de culpabilité se forma dans le fond de sa gorge. Ça ne l'empêcha pas de rester droite dans ses bottes.
— Pourtant, il le faudra. Je ne peux être celle que tu attends.

Adeldon balayait la pièce du regard à la recherche d'arguments intelligents. Sa bouche s'ouvrait et se refermait aussitôt, s'apercevant sans doute que cela ne valait pas la peine d'être dit. Le voir ainsi était une torture pour Sotsha qui savait être la source de sa douleur. Elle s'apprêtait à lui expliquer davantage son point de vue, lorsque la porte du fond se rouvrit avec fracas. Flenn et Gronk y apparurent, portant des plateaux de nourriture. Quelle que soit la quête secondaire qu'ils avaient vécue, ils n'y avaient pas trouvé de vêtements pour se couvrir.
— Regardez ce qu'on a trouvé ? s'exclama Flenn.
— De la nourriture.
— Gronk, faut vraiment que tu travailles les questions rhétoriques, c'est pas possible ça.
— Ha, pardon.

— Bon, allez, les grincheux, à table ! reprit le petit voleur en direction des deux autres sur leurs lits.
— Je n'ai pas faim, décréta Adeldon en tirant la couverture sur lui.
— Ne fais pas l'enfant. Je suis désolée de tout cela, mais...
— Je n'ai pas faim, répéta-t-il.

Le convaincre ne servirait à rien. Peut-être aurait-elle plus de chance le lendemain après une nuit de sommeil et de réflexion. Ne dit-on pas que la nuit apporte de la sagesse ? De toute façon, le ventre de Sotsha criait famine et l'odeur de poulet rôti qui suivait les garçons n'avait rien arrangé. Connaissant les deux agitateurs qui lui servaient de compagnons de voyage, il vaudrait mieux se dépêcher d'aller à table sinon ils ne lui laisseraient rien.

Ni le repas ni la nuit qui la suivit ne furent remplis de sagesse pour Sotsha. Pour elle, ce fut plutôt une grande dose de remords mêlés à une culpabilité tenace. Tout était sa faute. Si seulement elle pouvait être une meilleure magicienne. Adeldon ne serait pas perdu dans ses sentiments, et peut-être même que l'orbe ne serait pas aux mains de Mandrog. C'est ce qui est bien avec la culpabilité, elle permet de formuler des hypothèses complètement farfelues et de convaincre l'esprit qu'elles sont plausibles.

Autant dire que la nuit de Sotsha ne fut pas reposante. Son réveil fut de la même teneur, son épaule secouée par Flenn.
— Que... quoi ? formula-t-elle difficilement.
— On a un problème.
— Gnn ?

Les voyelles ayant décidé de continuer leur nuit, ce fut la seule chose que Sotsha parvint à prononcer.
— Adeldon, il est parti.

Ces quatre mots allaient décidément très mal ensemble, mais eurent l'étonnant pouvoir de sortir la jeune femme de sa somnolence.

— Comment ça ?

Les voyelles étaient de retour. En guise de réponse, le petit voleur lui tendit un papier sur lequel était inscrit un message. Avant de le lire, elle balaya du regard la pièce, constatant qu'il ne restait plus qu'un amas de couvertures dans le lit du chevalier. Gronk était à côté de son ami, visiblement au courant du contenu de la lettre. Aussi bien lui que Flenn arboraient un visage grave et sérieux qui ne leur ressemblait pas.

Sotsha se frotta rapidement les yeux pour dissiper la brume matinale qui les recouvrait, puis lut le message.

« *Au moment où vous lirez ces lignes, je serai déjà loin. J'ai cru en la solidité de notre amitié lors de cette quête, mais la réalité m'a cruellement déçu. Les liens que je croyais partager avec toi, Sotsha, se sont révélés erronés, et les actions de Flenn ont trahi ma confiance. Je crains de ne plus jamais pouvoir vous regarder de la même manière. Malgré tout, je reste fidèle à notre mission et je m'engage à honorer mes responsabilités. Je me suis dirigé vers la capitale pour alerter l'Impératrice de l'approche imminente de Mandrog. J'espère que vous comprendrez mes choix et je vous souhaite à tous bon courage pour l'avenir. Puissiez-vous trouver un jour une cause noble à laquelle vous rallier.* »

Sotsha dut relire plusieurs fois la lettre avant de se convaincre qu'elle était bien réelle.

— J'ignore ce que tu lui as dit hier soir, mais il n'a pas apprécié, notifia le jeune garçon.

La jeune femme ne répondit pas, alors qu'elle relisait encore une fois le message.

— Il n'a même pas dit un mot sur moi, remarqua Gronk.

— Difficile de t'oublier pourtant, se moqua Flenn.

— C'est ma faute, murmura Sotsha.
— Comment ça ? questionna la créature porcine.
— Je vous expliquerai. Mais pour l'heure, il faut se dépêcher, rattrapons-le !

Chapitre 25

Les Portes de Casperclane

Le soleil brillait à son zénith lorsqu'Adeldon aperçut enfin la porte nord de la capitale. Une imposante muraille de plusieurs mètres de haut entourait la ville, ainsi que de profondes douves. Bien qu'elle n'ait jamais connu la guerre, ayant été construite après l'unification, la cité avait été conçue comme une citadelle imprenable. À intervalle régulier, des meurtrières agrémentaient la structure, permettant une surveillance permanente par la Garde Impériale. Si la grandeur de l'Empire devait être symbolisée quelque part, ce serait définitivement ici, à Casperclane.

La ville possédait quatre entrées surplombées chacune d'entre elles par une sculpture qui en représentait son gardien. Au sud, c'était un majestueux minotaure, avec ses naseaux fumants. À l'est, un farouche loup-garou et son regard glaçant. À l'ouest, une hydre délicate avec ses trois têtes inquiétantes. Et au nord, un magnifique dragon et son souffle ardent. Selon la légende, le dernier dragon de Valdenor avait été vaincu ici, à l'endroit exact où Casperclane avait été érigé. L'Impératrice avait demandé que ses os soient enfouis dans les murs afin de les renforcer pour toujours. Adeldon n'avait jamais su si c'était le cas. Cependant, dès qu'il franchissait cette porte, il ne pouvait s'empêcher de lever la tête pour contempler la gueule garnie de crocs du terrible reptile. À chaque fois, il se voyait, lui, combattant une de ces créatures comme ses ancêtres l'avaient fait des années plus tôt.

À cette heure-ci, les portes de la ville étaient prises d'assaut. Les paysans à l'extérieur venaient réapprovisionner les commerçants à l'intérieur. Adeldon se frayait un chemin entre les charrettes remplies et les personnes venues chercher la fortune à la capitale. L'odeur âcre de la ville vint lui piquer le nez, lui rappelant ces années passées à l'école militaire. Il ressentait une vague de nostalgie alors que des souvenirs enfouis refaisaient surface. Pas assez pour remplacer ses ruminations qui l'accompagnaient sans cesse depuis son départ du dispensaire. Désormais, il savait ses sentiments pour Sotsha faux. De tout son être, il aurait aimé lui en vouloir. Pourtant, il n'arrivait pas à ressentir autre chose pour elle que de l'amour. Sans doute un effet du philtre ingurgité qui ne laisserait pas son esprit trouver du repos. Adeldon chassa ses pensées, se reconcentrant sur sa mission actuelle : prévenir Thalinda de la menace qui planait sur l'Empire.

En pénétrant dans la ville, le chevalier aperçut plusieurs Gardes Impériaux qui surveillaient les allées et venues au niveau de la porte nord. Comme à leur habitude, ils se tenaient droits comme des piquets, une hallebarde dans la main et la mine aussi expressive qu'une huître sur le point de se faire avaler.

— Bonjour, salua Adeldon en s'approchant d'un d'eux.

Le Garde ne répondit pas.

— Pourrais-je m'entretenir avec l'Impératrice de toute urgence ?

Toujours aucune réponse. Pour tout dire, le Garde ne le regardait même pas, semblant fixer un point imaginaire dans le champ à l'extérieur de la ville.

— C'est d'une haute importance, continua le chevalier.

Le Garde restait impassible.

Adeldon avait longuement réfléchi au discours qu'il allait tenir face à l'Impératrice, mais n'avait jamais songé à la façon d'obtenir une audience auprès d'elle. Sa naïveté lui avait laissé penser qu'en le demandant gentiment, il réussirait, mais la réalité le rattrapait désormais. Pour ces Gardes, Adeldon n'était qu'un étranger de plus dans la capitale. Il fallait qu'il trouve une autre stratégie.

Dépité, il allait s'engager dans la ville lorsqu'une idée lui vint : s'il était un inconnu pour ce Garde, ce n'était pas le cas pour tous les soldats de Valdenor. Après tout, il avait bien suivi l'école militaire, lui aussi. Il lui faudrait seulement trouver une personne de confiance, et qui de mieux pour cela que Jarod. C'était le nom d'un de ses plus grands amis de l'époque. Ensemble, ils avaient écumé les comptoirs des tavernes bien plus qu'il n'aurait fallu. Lui saurait comment lui faire obtenir cette audience auprès de l'Impératrice.

— Sauriez-vous où je peux trouver Jarod ? reprit Adeldon vers le même Garde.

Celui-ci conserva son air impassible, mais cessa la contemplation du vide pour se tourner vers le chevalier.

— Jarod, un grand brun au teint mat, décrit Adeldon. Une cicatrice lui barre la joue. Il prétend l'avoir obtenue dans un combat de rue sauf que tout le monde sait qu'il est seulement tombé dans un escalier.

La passivité du Garde fut brisée par un rire étouffé. Cette histoire, connue de toute l'armée, était bien trop détaillée pour pouvoir être inventée. Adeldon se réjouit que son plan fonctionne.

— Vous devez parler du Commandant, se reprit le Garde d'une voix monocorde.

Ce grade étonna Adeldon qui ne connaissait son ami que pour être de la piétaille dans l'armée. Toutefois, si c'était vrai, son affaire allait s'améliorer nettement plus facilement.

— Savez-vous où je pourrais le trouver ?

— Bien sûr. Le Commandant se trouve sur la place du marché.

Les soldats ne se perdaient jamais en détail. Au moins, Adeldon savait désormais où il fallait se rendre. Il salua le Garde et le remercia avant de s'élancer pour de bon dans l'avenue principale.

Toutes les grandes villes sont divisées en plusieurs quartiers et Casperclane ne faisait pas exception à cette règle. Le long de la muraille, à l'intérieur, se situait la basse-ville. C'était là qu'on trouvait tous les endroits les plus mal famés de la cité. La rue de la Joie qui ne portait pas son nom en référence à ses habitantes, mais plutôt en l'honneur de ceux qui s'y rendaient les bourses pleines. Ou encore, l'avenue des Voyants qui auraient aussi bien pu se nommer celle des mendiants à cause de sa population. Ces quartiers avaient tous en communs d'être insalubres et peuplés de miséreux. Ceux qui y logeaient avaient espéré dénicher la réussite en y venant, mais leurs nobles attentes avaient heurté la dure réalité de la vie.

Le long de l'avenue au pavage aléatoire qu'Adeldon remontait, de nombreuses officines d'enchanteurs étaient disposées. La plupart n'étaient que des imposteurs qui voulaient faire fortune en arnaquant les touristes à la recherche de frissons magiques. Les murs ondulés et noircis par la moisissure étaient une raison suffisante pour que peu d'entre eux tombent dans le panneau.

À intervalle régulier, des personnes allongées sur le sol demandaient la charité. La majorité d'entre eux étaient des elfes aux visages boursoufflés par le froid et à la mine déconfite. Il y en avait de tout âge et de tout genre, mais unis par la misère. Adeldon se couvrit le nez, afin de ne pas sentir les odeurs putrides tout en enjambant les mendiants sur son passage.

La basse-ville se terminait à l'endroit précis où Adeldon se rendait : le marché. C'était un endroit névralgique de la capitale, à la parfaite jonction des différents quartiers. Pour le peuple, cet endroit devait être encore plus primordial que le palais qui se dressait au centre de la cité. C'était une certaine satisfaction de sortir des rues puantes des bas quartiers et de rentrer sur la place du marché avec son atmosphère mêlant olives préparées et noisettes grillées. De nombreux étals s'étendaient dans une désorganisation presque remarquable.

Ici, il n'y avait pas de distinction de races, toutes y étaient présentes. Des nains vendaient des pierres précieuses, des gobelins se disputaient pour une dernière pièce de cuir d'aurochs, des minotaures exposaient leurs armes affûtées, et même des orcs présentaient les fruits de leur pêche. Un marché n'en serait pas un s'il n'y avait pas de Nordiques barbus qui clamaient la fraicheur de ses poissons, malgré un aspect reboutant de ceux-ci. Un lutin s'évertuait, quant à lui, à essayer de vendre des parchemins d'invisibilité, prouvant leurs efficacités par des chaussures immobiles censées représenter des clients satisfaits. Même plusieurs elfes étaient là. Eux, ni en commerçant, ni en acheteurs, mais plutôt en train de guetter les bourses des étrangers, prêts à s'en emparer à la moindre inattention.

Parmi toute cette assemblée, il était difficile de trouver quelqu'un en particulier. Heureusement, les Gardes Impériaux avaient la faculté d'être identifiables de loin. Deux d'entre eux s'entretenaient avec un homme vêtu d'une armure de cuir, mais dont la posture trahissait son entrainement militaire. Adeldon n'eut pas besoin de cela pour reconnaitre son ancien camarade d'école. Il s'y dirigea d'un pas leste et une fois à proximité, l'apostropha :

— Jarod, mon ami !

L'individu fit volte-face avec la perplexité de quelqu'un rarement interpellé ainsi. Son air sérieux ne flancha pas en regardant Adeldon et ce dernier fut assailli d'un doute : et s'il ne se rappelait plus ? Ou pire, s'il n'avait aucune envie de l'aider ? Un frisson froid lui parcourut la colonne vertébrale.

— Si je m'étais attendu à ça. Adeldon, quel plaisir de te voir !

Le frisson s'éteignit. Il se rappelait.

— Dois-je t'appeler Commandant ?

L'autre émit un petit rire moqueur.

— Oui, j'ai un peu gravi des échelons, tu as vu. Pour toi, je resterai Jarod. Enfin, que viens-tu faire dans notre belle capitale ?

— Rien de joyeux, j'en ai peur. Je suis porteur d'une bien triste nouvelle à l'intention de Sa Majesté l'Impératrice.

Le sourire de Jarod disparut de son visage et il prit un air plus grave.

— Oh, je vois, tant que ça.

— Un terrible mal guette l'Empire. Pourrais-tu m'obtenir une audience avec Thalinda ?

Jarod le toisa de ses deux yeux marron. Malgré la cicatrice qu'il avait sur sa joue gauche, il avait conservé une prestance saisissante. Après un instant de réflexion, il répondit :

— Oui, je pense pouvoir t'accorder ça. Donne-moi juste une minute.

Le commandant se retourna vers les deux Gardes et leur lança des ordres. Une fois finis, ils claquèrent des talons et partirent se fondre dans la foule du marché.

— Bien, suis-moi. Je vais t'emmener au palais.

Jarod emprunta les arches qui se trouvaient derrière eux. Adeldon lui emboita le pas, soulagé à l'idée d'avoir enfin trouvé une oreille attentive dans cette ville.

— Par quelle sorcellerie t'es-tu retrouvé, Capitaine ? demanda Adeldon pour assouvir sa curiosité.

— Commandant, le reprit l'intéressé avec un léger sourire de fierté.

— Pardonne-moi. Commandant, en effet.

— Comme tu le sais, une fois l'école finit, je me suis engagé dans la Garde Impériale. Puis j'ai gravi les échelons un par un. On va dire que je n'avais rien d'autre dans ma vie que la satisfaction d'apporter un peu de paix autour de moi. Alors rapidement, mes talents ont plus.

— Je n'ai pas souvenir d'avoir déjà croisé un Commandant si jeune que toi. Je te félicite pour cela.

— Tu sais, tu aurais pu faire pareil, si tu l'avais voulu.

— Probablement. Mais j'ai toujours préféré vivre des aventures exaltantes, moi.

— C'est vrai. Mais les aventures exaltantes, comme tu dis, ça ne paie pas.

C'était un vieux débat qu'ils avaient déjà eu plusieurs fois à l'époque. Jarod avait eu besoin d'argent pour entretenir sa famille et n'avait pas eu le choix de s'engager à la fin de l'école militaire. Pour Adeldon, la problématique ne s'était pas posée, puisque ses parents lui avaient laissé un héritage confortable.

— Mais bon, je vois que tu as réussi à trouver une quête finalement, remarqua Jarod.

Le chevalier s'arrêta un instant, surpris de cette remarque.

— Comment le sais-tu ?

— Je m'en doute. Tu as un pansement qui couvre la moitié de ton visage et tu es pressé de voir l'Impératrice pour une raison urgente.

— Oh oui, rétorqua Adeldon. Tu sais, j'aurais adoré vivre tout ceci avec toi.

Les escaliers qu'ils empruntaient les menaient en plein cœur du quartier des Négociants. Le nom était trompeur, il n'y avait pas de commerces ici. C'était plutôt l'endroit où les artisans aisés logeaient. L'architecture des bâtiments était radicalement différente ici, les maisons étaient droites, solides et colorées. Rien à voir avec les bâtisses croisées plus bas. Quelques fleurs bordaient même les fenêtres apportant un parfum agréable. La fréquentation aussi contrastait nettement avec la basse-ville. Peu de monde déambulait dans les rues et personne ne mendiait sur le sol.

— Te rappelles-tu quand nous faisions le mur, les soirs d'été à l'école pour venir dans ce quartier ? se remémorait Adeldon.

— Je me rappelle surtout qu'on finissait toujours par aller se cacher chez mes parents quand les bagarres éclataient.

Le chevalier se mit doucement à rire.

— Quelle chance avons-nous eue qu'ils possèdent une maison dans la basse-ville, tout de même. Je n'ose imaginer où nous aurions pu nous cacher ailleurs, sans eux.

— Une chance, oui…

— Quel bon temps quand même ! Ça ne te manque pas, toi ?

— Ce qui me manque, c'est de ne plus partager tout cela avec toi, répliqua Jarod en glissant un clin d'œil à son ami.

Adeldon lui adressa un large sourire, heureux de l'avoir retrouvé. Ils n'eurent pas le temps de se remémorer davantage le passé qu'ils arrivèrent sur le parvis du palais. Devant eux, le bâtiment se dressait majestueusement comme un affront au nuage.

Le palais se composait de quatre tours reliées entre elles et s'élevant vers le ciel. À la base et sur plusieurs mètres, il n'y avait que des meurtrières comme ouverture, puis des fenêtres de plus en plus grandes prenaient le relais. Quasiment au sommet, il y avait un petit balcon d'où Thalinda pouvait contempler la ville et une grande partie de son Empire. Il allait falloir aller tout en haut pour lui parler. Adeldon n'avait jamais été aussi proche du but, aussi près de rencontrer la femme qu'il admirait tant. Il s'arrêta un moment pour contempler l'édifice, puis il prit une dernière inspiration en se dirigeant vers l'entrée du bâtiment.

Chapitre 26

Rencontre au Sommet

Voilà plusieurs minutes maintenant qu'Adeldon patientait dans une antichambre du palais. Jarod lui avait demandé de l'attendre ici, le temps qu'il aille prévenir l'Impératrice de sa venue. Une pièce plutôt étroite, bien qu'accueillante avec ses colonnes de marbre ornées de fils d'or. Des tableaux étaient accrochés à droite à gauche comme si la puissance d'un empire se mesurait au nombre d'œuvres exposées. Si tel était le cas, Thalinda remporterait sans doute ce concours. De façon plus sobre, presque décevante, un épais tapis rouge agrémentait le sol.

En montant les nombreuses marches du palais qui l'avaient amenée jusqu'ici, le chevalier avait ressassé sa phrase de présentation dans sa tête : « Bonjour, Majesté. C'est un honneur pour moi de vous rencontrer, malgré ces sinistres circonstances ». C'était courtois, sobre et cela avait l'avantage d'entrer immédiatement dans le vif du sujet. Cette phrase se répétait en boucle dans sa tête, en changeant l'accentuation des mots.

Une porte dérobée s'ouvrit, le sortant de ses pensées. Jarod s'avança vers lui, un sourire bienveillant sur le visage.

— Est-ce bon ? lui demanda Adeldon qui peinait à cacher son impatience.
— Oui, j'ai organisé la rencontre, elle va te recevoir tout de suite. Tu te sens prêt ?
Le chevalier prit une grande inspiration avant d'acquiescer de la tête. Toute sa vie, il avait espéré ce moment, évidemment qu'il était prêt. Néanmoins, un doute l'assaillit soudainement :
— Penses-tu que je suis présentable ainsi ?
— C'est-à-dire ?
— Je veux dire... je suis vêtu d'une armure et la dernière fois que j'ai pris un bain remonte à... je ne saurai même pas le dire. Et puis... mon visage. Que va penser l'Impératrice ?
Jarod émit un petit rire taquin avant de lui répondre :
— Tu es très bien, ne t'en fais pas. Les informations que tu amènes sont bien plus importantes que la manière dont tu te présentes. Crois-moi, l'Impératrice se moquera de tout ça.
Adeldon dévisagea son ami, hésitant à poser les mille questions qui lui venaient en tête. Il en choisit une, la plus cruciale à ses yeux à ce moment-là :
— Comment est-elle ? Je veux dire, est-elle aussi gentille que ce que l'on décrit ?
— Oh, sans doute bien plus. Allez, cesse de trainer, allons lui raconter ce que tu as vécu.
Le Commandant de la Garde Impériale se dirigea vers les deux imposantes portes qui donnaient sur la salle du trône. Sur ses traces, Adeldon sentait son cœur battre la chamade.
Les deux battants s'ouvrirent lentement, tirés par deux majordomes richement habillés de l'autre côté. Une fois tout à fait ouverte, Jarod s'avança dans la salle du trône, suivi de près par le chevalier. Ils progressaient sur le même tapis rouge que celui de l'antichambre, en direction du trône. En passant à leurs niveaux, les serviteurs qui leur avaient ouvert la porte annoncèrent leur arrive.

— Messire Jarod, Commandant de la Garde Impériale et Haut Protecteur de Valdenor ainsi que Messire Adeldon, chevalier et... aventurier ?

L'interrogation sur son occupation ne perturba même pas Adeldon qui fut ravi d'entendre son nom scandé dans cette salle mythique. Toutefois, il devait bien reconnaitre que le titre de son ami était sans conteste bien plus prestigieux que le sien. Rien que pour cette raison, il regretta de ne pas s'être engagé lui aussi dans l'armée après l'école.

La salle du trône était toute en longueur, parcourue de larges colonnes de marbre aux moulures complexes. Le long de l'allée, de nombreux bustes étaient disposés sur des présentoirs. Adeldon les reconnaissait, pour la plupart, des noms célèbres de l'Âge des Héros. Il était comme un enfant qui se serait perdu dans un magasin de bonbon, ne sachant plus où donner de la tête. Enfin, si, quelque chose attirait son regard en particulier : le trône qui présidait cette pièce avec assise dessus l'Impératrice bienveillante. Bien qu'elle ait participé à la guerre quarante auparavant, son visage était à peine marqué par la vieillesse. C'était sans doute le plus fabuleux des pouvoirs des magiciens que celui de ne pas subir les affres du temps.

Au-dessus du trône, une sphère lumineuse scintillait si fort qu'il était difficile de la fixer plus de quelques secondes. Ce petit soleil de poche remplissait la pièce de sa douce lumière. Autour d'elle, plusieurs bagues concentriques flottaient en tournant à une vitesse constante. Sur ces bouts de métal étaient gravées des inscriptions qu'Adeldon n'arrivait pas à déchiffrer. De toute façon, c'était sans doute un objet magique qui était hors de sa portée de compréhension.

Assise sur le trône, juste en dessous, Thalinda était vêtue d'une robe orange cintrée à la taille par une fine ceinture de cuir. Ses longs cheveux, légèrement ondulés, couvraient ses épaules comme une cascade d'ébène. Tous ses traits de visages étaient fins, illuminés par un sourire chaleureux à l'encontre du jeune homme qui traversait la salle. Autour d'elle se tenaient un homme et une femme vêtue de simples tuniques marron. Ils étaient tous deux debout et observaient les nouveaux entrants d'un œil austère. Enfin, un dernier individu se trouvait en bas de l'estrade sur laquelle le trône était posé, un peu en retrait et dans l'ombre. La pilosité de son visage avait décidé de se rassembler en une belle barbe fournie, abandonnant le haut de son crâne. Son nez aquilin et ses oreilles légèrement décollées détournaient le regard de ses yeux perçants, qui dissuadait quiconque de le fixer longuement. Il portait une interminable robe jaune qui ne laissait transparaitre aucun bout de peau, pas même ses mains regroupées sur son ventre.

Adeldon était maintenant à une distance convenable de l'estrade sur laquelle se tenaient les personnes de pouvoir et s'arrêta donc avant d'incliner sa tête dans un signe de pur respect. Malgré sa préparation mentale, il n'avait pas anticipé que l'Impératrice soit accompagnée, et, pour une raison obscure, cela l'intimidait. Ses mains moites et que sa bouche sèche lui firent remarquer qu'il n'était pas à sa place en cet endroit. Pourtant, il rassembla ses forces pour prononcer la phrase qu'il avait tant répétée dans sa tête :

— Bonjour Majesté. C'est sinistre de vous rencontrer, malgré ces circonstances.

Horreur, les mots s'étaient mélangés au moment de sortir et maintenant, il venait d'insulter l'Impératrice. La première impression qu'elle avait de lui serait cette phrase pitoyable. Il essaya de se reprendre en faisant de grands gestes de bras, mais cette fois aucun mot ne voulut sortir de sa bouche. De plus en plus embarrassant.

Derrière lui, Jarod se mit à pouffer en entendant cette présentation ratée. Il voyait son ancien camarade de classe s'empêtrer lui-même dans une situation inextricable. Il s'approcha pour le rassurer et déclara à l'intention des personnes sur l'estrade :

— Je vous prie d'excuser, mon ami Adeldon. Je crains que les aventures vécues ces derniers jours l'aient un peu chamboulés.

— Ce n'est rien, le rassura l'Impératrice qui lui adressait toujours son sourire bienveillant.

L'attitude apaisante de Thalinda réussit à calmer Adeldon qui n'était pas loin de faire une crise de panique. Il respira profondément et se rappela les raisons de sa présence dans le palais. Il reprit ensuite :

— J'ai demandé une audience auprès de vous, Majesté, afin de vous évoquer une sombre menace qui pèse sur l'Empire tout entier.

— Rien que ça ? le coupa sèchement la femme qui était debout à côté du trône.

— Jurith, ne sois pas désagréable avec notre hôte, la réprimanda Thalinda.

Le chevalier n'avait aucune idée de qui cette femme pouvait bien être et son rôle au sein de l'Empire, mais elle n'avait pas adopté l'attitude bienveillante de l'Impératrice visiblement.

— Je t'en prie, explique-nous de quoi il s'agit, s'excusa Thalinda en reposant son regard apaisant sur lui.

Adeldon ingurgita péniblement en scrutant la femme qui se prénommait Jurith et qui, malgré la demande qui venait de lui être faite, lui adresser toujours un regard accusateur. Les dirigeants s'entouraient souvent de conseillers. Elle devait en être une. Par déduction, l'autre en tunique marron qui l'accompagnait devait avoir le même rôle. Qu'en était-il alors du troisième homme au crâne dégarni ? Cette question devrait attendre, tous attendaient son histoire avec impatience et Adeldon cessa donc de gamberger et entama son récit :

— Je viens de Freyjar, un village niché dans les terres glacées du Nord. Il y a quelques jours, j'ai pris l'engagement de participer à une quête des plus nobles : retrouver l'orbe enchantée d'Idvorg.
— Oh, c'est formidable ! s'exclama Thalinda en tapant légèrement ses mains entre elles d'excitation.
— Je ne vois pas l'orbe avec vous pourtant, remarqua la conseillère. Pourquoi venir ici si vous ne l'avez pas trouvé ?
— C'est là tout le problème, ma dame. J'ai bien trouvé l'orbe.
— Alors où est-elle ?
Cette conseillère serait sans aucun doute la plus difficile à convaincre.
— Justement, c'est la raison de ma présence ici. J'ai trouvé l'orbe, mais un autre s'en est emparé.
— Les termes du concours étaient pourtant clairs, intervint le second conseiller. Seul celui qui ramène l'orbe à l'Impératrice recevra la récompense. Nous attendrons donc l'autre personne pour le féliciter et le dédommager comme il se doit.
— Non, vous ne comprenez point, reprit Adeldon qui n'arrivait pas à narrer son histoire comme il l'entendait. Celui qui m'a pris l'orbe ne viendra pas ici, il a d'autres projets. Il cherche à employer la puissance de cette pierre pour réduire l'Empire en cendres. La fortune et la gloire ne l'intéressent pas, non. Lui, ce qu'il désire, c'est la destruction pure et simple.
Son débit de parole s'était nettement accéléré avec la dernière phrase et un silence pesant envahit la pièce. Les deux conseillers en robe marron échangèrent un regard comme s'ils pouvaient communiquer rien qu'avec leurs yeux.
— Qui est-il ? demanda l'Impératrice au bout d'un moment.

Son sourire bienveillant à l'égard du chevalier avait disparu, remplacé par une mine sérieuse et grave. C'était sans doute la première fois depuis son ascension au pouvoir qu'elle entendait qu'une personne voulait nuire à son Empire.

— Il se prénomme Mandrog. Quant à savoir qui il est ou d'où il vient, je ne saurais le dire. La seule certitude que j'ai, c'est sa soif de chaos et de pouvoir. Voilà ce qu'il recherche, et voilà pourquoi il doit être arrêté.

— C'est impossible, s'indigna le conseiller. Nous vivons en paix depuis près de quarante ans maintenant.

— Calme-toi Salmovil, dit doucement Thalinda en direction de son conseiller. Ce n'est pas la faute d'Adeldon.

— Mais il ment ! C'est certain !

— Vous m'accusez de mentir ? Devant vous ? Devant Sa Majesté l'Impératrice ? Jamais, je ne commettrai un tel affront. J'ai combattu ce tyran, et regardez ce que j'ai récolté !

Adeldon enleva rapidement le bandage qui cachait la partie droite de son visage, révélant les horribles brûlures qui le recouvraient. Les blessures étaient dorénavant cicatrisées, mais il lui arrivait encore de sentir la chaleur du brasier sur sa peau. Il savait qu'il était défiguré. Les personnes devant lui le confirmèrent en ayant un mouvement de recul simultané.

— Il ne ment pas, assura Jarod. Je connais Adeldon depuis longtemps, assez pour savoir qu'il est incapable de ce genre de perfidie. Je me porte garant de sa vérité, s'il le faut.

— Ne t'en fais pas, je le crois, déclara l'Impératrice en écartant les remarques des autres d'un geste de main.

Encore une fois, les paroles de l'Impératrice rassurèrent le chevalier. Le scepticisme de ses conseillers ne l'avait pas atteint, au moins.

— Ce Mandrog possède donc l'orbe magique, et compte l'utiliser contre l'Empire ? résuma Jurith. C'est bien cela ?

— Tout à fait, répondit piteusement Adeldon.

Thalinda s'enfonça dans son glorieux siège, songeuse, portant ses mains sur son menton pour l'aider dans ses réflexions. Derrière elle, les deux conseillers chuchotaient de façon inaudible entre eux. Ils semblaient tous deux paniqués par la nouvelle et commençaient à la considérer comme réelle. À ce moment-là, l'homme vêtu de jaune s'avança, émergeant de la relative pénombre et demanda en direction de l'Impératrice :

— Majesté, permettez que je pose quelques questions ?
— Bien sûr, fais donc Dreynus, répondit-elle, l'invitant à poursuivre.

L'homme chauve se retourna vers celui qui était debout au centre de la pièce, le visage neutre qui ne reflétait aucune émotion. Son grand nez se trémoussait en même temps qu'il réfléchissait, lui donnant l'aspect d'un rongeur pendant un court instant.

— Ce Mandrog, vous a-t-il parlé de ses motivations ? demanda-t-il.
— Il m'a parlé de réduire le monde en cendre.
— Certes, mais a-t-il dit pour quelles raisons ?
— Euh… Non, je n'en ai pas de souvenirs.

L'homme se prénommant Dreynus huma l'air longuement afin de réfléchir, en même temps qu'il porta ses longs doigts fins dans sa barbe grisonnante.

— A-t-il fait mention d'une armée ? poursuivit-il.
— Hmm… À dire vrai, il a mentionné des hordes de démons qui déferleraient sur le continent, mais je ne saurais en dire davantage.
— Intéressant, fit l'homme drapé de jaune.
— Je ne vois pas en quoi cela nous aide, remarqua le conseiller Salmovil.
— Et bien, cela signifie que pour le moment, il ne possède sans doute pas d'armées proprement à lui, remarqua Dreynus.

Il est donc seul. Et tant qu'il le restera, sa menace en sera bien amoindrie.

— Personne dans l'Empire ne s'alliera à lui, intervint Jurith. Personne ne voudrait destituer notre bien-aimée Impératrice.

— Si, il y en a, fit Adeldon.

Ses mots étaient sortis tout seuls, oubliant complètement l'endroit où il se trouvait et devant quelle illustre personne il se tenait. L'ensemble des regards de la pièce se tournèrent vers lui, comme s'il avait lui-même proféré une injure contre le trône.

— Qui donc ? demanda Thalinda les sourcils froncés.

— Une bande de rebelles écument le Nord, un ramassis de miséreux prêt à tout pour semer le désordre. Si jamais ils croisaient Mandrog sur leur route, je n'ai aucun doute que ce démon saurait les manipuler pour les rallier à sa cause.

— Absurde, s'indigna le conseiller Salmovil. Les rebelles n'ont jamais été de réelles menaces pour l'Empire.

— Adeldon a raison, ils pourraient le devenir, admit l'Impératrice pensive.

— Peut-être le sont-ils déjà, lança Dreynus laconiquement. À l'heure où nous parlons, ils ont sans doute déjà rencontré Mandrog et menacent à présent tout l'Empire.

— Attendez, parlez-vous ici de sédition ? commenta le conseiller. En quarante ans de règne, personne n'a remis en cause le régime de Thalinda. Ce que vous dites n'est que spéculations.

— J'en conviens, admit l'homme vêtu de jaune, mais nous ne pouvons pas jouer avec la sécurité du peuple et de l'Empire. S'il existe un danger, nous devons le considérer et le régler immédiatement. Nous ne sommes plus à l'heure des demi-mesures.

Adeldon regardait la scène s'exécuter devant lui, n'osant plus prendre la parole. Les arguments se succédaient sans qu'ils puissent vraiment savoir dans quelle direction la discussion allait se rendre. Mais il avait vu la menace représentée par Mandrog de ses yeux, il savait ce à quoi ils avaient affaire, et en ce sens, il sentait qu'il avait un devoir d'influencer le cours des décisions.

— Je suis d'accord, ne risquez pas la sécurité de l'Empire, intervint-il une nouvelle fois.

Les deux conseillers habillés en marron lui lancèrent un regard empli de jugement, lui faisant sentir qu'il n'était plus à sa place. Mais Thalinda leva la main pour couper la parole à tous et invita ensuite le chevalier à poursuivre sa proposition.

— Que Mandrog ait déjà forgé une alliance avec eux ou non, ces rebelles demeurent une menace de taille. Même si ce n'était pas le cas, il serait insensé de laisser un homme comme lui profiter de cette situation pour s'allier à eux. Il n'y a pas d'autre issue : envoyez vos troupes écraser cette rébellion avant qu'elle ne devienne un véritable fléau. Le temps presse et il ne saurait y avoir de place pour la pitié.

— Vous êtes gentil, mais laissez-nous faire la politique, lâcha sèchement la conseillère. Nous n'allons quand même pas sérieusement entrer en guerre civile sur les simples suppositions d'un homme que nous ne connaissons même pas.

— Je le connais moi, la coupa Jarod. Comme je vous l'ai dit, il est incapable de mentir.

— Cela ne justifie tout de même pas d'une guerre civile dans l'Empire, contre notre propre peuple.

— Une guerre civile, non, mais Adeldon a raison, nous devons intervenir, dit Thalinda calmement. Pour le bien de tous nos concitoyens, nous devons prendre des mesures fortes. Nous devons mettre un terme aux agissements de ces rebelles et retrouver Mandrog ainsi que l'orbe de toute urgence.

— Mais Majesté... hésita le conseiller Salmovil. Êtes-vous sûr que c'est la voie que nous devons choisir ? Cela mènera forcément à une escalade.

— Espérons que non, murmura-t-elle.

— Et pour ce qui est du peuple ? demanda le chevalier.

— Et bien ?

— Ne devriez-vous pas les informer de la menace qui pèse sur eux ? Ils ont le droit de savoir, non ?

— Je suis d'accord avec Adeldon, soutint Dreynus. Il faut que nous nous rassemblions tous contre cette nouvelle menace.

— C'est vrai que ça serait une bonne idée, admit Thalinda.

Elle regarda, pensive, le chevalier au centre de la pièce un instant avant de reprendre dans sa direction :

— Ça devrait être toi, Adeldon, qui racontes ton histoire et ce qui risque d'arriver. Personne n'est mieux placé que toi pour le faire. Nous allons enregistrer un message diffusé à l'aide des blocs communicants dans tout l'Empire. Ainsi, demain, tout le peuple sera au courant des agissements de Mandrog. Cela te convient-il ?

C'était une tâche pour laquelle il n'était pas préparé. Il n'avait pas envisagé que ce soit à lui de prévenir tout le monde. Mais quand son Impératrice demandait quelque chose, il ne pouvait lui dire non. Il acquiesça alors de la tête et afficha un léger sourire à l'idée de lui rendre service.

— Bien, nous ferons ainsi. De notre côté, nous rendrons illégale la rébellion et leur réclamerons la reddition sur-le-champ. S'ils venaient à refuser, nous devrons envoyer l'armée.

— Bien, opinèrent les deux conseillers, exhibant une mine dépitée.

— Nous entrons dans une période troublée, continua l'Impératrice. Espérons qu'elle ne durera pas.

— Puissent les dieux vous entendre, rétorqua Salmovil.

Les deux conseillers et Dreynus quittèrent l'estrade et sortirent de la salle du trône par une porte à l'arrière. Jarod fit demi-tour et Adeldon le suivit, ne connaissant pas vraiment le protocole dans ces moments-là. C'était fait, il avait porté le message de la menace de Mandrog à l'Impératrice. Une part de lui regrettait que Sotsha ne soit pas là pour partager ce bonheur. Puis, il se rappela que cette pensée était sans doute biaisée par le philtre d'amour qu'il avait ingurgité des années plus tôt. Rien à son sujet n'aurait plus aucune véracité dorénavant.

Jarod, devant lui, se retourna et lui lança un léger clin d'œil fraternel pour le féliciter pour son discours. Il avait largement pris part aux décisions du jour. Le soutien de son ami lui réchauffa le cœur. Malgré les années qui les avaient séparées, leur amitié restait forte et inchangée. Enfin, il avait trouvé sa place quelque part. Il se demandait même s'il avait une raison de rentrer. N'était-il pas mieux ici, à la capitale, maintenant qu'il était devenu quelqu'un d'important ?

Chapitre 27

Briser l'Étreinte

— En fait, pourquoi poursuit-on Adeldon ? demanda Gronk au bout d'un long moment.
Depuis des heures que les trois acolytes étaient partis du dispensaire, Sotsha se serait attendu à ce que la question vienne bien plus tôt.
— Nous allons le retrouver pour lui montrer qu'il a tort, répondit-elle simplement.
— Tort ? répéta Gronk, confus. Je doute qu'il ait vraiment tort.
Sotsha garda le silence, lançant seulement un regard noir vers son camarade.
— Je veux dire, je ne sais pas pour toi, mais ce qu'il a dit à propos de Flenn est quand même assez juste.
— Eh ! répliqua l'intéressé, feignant d'être atteint.
— Tu peux admettre que tu as, un peu, ta part de responsabilité là-dedans, se reprit Gronk. En matière de trahison, tu as tout de même le beau rôle.
— Peut-être une fois ou deux, mais on oublie souvent que je lui ai sauvé la vie quelques fois aussi. M'enfin, si tu veux

mon avis, ce n'est pas ma simple personne qui a le plus blessé notre noble chevalier au grand cœur.

— Comment ça ?

— Ne me dis pas que tu n'as toujours pas compris ?

— Non, admit Gronk en s'excusant d'une chose qu'il n'avait pas commise.

— Vois-tu, mon robuste ami, continua le petit voleur en prenant sa voix de conteur d'histoires, ici, il est question d'un sujet aussi délicat que primordial. Il s'agit d'une force pouvant faire jurer un prêtre, ou rougir une fille de joie. La même qui nous a conduits à bâtir des temples défiant les dieux, ou encore déclarer des guerres perdues d'avance.

— De quoi parles-tu ?

— De l'amour, gros bêta.

— L'amour ?

— Même chez les cochons, ce truc doit bien exister, non ?

— Oui, je sais ce que c'est, merci. Ce que je ne comprends pas, c'est le rapport avec Adeldon.

— Oh, tu ne piges vraiment rien, toi, s'emporta le jeune garçon en se frappant le front. Vois-tu, ce grand costaud d'Adeldon en pince fortement pour notre magicienne aux cheveux de jais. Et si tu veux mon avis, il a dû lui sortir le couplet classique de l'homme venant de contempler la grande faucheuse d'un peu trop près. Mais connaissant notre amie au cœur de pierre, je dirais qu'elle l'a envoyé bouler. Et comme tout homme qui se respecte, il a préféré la fuite plutôt que la honte.

Gronk ouvrit sa bouche d'étonnement, à en gober une fée. L'hypothèse que des relations plus profondes que la simple amitié puisse lier certains membres du groupe ne devait jamais lui être venue à l'esprit.

— Maintenant, la question que tu as soulevée est le seul mystère restant. Pourquoi allons-nous à sa poursuite ? Alors, là aussi, j'ai ma petite théorie, si tu me permets. Notre amie So, après avoir ruminé toute la nuit leur conversation, s'apprêtait à accepter ses sentiments, mais le chevalier au cœur brisé était déjà parti. Pris au dépourvu, elle n'a pas d'autres choix que de se lancer à sa suite.

— Tais-toi, soupira Sotsha crispée par pareil ramassis de ragots. Tu ne sais même pas de quoi tu parles.

— Roh, t'es nulle, s'exaspéra Flenn. L'histoire était quand même belle. Dis-nous au moins pourquoi on est là à se trainer dans la boue au lieu de finir notre grasse matinée dans les lits douillets du dispensaire.

— Je vous l'ai dit : lui montrer qu'il a tort.

Sotsha éludait volontairement la question en disant cela. En réalité, elle-même ignorait pourquoi elle ne le laissait pas tomber. Quelques jours plus tôt, avant de partir de Freyjar, elle n'aurait pas donné une seule seconde de son temps pour lui. Voilà maintenant qu'elle le pourchassait pour s'excuser d'une bourde commise deux ans plus tôt. Qu'attendait-elle en réalité ? Finalement, n'était-ce pas son orgueil qui la poussait à le rattraper, afin d'avoir le dernier mot. Ou alors, elle aimait Adeldon sans pouvoir l'admettre. Évidemment, cet amour n'était pas celui que Flenn imaginait et encore moins celui qu'Adeldon espérait. C'était plutôt comme un amour fraternel, indéfectible et fort.

De toute sa vie, elle n'avait jamais eu quelqu'un avec qui elle était proche au point de se confier. A part son père, bien sûr, mais ce n'était pas pareil. Jusqu'alors, la solitude lui allait très bien. Les enfants du village avaient toujours été bien trop apeurés ou fascinés par Parodegan pour venir parler à sa fille. Sauf, qu'une fois qu'on a goûté aux délices de l'amitié, il est difficile de s'en priver. Sotsha s'était attachée en peu de temps au chevalier et avait compris de la valeur de cette relation. Maintenant, elle venait de tout perdre. Une incapable dans tous les aspects de sa vie. Mais le rattraper signifiait pouvoir lui expliquer son point de vue. Ce serait mieux que rien, pour commencer.

La voix s'élevant au loin tira la magicienne de ses pensées. Ce n'était pas celle de Flenn ni celle de Gronk, mais plutôt d'une femme qui venait d'apparaitre sur le chemin comme par enchantement.

La mystérieuse inconnue se tenait droit, les jambes arquées et les poings serrés. Son apparence négligée dénotait avec celui d'une voyageuse ordinaire, comme un chou-fleur se prenant pour une asperge. Ses cheveux en bataille étaient d'un blanc immaculé, curieuse couleur pour une personne qui ne semblait pas avoir passé la trentaine. L'autre curiosité était encore la teinte de ses yeux : un mauve qui aurait été sublime s'il n'avait pas été porteur d'un regard aussi assassin.

— Bonjour ! lança Flenn avec la joie et l'allégresse qui le caractérisaient.

Cette fois, il ne pouvait pas plus mal tomber. Cette femme n'était pas là par hasard. La couleur de ses yeux, de ses cheveux, même la coupure au niveau de son sourcil ne laissait aucun doute. Cette personne était la même que Sotsha avait rencontrée plusieurs fois depuis son départ de Freyjar. La première occasion sous la forme d'un loup, la seconde sous forme de hibou sur les falaises d'Idvorg. Quoi qu'il en soit, sa sinistre observatrice se montrait enfin sous son vrai visage.

— J'étais impatiente de te croiser et de savoir ce que peut bien me vouloir une animatrophe.

Aucune réponse. La lèvre de la mystérieuse inconnue se tordit dans un rictus malveillant.

— Pardonnez-moi, mais c'est quoi ça, une animatrophe ? chuchota Gronk.

— Un truc de magie, expliqua le petit voleur.

— Une personne pouvant prendre une apparence animale.

— Le hibou, réalisa Gronk avec un peu de retard.

Le regard de l'inconnue demeurait bloqué sur Sotsha, sans s'attarder sur les deux autres. Ainsi, c'était bien personnel, comme elle l'avait soupçonné.

— Qui es-tu ?

— Tu le sais.

La voix était tremblante et peu assurée. Un classique chez les animatrophes qui passent trop de temps à parler aux animaux et pas assez aux humains.

— Arrêtons ce jeu tout de suite. J'ignore qui tu es et ce que tu me reproches. Explique-toi !

— Que tu ignores mon existence ne m'étonne pas. C'est même précisément pour cela que je te pourchasse. Tu m'as volé ma vie et aujourd'hui, je rétablis ce qui n'aurait jamais dû être défait.

Ces explications troublèrent encore plus Sotsha. Jamais, elle n'avait rien dérobé, pas même une petite pièce ou une broche pour cheveux, alors une vie ? Peut-être faisait-elle simplement erreur sur la personne.

— Toi, la fille que Parodegan a choisie, celle pour qui il a tout abandonné.

Non, ce n'était pas une erreur, elle savait bien à qui elle s'adressait.

— Je m'appelle Félicia et ce sera le dernier nom que tu entendras de ta piteuse vie.

— J'ai l'impression qu'on est de trop, nous, intervint Flenn, lâchement comme à son habitude. On va vous laisser régler tout ça entre vous. Viens, Gronk ! On s'en va.

Le garçon fit demi-tour sur le chemin et commença à s'éloigner du conflit inéluctable qui allait éclater. Mais son compagnon porcin ne bougea pas d'un pouce. Flenn répéta son invitation dans un chuchotement discret, mais Gronk demeura de nouveau immobile. Ses yeux avaient perdu toute trace de vie.

— Enfin, Lardon, qu'est-ce que tu fais ?

Le petit voleur posa sa main sur l'épaule de son compagnon porcin, mais celui-ci lui attrapa le bras et l'envoya valdinguer dans les buissons sans effort. Le regard toujours vitreux, Gronk se retourna ensuite vers la magicienne avant de l'empoigner par les cheveux. Surprise de cette attaque inopinée, elle n'eut pas le temps de la parer et se retrouva, elle aussi, dans un autre fourré, le souffle coupé.

— Mais qu'est-ce qu'il lui prend ? s'exclama Flenn la tête en bas dans son buisson.

— J'avais oublié une chose sur les animatrophes. Elles peuvent communiquer avec certains animaux, et dans quelques fois… les contrôler.

Les yeux de Félicia bouillaient de rage. Une légère fumée s'en échappait. En effet, elle utilisait sa magie.

— Mais c'est pas un animal, s'offusqua le petit voleur. C'est Gronk !

— Je ne suis pas certaine que ce soit le moment de partir dans un cours philosophique sur la définition précise d'animal. Peut-être pourrais-tu te rendre utile et t'occuper de Gronk, pendant que je me charge d'elle.

— Attends, quoi ? Tu veux que je gère ce gros tas de muscles tout seul ?

— Tout à fait. Merci de ta participation.

— Je craignais que tu dises ça. Pourquoi les plans ne ressemblent jamais à : on détale en douce et on oublie ce qu'on vient de voir ?

Sotsha se détourna de son jeune camarade, le laissant s'occuper de ce qu'il avait de plus urgent à faire. Son attention était tournée vers celle qui voulait abreuver le chemin de son sang. Félicia était tendue comme un arc prêt à décocher. Ses yeux émirent de nouveau une lueur mauve et son aspect changea. Ses traits d'humaine disparurent et à la place ne restèrent que l'apparence de la louve qui l'avait attaqué quelques jours plus tôt.

S'il y avait bien un moment où les sorts de lumières solides seraient utiles, c'était maintenant. Sotsha banda sa volonté, essaya de se remettre dans l'état d'esprit qu'elle avait à chaque fois que le sort était apparu, mais rien. Enfin si, quelques étincelles de couleurs qui auraient ravi les villageois de Freyjar, mais rien qui pourrait impressionner une animatrophe rompue aux combats comme Félicia.

La louve amorça sa course, sous une pluie de filet de lumière inoffensif. Arrivé au niveau de Sotsha, le loup disparut, remplacé par un serpent massif qui s'enroula aussitôt autour de la magicienne. La prise était solide, pas facile de s'en sortir. Ces reptiles étaient capables de briser les os d'un humain en quelques secondes seulement, il ne fallait pas tarder à s'en dépêtrer.

Sotsha sentait son cœur battre contre ses tempes et se voyait déjà partir. Les écailles du terrible reptile lui rentraient dans la peau. Cette sensation n'aurait déjà rien d'agréable si elle n'était pas accompagnée de l'étouffement méthodique au niveau de sa gorge. Soudain, à la grande surprise de la magicienne, une pierre vint heurter le crâne du serpent, l'étourdissant juste assez pour qu'elle puisse s'extirper de son emprise. Pour parfaire le tout, Sotsha créa un flash qui explosa sur les yeux de l'animatrophe, lui donnant le temps de rouler sur le sol pour s'en éloigner.

Félicia reprit vite ses esprits et reprit l'offensive. Cette fois, elle adopta la forme de hibou et profita de ses serres pour les planter dans l'épaule de la magicienne. Désemparée, elle ne put lutter et décolla de quelques mètres avant d'être libérée. La hauteur n'était pas suffisamment grande pour la tuer, mais le choc la coucha tout de même sur le sol.

Le rapace s'apprêtait à réaliser un piquet agressif sur la jeune femme. En réponse, Sotsha lança une nuée de sorts qui provoqua un feu d'artifice de couleur. Par malheur, aucun d'eux n'était constitué de la lumière solide qui lui aurait été d'une grande aide. Au dernier moment, le hibou se transforma en louve et elle s'abattit sur une Sotsha désarmée. Les crocs saillants se rapprochaient dangereusement de son visage. Seules ses mains attrapant l'encolure de la bête parvenaient à la retenir. Combien de temps pourrait-elle tenir ainsi ?

Affronter Gronk ? Quelle idée saugrenue. Comment la magicienne pouvait-elle penser que Flenn ferait l'affaire ? Pourtant, il n'avait pas le choix. L'imposante créature qui était son ami se tenait devant lui, naseaux fumants et lèvres retroussées. C'est étrange comme une créature est tout de suite plus impressionnante quand elle vous menace de mort.

La mauvaise stratégie s'imposa de suite, c'était celle de laisser Gronk le violenter librement. Tant que Flenn arriverait à esquiver les coups, il aurait des chances de voir un nouveau coucher de soleil. Mais le colosse bougeait beaucoup plus rapidement que ce dont il avait l'air. Chaque poing aurait envoyé un éléphant au tapis pour un mois. Alors qu'aurait-il fait au corps léger et frêle du garçon ? Flenn n'avait aucune envie de le découvrir et préférait sauter sous les frappes de son adversaire.

Esquiver est une bonne technique pour rester en vie, tant qu'on possède suffisamment d'énergie pour tenir sur la longueur. C'était sur ce dernier point que Flenn doutait. Lui n'était pas contrôlé par une animatrophe qui le maintenait insensible à la douleur. Sans oublier qu'il n'avait pas eu le droit à sa grasse matinée et qu'il avait peut-être délaissé un ou deux entrainements d'endurance. Tout ça mit bout à bout faisait que son souffle devenait plus court et ses jambes plus lourdes, à chaque esquive réalisée. Les poings de Gronk passaient de plus en plus proche de son joli minois. L'ecchymose qu'Adeldon lui avait laissée à l'œil droit n'avait pas encore eu le temps de partir, il n'était pas prêt à en recevoir une nouvelle.

Un rapide coup d'œil au combat qui faisait rage plus loin lui indiqua que Sotsha n'était pas bien embarquée non plus. Que lui perde son affrontement, c'était sa nature, ce ne serait pas la première fois ; mais que la magicienne perde la vie avant qu'il ait le fin mot de l'histoire entre elle et Adeldon... Ça, c'était une idée insupportable qu'il ne tolérerait pas. Flenn fit un saut pour s'éloigner de son opposant et attrapa une pierre sur le sol. Un lancer franc et bien calibré amena la roche à heurter la tête du serpent qui ceinturait Sotsha. Une belle réussite dont il n'aurait pas le temps de se réjouir. À peine vit-il le serpent libérer son emprise, qu'il sentit une poigne lui agrippa le dos et le soulevait de terre.

Gronk l'envoya avec force contre le sol et son corps dérapa sans ne pouvoir s'arrêter. Sans frottement, un corps glisserait sans discontinuer. Heureusement pour Flenn, une pierre eut la bonne idée de se mettre sur sa trajectoire et de le retenir, lui coupant la respiration au passage. S'il n'y avait pas de répit pour les braves, qu'en était-il des voleurs lâches et un tantinet peureux ? Visiblement, la même rigueur leur était imposée. Gronk revenait déjà à la charge, pilonnant le sol avec hargne. Chaque coup était l'équivalent d'une petite secousse sismique qui faisait sauter le garçon. En d'autres circonstances, il aurait pu trouver ça amusant. Mais il savait ce qu'il adviendrait de lui si un de ses membres se plaçait malencontreusement entre le pied de Gronk et le sol. Rien de bien joli.

Alors que cette fois, Flenn voyait bien sa fin arriver, une marée de lumière engloutit les deux combattants et une boule lumineuse finit sa course dans le visage de Gronk. Ce dernier arrêta ses assauts une seconde, ses paupières étant prises de spasmes incontrôlables. Entre deux battements, Flenn aurait juré y voir une étincelle de vie. C'est à ça que le garçon allait se raccrocher.

— Allez, mon vieux ! Je sais que tu es là-dedans. Tu te souviens de moi, pas vrai ?

Les chocs sismiques recommencèrent. Flenn esquiva, mais de peu.

— Eh oh. Il est où mon Gronkie qui est contre la violence là ? C'est bien beau de chialer quand on tue un magicien, mais ça serait bien de se tenir à ses principes quand on affronte un pote !

La réponse fut la même que précédemment, un coup qui pulvérisa une roche comme si c'était du bois vermoulu.

— Bon allez, Lardon, j'en ai ras-le-bol. T'arrêtes pas de radoter que t'es pas un cochon, alors c'est pas une vieille anima-machin qui va te mener par le groin, si ?

La créature porcine n'envoya pas de coups cette fois-ci. Espoir.

— Donc là, mon pote, tu te ressaisis fissa. Notre amie est en danger, et elle compte sur nous, pigé ?

Les pupilles de Gronk tremblèrent et ce fut comme si la vie revenait enfin dans son corps. Il cligna rapidement des paupières comme pour se remémorer les derniers instants.

— Fle... Flenn ? Que... que se passe-t-il ?

— Ce qui se passe ? Eh ben, y a quelqu'un ici qui a oublié que t'étais pas juste un gros bestiau abruti. Je t'avais dit que certains te prendraient pour un idiot, mais que tu saurais leur montrer qu'ils ont tort. Bah si tu veux mon avis, c'est le moment.

D'ici quelques secondes, Sotsha allait lâcher le col de la louve. Le résultat ne sera pas joyeux, mais c'était le temps que ses muscles lui accorderaient encore. Elle avait bien combattu. Certes, cette fois, la lumière solide n'était jamais venue, mais dans le contexte, c'était quand même pas mal. Son pouvoir était bien trop capricieux.

L'instant décisif approchait, ses doigts glissèrent sur le pelage du loup et elle s'attendait à ce que les crocs transpercent sa nuque. Pourtant, l'animatrophe s'éternisa. Un moment d'euphorie ? La satisfaction d'avoir remporté le combat ? Ou bien un acte charitable ? Félicia n'eut pas le temps de faire quoi que ce soit d'autre qu'elle fut soulevée de terre avant d'être envoyée avec violence sur un arbre. La colonne de l'animal adopta un angle disgracieux et la jeune femme s'effondra sur le sol, sous sa forme humaine.

Gronk tendit la main vers Sotsha pour l'aider à se relever. C'était lui qui venait de la sauver.

— Toi le porc, tu es sous mon contrôle ! hurla l'animatrophe.

Ses yeux crachaient plus que jamais de la fumée violette alors que son visage était recouvert d'un mélange de poussière et de sang. Gronk demeura immobile face à la magie de l'animatrophe, ses yeux gardèrent leur éclat cette fois, ne tombant pas sous son contrôle. Flenn s'approcha de son compagnon et posa la main sur son épaule avant de lui faire un clin d'œil de soutien.

— C'est impossible ! s'écria Félicia, à bout de nerf.

— Voilà pourquoi je n'aime pas la magie, répliqua Flenn. On ne comprend jamais rien à son fonctionnement.

La femme aux cheveux blancs émit un râle de frustration avant de se relever et de lancer un regard accusateur à sa sœur.

Sotsha n'avait plus aucune compassion. Il était temps que cette chasse aux sorcières s'arrête pour de bon. Malgré les blessures évidentes de l'animatrophe, elle était prête à repartir au combat. Que pouvait bien faire une magicienne qui ne contrôlait pas son pouvoir, un voleur dégonflé et une créature déboussolée contre une guerrière chevronnée ?

La bataille serait éprouvante si tant est qu'elle ait lieu. Une boule de feu traversa le chemin et s'abattit sur Félicia. Quand la fumée se dissipa, une ceinture de flamme l'encerclait à la taille et la soulevait de terre. Elle avait beau se débattre, elle était impuissante.

Sur cette terre ou ailleurs, Sotsha aurait reconnu ce sort entre mille. Une seule personne possédait le Don du feu et c'était son père. Comme pour appuyer ses certitudes, Parodegan se tenait derrière eux, les yeux fumants, accompagnés de la géante Nörg.

— Sotsha, tu vas bien ?

— Je... oui. Mais que fais-tu là ?

— Je suis venu te chercher, pour...

— Lâche-moi ! hurla l'animatrophe en gesticulant en l'air. Tu ne me priveras pas de ma...

Félicia s'arrêta soudainement en réalisant l'identité de celui qui la maintenait prisonnière. Parodegan avait cette faculté de se faire reconnaitre partout où il se rendait. Son tablier bleu, son bourdon noueux et son chapeau pointu étaient inimitables.

— Père ? comprit la captive, surprise.

Chapitre 28

À l'Endroit où tout s'Effondre

Adeldon étendit une jambe, puis l'autre, sentant avec plaisir ses muscles se décontracter dans les draps de soie. Il n'avait aucune idée de l'heure, sans doute tard dans la matinée. Après les évènements des derniers jours, trainer au lit était un luxe qu'il ne manquerait pas d'apprécier.

La veille, une fois l'entrevue terminée, Jarod lui avait désigné une chambre dans laquelle il pourrait séjourner autant qu'il le désirerait. Quelle ne fut pas sa surprise lorsque quelqu'un vint frapper peu après à la porte et qu'il découvrit que c'était Thalinda en personne qui venait s'entretenir avec lui. Un échange avec l'Impératrice dans la salle du trône était déjà une chance inoubliable pour lui, mais alors une discussion individuelle dans ses propres appartements, ça n'avait pas de prix.

Thalinda était venue lui expliquer le rôle qu'il allait devoir jouer dans la suite. Comme convenu avec les conseillers, tous les habitants de l'Empire devaient être informés de la menace qui pesait sur eux. Pour cela, ils allaient utiliser les blocs communicants, ces petites tablettes qui donnaient les renseignements grâce à des images projetées magiquement. Cette nouvelle était assez folle pour Adeldon en soit, mais elle ne valait rien comparé à la suivante. Témoigner ne suffirait pas. Il allait falloir que tout le monde voie les actes de Mandrog. C'était à cette unique condition que le peuple pourrait accepter les nouvelles lois et que tous se méfieraient de ce démon. Voilà pourquoi Thalinda apporta une orbe capable d'extraire des souvenirs. Une gemme ronde et relativement semblable à celle volée par Mandrog.

Trop heureux de participer à tout ceci, Adeldon se plia à toutes les demandes de son Impératrice. En quelques minutes, ses souvenirs du combat contre Mandrog furent animés au-dessus d'une des tablettes d'argile. C'était comme revivre un cauchemar. Tout y était à l'identique. Ce témoignage puissant ne pourrait être ignoré par le peuple de Valdenor. Pour finir, le chevalier avait enregistré un message qui éclaircirait tous les évènements, depuis le départ de Freyjar. Ce moment n'avait rien d'agréable à l'exception d'être en compagnie de Thalinda. Elle l'accompagnait dans ses tâches, lui expliquant au passage le fonctionnement des tablettes. Tout se passait dans la salle des communications. Une grande table enchantée permettait d'enregistrer le message et il était ensuite diffusé à toutes les tablettes de l'Empire en un claquement de doigts. Il ne restait plus qu'aux habitants d'en prendre connaissance quand ils le voulaient dans la journée en activant leur bloc communicant. Un système habile qui avait permis une bonne diffusion des informations durant les quarante années de paix précédentes. Ceci éviterait sans doute au pays de crouler sous les ambitions perfides d'un démon avide de pouvoir. En tout cas, Adeldon l'espérait.

Une fois la participation d'Adeldon terminée, il put tout de même assister à l'enregistrement du message de l'Impératrice. Elle annonçait les règles décrétées avec ses conseillers. Les rebelles étaient officiellement pourchassés et soumis de se rendre, un couvre-feu était établi dans les grandes villes et un impôt supplémentaire allait être mis en place pour couvrir l'armement de la Garde Impériale. Des mesures drastiques, mais que chacun comprendrait au vu de la situation.

Ces évènements de la veille semblaient bien loin maintenant qu'Adeldon était dans son lit. Il se redressa et étendit ses bras pour finir de se réveiller. Sur la table de chevet, une lettre était signée du nom de son ami Jarod. La veille, après son ultime rencontre avec l'Impératrice, ils étaient allés tous deux à la taverne fêter leurs retrouvailles. Ils avaient parlé du bon temps en se remémorant avec joie les souvenirs de l'école. C'était vraiment quelqu'un de bien.

La lettre était simple et sobre. Elle expliquait que Jarod ne pourrait pas passer la journée avec lui, devant établir les défenses de la ville à l'extérieur des murs, mais qu'il reviendrait le soir pour se rendre à l'auberge du Géant Oublié. Adeldon sourit naïvement. Il avait déjà hâte de le retrouver.

Étant désormais réveillé, il se leva de sa couche douillette et vint tirer les rideaux de sa fenêtre. Un grand soleil brillait dans le ciel. Comme toute personne normalement constituée, cette observation réjouit le jeune homme. Toutefois, quand les rayons touchèrent la partie brulée de son visage, il eut un mouvement de recul, comme si la sensation le ramenait sur la place de Solenville, dans le bucher. Troublé, il s'éloigna de la fenêtre et remit un linge propre sur sa figure. La blessure avait totalement cicatrisé, mais il n'assumait pas encore tout à fait le regard des autres. Il préférait la cacher.

Une fois cela fait, il se demanda ce qu'il allait bien pouvoir faire de la journée. Trainer dans sa chambre ? Aller s'entrainer avec la Garde ? Faire un tour en ville ? Ce fut sur cette dernière proposition que son choix s'arrêta. Un peu d'air frais lui ferait le plus grand bien. Si tant est que l'air de Casperclane puisse être qualifié de frais. En réalité, l'atmosphère était particulière, un peu comme si les hautes murailles empêchaient le vent de circuler. Quoi qu'il en soit, Adeldon préférait se retrouver dans ces rues plutôt que dans le palais où il ne s'y sentait pas encore à sa place.

La veille, en traversant la ville, il n'avait pas eu le temps d'en profiter comme il l'aimait. Cette fois, il comptait bien en profiter. En sortant du palais, il déambula dans le quartier des Négociants. Tout y était droit, taillé en forme de polygone par des ouvriers qui ne connaissaient apparemment pas les arrondis. Les formes et les couleurs étaient unifiées, un crépi jaune relevé par des encadrements de fenêtre en carrelage bleu. À de rares endroits, quelques carrés de végétaux venaient mettre un peu d'audace dans cet ordre bien établi, mais toujours taillé en forme de prisme droit.

Ce quartier était définitivement le favori d'Adeldon qui se sentait apaisé par cette uniformité et cette symétrie irréprochable. Tout de même, il ne pouvait s'empêcher de se demander comment les habitants faisaient pour reconnaitre leur maison. Elles se ressemblaient toutes. Cette réflexion en entrainant une autre, il vint à se projeter à vivre ici, parmi les riches de la capitale. Ce ne serait pas si mal. Désormais, il avait ses entrées au palais. Obtenir une telle maison ne devrait pas être compliqué. Après tout, revenir à Freyjar signifiait retrouver Sotsha et pour le moment, cette perspective ne l'enchantait guère. Enfin si, son cœur ne demandait que ça, tout son être était déchiré de cette séparation. Ses rêves étaient encore remplis de vision de la jeune femme, mais il savait que ce sentiment n'était pas réel. La meilleure solution serait peut-être de ne plus jamais la revoir, pour ne plus être tiraillé de la sorte.

Soudain, une anomalie dans l'ordre établie le sortit de ses pensées. La façade en face de lui était sertie d'un objet dénotant avec le reste. Adeldon s'en rapprocha et remarqua que cette anomalie n'en était pas une, mais plutôt une affiche informative. Le sceau de l'Impératrice ne laissait pas de doute sur sa provenance. Une fois suffisamment près, il put la parcourir du regard.

À mes chers concitoyens, c'est avec une profonde stupeur que je vous informe ce jour qu'un complot menace notre Empire ainsi que l'ensemble de ses habitants. Un individu maléfique du nom de Mandrog a mis la main sur une orbe aux pouvoirs immenses et compte l'utiliser pour plonger notre monde dans une période de chaos et de destruction. Il projette de rallier à sa cause ceux qui se font appeler les rebelles. Par décret impérial, j'ordonne donc la dissolution immédiate de ce mouvement séditieux et je somme toute personne y participant de cesser ses activités. Si tel n'était pas le cas, nous nous verrions dans l'obligation de les traquer et de les enfermer. Enfin, c'est avec regret que je vous annonce que cette nouvelle menace compromet les quarante années de paix que nous venons de connaître. Mais je suis convaincue que, si chacun d'entre nous fait les efforts nécessaires, nous serons en mesure de mettre rapidement un terme à cette menace. Restons unis et déterminés face à l'adversité. Votre Impératrice.

Pas de grandes surprises dans cette lettre, c'était le discours que Thalinda avait enregistré la veille avec Adeldon. Le voir affiché sur un panneau donna tout de même un sentiment de vertige au jeune homme tandis qu'il comprenait que les choses étaient véritablement en mouvement.

Perdu dans ses pensées, il musardait dans les ruelles et sans s'en apercevoir, il déboucha sur le grand marché au centre de la cité. Une large foule y était rassemblée comme tous les jours, mais l'ambiance était bien différente de d'habitude. Les cris des commerçants étaient plus discrets, les commérages de chacun n'étaient plus que de simples chuchotements et tous se regardaient de travers, essayant de déceler parmi les autres qui pouvait appartenir aux rebelles.

Vêtu de son armure argentée, Adeldon se fraya un chemin dans cette assemblée craintive et suspicieuse. Secrètement, il espérait que certains le reconnaissent comme celui qui avait affronté Mandrog. Il se voyait déjà répondre aux questions des plus curieux et retracer son parcours aux plus patients. Au détour de plusieurs étalages, il entendait les citadins en discuter, la terreur dans la voix. Les théories sur l'identité de Mandrog partaient dans tous les sens, allant d'un fils de démon à un dieu personnifié afin de punir les hommes pour leurs péchés. D'autres, plus farfelues, avancèrent que tout ceci était la faute des elfes.

Le chevalier déambulait, le plastron relevé fièrement, mais personne ne l'interrogea. Dans l'anonymat le plus extraordinaire, il traversa la place du marché pour se retrouver à la limite de la basse-ville. Déçu, il se retourna pour observer cette foule disparate. Ils étaient si terrifiés qu'ils ne reconnaissaient même pas leur protecteur. Soudain, une main tapota l'épaule d'Adeldon. Enfin, quelqu'un allait lui permettre de briller. Il se tourna et dut relever la tête face au bloc de muscles qu'était l'orc devant lui.

— Bonjour Messire, puis-je vous aider ? demanda Adeldon d'une voix mielleuse.

— Toi donner moi bourse.

Il fallut quelques secondes pour qu'Adeldon fasse le lien entre les mots. Parler avec un orc avait toujours quelque chose de particulièrement énervant. Spécialement quand celui-ci s'avère être un vulgaire brigand.

— Est-ce une plaisanterie ? L'Empire court un terrible danger, et vous ne vous intéressez qu'à dérober vos conci-

toyens. En ces temps difficiles, nous devrions nous serrer les coudes et non pas nous avachir dans la cupidité.
L'orc le fixa un instant avant de reprendre :
— Donner bourse, ou moi prendre.
Ses menaces étaient maintenant accompagnées d'un geste soulevant une hache mal usinée. Adeldon n'avait clairement pas le temps pour ça. Et il ressentit une légère frustration à l'idée de se faire braquer comme un simple voyageur alors qu'il était celui qui avait porté la nouvelle de Mandrog à tout l'Empire. Son regard balaya l'assemblée à la recherche de Gardes Impériaux. Eux le reconnaitraient et lui viendraient en aide. Évidemment, quand on en a besoin, il n'y a personne. L'orc insista tout de même en tapotant son gourdin.

Comme on n'est jamais aussi bien servi que par soi-même, Adeldon porta sa main sur la garde de son épée. Ce qu'il avait oublié en revanche, c'était que son arme avait été brisée à Solenville. Sa ceinture portait un fourreau vide depuis. Si seulement il avait eu le temps de récupérer une autre arme au palais. Jarod devait en avoir des dizaines à dispositions en tant que Commandant de la Garde. Toute cette réflexion ne sembla pas plaire à son patibulaire compagnon qui leva sa main et lui serra l'épaule. Malgré l'armure de métal, le chevalier sentait la pression soumise par l'orc. Ces êtres avaient une poigne digne des géants.

Le combat étant perdu d'avance et les Gardes absents, il ne restait plus qu'une solution : la fuite. D'un geste rapide, Adeldon se défit de l'emprise de l'orc et se retourna. Il s'apprêtait à s'élancer dans la foule, quitte à courir jusqu'au palais, mais trois individus lui barraient la route. Deux elfes et un gobelin. Forcément, un brigand n'agit jamais seul. Réfléchissant vite, Adeldon fit volte-face et roula sous les jambes de l'orc. Débuta ensuite une course folle dans les rues de la basse-ville. Cet endroit n'avait rien d'encourageant, sachant que la probabilité de tomber sur des Gardes y était très faible.

Les voleurs à sa poursuite l'invectivaient de divers noms plus ou moins injurieux. La bonne décision aurait été de se rendre à la porte nord de la ville, celle la plus proche, mais ses poursuivants l'avaient anticipée et lui bloquaient chaque croisement. Pas le choix, il fallait les semer dans les petites ruelles.

Les pavés mal agencés rendaient la course difficile, mais lorsqu'une bande d'affreux vous poursuit, une sorte de grâce divine prend possession de votre corps. En tout cas, ce fut le cas pour Adeldon qui aurait pu battre un record de vitesse de course en armure. Malgré ses efforts notables, les autres ne le lâchaient pas. À chaque croisement, il n'avait que quelques secondes d'avance sur eux. Soudain, une idée lui vint. Ce n'était pas la première fois qu'il était poursuivi par des personnes peu recommandables dans ses rues. À l'époque, chaque soirée en compagnie de Jarod se finissait ainsi. Pour s'en dépêtrer, ils adoptaient toujours la même technique, celle de se planquer chez ses parents qui possédaient une maison dans la basse-ville. Pour cette fois aussi, cela pourrait marcher.

Adeldon rassembla son énergie et redoubla d'efforts pour agrandir ses foulées. Afin que son plan marche, il faudrait que son avance soit suffisante pour qu'il ait le temps de se glisser dans la bâtisse, sans que ses poursuivants le voient.

Les quelques rues qui le séparaient de la maison furent épouvantables, comme une torture sans fin. Pourtant, il finit par reconnaitre l'endroit. Rien n'avait changé depuis le temps. Il se trouvait à un tournant de son refuge. Un regard en arrière lui confirma que son avance était suffisante pour tenter le coup. Il n'aurait le droit qu'à un essai.

D'un pas vif à s'en briser les chevilles, Adeldon bifurqua dans la bonne ruelle et se précipita sur la porte de la maison. Elle était fermée à clé. Peu étonnant, mais il n'avait pas le temps d'attendre qu'on vienne lui ouvrir. Un coup d'épaule fit exploser le loquet intérieur et il pénétra dans la pièce en rabattant immédiatement la porte sur lui. Il ne fit plus aucun geste, arrêtant même de respirer, le temps d'écouter si ses poursuivants étaient tombés dans le piège. Les pas lourds des individus se firent entendre dans la rue, ils ne s'arrêtèrent pas et continuèrent leur course. Le plan avait fonctionné, Adeldon était à l'abri pour le moment.

Adossé à la porte, il reprenait son souffle. Jarod étant en déplacement et ses parents étant décédés quelques années plus tôt, la maison était vide. En tout cas, vide de vie. Plusieurs caisses et coffres étaient entassés dans l'unique pièce. Ce devait être le dépotoir de Jarod qui y stockait ses affaires supplémentaires. Même un Commandant de l'armée n'arrive pas à trouver d'appartements suffisamment grands pour contenir toutes ses affaires à Casperclane.

Adeldon allait devoir expliquer à son ami la raison pour laquelle la maison se retrouvait sans loquet. Ce serait sans doute une bonne raison pour décider l'armée à intervenir contre cette satanée Guilde des Voleurs qui imposait sa loi dans les rues de la capitale. Enfin, quand Mandrog serait définitivement mis hors d'état de nuire, bien sûr.

Les murs de la bâtisse étaient gondolés sous l'effet de l'humidité. Les planches se pliaient sous le poids du toit. Ici, dans la basse-ville, c'était quelque chose de commun. Les parents de Jarod avaient travaillé toute leur vie pour que leur fils puisse s'extirper de cette misère. Malheureusement, ils étaient morts avant de le voir devenir Commandant Impérial.

Les mains sur ses genoux, Adeldon retrouvait peu à peu le plaisir de pouvoir prendre une respiration sans ressentir une terrible douleur dans sa poitrine. Cette course effrénée ne l'avait pas épargné. Il estimait qu'une bonne dizaine de minutes devraient suffire pour que ses poursuivants trouvent une nouvelle victime. Il ne restait plus qu'à attendre.

Comme toute personne ayant couru un fond à toute allure, Adeldon éprouva un picotement dans la gorge. Une gorgée d'eau ne serait pas de refus. Il se demanda si dans tout ce fatras, il pouvait bien y avoir quelque chose capable d'étancher sa soif. En regrettant un peu son geste, il commença à fouiller dans les caisses. Soudain, avec une maladresse qui rendrait fière Sotsha, il en fit tomber une qui en entraina une autre, et bientôt, toute la pile fut sur le sol. Adeldon rentra la tête dans ses épaules. Il allait devoir tout ranger maintenant, et en plus, il n'y avait pas un seul liquide en vue. En s'approchant d'une des boites, une lumière attira son attention. Avec les volets clos, la pièce était très mal éclairée. Un simple rayon se confondait tout de suite avec un réel brasier.

Au travers de la commissure du couvercle de la caisse, un léger halo bleu était visible. Peut-être Adeldon avait-il passé trop de temps avec ce voleur de Flenn, mais une curiosité malsaine s'empara de lui. À moins que ce soit une appréhension glaciale sur ce qu'il allait trouver.

D'un geste délicat, Adeldon poussa le clapet et révéla son contenu. Ses plus grandes craintes n'auraient pas pu être pires que ce qu'il découvrit. Une orbe irradiait à l'intérieur de sa couleur bleue. Elle ressemblait en tous points à celle d'Idvorg. Une coïncidence à n'en pas douter. Toutefois, les deux lames recourbées tapissées de runes luminescentes vertes finirent de convaincre le chevalier. Il se tenait devant les affaires de Mandrog et devant son terrible butin.

La question était maintenant de savoir ce que cette caisse faisait dans la maison des parents de Jarod. Au fond de lui, Adeldon le savait, il n'osait juste pas l'évoquer, ne serait-ce qu'en pensée. Pour quelles raisons Mandrog aurait-il pris le risque de cacher son butin dans cette maison, à moins qu'elle lui appartienne ? Cette idée glaça le sang du chevalier. Son ami d'école, celui qui était si prévenant avec lui, n'était nul autre que Mandrog, le fou sanguinaire qui lui avait brulé le visage.

Que se passait-il ici ? Adeldon ne savait plus où donner de la tête. Son ami, son idole, tout était faux. Pourquoi ? Trop de questions l'envahissaient. Pour ne pas chuter en arrière, il dut s'asseoir sur une caisse renversée. La découverte qu'il venait de faire était non seulement terrible, mais remettait en cause absolument toutes ses certitudes. Il venait de mettre le nez dans un complot qui le dépassait complètement.

Chapitre 29

À Sœur Ouvert

— Père ? répéta Sotsha en manquant de s'étouffer pour avoir prononcé ce simple mot.

Elle était fille unique, élevée par son père depuis sa naissance puisque sa mère avait péri en couche. C'était une certitude absolue. Pourtant, Félicia avait bien employé ce mot : père. Parodegan restait impassible, sans ciller à l'écoute de ce surnom, à l'inverse de Nörg qui grimaça, plus de gêne que de surprise.

— Je vais te tuer ! se reprit Félicia.

— C'est faux, n'est-ce pas ? répliqua Sotsha. C'est impossible, je n'ai pas de sœur.

— Libère-moi que je te transperce la gorge !

— C'est une menteuse. Dis-moi qu'elle ment…

— Viens te battre !

Le vieux mage ne savait plus où donner de la tête entre les deux femmes qui attendaient de lui des choses contradictoires. Il finit tout de même par réagir.

— Je vous en prie, taisez-vous. Je vais tout vous expliquer, mais taisez-vous.

Cette demande fut acceptée par tous. Sotsha mourait d'impatience de l'entendre démentir ces affirmations. Pour Félicia, la présence de Nörg et de sa massue l'aida un peu à appliquer le silence. Pour ce qui était de Flenn et de Gronk, ils ne voulaient rater aucune miette de cette tragédie familiale. Les deux s'installèrent sur un tronc tombé au sol, comme s'ils assistaient à un spectacle.

— Bien, je crois que nous avons de nombreuses choses à nous dire. Mais pas ici.

— Papa ! s'insurgea Sotsha qui n'allait pas le laisser s'en sortir ainsi. Est-elle ma sœur ?

Le vieil homme grimaça avant de répondre.

— Oui.

Alors, c'était vrai. Ce n'était plus que la vague divagation d'une détraquée, mais bien la sinistre vérité.

— Pourquoi me l'avoir cachée ?

— Pour te protéger.

Cette excuse revenait toujours depuis sa plus tendre enfance. En quoi vivre dans l'ignorance était-il un gage de sécurité ?

— Il va falloir faire mieux que ça, papa.

— D'accord, d'accord, acquiesça Parodegan. Je ne voulais pas en venir à ça, mais j'imagine que je n'ai plus d'autres choix maintenant. Je vais vous raconter la vérité.

Le vieux mage s'installa sur un rocher. Visiblement, l'histoire qu'il était sur le point de narrer allait durer. Félicia, toujours suspendue dans le vide par la ceinture de feu, le dévisageait sans relâche de la colère d'un prédateur ayant jeté son dévolu sur sa proie.

— Toute ta vie, Sotsha, j'ai tâché de te protéger. Parfois avec un peu trop de zèle, je dois bien le reconnaitre.

— Me protéger d'elle ?

— Non, de ta mère.

— Elle est morte en me donnant la vie.

La bouche de Félicia s'ouvrit pour commenter, mais Nörg rapprocha son gourdin, la dissuadant de tenter pareille interruption. Même un terrible tigre des steppes sait lorsqu'il vaut mieux faire profil bas. L'animatrophe esquissa un rictus sans prononcer de mots.

— C'est également un mensonge, j'en ai bien peur. Ta mère existe.

— Qui est-ce ?

Le vieux mage retint sa respiration comme si cette information avait été dissimulée trop longtemps pour pouvoir être révélée. Malgré tout, il répondit :

— Thalinda.

Cette nouvelle arracha un hoquet de surprise à Sotsha qui se serait attendu à entendre des milliers de noms sauf celui-ci.

— Mais non ? s'exclama Flenn ravi.

— Tu es la fille de l'Impératrice, réalisa Gronk.

La géante se tourna cette fois-ci vers les deux importuns pour leur signifier de se passer de ce type de commentaire.

— Co… comment ? balbutia la magicienne, abattue.

— Je vais t'expliquer. Comme tu le sais, avant l'Empire, il y eut la guerre. Elle fut terrible et sans pitié. Les Royaumes ne parvenaient pas à s'unir face à la menace des elfes. Ces derniers en profitèrent pour s'emparer d'une bonne partie du continent. C'est alors que nous nous sommes réunis entre magiciens pour essayer de trouver une solution à ce problème.

— Le conclave de la butte aux hérons, se souvint Sotsha. Mais je ne vois pas le rapport avec ma mère.

— C'est parce que c'est là-bas que j'y ai rencontré Thalinda. La réunion aboutit sur la naissance de l'alliance contre les elfes et sur une flamme qui naquit dans nos cœurs à tous les deux. Alors que nous combattions main dans la main, cette étincelle grandit en grand brasier et nous tombâmes amoureux l'un de l'autre.

— Tu oublies encore une fois ma participation, protesta Nörg.

Parodegan éloigna cette remarque d'un geste de son bourdon.

— La guerre toucha ensuite à son terme et l'union des Royaumes mena à la création de l'Empire de Valdenor. Thalinda fut choisie pour en être la dirigeante. Et moi, en tant que son époux inavoué, je m'attelais à la tâche de la conseiller dans l'ombre.

Le conteur fit une pause dans son récit pour se racler la gorge. C'était à partir de là que les évènements devenaient intéressants.

— Les premières années de règne furent incroyables. La journée, nous apportions la paix et la prospérité au peuple et le soir, nous partagions des moments affectueux. C'est alors que nous décidâmes de purger le pays de ses dangers : les dragons, les trolls, et autres créatures malfaisantes qui osaient troubler la paix naissante.

— L'Éradication, compléta Sotsha.

Son père lui répondit par un sourire chaleureux. Les cours d'histoire qu'il lui avait enseignés dans sa jeunesse n'avaient pas été du temps perdu.

— C'est alors que nous eûmes notre première fille…

— Félicia, l'interrompit Flenn, arborant son plus grand sourire.

Le vieil homme lui répondit par un clin d'œil, visiblement heureux de voir que le garçon était parfaitement attentif à son récit. Sotsha se sentait agacé que son père prenne la situation avec autant de légèreté. Il était tout de même sujet d'un mensonge qui avait perduré toute sa vie. En fronçant les sourcils, elle lui fit comprendre son indignation et Parodegan reprit sa mine sérieuse et son ton de conteur.

— Comme je disais, nous avons eu Félicia, une enfant exceptionnelle. Jamais nous n'avions été si contents d'être ensemble avec Thalinda. Mais c'est à ce moment-là que les choses ont commencé à se gâter. Notre fille avait un Don particulier...

— Une animatrophe !

Cette fois, Flenn n'eut pas l'attention qu'il désirait et reçut seulement un acquiescement de la part du vieux mage.

— Thalinda vit en ce Don une opportunité stratégique, une possibilité d'avoir une arme puissante à son service contre ses adversaires.

— Quels adversaires ? demanda Gronk. Je croyais que toutes les menaces avaient été éradiquées ?

— Elles l'étaient. Seulement, Thalinda n'arrivait pas à reconnaitre que la paix était enfin là. Une personne ayant passé la majeure partie de sa vie à lutter a souvent du mal à ranger ses armes. Elle était ainsi, craignant constamment pour sa sécurité alors qu'elle n'était pas en danger.

Depuis que son cas était évoqué devant tous, Félicia écoutait avec une attention toute particulière. Pourtant, quand Parodegan plongea son regard dans le sien, la jeune femme ne démordit pas de sa haine et lui répondit par son éternel rictus.

— Bien entendu, je m'opposais fermement à l'idée de façonner ma fille ainsi. Après tant de luttes pour la paix, l'élever dans l'esprit de la guerre ? Impensable ! Malgré mes protestations, Thalinda décida tout de même de sombrer dans ses frayeurs et commença à former notre fille de la plus dure des méthodes qui soit.

L'émotion dans la voix du vieil homme n'avait plus rien de joyeux.

— Et vous êtes-vous insurgé ? demanda Gronk. Vous n'avez pas laissé faire.

Parodegan baissa la tête.

— Hélas non. Mon cœur était encore épris d'elle. J'ai donc accepté et je n'ai rien dit. Et c'est ainsi, dans cette tourmente, qu'est née notre seconde fille. Toi, Sotsha.

En prononçant le nom de la jeune femme, sa voix avait pris un timbre plus doux, prouvant, s'il le fallait, l'amour qu'il éprouvait pour elle. Puis, il replongea mentalement dans ses souvenirs et se rembrunit, se remémorant les évènements qu'il était sur le point de leur livrer.

— Thalinda sentit la puissance qui coulait dans tes veines, et, bien sûr, elle voulut t'élever à ton tour comme une arme.

Cette allégation étonna largement Sotsha. C'était une ratée qui était incapable de former le moindre sort utile. Comment sa mère avait-elle bien pu percevoir la moindre force en elle ? Prise dans l'histoire, Sotsha ne releva pas ce point et continua d'écouter Parodegan livrant sa version des faits.

— Cette fois, c'en était trop. J'avais cédé pour une de mes filles, je ne sacrifierais pas les deux. J'ai donc pris une décision lourde : j'ai quitté Casperclane et je t'ai emmené avec moi.

— Et... Thalinda vous a laissé faire ? demanda Flenn complètement plongé dans le récit.

— À contrecœur... oui. Toutefois, elle a exigé deux conditions : je ne devais jamais révéler l'identité de sa mère à Sotsha et je devais faire en sorte qu'elle n'atteigne jamais son plein potentiel en magie. Ainsi, elle ne serait jamais une menace pour le trône.

— Attends, tu veux dire que c'est ta faute si je suis nulle en magie ?

Le vieil homme soupira longuement.

— C'était l'unique solution pour qu'elle nous laisse tranquilles. Il fallait que tu échoues. Je ne t'ai jamais rien appris et j'ai toujours fait en sorte que la magie te paraisse insurmontable. Mais, en voyant ce que tu as accompli ces derniers jours, je suis ravi de voir que tes pouvoirs sont magnifiques.

Il parlait sans doute de l'utilisation de la lumière solide. Comment pouvait-il être au courant ? Quoi qu'il en soit, ces belles paroles n'allaient pas lui faire oublier les mensonges qu'il lui avait proférés toute sa vie. Néanmoins, elle comprenait désormais les difficultés qu'elle avait ressenties tout au long de sa vie pour utiliser la magie.

— Tout ce temps, je croyais que j'étais la pire magicienne qui existe.

— Tu ne l'as jamais été, ma fille. Dans tes veines coule une puissance qui pourrait renverser des montagnes si tu le voulais. Ne doute jamais de toi.

Un mensonge de plus ou une vérité hallucinante ? Le souffle manquait à la jeune femme, toutes ses révélations commençaient à faire beaucoup.

— Et donc, reprit Gronk, vous êtes parti en laissant une de vos filles derrière vous ?

— Oh, j'ai fait bien pire que ça. J'ai abandonné mon poste de conseiller auprès de Thalinda et plus personne n'osa plus la contredire depuis. Je devais choisir entre le bonheur de ma fille et la liberté d'un peuple. J'ai fait mon choix et s'il fallait le refaire, je n'hésiterais pas une seule seconde.

En prononçant ces mots, il regardait tendrement sa fille dont les joues étaient perlées de larmes. Jamais, il n'avait prononcé de paroles plus belles que celle-ci. Sotsha était partagé entre l'envie de l'enlacer et celle de le gifler. Comment avait-il pu lui dissimuler la vérité à ce point toutes ces années ? Mais elle comprenait maintenant pourquoi il avait refusé qu'elle parte à la recherche de l'orbe. Il avait dû deviner que cette quête la mènerait droit à la vérité.

— Mais et Félicia dans tout ça ? demanda Flenn, totalement imperméable à la déclaration que Parodegan venait de faire à sa fille.

— C'est la question la plus pertinente, celle-ci.

Cette fois, Nörg laissa la jeune femme s'exprimait. Son tour était venu.

— J'ai écouté ton histoire, poursuivit-elle d'un ton offensif. J'ai tout écouté, pourtant je n'ai rien entendu sur le jour où tu as abandonné ta fille de cinq ans. Tu m'as laissée seule avec Mère alors que j'endurais quotidiennement ses leçons et ses humiliations. Tu dis pouvoir sacrifier le monde entier pour Sotsha, mais pour moi ? Rien ?

Sa voix tremblotante exprimait toute la colère qu'elle accumulait depuis plus de vingt ans.

— Je n'avais pas le choix, se défendit le vieux mage piteusement. Si je vous avais pris toutes les deux avec moi, Thalinda ne l'aurait jamais accepté et elle nous aurait traqués pour toujours. Pour que l'une de vous puisse être libre, il me fallait... eh bien, abandonner l'autre.

Sotsha sentait la peine de son père. Quel terrible dilemme, il avait vécu.

— Sais-tu seulement ce que j'ai enduré, moi ?

— Je suis terriblement désolé, Félicia. Je donnerai tout ce que j'ai pour me faire pardonner, mais...

— J'ai été enfermée dans une cage à partir du jour où tu es parti, par peur que je vous suive. Le seul moment où Mère me laissait profiter des rayons du soleil, c'était quand je me rendais dans l'arène pour m'exercer au combat. Un par un, les soldats de la Garde venaient m'affronter. Je pouvais en vaincre un ou deux, mais qu'est-ce qu'une fillette pouvait bien faire contre une légion ?

L'animatrophe crachait sa vérité, comme si elle se restreignait depuis si longtemps.

— J'ai tué mon premier homme à l'âge de douze ans. Sais-tu ce que ça fait de connaitre la mort si tôt ? Sais-tu ce que devient ton innocence quand on lui retire son droit d'exister si jeune ?

Parodegan affrontait la haine de sa fille sans réagir, la laissant déverser sa haine.

— Il ne me restait qu'une seule raison de vivre, celle de pouvoir un jour t'affronter, de me venger de ce que tu m'as fait subir. C'est pourquoi j'acceptais toutes les missions de Mère. Tuer un bourgeois récalcitrant ? Pas de souci. Piller les réserves de paysans n'ayant pas payé leur impôt ? Bien sûr. Et tout ça pour quoi ? Pour avoir l'opportunité de te retrouver. Toi, tu pourrais risquer la liberté d'un peuple pour ta fille ? Et bien sache que moi, j'ai tué des centaines d'honnêtes gens juste pour pouvoir espérer te retrouver.

La résilience du vieil homme face à ces mots était exceptionnelle. Seuls ses yeux s'humidifiaient au fur et à mesure qu'il découvrait l'horrible vérité.

— Tout a changé quand Mère me donna une mission de surveillance quelconque. Je devais suivre un chevalier et m'assurer qu'il retrouve bien une orbe lorsque je tombai sur toi et ta fille. Alors, je me suis dit que plutôt que de t'ôter la vie, j'allais te prendre ce que tu avais de plus cher : ta Sotsha adorée.

— Attends ! Thalinda t'a demandé de suivre Adeldon ? s'inquiéta Sotsha comme si les révélations précédentes étaient futiles.

Pour quelles raisons l'Impératrice aurait-elle surveillé un des aventuriers qui se seraient élancés dans le concours de l'orbe ? Et pourquoi suivre uniquement Adeldon ? Ces interrogations la troublaient au plus haut point. Toutefois, elle n'aura pas le loisir d'obtenir de réponses. Plusieurs flèches vinrent se planter dans les troncs autour d'eux. Avant même que quiconque ne puisse faire le moindre mouvement, une foule d'hommes à l'allure dépravée sortit des fourrés. Ils n'auraient donc aucun répit ? Voilà que les rebelles les avaient retrouvés.

Chapitre 30

Fou Allié

— Que personne ne bouge ! aboya un humain à la carrure imposante. Le premier qui fait le moindre mouvement, on lui recouvre le dos de flèches.
— Tamssoul ? réalisa Flenn avec étonnement. Quel plaisir de te voir, j'allais justement...
— Tais-toi !
L'attention des rebelles était tournée quasiment exclusivement vers le petit voleur. À peine, quelques pointes étaient dirigées vers les autres membres du groupe. Gronk, toujours à côté de son ami, ne savait pas comment agir. Même s'il avait entendu parler de cette bande, c'était la première fois qu'il les rencontrait. La description qu'Adeldon lui en avait faite était assez fidèle : une compagnie de jeunes perdues qui joue aux soldats. Prendre le dessus sur eux aurait été aisé, mais pas sans user de la force. Pour le moment, il valait mieux attendre ce qu'ils leur voulaient. D'un coup d'œil vers les autres, il constata qu'ils en étaient venus à la même conclusion. Même Félicia avait arrêté de se remuer dans tous les sens.

— Je vous l'avais dit qu'on le retrouverait, s'enorgueillit un nouveau rebelle à la mine radieuse et au ventre plus arrondi que les autres. Il va pouvoir répondre devant Veignar de ces crimes.

— Allons, Badrel, tu y vas un peu fort avec ce terme.

— Je t'ai dit de la fermer ! rappela celui qui semblait être le chef de ce groupe.

— Tu nous as trahis, abandonné dans les terres du Nord, accusa son associé. Sans parler de ton vol éhonté de l'âne de Veignar.

— Ils exagèrent un brin, chuchota le garçon en direction de Gronk.

— Ouvre encore une fois la bouche et je prendrai plaisir à t'ôter ce sinistre sourire mesquin de tes lèvres.

Cet homme dénotait par rapport aux autres. Lui arborait une belle musculature et savait se servir de l'arme qu'il brandissait. Contrairement à Badrel à ses côtés qui levait son glaive comme on porterait un bouquet.

— Veignar sera ravi d'apprendre qu'on t'a capturé, gloussa Tamssoul son visage juste au-dessus de celui du petit voleur.

Gronk aurait bien voulu aider de son jeune compagnon. Mais il devait reconnaitre qu'il avait l'art et la manière pour se retrouver dans des situations compliquées.

— Et les autres ? demanda son second.

Tamssoul considéra un par un le reste de ce groupe disparate.

— Ils viennent aussi. Mettez-leur des chaînes aux poignets.

— Attendez, vous ne pouvez pas, s'insurgea Sotsha. Que vous ayez un différend avec Flenn, nous le comprenons parfaitement, mais nous n'avons rien à voir là-dedans. Et puis... nous avons des choses plus importantes à faire.

— Plus importantes ? demanda Tamssoul interdit.

— Comme sauver l'Empire de Mandrog.

Avec l'agression de Félicia et l'arrivée de Parodegan et de ses révélations, Gronk avait presque oublié l'existence de ce démon.
— Mandrog ? répéta le vieux mage.
— Un fou furieux qui s'est emparé de l'orbe d'Idvorg. Il veut l'utiliser pour réduire le pays en cendre et conquérir le trône. Nous l'avons affronté à Solenville, mais nous avons perdu. Nous étions en chemin pour Casperclane afin de prévenir Thalinda quand Félicia nous a attaqués.

L'intéressée adressa un de ses éternels rictus, toujours suspendue dans les airs par la magie de son père.
— Je savais que Flenn complotait avec des impériaux, s'exclama le rebelle aux joues rebondies.
— Mais pas du tout, j'ai…
— Mandrog… répéta songeur Parodegan.

Le vieil homme réfléchissait comme si aucun arc n'était bandé vers lui. Après un échange de regard complice avec la géante, il conclut :
— Je ne pense pas qu'il soit judicieux d'aller à Casperclane.
— De toute façon, Adeldon s'y est déjà rendu, répliqua Gronk.
— Hmm, fâcheux. Quoi qu'il en soit, il est sans doute préférable que nous accompagnions ces jeunes gens à leur camp.
— Si vous voulez mon avis, ce serait une terrible erreur de…
— Personne ne veut ton avis, Flenn, le coupa Sotsha.

Les rebelles assistaient à cette conversation, complètement incrédules.
— Que ce soit clair pour tous, nous vous avons fait prisonnier, déclara Tamssoul. Ce n'est pas à vous de décider si vous nous suivez ou non.

— Assurément, répliqua Parodegan dans une révérence solennelle. Allons-y les enfants, nous ne sommes pas en avance.

Les captifs furent tour à tour attachés et le curieux cortège prit la direction du camp des rebelles. Entouré des jeunes guerriers aussi effrayants qu'une moule à marée basse, Gronk suivait silencieusement ses camarades. Devant lui, il entendit Sotsha résumer les aventures qu'ils avaient vécues ces derniers jours à son père. Elle insista particulièrement sur leur rencontre avec Veignar et sur le vol de l'orbe par Mandrog. Son regard ne lâchait toutefois jamais sa sœur. Félicia était, elle aussi, embarquée dans cette improbable marche à travers la forêt.

N'importe quelle rébellion qui se respecte se doit d'avoir un camp dissimulé, c'est pourquoi ils quittèrent rapidement les chemins pour couper à travers le bois. Ici, ce n'étaient plus les forêts de conifères que Gronk commençait à connaitre. Les arbres s'élevaient à des hauteurs faramineuses, faisant pleuvoir des cascades de lianes le long de leur tronc. Quelques heures de cette pénible randonnée en terrain accidenté suffirent avant d'apercevoir entre les branches les premières volutes de fumée s'élever.

Entre les rochers recouverts de mousse et les arbres aux troncs massifs, ils étaient difficiles de distinguer le campement de loin. Une cachette idéale pour ceux qui ne voulaient pas se faire repérer. Des fortifications de rondins faisaient le tour de l'enceinte. Une protection qui s'avérerait bien fragile en cas d'attaque par une armée, mais qui devait suffire à détourner les animaux sauvages les plus curieux.

Le groupe pénétra dans le camp par une porte qui s'ouvrit devant eux. Vu l'état de ses habitants, Gronk se serait attendu à un endroit à l'abandon. Il dut reconnaitre qu'il avait tort. Ce camp n'avait rien à envier aux autres petits villages de Valdenor. Les rebelles se servaient habilement du terrain pour édifier leur maison. Les troncs épais étaient creusés pour y accueillir des bâtisses et les rochers moussus abritaient des constructions qui devaient être des commerces.

Dans ce qui ressemblait à des rues, une foule disparate déambulait tranquillement, les bras chargés de victuailles en tout genre. Des musiciens jouaient de leur instrument assis près d'un feu, des forgerons battaient leur lame comme s'il fallait qu'elles soient aussi fines que du papier et des guerriers s'entrainaient contre des mannequins de bois.

En pénétrant dans le village, des tambours résonnèrent et toutes les activités commencèrent à cesser. Les plus farouches rentraient dans leur tente ou leur chaumière et les autres se rassemblèrent devant le tronc le plus large qui accueillait une maison. C'est face à cet endroit que les six prisonniers furent mis à genoux. Gronk n'y fit pas exception, entouré de l'imposante géante à sa droite et du frêle voleur à sa gauche. L'âne, objet de querelle qui les avait tous menés là, avait été attaché à une branche plus loin.

Soudain, les tambours cessèrent et le silence s'abattit sur le village. Seul le son typique d'une meule tournant sur elle-même demeurait. Sans doute un qui avait loupé l'ordre tacite de se réunir à cet endroit. Les rideaux de la maison s'ouvrirent sur un homme aux sourcils froncé et l'allure d'un ours en colère. Adeldon avait suffisamment détaillé Veignar pour que Gronk le reconnaisse immédiatement.

— Que me rapportes-tu là, Tanssoul ? Je croyais que vous étiez parti chasser l'Impérial ?

— Nous sommes tombés sur un plus gros gibier qui pourrait t'intéresser, répondit-il d'un air sournois.

— Le porc ? Il pourrait faire un bon dîner pour les gars, c'est bien vrai, mais t'aurais pu le tuer avant de me le ramener.

Gronk déglutit péniblement.

— Je ne parlais pas de lui...

Tamssoul désigna le petit voleur qui essayait pourtant bien de disparaitre. Lorsque Veignar le reconnut, son visage, déjà sérieux, adopta un air encore plus grave.

— Toi ! Engeance de rat maudit ! Tu verras ce qu'il en coute de me mentir et de me voler.

Le chef des rebelles porta sa main à sa ceinture et attrapa la garde de son épée. En un éclair, la lame était déjà sous le menton du garçon qui louchait pour constater la marge lui restant.

— Veignar, Veignar ! Je t'en prie. Je peux admettre que j'ai commis... quelques fautes.

— Tu es un voleur !

— Certes, mais ne me dis pas que tu le découvres.

— Je vais le...

— Attends, attends ! J'ai peut-être une information qui pourrait t'intéresser, toi, le grand chef de la rébellion.

La lame s'arrêta.

— Tu vas encore essayer de m'escroquer ?

— Un jour peut-être, je ne dis pas, mais là... Non.

Veignar hésita. La lame tourna dans sa main, mais sa curiosité était piquée. Il fit un pas en arrière et rengaina son épée.

— Parle.

— Bon, alors... euh... As-tu déjà entendu parler de Mandrog ?

— Flenn ! s'emporta la magicienne. Que fais-tu ?

— Laisse-le, temporisa son père. Nous sommes là pour ça.

Le chef des rebelles les dévisagea comme s'il venait de s'apercevoir qu'il y avait d'autres prisonniers.

— Non, je ne connais pas de Mandrog.

— Super, tu vas adorer. Je te la fais courte, ce gars, il n'aime pas trop l'Empire et tous ces trucs que toi aussi tu combats. Sauf qu'il est un peu plus extrême que toi.

— Flenn !

— Oui, bon... Il veut réduire, le pays à feu et à cendre, en gros. Tout ça pour dire, qu'il y a un peu plus grave qu'une petite histoire de vol d'âne, tu ne crois pas ?

Le regard de Veignar parcourut les prisonniers, puis chaque rebelle présent derrière lui. Au bout d'un moment qui parut durer une éternité, il explosa de rire. Le même rire qu'un enfant découvrant le bruit que fait une main sous une aisselle : cristallin et pur. Rapidement, l'assemblée entière le rejoignit dans son hilarité.

— Pensais-tu sincèrement que cette histoire suffirait à t'épargner ? D'habitude, tu fais au moins semblant d'inventer des choses crédibles.

— Non, mais je te jure que...

— Enfermez-moi ces traîtres d'impériaux dans la cellule la plus solide !

— Il a raison ! hurla Sotsha. Ce n'est pas une histoire inventée. Tout ce qu'il a dit est vrai. Un terrible démon veut détruire tout ce que nous connaissons.

— Ce doit être la première fois que tu croises ce faux jeton de Flenn, ma belle. La première fois fait toujours cet effet, crois-moi.

Le public rassemblé devenait de plus en plus hilare. Jusqu'à ce qu'une voix vienne troubler cette joie. Elle s'élevait de derrière un drap suspendu, à l'endroit d'où provenait le son de la meule.

— Ils n'ont pas tort, tu sais, Veignar. Ton âne est le cadet de nos soucis. Et tu ferais bien de t'en convaincre au risque de voir quelqu'un de plus préoccupé par les affaires de l'Empire prendre ta place.

Le regard d'acier du vieil ours se déporta vers le drap qui cachait celle qui venait de l'accuser.

— Quelqu'un comme toi, par exemple Aby ? répliqua Veignar.

— Tu sais bien que je n'ai aucune prétention sur ton titre, mon cher. Seulement, j'aimerais que celui qui dirige la rébellion saisisse l'opportunité de combattre pour nos valeurs.
— Qu'insinues-tu ?
— Rien d'autre que la vérité. À quand remonte la dernière fois que tu as combattu les idées de Thalinda avec vigueur ? De quand date ta dernière bataille contre ses soldats ? Te souviens-tu du temps où tu refusais de manger et de boire tant que ses crimes ne seraient pas reconnus ? Te rappelles-tu seulement avoir été un rebelle ?

Plus aucun rire ne parcourait la foule. Tous étaient silencieux, attendant la réplique de leur chef. La meule cessa enfin et celle qui avait osé le défier tira le linge pour se révéler à tous. Une femme apparut, ses cheveux dorés étaient rassemblés en deux chignons derrière son crâne. Son buste était celui d'une humaine, mais ses jambes étaient remplacées par le corps d'un robuste étalon. Entre ses mains se trouvait l'arme qui lui avait demandé tant d'attention, un espadon au moins aussi grand que son corps. Pourtant, Gronk n'avait aucun mal à l'imaginer le brandir vu sa carrure de guerrière.

— Voler des taxieux ou braquer des voyageurs ne fait pas de toi un grand rebelle, poursuivit-elle.
— J'avais bien pour projet de détruire une des usines infâmes de Bratham, si ce que nous avait dit Flenn ne s'était pas avéré être un tissu de mensonges.
— Je ne dirais pas ça, mais plutôt que mon plan n'a pas marché.

Le regard accablant de Veignar scruta la place et le petit voleur leva les mains en guise d'excuse.

— C'est toi qui nous l'as ramené, c'est toi qui nous as dit de le suivre, accusa le chef des rebelles en direction d'Aby. Maintenant, tu vas nous demander en plus de lui pardonner ?

— Non... mais l'écouter, sûrement. Surtout que si ta sagesse est aussi grande que tu le prétends, mon cher, tu reconnaitrais l'illustre personnage qui l'accompagne.

L'argument le toucha en plein cœur. Il essaya de déterminer lequel des cinq autres était son si illustre prisonnier. Parodegan saisit cette opportunité pour se relever, ses entraves partant en fumée aussitôt.

— Il me tardait de me présenter, fit-il, en retirant son chapeau conique en guise de salut. Parodegan pour vous servir.

Les rebelles firent un pas en arrière et ceux qui avaient une arme sur eux la sortirent. En quelques secondes, les arcs étaient bandés, les flèches encochées, les épées brandies, mais personne ne fit rien. Le magicien avait fait une belle démonstration de force en se libérant de ses chaînes. Gronk ne put réprimer l'idée qu'il aurait tout de même pu le faire plus tôt.

— Je vous remercie, mademoiselle, de me donner l'opportunité de m'exprimer. J'avais tant hâte de rencontrer ceux qui se font appeler les rebelles. Apparemment, nous avons beaucoup à nous dire.

— Rasseyez-vous ! hurla le chef des rebelles, désemparé.

— Il suffit, Veignar. Tu en as assez fait. Si tu veux cantonner la rébellion à une vengeance personnelle, pour un âne, ça te regarde, mais là, on a affaire à bien plus important.

— Je m'en moque, c'est...

— Chef ! Chef !

Un rebelle courait depuis une des maisons, un objet entre les mains. Veignar arrêta son propos, mais ne quitta pas du regard l'elfe qui osait défier son autorité. Le coureur arriva enfin à destination et tendit une petite tablette de terre cuite à l'attention de son chef. Ce dernier l'attrapa et fit glisser ses doigts sur la surface lisse. Rapidement, une forme bleutée apparut en suspens au-dessus d'elle. Le visage d'Adeldon se dévoila alors qu'il décrivait les manigances de Mandrog. Gronk ignorait comment, mais d'une certaine façon, son ami était parvenu jusqu'à Casperclane pour prévenir l'Impératrice. Ensuite, les images de la bataille dans la grotte, puis à Solenville furent projetées de la même manière. Pour finir, le visage d'une femme apparut et à la réaction de l'assemblée, Gronk comprit qu'il s'agissait de Thalinda. Son discours concis dévoila une liste de lois contraignant le peuple afin de mener la lutte contre Mandrog et son infamie. Toutefois, la dernière eut du mal à passer au sein du camp. Elle accusait les rebelles de s'être associés avec ce démon et déclarait que dorénavant, leur existence était une menace pour tout l'Empire.

— Je le reconnais, celui qui parle au début, c'est votre ami, non ? intervint Tamssoul. C'est le chevalier qui était avec vous quand on vous a attaqué dans le nord.

Certainement pas un bon moment pour se rappeler cela. Dans un soupir las conjoint, les six compagnons se retrouvèrent assaillis de toutes parts.

Chapitre 31

Sans Tort

La prison du camp était une cuvette, cernée par d'immenses rochers duveteux. Une porte de bambous solides bloquait la seule ouverture possible et un filet à gros cordage finissait l'ouvrage par le dessus. En soi, les six captifs avaient largement la place de s'installer et le tapis de mousse garantissait un appui presque confortable. En d'autres circonstances, cet endroit aurait pu faire un très bon terrain de bivouac.

Les arbres alentour s'élevaient avec grâce de façon si dense qu'il était difficile de distinguer le ciel entre leurs branches. Toutefois, une douce lumière leur parvenait. Sur les troncs, une épaisse couche de mousse avait élu domicile et de longues lianes reliées les arbres entre eux. Cette forêt n'avait rien à voir avec celle de Freyjar. Ici, tout y était humide, rendant l'atmosphère compacte, presque étouffante. Il n'existait pas une seule parcelle qui n'avait pas été ensevelie sous une épaisse couche de végétaux.

Sotsha s'assit dans le duvet naturel en soupirant. Dès qu'elle pensait avoir atteint le fond du gouffre, elle continuait de tomber. Celui qui avait l'air de patauger avec aisance dans cette fange, c'était bien Flenn. Le garçon se jeta sur le tapis de mousse, les mains toujours liées derrière son dos et le sourire aux lèvres.

— Je suis dévasté, déclara-t-il. Mon âne est revenu entre les griffes de Veignar.

— Tout ce que nous connaissons risque de disparaitre à cause de Mandrog et nous sommes en plus prisonniers des rebelles et toi, tout ce qui te préoccupe, c'est de savoir qu'une bête volée a retrouvé son propriétaire ?

Sotsha n'avait pas la patience pour les remarques de son jeune compagnon.

— Tu sais, de tous ceux qui veulent me voir croupir en prison, les rebelles sont de loin les plus inoffensifs. Ils vont nous laisser là pendant deux ou trois jours avant d'avoir des remords.

— Deux ou trois jours ? s'inquiéta Gronk. Ça parait quand même long, non ?

— Pile poil le temps de faire une bonne sieste et de se remettre sur pied.

— Flenn, je crois qu'il vaudrait mieux que tu la boucles, soupira Sotsha exaspérée.

Le petit voleur obtempéra en s'installant confortablement. Comment pouvait-il trouver le sommeil dans ces conditions ? Trop de choses s'étaient précipitées d'un coup. Que ce soit la découverte de sa filiation, l'emprisonnement des rebelles ou le message d'Adeldon, tout ceci les avait menés à cet endroit. Même surmenée de la sorte, Sotsha n'oubliait pas que son père lui avait menti durant toutes ces années. En face d'elle se tenait la personnification de ce mensonge : Félicia. Son regard mauvais n'avait pas bougé.

Perdue dans ses ruminations, Sotsha réalisa tardivement que ses liens s'évaporaient. Parodegan usait de sa magie pour les libérer tous à l'exception de l'animatrophe qui n'était pas plus mal enchaînée.

— Vous auriez pu faire ça plus tôt, constata Flenn en étirant ses poignets.

Le vieil homme ne releva pas la remarque, le regard égaré vers le camp des rebelles.

— J'aime mieux ça, se réjouit la géante, pliée sur elle-même pour ne pas toucher le filet qui leur servait de toit. Bon, quel est le plan ? On arrache les barreaux et l'on file distribuer des corrections à ces rebelles ?

— Non. Flenn a raison, nous devons prendre le temps d'analyser la situation, appuya le magicien.

— Ce n'est pas exactement ce que j'ai dit. Maintenant que je sais que vous pouvez nous libérer, je propose une fuite méthodique.

— Et laisser Mandrog s'emparer de ce pays ? Je ne crois pas non.

— Adeldon a réussi à prévenir l'Impératrice, elle saura quoi faire, elle, répliqua Sotsha.

Son père se retourna vers elle, amusé.

— De ça aussi, je doute.

— Alors quoi ? On reste là à attendre ? demanda Nörg.

— C'est le plus sage, oui.

— Paro, tu vieillis mal.

Le vieil homme répondit à son amie par un sourire amusé. Émotion qui s'éteignit à l'instant même où Félicia lui adressa la parole :

— Je vois que ta lâcheté ne t'a pas quittée, Père.

Elle parlait comme s'ils n'étaient que deux dans la prison improvisée. Parodegan hésita, tournant sur lui-même plusieurs fois. Puis, ses yeux s'illuminèrent et une courte lame faite de feu apparut entre ses mains. Un hoquet de surprise saisit Sotsha. Elle savait que son père pouvait être impulsif, mais jamais, elle ne l'aurait pensé cruel. Le vieil homme jeta l'arme magique sur les genoux de l'animatrophe. Ses liens se dissipèrent ensuite comme ceux des autres quelques minutes auparavant.

— Qu'on en finisse une bonne fois pour toutes. Je ne tiens pas à passer le restant de mes jours à surveiller mes arrières. Si tu veux me tuer, fais-le. Maintenant !

Sotsha s'en voulut d'avoir imaginé que son père puisse exécuter sa sœur. Mais de là, à offrir sa vie sur un plateau, c'était peut-être un peu trop extrême. Elle aurait aimé protester, exprimer son indignation. Mais, elle était tétanisée par la peur.

Félicia considéra un instant la dague de feu. Avant de saisir l'arme, sa main eut un mouvement de recul, mais les flammes qui la composaient étaient aussi solides que froides. Puis, avec la lenteur d'un serpent approchant sa proie, elle s'avança vers son père. Pendant un long moment, les deux plongèrent leur regard l'un dans l'autre. Chaque seconde, Sotsha pensait que sa sœur planterait la lame dans la poitrine de son père. Mais à l'image des chiens qui s'aboient dessus seulement lorsqu'ils sont séparés d'une barrière, la jeune femme ne bougea pas. Elle jeta même la dague sur le sol avant de se rasseoir à sa place.

— C'est bien ce que je pensais, se réjouit Parodegan.

Sa fille ne répondit pas, se blottissant dans le coin de la prison. Bien qu'étonnée, Sotsha ne pouvait nier son soulagement de voir son père prendre une nouvelle respiration. Ce dernier ne paraissait pas partager cette surprise. Comment avait-il pu le savoir ? Était-ce un coup de chance ou bien savait-il réellement que Félicia ne lui ferait rien ? Ces interrogations hantèrent le restant de la journée de Sotsha.

Même si les journées sont longues pour des prisonniers, elles finissent toutes par arriver à leur fin. La nuit apporta une dose d'humidité supplémentaire. Régulièrement, Sotsha se réveillait en panique avec la désagréable impression de se noyer.

Les ronflements sonores de Gronk n'arrangeaient rien à la situation. Aucun des captifs ne profita de cette nuit. Même les aventures contées par Nörg en début de soirée n'y changèrent rien.

Lorsque le premier rayon du soleil se réfléchit sur le toit végétal, Sotsha se réjouit de son arrivée. Les paupières encore collées entre elles, elle entendit des pas se diriger vers eux. Son nez sentit l'odeur de pâtisseries et de cafés chauds avant que ses yeux ne parviennent à distinguer leur bienfaitrice.

— Bonjour, fit simplement Aby en tendant les victuailles à travers les barreaux de bambous.

— Je vous avais dit qu'ils n'étaient pas si méchants, railla Flenn en s'emparant d'un pain de vin, une spécialité naine.

Un par un, ils remercièrent la centauresse en sélectionnant une des friandises rapportées. Seule Félicia demeura silencieuse, la gratitude ayant dû lui être enlevée en même temps que son père.

— C'est fort aimable, mademoiselle, la remercia Parodegan. Est-ce une coutume rebelle d'offrir le petit déjeuner à ses prisonniers ?

Aby émit un petit rire cristallin.

— Je crains de ne pas être la meilleure représentante des rebelles.

— Ne te dénigre pas, Aby, répliqua le garçon, la bouche pleine. Il y a quand même plusieurs gars ici qui plongeraient dans le cratère d'un volcan si tu leur demandais.

— Sans doute, pourtant, c'est bien Veignar qui commande ici.

— Vous ne l'appréciez pas.

Ce n'était pas une question, mais plutôt une constatation que Parodegan faisait. Son interlocutrice lui répondit par un sourire qui aurait pu suffire, mais elle se sentit obligée de préciser :

— Ce n'est pas une mauvaise personne. Il y a quelques années, ses intentions étaient pures et louables. À cette époque, la rébellion ne comptait que quelques adeptes et je les ai rejoints lorsque ce camp prenait vie. Nous parlions de liberté, d'action de grande ampleur. Mais maintenant, nous ne faisons rien d'autre que de piller quelques taxieux. Et encore, ceux qui sont le moins armés.

— Êtes-vous la seule à douter de lui ?

— Plus ou moins. Je sais que d'autres pensent comme moi, mais après ce qu'il a fait pour nous, ils ne feront jamais rien pour le discréditer. Et honnêtement, je ne le tiens pas non plus. Je remarque juste que nos causes ne sont plus celles que je défends.

— Alors, pourquoi ne pas prendre sa place ? proposa Parodegan.

Aby jeta le baluchon qu'elle portait sur son épaule et une flopée de pommes roula sur le sol. Après les pâtisseries, elle avait même prévu les fruits. Les yeux de Flenn lui sortirent de la tête en les voyant. Ce garçon avait une relation bien étrange avec les fruits.

— Ici ou ailleurs, personne n'écouterait une femme qui remet en question les principes dictés par un homme perçu par tous comme le sauveur.

— Moi, je voterai pour toi, Ab' !

— C'est gentil Flenn, mais je ne suis pas certaine que ton soutien soit vraiment profitable.

L'autre bougonna en s'affaissant dans la mousse grasse. Ces deux-là avaient une relation particulière, comme s'ils exécutaient un jeu finement rodé. Sa curiosité l'aurait bien poussé à enquêter sur ce lien, mais son envie de liberté prit le dessus.

— Aby, même si vous n'êtes pas la cheffe ici, pouvez-vous faire quelque chose pour nous ? demanda-t-elle.

— J'essaye de faire ce que je peux. Déjà pour Flenn tout seul, ç'aurait été difficile, mais alors après ce que votre ami vient de faire à la rébellion, ce sera compliqué.

Après quelques échanges supplémentaires, la centauresse repartit dans le village, laissant des fruits qui tiendraient lieu de repas. Durant le reste de la journée, plusieurs autres rebelles de tout âge passèrent devant les barreaux de la cage. Certains pour observer Nörg l'incroyable géante, d'autres, plus cultivés pour saluer Parodegan, et la plupart, seulement pour insulter Flenn. Le garçon avait révélé n'avoir passé que quelques semaines chez les rebelles, et pourtant il avait réussi l'exploit de se mettre une bonne partie de la bande à dos. Ces brimades ne semblèrent pas l'atteindre, lui qui profitait pleinement de cet emprisonnement comme d'un moment de repos bien mérité. Son aisance à l'incarcération laissait deviner qu'il était accoutumé de cette situation. Gronk à ses côtés paraissait bien moins à l'aise. Même les plaisanteries de son ami ne parvenaient pas à le détendre. Pour quelqu'un qui n'a connu que la liberté toute sa vie, finir dans une prison avait quelque chose de terriblement frustrant.

Félicia passa la majeure partie de son temps blottie contre le fond de la cage, recroquevillé sur elle-même. La femme qui avait essayé de tuer Sotsha lui faisait maintenant de la peine. Dans un espace de quatre mètres par six, il est difficile d'obtenir un peu de confidentialité. C'est pourquoi la magicienne attendit le retour de la nuit pour se rapprocher de sa sœur. Cette dernière redressa à peine la tête lorsque Sotsha s'assit à ses côtés.

— Tu devrais manger, fit-elle.
— Pas faim.

Le ton était sec, froid et franchement pas aimable. Pourtant, Sotsha poursuivit :

— Pourquoi ne l'as-tu pas tué ?

Cette fois, Félicia se releva complètement pour faire face à sa sœur. Ses yeux mauves brillaient d'une curieuse façon.
— Ce serait trop doux.
— Tu mens. Moi aussi, tu aurais pu me tuer sur ce chemin, mais tu as hésité. Pourquoi ?
Elle resta muette.
— Tu dis avoir assassiné des centaines d'innocents, mais tu n'arrives pas à le faire avec les deux personnes que tu as juré d'abattre ?
— Tu ne sais rien de moi.
— Alors, explique-moi.
Les pupilles mauves la dévisageaient. Sotsha ignorait si elle allait la frapper ou s'ouvrir à elle. Tout était possible. Finalement, ce fut la seconde option qu'elle adopta.
— Je me suis éloignée de ma mission. J'ai trahi Mère. Tout ça pour assouvir ma vengeance durement méritée.
— Et pourtant, tu ne l'as pas réalisée…
— Parce que pour la première fois de ma vie, j'ai eu le choix. Mon corps n'était plus le bras armé de l'Empire. Toute ma vie, Mère m'a imposé de tuer pour elle. Je ne suis bonne qu'à ça. Mais aujourd'hui, ses décisions ne sont plus les miennes. Je me suis affranchie de son autorité.
— C'est magnifique. Enfin, tu es libre. Tu devrais partir avec papa et moi.
— Libre ? Je viens de te dire que j'ai trahi Mère. Comme je la connais, elle doit déjà me chercher partout. Lorsqu'elle me retrouvera, les supplices vécus dans ma jeunesse seront un agréable souvenir.
— On te protégera. Notre père est très puissant, tu sais.
Félicia balaya cette assertion d'un rire moqueur. Alors que Sotsha s'apprêtait à poursuivre cette discussion, un vacarme retentit à l'entrée du campement. Des torches dansaient dans le noir et une véritable foule s'agglutinait autour de la maison de

Veignar. Les Gardes les avaient-ils déjà trouvés ? En une seule journée, ce serait bien là un exploit à mettre sur le dos de l'armée, pour une fois. L'attroupement lointain se rapprocha peu à peu. Sotsha faillit manquer un battement de cœur en apercevant celui qui était au centre de cette foule : Adeldon. Elle le pensait à Casperclane, sain et sauf. Que faisait-il là, au milieu du camp des rebelles. Vu son implication dans la menace impériale pesant sur eux, c'était vraiment le dernier endroit où il devait se rendre.

Le chevalier se voyait poussé par Veignar lui-même. En arrivant au niveau de la prison, il le jeta comme un moins que rien au milieu des autres prisonniers. Heureusement, le tapis de mousse amortirait une enclume tombant d'une montagne. Adeldon se redressa sans peine, sous les insultes et les provocations des rebelles.

Les regards médusés des occupants de la prison se tournèrent tous vers lui. Chacun se demandant ce qu'il faisait là. Ils durent attendre que la ferveur extérieure se calme pour avoir des explications. Une fois que les rebelles avaient tous rejoint leur demeure, Adeldon sortit un capuchon de dessous de son armure, sans dire un mot. Il défit les ficelles qui le scellaient et son contenu inonda la cage de lumière. D'un geste délicat, il déposa sur le sol un masque doré et une gemme bleue, brillante de mille feux. L'orbe d'Idvorg et le masque de Mandrog.

– Tout est faux... soupira Adeldon. Mandrog, les hordes de démons... tout ça... c'est une histoire inventée.

Chapitre 32

La Vérité Masquée

L'orbe brillait sur le sol. Sa douce lumière se reflétait sur le masque doré de Mandrog. Ou plutôt de Jarod. Adeldon n'en revenait toujours pas. La journée avait été éprouvante en révélation et il n'était pas au bout de ses peines. Il se retrouvait dans une sorte de prison, au fin fond de la forêt, entouré de ses anciens compagnons de route ainsi que Parodegan et Nörg. Sans parler de la dernière femme qui semblait se terrer dans la pénombre. Que faisaient-ils tous là ? Leur visage montrait que la même question leur effleurait l'esprit à son sujet.

Le chevalier se revoyait le matin même s'éveiller dans les draps de soie du palais impérial. Après les évènements s'étaient un peu précipités. La fuite face aux brigands de la Guilde des Voleurs, puis la découverte malencontreuse des affaires de Jarod. Traversant toutes les étapes du déni, il avait bien dû faire quelque chose. La volonté de le dénoncer à Thalinda avait été forte. Toutefois, ses liens passés avec Jarod l'avaient poussé à vouloir échanger avec lui avant toute chose. Il avait donc quitté Casperclane, à la recherche de son ami, bien décidé à le confronter si besoin. Sauf que dans la forêt, ce n'était pas sur le

Commandant qu'il était tombé, mais plutôt sur un attroupement de rebelles bien remonté contre lui. Pour une fois que quelqu'un le reconnaissait, il fallait que ce soient eux.

— Adeldon, explique-toi, l'invita la magicienne.

Depuis qu'il s'était retrouvé enfermé avec eux, Adeldon avait évité de croiser le regard de son ancienne camarade. Malgré tous les évènements, il n'avait pas oublié les raisons qui l'avaient mené à quitter ce groupe.

— Mandrog n'existe pas. J'ai trouvé ces affaires chez un ami à moi. Ce n'est pas un démon, seulement un homme proche du pouvoir.

Révéler cela était un déchirement pour Adeldon. Les autres le sentirent et ne posèrent pas plus de questions. À la place, ils se passaient l'un après l'autre l'orbe afin d'apprécier son authenticité. Même si Parodegan n'avait jamais eu le loisir de la voir avant cela, il s'attarda tout de même sur une inspection minutieuse de la gemme.

— C'est une fausse, affirma-t-il après un instant.

— Non, je pourrais jurer que c'est bien celle-là, appuya Gronk.

— Et moi, je peux t'assurer que la seule trace de magie présente dans cette pierre, c'est pour qu'elle émette cette lumière bleutée. Un artifice grossier pour duper les plus crédules.

Cette révélation porta un infime espoir au cœur du chevalier. Se pouvait-il que son ami soit finalement innocent ?

— Vous n'avez toujours pas compris ? intervint la voix de Félicia.

Tous se tournèrent vers elle.

— Les orbes ont toutes été trouvées depuis plus de quarante ans. Avez-vous imaginé qu'une d'entre elles soit passée entre les mailles du filet ? Pensez-vous sincèrement que Mère aurait permis à de simples voyageurs d'acquérir autant de pouvoir.

— Mère ? releva Adeldon.
— Ah oui, on ne t'a pas dit, s'amusa Flenn. Elle, c'est Félicia, la sœur cachée de Sotsha, abandonnée par Parodegan. Elle a grandi avec sa mère qui lui a fait subir des souffrances indicibles. Et tu l'as deviné, sa mère n'est autre que Thalinda.

S'il existait des manières douces d'annoncer cette nouvelle, Flenn s'en était éloigné le plus loin possible. Adeldon accusa le coup un instant en observant les personnes incriminées. Il n'avait quitté le groupe que trois jours et voilà qu'il ne comprenait plus rien à son retour.

— Nous n'avons pas le temps pour ça, s'insurgea Parodegan. Félicia, tu es au courant de cette histoire d'orbe ?
— Bien sûr.
— Explique-nous.

L'animatrophe poussa un soupir comme si parler était un effort surhumain.

— Cette orbe est bien la même que celle que vous avez trouvée au sommet d'Idvorg.
— Mais c'est une fausse, la coupa Gronk.
— Certes, mais il fallait seulement que vous croyiez que c'en soit une vraie. Parce que tout ceci est une supercherie. L'orbe, Mandrog, tout ça n'existe pas. C'est juste un nouveau complot de Mère.
— Tu mens ! s'emporta Adeldon.
— Ça lui ressemble bien, pourtant, confirma le vieil homme.
— Enfin, c'est impossible. Pour quelles raisons aurait-elle fait cela ?
— Pour obtenir un peu plus de pouvoir, soupira Nörg. C'est toujours pareil avec les dirigeants, ils ne savent jamais où s'arrêter.
— Pas Thalinda, elle n'est pas ainsi.

D'admettre qu'un de ses plus fidèles amis était un traître était suffisamment compliqué comme cela. Adeldon ne pouvait concevoir qu'un complot plus terrible encore se tramait dans les sphères du pouvoir.

— Voilà pourquoi tu t'es rendue à Freyjar, réalisa Sotsha. Le chevalier que tu devais suivre, c'était Adeldon ?

L'animatrophe confirma d'un geste de la tête.

— Moi ?

— Le Commandant était persuadé que tu te jetterais sur l'occasion si une quête s'offrait à toi. C'est pourquoi la missive ne fut envoyée que dans votre village. Tu étais la personne idéale, vaillant jusqu'au bout, tu as atteint l'orbe et tu as assisté au vol de la part de ce soi-disant Mandrog. Ensuite, il fallait juste que tu accoures à Casperclane pour témoigner et permettre à Mère d'adopter ses lois liberticides.

Les pièces du puzzle se mettaient toutes en place. Adeldon avait apporté sur un plateau d'argent la justification que Thalinda attendait. Grâce à lui, elle pouvait librement assouvir son peuple, bien trop effrayé par la menace de Mandrog pour se rebeller.

— Sacrément bien ficelé tout ça, commenta Flenn.

Les regards d'incompréhension se tournèrent vers lui.

— Je veux dire, fallait y penser, quand même.

— Je ne comprends pas, intervint Gronk comme pour sauver son ami de la gêne présente. L'Impératrice était adulée, pourquoi créer ce complot ?

— Je vous l'ai dit, Thalinda a une peur bleue de perdre son pouvoir, expliqua Parodegan. Elle a toujours pensé que des personnes conspirent contre elle en secret. Un pays muselé et un peuple endormi ne lui poseront plus de problèmes.

— Sans parler de ses amis qui vont s'enrichir avec l'argent de la guerre, compléta Sotsha. À Bratham, nous avons vu les usines fabricant les armes et les armures. Je comprends mieux maintenant pourquoi elles fonctionnaient à plein régime.

Même si les preuves affluaient de toutes parts, Adeldon peinait à concevoir que c'était Thalinda qui avait dirigé tout cela. Finalement, peu importe la personne, seule compte l'action. Il fallait agir. C'était la seule pensée qui lui tournait en tête. Agir contre cette vilenie et contre celle qui orchestrait tout depuis sa tour d'ivoire. Mais, au fond de lui, il savait qu'une autre personne aller devoir lui rendre des comptes. Jarod l'avait utilisé, vendu pour servir d'appât dans un complot sordide. Il connaissait son sens de l'honneur et c'en était servi contre lui. Depuis qu'il avait découvert son secret, Adeldon rejouait sans cesse toutes ses interactions avec Mandrog. C'était son ami qui l'avait poussé dans le feu. Et maintenant, il comprenait mieux ce qu'il lui a dit à la fin : contente-toi de jouer ta partition. Tout faisait sens.

— Comment l'arrêtons-nous ?

Tous se tournèrent vers lui.

— Enfin, Adeldon, on ne peut rien faire, répondit Parodegan.

— Vous êtes le magicien le plus puissant de la création et vous allez laisser l'Empire s'effondrer dans une tyrannie ?

— Déjà, je ne suis pas le plus puissant, Thalinda l'est au moins autant, et bien que j'aimerais aider, rendons-nous à l'évidence, nous ne pouvons rien faire. Elle a gagné.

— Enfin, papa, tu ne peux pas dire ça. Il y a bien quelque chose que nous pouvons faire.

— Bien dit ! s'exclama Nörg. Mon gourdin me démange depuis bien trop longtemps.

— Avec quelle armée ? Nous ne sommes qu'une poignée.

— Et les rebelles ? proposa Adeldon. S'il y a bien une chose à laquelle ils peuvent servir, c'est bien de s'opposer à l'Empire, non ?

— Alors, moi, j'aurais dit que la spécialité des rebelles, c'était plutôt leur hydromel et un sens aigu pour les festins, répondit Flenn. S'opposer à l'Empire, ce n'est plus vraiment leur truc.

— Que fait-on alors ?

— Moi, j'ai déjà trouvé la solution idéale, avança le petit voleur. On file vers un port au Nord, on grimpe sur un bateau, et on ne met plus jamais les pieds à Valdenor jusqu'à ce que tout ce bazar soit réglé.

— Je reconnais bien là un de tes plans, s'amusa Sotsha.

— J'ai bien une alternative avec des chameaux dans le désert des Salmanites, mais ce serait un peu plus long.

— Non, trancha Adeldon, nullement diverti par cette remarque. Tout ça, c'est notre faute, nous devons l'arranger. Parlons-en aux rebelles !

— Si nous étions suffisamment forts pour renverser un Empire, cela ferait bien longtemps qu'on l'aurait fait.

La voix venait de l'extérieur des barreaux. Une centauresse aux cheveux de feu sortit de la pénombre pour venir devant les prisonniers.

— Aby ! Depuis combien de temps nous espionnes-tu ? s'offusqua le petit voleur, déçu de ne pas l'avoir senti.

— Suffisamment pour savoir que vous avez besoin d'aide.

— Vous êtes une rebelle ? demanda Adeldon, l'espoir renaissant dans son cœur.

— Oui, mais pas celle dont vous auriez besoin. Un complot de cette ampleur ne peut pas être renversé par une milice d'une centaine de combattants. Il faudrait… autre chose.

— Comme quoi ?

La centauresse réfléchissait, portant son regard des prisonniers aux maisons faiblement éclairées du campement.

— Parodegan vous l'a dit tout à l'heure, reprit-elle. Une dirigeante n'est rien sans l'approbation de son peuple. Si le complot venait à être découvert, peut-être pourrions-nous renverser la tendance.

— C'est infaisable et bien trop dangereux, désapprouva le vieux magicien.

— Comment prévenir le peuple en entier ? demanda Adeldon sans considérer la remarque.

— De la même façon que Thalinda a informé l'Empire de l'existence de Mandrog. En utilisant les blocs communicants.

Excellente idée, pourquoi Adeldon n'y avait-il pas songé plus tôt ? En plus, l'Impératrice lui avait fait un vrai cours sur le sujet au moment d'enregistrer le premier message. Le point noir étant que les messages ne pouvaient uniquement partir du palais impérial, à Casperclane. Son absence ayant dû être remarquée, revenir là-bas n'était pas une solution idéale.

Toutefois, Adeldon partagea son savoir sur le sujet avec ses camarades. Il fallait seulement trouver le moyen de s'infiltrer dans le palais.

— Rentrer dans Casperclane ce ne sera pas un problème, éluda Aby d'un geste de la main. En tant que voleur, Flenn doit bien avoir un moyen de rentrer dans la capitale en toute discrétion.

— Moi ? Je ne me rappelle pas avoir dit que j'allais participer à tout ça.

— Flenn !

C'était la première fois qu'Adeldon voyait quelqu'un avoir une réelle autorité sur le garçon.

— Je n'ai plus les bons contacts à Casperclane et je crains que…

— Tu peux, ou pas ?

Le petit voleur leva les bras las.

— Oui, je peux m'arranger. Mais il va me falloir un peu de temps. Genre une journée.

— Entendu.

333

— Attendez, rentrer dans la ville est une chose, s'orienter dans le palais en est une autre, s'exclama Parodegan. Il y aura des Gardes, des voyageurs et même Thalinda en personne. Si vous vous faites repérer, c'est la mort assurée.

— Voilà pourquoi, il faudrait que tout ce petit monde sorte de là, appuya la centauresse.

— Et par quel sortilège allez-vous faire cela ?

Aby ne répondit pas, ce fut Sotsha qui sauta sur l'occasion.

— Nous, on peut.

Son père la considéra avec réserve, sans comprendre ce qu'elle voulait dire.

— Il suffit d'offrir à Thalinda une cible qu'elle ne pourra pas ignorer. Imagine, son ancien compagnon et ses deux filles disparues qui reviennent. Forcément, elle voudra nous capturer. Elle saura que tu n'as pas tenu ton engagement et ne pourra pas résister.

— Certes, elle viendra, en même temps que l'ensemble de son armée.

— C'est exactement ce qu'on veut. Adeldon et Flenn auront le champ libre pour transmettre le message.

— Et nous, on se fera tuer en quelques minutes.

— Ce ne sera qu'une diversion. Dès que le combat débutera, on s'enfuira.

— À trois contre une armée, la fuite ne sera pas aisée.

— Sauf si vous avez suffisamment d'archers pour vous couvrir, les coupa Aby. Et pour ça, je peux convaincre quelques rebelles de se joindre à vous.

— Quelques archers ne suffiront pas, il faudrait une armée pour arrêter celle de Thalinda.

— Alors, espérons que je pourrai convaincre Veignar de participer à cette petite excursion, s'amusa la centauresse.

Le vieux mage montrait ouvertement sa désapprobation, mais il savait pertinemment que quand sa fille voulait quelque chose, il était inutile de s'y opposer. Ce plan s'avérerait risqué et demanderait une coordination parfaite des différentes équipes. Si un d'eux venait à échouer, tout le château de cartes se répandrait par terre. Adeldon le savait et acquiesçait à chaque étape qu'Aby résumait. Tout reposait sur elle maintenant. Elle devait convaincre les rebelles de se joindre à eux. C'était la seule condition pour que tout le monde en réchappe. Une fois le plan établi, la centauresse s'éloigna en direction du camp. Elle ferait son maximum.

— Vous êtes fous, déclara Félicia. Il faut l'être pour s'opposer à Mère.

— Ne me dis pas que tu vas refuser le combat ? s'amusa Parodegan.

L'animatrophe contempla son père droit dans les yeux.

— Bien sûr que j'y prendrai part. Mais je ne compte pas fuir comme une pleutre. À l'instant même où j'ai déserté les rangs de l'Empire, j'ai signé mon arrêt de mort. Il n'y a qu'un seul moyen d'en réchapper, c'est de la tuer.

Cette logique implacable et d'une froideur morbide laissa Adeldon sans voix. Il ignorait l'histoire de cette jeune femme, mais savait qu'une haine irascible la consumait de l'intérieur. Curieusement, il n'était pas encore certain s'il avait devant lui une alliée invincible ou une ennemie sournoise.

Chapitre 33

La Reine

Le lendemain matin, Aby avait réussi à libérer les sept compagnons. Enfin, ils n'étaient plus derrière des barreaux, mais demeuraient prisonniers. Dès que Flenn s'approchait un peu trop des portes du village, une flopée de rebelles lui faisait comprendre qu'il n'avancerait pas plus. Sotsha était un peu plus libre de ses mouvements, bien qu'elle se doutait que si elle voulait s'échapper, le même défilé se produirait pour elle. Heureusement, elle n'avait aucune envie de partir.

Elle attendait patiemment le soir où le village se réunirait pour parler du complot de Thalinda. En patientant, elle flânait dans le camp, espérant tomber sur Adeldon pour pouvoir échanger avec lui. Depuis qu'elle l'avait revu, ils n'en avaient pas vraiment eu le temps, le chevalier l'esquivant dès qu'elle se rapprochait un peu trop. Sotsha n'aurait pas pu lui en vouloir sachant qu'elle adoptait la même stratégie avec son père. À trop l'écouter, il finirait par la convaincre de partir avec lui et de laisser tomber ce plan qu'il qualifiait d'absurde. En fin de compte, la plus sensée devait être Félicia qui était restée dans la cellule toute la journée.

De son côté, Gronk avait opté pour une reconnaissance du village rebelle. Une fois inspecté, il était revenu faire son analyse à la magicienne. Son esprit n'était pas préparé à recevoir autant d'informations, mais elle ne voulait pas décevoir son ami, trop heureux de lui rapporter ce qu'il avait appris. Le récit était ponctué de petites perfidies facétieuses provenant de Flenn qui ne pouvait pas s'empêcher de commentaires sur les rebelles.

Accompagnée d'un mélange de soulagement et d'impatience, la nuit arriva vite et avec elle, la délibération des rebelles. Le moment était important. Sans leur aide, s'infiltrer dans le palais ne servirait pas à grand-chose. Aby allait devoir convaincre ses troupes de les rallier. Il en allait de leur survie, mais également de celle de tout l'Empire.

L'ensemble des compagnons se rassemblèrent avant de se rendre sur les lieux. Même Félicia avait quitté sa contemplation vide de sens de la roche pour se joindre à eux. Personne ne parlait. Tous se préparaient à ce moment critique qu'ils allaient vivre. Ils avaient accepté, chacun à sa manière, de participer à cette périlleuse mission. Encore fallait-il qu'elle en vaille la peine.

D'un pas lourd, ils se rapprochèrent de l'arène. Le lieu portait davantage son nom par sa fonction que par son aspect. C'était juste un amas de sable autour duquel était entreposés quelques rondins de façon circulaire. Gronk, qui avait passé l'après-midi à se renseigner sur le village, expliqua que c'était ici que les rebelles venaient s'entraîner et, dans de rares cas, régler leurs conflits.

En arrivant sur les lieux, Sotsha aperçut Veignar et Aby au centre de l'assemblée. La centauresse les invita à s'asseoir sur des rondins à l'écart des autres. Tout le village semblait rassemblé en cet instant. Les plus vieux assis sur les sièges et les plus jeunes debout à l'arrière. Même leur mine grave et leurs bras croisés ne parvinrent pas à effacer l'aspect inoffensif de cette rébellion. Ils paraissaient avoir plus de chance de gagner trois sous en mendiant que de renverser un empire. Pourtant, c'était bien là tout l'espoir qui reposait sur Valdenor.

En arrivant à leur place, Veignar les accueillit par un grognement inquiétant. Sotsha ne se berçait pas d'illusions, ils n'étaient pas en territoire conquis. Persuader pareille foule serait difficile. Elle avait l'impression d'être un mouton perdu dans une meute de loups. Seule l'importance de la mission l'empêchait de partir en courant.

— Silence, ordonna Veignar d'une voix solennelle.

L'ordre n'était pas dirigé vers les prisonniers, silencieux comme des feuilles mortes, mais plutôt pour l'assemblée de rebelles qui commentait et discutait dans une sorte de boucan généralisé. La demande de leur chef suffit à les faire taire d'un coup.

— Comme vous le savez, nous sommes réunis ce soir à la demande d'Aby. Les étrangers présents ici même sont porteurs d'informations concernant l'Empire et notre soi-disant sécurité.

Succinctement et sans émotion futile, Veignar porta à la connaissance de tous les informations qu'Adeldon et Félicia avaient révélées plus tôt. Sotsha se serait attendu à plus de réactions de la part de la foule, mais rien. Pas un mouvement, pas une respiration de surprise, seulement le silence. En même temps, l'utilisation excessive du conditionnel de la part de Veignar frisait le ridicule.

— Partons du principe que ces informations sont exactes, poursuivit le chef des rebelles, les étrangers requièrent notre aide dans cette affaire.

Cette fois, l'assemblée se mit à exulter dans tous les sens, chacun allant de son avis.

— C'est un piège, ils sont de mèche avec l'Impératrice ! s'écria une femme dans le public.

— C'est leur faute tout ça, ils n'ont qu'à se débrouiller sans nous ! hurla un autre.

Chacun s'invectivait en se braillant dessus alors même qu'ils étaient tous d'accord sur le principe : ils n'allaient pas porter leur aide.

— Mes amis, calmez-vous, ordonna le rebelle ventripotent. Je suis bien d'accord avec vous, tout ceci est leur faute. Cependant, comme le veut notre tradition, quand le conseil du village est convoqué, nous devons voter. Aby nous a convoqués, donc… votons. Qui, parmi vous, veut que…

— Ce ne sont pas les usages, le coupa la centauresse d'une voix aussi calme que glaciale.

Tous les regards se portèrent sur elle. Sotsha fut bien contente que l'attention se détourne un peu d'eux. Étonnamment, c'était la seule du groupe qui semblait mal vivre cette attention particulière. Flenn, lui, affichait un sourire ravi en daignant même saluer ironiquement certains de ses anciens camarades. Parodegan et Nörg ne paraissaient pas plus troublés que ça, comme s'ils avaient vécu des aventures similaires des dizaines de fois. Pour le reste, ils ne montraient aucune émotion spécifique. Quelle chance ils avaient.

— Dois-je te rappeler, ô grand chef des rebelles, que pour voter, il faut avoir eu connaissance des deux parties, déclara Aby avec assurance.

— J'ai expliqué en détail les inventions de tes amis.

— Je crois que tu oublies une partie majeure de l'histoire, si je peux me permettre. Voyez-vous, ces étrangers, comme Veignar aime à les appeler, ce sont des habitants de Valdenor qui viennent tout juste de se rendre compte que L'Empire n'est pas ce qu'il est censé être. En d'autres termes, ils viennent de rejoindre notre cause. Ce sont des rebelles. Et, ces personnes que vous voyez vont risquer leur vie demain pour remettre un peu d'ordre dans ce monde. Une partie d'entre eux va s'opposer directement à Thalinda quand l'autre va s'infiltrer dans le palais impérial.

La centauresse avait sciemment omis de préciser les liens de parenté qui unissait Sotsha, Félicia, Parodegan et Thalinda. Il n'était pas vraiment utile que tous le sachent de toute façon.

— Flenn ? Affronter Thalinda ? s'écria Badrel. Autant dire qu'il va aller rejoindre ses rangs directement et nous livrer à elle comme il sait si bien faire.

Le garçon baissa le regard lorsque la quasi-totalité de l'arène se mit à rire à ses dépens. Quasi, car il en manquait une qui n'esquissa pas un seul sourire.

— Flenn a fait son choix librement, il pouvait partir, mais il ne l'a pas fait, expliqua Aby en ne lâchant pas du regard le rebelle hilare. Vous, qu'avez-vous fait ces derniers jours à part chasser quelques voyageurs pour quelques sous ?

La question n'attendait pas de réponse, mais eut le mérite de ramener le calme dans l'arène.

— On te reconnait bien là, Aby, reprit Veignar. Tu parles bien et tu critiques beaucoup, néanmoins tu ne nous as toujours pas dit ce que tu attendais de nous.

Aby prit le temps de reprendre son souffle. Ce qu'elle allait demander aux rebelles n'était pas une mince affaire.

— Comme je vous l'ai dit, une partie d'entre eux va affronter Thalinda frontalement. Sans ça, le message que nous voudrions faire passer au reste de l'Empire ne pourra pas être délivré.

— Je répète ma question : que devrions-nous faire ?

— Les épauler. Combattre à leurs côtés.

Les sourcils touffus de Veignar se froncèrent.

— Tu réalises ce que tu nous proposes ?

— Oui, je le sais. Mais, si nous n'agissons pas maintenant, personne ne pourra plus arrêter Thalinda dans sa folie meur-

trière. Tiens-tu réellement à ce que le pays devienne un endroit où les plus démunis se retrouvent exploités par les puissants ?
— C'est déjà le cas.
— Très précisément. La même situation, mais en pire, alors que tu ne fais déjà rien pour la changer.
— Aby ! Ne pousse pas le bouchon trop loin. Tu proposes d'affronter les forces impériales dans un affrontement direct. Nous ne tiendrons même pas une minute et tu le sais très bien.
— Oui, mais ce ne sera pas nous qui mènerons le combat principal. Nous ne sommes qu'une diversion. Une fois l'affrontement engagé, nous romprons les rangs et nous nous disperserons dans la nature. Notre rôle s'arrête là. Ensuite, il nous suffira de nous retrouver dans quelques jours, dès que l'opinion du peuple aura tourné en notre faveur.

Veignar fulmina intérieurement.
— Et s'ils échouent ? reprit-il.

La centauresse se retourna vers Sotsha en lui adressant un léger sourire.
— S'ils échouent, la rébellion finira avec eux. On n'est pas assez nombreux pour tenir tête à l'Empire, tu l'as dit toi-même. L'Impératrice nous a mis au pied du mur, et elle ne nous laisse plus le choix. Si l'on ne fait pas ça, nous sommes finis.

Un duel de regards a toujours cela de comique qu'il est bien moins impressionnant que ce qu'il est en réalité. Pourtant, celui qui avait lieu entre le chef des rebelles et la dissidente au corps équin avait déjà l'air bien sérieux. Veignar le perdit en décrochant ses yeux d'elle pour le reporter sur la foule qui attendait ses paroles.
— Voilà, mes amis, ce qu'Aby nous propose. Allez nous faire tuer pendant que trois inconnus remplissent une mission aux chances de succès réduites. Voilà ce que valent nos vies pour elle : de la chair à canon, bonne à réaliser une diversion. Jamais, moi, je ne vous traiterai ainsi, vous le savez. Je vous le

dis ce soir, ne laissons pas la peur s'emparer de nos cœurs. Thalinda ne nous a pas attaqués toutes ces années, cela ne changera pas. N'allons pas périr pour une cause qui n'est pas la nôtre.

La foule se remit à s'agiter. Les poings se levaient, les mots exultaient et les rebelles étaient conquis. Non pas par une idée révolutionnaire, mais plutôt par celle de rester chez soi et d'attendre que les évènements se tassent.

— C'est donc aujourd'hui que tu révèles enfin ta vraie nature.

Aby n'eut pas besoin de parler fort pour que l'arène retrouve son calme. Enfin, l'opposition latente entre Veignar et la centauresse allait exploser et tous ici n'attendaient que ça depuis si longtemps.

— Depuis des années, tu prétends mener cette rébellion, mais au final, qu'as-tu accompli ? Quel changement as-tu esquissé, quelle lueur d'espoir as-tu apportée aux citoyens de cet Empire oppressif ? Je vais te le dire : rien. Rien de tout cela. Tu as bâti un village, rassemblé les brisés, les oubliés, les déçus, mais tu n'as pas su transformer cette force en une vraie révolution. Non, au lieu de faire trembler les murs de l'Empire, tu t'es incliné, tu as baissé la tête et tu t'es contenté de voler quelques taxieux de passages. Est-ce là, mes frères et sœurs, l'image que vous vous faites d'une rébellion ? Est-ce ainsi que nous devons vivre, toujours soumis, toujours brisés ? Non ! Nous sommes plus que cela. Nous sommes la rage, nous sommes le vent du changement, et nous devons le prouver, aujourd'hui !

Personne ne répondit.

— Nous avons enfin l'occasion d'agir, de faire quelque chose de véritablement significatif pour les habitants de Valdenor, et pourtant, vous choisissez de vous réfugier dans un confort illusoire. Ouvrez les yeux ! Si nous tournons le dos à Sotsha et ses compagnons aujourd'hui, quel avenir aurions-nous demain ? Croyez-vous que l'Impératrice nous épargnera simplement parce que nous avons choisi l'inaction ? Non ! Elle nous écrasera, juste à cause de ce que nous sommes : des rebelles.

Aucun son ne s'élevait de la foule. La plupart baissaient la tête ou détournaient le regard.

— Moi, je vous le dis, je ne resterai pas les bras croisés pendant que d'autres se battent et tombent à ma place. Je refuse d'être spectatrice alors que l'avenir se décide sans moi. Peut-être suis-je la seule à penser ainsi. Peut-être que certains d'entre vous préfèrent le monde que Veignar vous promet avec ses mots vides et sa soumission déguisée. Et si c'est votre choix, je ne vous jugerai pas. Mais si nous restons passifs aujourd'hui, si nous détournons le regard… Alors, nous ne méritons pas notre nom de rebelles. Parce que ce mot a un sens et que je compte bien l'honorer, demain je combattrais aux côtés de ces hommes et de ces femmes.

Un cimetière aurait été plus bruyant que cette arène.

— Alors, mes frères, mes sœurs, qui se tiendra à mes côtés pour rétablir la justice dans l'Empire ?

Aby parcourait l'estrade du regard, cherchant un soutien. Le silence pesant était sa seule réponse. Qui pourrait en vouloir à ses hommes et ses femmes de préférer la vie plutôt que de se jeter dans un combat perdu d'avance ? Le sifflement du vent dans les branches ressemblait à une casserole sur le point d'exploser. Dans son coin, Veignar jubilait. Il voyait bien que la foule était avec lui. Son sourire grandit encore plus quand Tamssoul, son soutien indéfectible à la musculature bien tracée, se leva.

— J'ignore tout de ces étrangers et la vérité, je ne risquerais pas de prendre une flèche ne leur nom. Il y a encore quelques jours, nous les pourchassions dans les montagnes du Nord, à la poursuite de Flenn parce qu'il nous avait menés en bateau avant de nous voler. Jamais, je ne me sacrifierai pour lui.

Le visage de Flenn se décomposa au moins autant que celui de Veignar rayonna.

— Toutefois, poursuivit le rebelle au bras d'acier, Aby, tu parles vrai. Notre rébellion n'en est plus une. Nous ne sommes que l'ombre de nous-mêmes. La semaine dernière, nous étions à Bratham et nous avons encore vu les cicatrices que Thalinda et Dreynus ont infligées à cet endroit. Si nous ne faisons rien, tout Valdenor ressemblera à cela. Alors Aby, je te le dis, je ne m'engagerai pas dans ce combat pour Flenn et ses amis, mais je le ferais pour toi, pour nos idéaux disparus depuis trop longtemps. L'Empire devrait commencer à craindre la rébellion comme il se doit.

Voir un homme confiant tomber du haut de ses certitudes a toujours un côté assez jubilatoire. Veignar venait de perdre un de ses plus fidèles lieutenants et avec lui son sourire satisfait qui l'accompagnait depuis. Sa carapace de confiance commençait seulement à se fêler.

— Si ce crétin y va, je le suis, s'écria Badrel dans ses rangs.

Et voilà qu'ils étaient deux maintenant. Curieusement le dicton qui sous-entend que deux ne vont jamais sans trois aurait pu mentionner le fait qu'il y en a toujours un peu plus qui suivent. Timidement au début, mais de plus en plus franchement, la foule commençait à se lever en signe de ralliement à la cause. Aby rayonnait de bonheur en retrouvant l'espoir de pouvoir faire quelque chose de cette bande de paumées. De son côté, le visage de Veignar était de plus en plus affaissé. Il venait de se faire désavouer publiquement. Dans l'euphorie générale qui suivit, il quitta l'arène en vaincue sans se retourner. Derrière lui, il laissa la centauresse savourer sa victoire. Ce soir, c'était elle la cheffe des rebelles.

Chapitre 34

Les Préparatifs

Voilà maintenant une journée que Flenn était parti pour Casperclane. Le garçon avait promis de s'arranger pour faire rentrer Adeldon dans la ville en toute discrétion. Depuis son départ, Gronk fixait le chemin amenant au village rebelle, espérant son retour. Le soleil avait eu le temps d'effectuer un tour dans le ciel, mais il ne décourageait pas. Il savait que son ami reviendrait.

— Qu'est-ce que tu fais tout seul, ici ? demanda la voix de Félicia par-dessus son épaule.

La jeune femme était assise sur une branche derrière lui. Ses jambes pendaient dans le vide et ses yeux mauves le dévisageaient. La cicatrice qui lui lézardait l'arcade lui donnait une impression bien sinistre. Depuis combien de temps était-elle là ?

— J'attends Flenn, répondit-il laconiquement en reprenant la contemplation de l'entrée du camp.

— Tu pourrais aussi bien l'attendre avec les autres.

— Je doute qu'ils aient besoin de moi.

Dans son dos, Gronk sentit que l'animatrophe sourit à ce commentaire.
— On est pareil, finalement, réalisa-t-elle.
— En quoi ?
— Moi non plus, je ne pense pas qu'ils aient remarqué mon absence.
— Ce n'est pas exactement ce que j'ai dit.
— C'est pourtant ce que tu penses.
Il ne répondit pas. Évidemment que Sotsha et Adeldon avaient dû s'apercevoir qu'il n'était plus avec eux. Seulement, ils avaient sans doute d'autres choses à faire.
— Pourquoi l'attends-tu ?
— Flenn ? Parce que c'est mon ami.
— De ce que j'ai compris, la loyauté n'est pourtant pas son fort.
— Tu ne le connais pas.
— Et toi ?
Voulait-elle l'énerver ? Elle n'aurait pas pu s'y prendre de meilleures façons que celle-ci si elle le souhaitait. Toutefois, Gronk ne lui accorderait pas ce plaisir, il se retourna vers elle, un grand sourire aux lèvres.
— Tu ignores ce qu'est un ami, n'est-ce pas ?
L'animatrophe le dévisagea.
— En effet. Tu sais, j'ai vécu la majeure partie de mon existence isolée dans une cage. Les seules personnes que j'ai croisées étaient ceux qui me donnaient des ordres. Je ne suis pas certaine que ce soit un bon point de départ à l'amitié.
— Pardon, je ne voulais pas…
— Y a pas de mal. Tu sais… on voit bien que tu as un bon fond. C'est une chose rare dans notre monde.
— Dans le tien peut-être, mais je pense que Thalinda ne t'en a pas montré la meilleure partie.

Le visage de la jeune femme était fermé. Comme si elle voulait se confier sur son passé, sur les traumatismes qu'elle avait endurés toutes ces années. Pourtant, elle n'en fit rien.

— Alors les gars, on croit encore que Flenn va revenir ? s'exclama Badrel en apparaissant de derrière un tronc.

Le rebelle ventripotent s'approchait d'eux, une tranche de pain à la main, accompagné de Tamssoul portant une lanterne dans la sienne. À l'intérieur, une flopée de petites fées fluorescentes irradiait de leur douce lumière.

— On dérange ? demanda Tamssoul de sa voix énergique.

— Ça dépend si vous souhaitez nous enchaîner.

— Tu ne vas pas nous en vouloir pour ça, répliqua le rebelle amusé. On n'avait pas le choix. Et puis… vous vous baladiez avec Flenn quand même.

— D'ailleurs, j'y pense, le coupa son collègue en tartinant son pain d'un morceau de fromage, il est parti comment jusqu'à la capitale ?

Les deux rebelles se retournèrent vers l'enclos du village qui n'abritait plus que quelques chèvres.

— Ne me dis pas qu'il a repris l'âne ?

Cette observation amusa Gronk. Le garçon ne changerait jamais.

— On verra si tu rigoles encore quand tu t'apercevras qu'il nous a abandonnés, pointa Badrel.

— Il reviendra, je le sais.

— Ce ne serait pas la première fois qu'il nous fait ce coup là, rétorqua Tamssoul.

— Ça vous donnerait une bonne raison pour ne rien faire.

Félicia était décidément maître dans l'art de faire taire ses détracteurs. Les deux rebelles se contentèrent de lui adresser un regard noir.

— On ne faisait pas rien, répondit quand même Badrel. On suivait les ordres, nous.

— Alors, je vois mal la différence entre vous et la Garde.
— Tu ne te battras pas à nos côtés, toi ? releva Tamssoul.
— Je ne combats plus aux côtés de personne sauf du mien.

Les deux rebelles ne répliquèrent pas, préférant s'échanger une tartine de fromage. Ils avaient beau être craintifs et exaspérants, ils avaient au moins la qualité de partager leur encas. Finalement, ils n'étaient peut-être pas si mauvais. Gronk accepta volontiers et même Félicia ne sut dire non, acceptant tout de même avec un grognement.

— Vous pensez qu'on a une chance de réussir ? demanda Tamssoul plus sérieusement.
— Bien sûr.
— Et si le peuple ne nous suit pas. Je veux dire, peut-être que la plupart d'entre eux préfèrent la sécurité à la vérité.
— Comme Veignar ? releva Félicia, taquine.

L'imposant rebelle tiqua, mais ne réagit pas.

— Certains ne nous suivront pas, répondit Gronk. Mais, il faut espérer que le peuple fasse ce qui est juste pour eux.
— Trinquons à ça ! s'écria Badrel.

Voilà qu'en plus du fromage, ils avaient ramené des boissons. C'étaient définitivement des personnes d'intérêt.

Au centre du camp, creusé à même un tronc majestueux, se trouvait une baraque. C'était celle du chef des rebelles, en l'occurrence, celle de Veignar jusqu'à récemment. Depuis, le titre était disputé pour ne pas dire incertain. Aby avait toujours su ce qu'elle faisait en s'opposant à lui. Pourtant, ce n'était pas avec plaisir qu'elle se retrouvait dans cette position. Veignar avait certes ses défauts, mais il aimait profondément les personnes qui dépendaient de lui.

Dans le bureau, la centauresse admirait les babioles qu'il avait entassées depuis tout ce temps. Conservé sous une bulle de verre, il avait même conservé le premier marteau qui avait servi à ériger le camp. Ce village représentait tout ce qu'il avait accompli dans la vie. Un par un, il était allé chercher les âmes en peine de Valdenor pour leur donner un but. Planche par planche, il leur avait bâti un refuge. La rébellion, c'était lui tout entier. Et pourtant, il était parti juste après le conseil dans l'arène. Le mauvais esprit du perdant ou au contraire la courtoisie de celui qui laissait sa place ? Aby ne savait pas trancher. Ce qu'il restait, c'était un bureau vide et une foule répondant dorénavant à ses ordres.

Sur une table, enroulée, était posée une carte du pays. Sur celle-ci, l'emplacement de la base rebelle ne figurait pas. C'était une règle d'or, ne jamais marquer le lieu précis. Pour rester introuvable et sûr, il fallait que cette règle perdure. Seulement, cette fois, l'Empire devrait les trouver. Ils auraient pu construire un camp fictif, mais les soldats auraient senti le coup fourré immédiatement. Quitte à se révéler aux Gardes Impériaux, autant tout donner.

Pour ce faire, rien de plus simple. Quelques informations glissées à des paysans en quête de reconnaissance et le tour serait joué. À cette heure-ci, la nouvelle devait déjà se répandre dans les couloirs de Casperclane. Dire que le légendaire Parodegan s'était joint à la rébellion devrait suffire à attirer la moitié des soldats du continent le lendemain. Pour ce qui était de la diversion, ce serait suffisant.

Désormais, Aby devait s'intéresser à la seconde partie du plan, celle où tout le monde resterait en vie. Si l'armée impériale attaque le camp, ce serait forcément depuis le nord. S'ils sont un tant soit peu tactiques, ils encercleront le village pour couper toute retraite. Ça restait la meilleure des façons pour éradiquer toute résistance en engrangeant le moins de morts possible. La fuite ne pourrait donc pas se faire par voie terrestre. Aby envisagea une seconde s'échapper grâce aux arbres, leur densité étant suffisante pour passer de branche en branche rapidement. Le seul problème résidait dans le fait que l'Empire amènerait sans doute des archers ou des mages et donc que cette stratégie les conduirait assurément à subir des pertes.

La meilleure solution demeurait la fuite par les souterrains. Veignar avait choisi de bâtir le camp à cet endroit parce qu'il se situait à l'affluence de tunnels naturels qui couraient sous la forêt. Une brèche entre deux masses rocheuses à l'intérieur du camp y donnait accès. Ce serait un passage idéal pour fuir sans que les soldats ne se rendent compte de rien. Une fois qu'ils s'en seront aperçus, il ne resterait qu'à faire s'écrouler l'entrée et tout le monde serait sauf.

Cet aspect traité, il fallait maintenant s'occuper de la résistance offerte à l'Empire. Pour éviter les pertes, il faudrait qu'elles soient la plus minimale possible. Avec un peu de malchance, l'armée pourrait avoir des téléporteurs. Ceux-ci ne sont pas assez puissants pour téléporter un grand nombre de soldats. Cependant, s'ils comprenaient trop vite que ce n'était qu'une diversion, ils pourraient rentrer au palais avec quelques-uns et empêcher Adeldon de réaliser sa mission. Il faudrait donc tenir un peu. Juste quelques minutes. Parodegan serait sans doute un bon appui pour occuper l'Impératrice un moment.

Par précaution, Aby demanda à certains de renforcer les murailles de bois. Les autres se préparaient au combat en taillant des flèches, ou bien en aiguisant leur lame. Pour pouvoir sortir de cet affrontement le plus nombreux possible, il allait falloir jouer serré. La centauresse regarda par la fenêtre les femmes et les hommes rassemblés autour d'un feu, jouant et s'amusant une dernière fois. Ils avaient reposé leur confiance sur elle. C'était maintenant à elle de les honorer.

Les partisans de Veignar étaient partis en même temps que lui. Dans le camp, il restait seulement ceux qui allaient combattre pour la justice et la liberté du peuple. Aby referma la porte délicatement en sortant de la pièce. Si tout se passait selon le plan, le lendemain à cette heure, Valdenor serait libéré.

L'avantage d'un camp dissimulé au beau milieu de la forêt, c'est qu'il y a de nombreux endroits pour se soustraire aux yeux indiscrets. Après les différentes trahisons qui avaient bouleversé sa vie, Adeldon cherchait sans cesse à s'éloigner de la cohue des préparatifs. Sotsha avait passé une bonne partie de l'après-midi à le chercher. Une fois trouvée, elle avait au moins passé aussi longtemps à se demander si ça valait la peine de le déranger. Assis entre deux rochers moussus à contempler le vide, il semblait serein. Sa seule occupation était de se faire passer d'une main à l'autre la gemme bleutée qu'il avait ramenée de la capitale.

Dans la pénombre du crépuscule, seule l'orbe émettait sa lumière. Le visage déformé par les cicatrices d'Adeldon ne montrait aucune émotion. Déjà qu'avant la blessure, il n'était pas expressif, mais là, il se rapprochait doucement d'une statue de marbre. Quelle drôle de manière de régler ses soucis que de les enterrer profondément dans son esprit.

Alors que Sotsha observait le chevalier, cachée dans un fourré, elle ne sentit pas la légère brise s'élever dans sa nuque. Ce même vent qui arracha une brindille de l'arbre sur lequel elle était épaulée. Brindille qui effectua un piquet sur le sol, s'échouant juste à côté d'un mulot se terrant là. Le rongeur fit un pas de côté, suffisant pour faire révéler sa présence à une chouette qui scrutait la scène avec intérêt. Le rapace s'élança, toutes serres dehors, et manqua de peu le mulot qui avait trouvé son salut dans un trou entre deux rochers. Frustré, l'oiseau poussa son hululement typique. Ce chant si simple et pourtant si beau des forêts de cette région du monde. Adeldon l'entendit et chercha du regard celui qui venait troubler sa retraite silencieuse. Le destin avait un curieux sens de l'humour pour avoir fichu cette chouette sur la branche juste au-dessus de Sotsha. Les regards des deux jeunes gens se croisèrent. L'une surprise, l'autre déçu de ne pas voir un oiseau.

— Sotsha, dit-il froidement.

— Adeldon, répondit-elle comme s'il pouvait avoir oublié son prénom.

— Que fais-tu là ?

— Oh, je… comment dire…

— Me cherchais-tu ?

Forcément, de sa position à lui, il était tentant de conclure qu'elle le guettait. En même temps, regarder quelqu'un tapis dans un buisson pendant une heure pouvait s'apparenter fortement à de l'espionnage.

— Je… Adeldon, je pense qu'il faudrait que nous parlions.

— Je n'ai rien à dire.

Le chevalier se retourna dans la contemplation du vide devant lui. Sotsha hésita. Une force intérieure l'incita tout de même à se lever. Comme elle l'avait fait à plusieurs reprises, elle vint s'asseoir à ses côtés. Contre toute attente, il ne bougea pas, il ne fit même pas de geste de recul, certainement trop las pour tous combats.

— Tu vas bien ?

La question sembla décontenancer Adeldon qui ne s'y attendait pas.

— Comment veux-tu que ça aille. Toutes les personnes à qui j'ai un tant soit peu accordé ma confiance viennent de la trahir, et tout cela en quelques jours.

— Pas tous.

— Thalinda que je pensais irréprochable s'avère être une dirigeante corrompue, avide de pouvoir. Jarod, mon ami de l'école militaire, m'a livré à elle pour profiter de moi. Et toi, tu as trompé mes sentiments avec de la magie.

— Attends un peu de revenir à Freyjar et découvrir que ton ami Brymir a vendu ta maison en ton absence.

C'était sorti ainsi, sans réfléchir. L'ironie était plutôt la marque de fabrique de Flenn, pas la sienne. Elle devait avoir passé trop de temps avec lui. Adeldon la regardait avec étonnement. Un frémissement anima le bord de ses lèvres et Sotsha y devina le début d'un sourire.

— À tous les coups, il travaille pour Thalinda, lui aussi, compléta-t-il, poursuivant cette hypothèse farfelue.

— Je ne crois pas, non. Jusqu'à maintenant, elle s'est entourée de personne compétente, je te rappelle.

Cette fois, ce fut la goutte de trop et le sourire timide se transforma en un rire de bon cœur. L'humour se révèle souvent une clé pour dénouer les situations embrouillées. Cela devait être la seule explication à la survie miraculeuse du petit voleur.

Ce moment d'euphorie dura quelques secondes avant que le chevalier retrouve son sérieux. Mais la gravité de son expression s'était évanouie.

— Tu sais, reprit Sotsha, je suis vraiment désolé pour le philtre d'amour. Tu l'as compris, je ne suis pas très douée avec la magie.

— J'ai plutôt l'impression du contraire. Crois-moi, ce sort est particulièrement bien réussi.

Pour une fois, ce fut Sotsha qui sentit ses joues rougir.

— Je voulais juste que tu saches que... je comprends ta haine et ta rancœur contre moi. C'est juste que ces quelques jours passés avec toi ont été agréables. J'ai appris à te connaître et je pense que maintenant, je te considère comme un ami. Le seul que je n'aie jamais eu. Alors forcément, je n'ai pas envie que tu disparaisses de ma vie.

Ce n'était pas vraiment ce qu'elle avait préparé dans sa tête, les mots étaient sortis tous seuls, comme si elle avait assisté à la scène depuis l'extérieur. Le chevalier la regarda. Son œil gauche, encore bleu et l'autre rougie par les flammes, plongeaient entièrement dans les siens. Il était impossible de lire en lui.

— Je ne te hais point, c'est même plutôt l'inverse. Je t'aime d'un amour inconditionnel qui ne saurait se tarir. Le problème est plutôt que j'ignore si ce sentiment vient de moi ou du philtre.

La magicienne ne répondit pas, se mordant les lèvres de honte.

— Mais bon… quelle que soit l'origine de ses sentiments, ils ne sont pas partagés. J'ai essayé de fuir pour ne pas y être confronté, mais on dirait que les dieux s'amusent à nous remettre sur le chemin l'un de l'autre. L'amitié est peut-être une chose dont je pourrais me contenter.

Pour appuyer ses dires, il lui tendit sa main, paume ouverte. Après la dernière discussion, Sotsha s'était attendu à une conversation désagréable et qui finirait mal. Tout le contraire était en train de se produire. Avec joie, elle serra la main de celui qu'elle pouvait fièrement appeler ami.

Sans s'étendre davantage, ils restèrent un instant là, à contempler le vide à deux. Une telle activité vaut bien de s'y atteler à plusieurs. Malgré tout, Sotsha sentait un certain ennui venir l'accueillir rapidement. Elle attrapa la fausse orbe d'Adeldon pour la consulter. Sa surface était polie, seulement irisée de quelques arêtes peu saillantes. Elle irradiait par son cœur bleu. L'artifice faisait sens et elle ressemblait en tous points à une vraie orbe. La seule différence était qu'elle ne dégageait aucune magie autre que sa lumière. Une pierre si banale qui avait conduit les évènements à cet instant.

— Garde-la, lui dit-il.
— À quoi pourrait-elle me servir ? Elle n'a aucun pouvoir.
— Après tout ce qu'on a fait pour l'obtenir, ce serait bête de s'en débarrasser ainsi.

— Alors, prends-la.
— Non, tu me la rendras une fois que nous nous retrouverons à Freyjar.

Sotsha comprit l'intention du jeune homme. Elle lui répondit par un sourire chaleureux.

Le camp des rebelles n'était pas bien différent de Freyjar. Il y avait de la danse, de la musique, un grand banquet et des tonnes de villageois qui voulaient en savoir plus sur les aventures de Parodegan. Le vieux mage était aux anges. Il pouvait raconter ses histoires à des oreilles qui ne les avaient encore jamais entendus. Alors qu'un jeune faune le quittait, maintenant connaisseur de la traque des sorciers Ferygon, Nörg prit son tour dans la file d'attente et rejoignit son vieil ami.

— Comme d'habitude, ils sont tous à boire tes paroles et pas un pour demander comment tu as survécu à toutes ses aventures.
— Tu insinues que j'oublie de mentionner l'existence de la géante ronchonne qui m'a souvent accompagné ?
— Souvent ? Tu veux dire toujours.
— Tu n'étais pas là quand j'ai affronté le troll de Mounich.
— Et voilà pourquoi tu y as laissé ta phalange.

La facétieuse géante s'amusa de sa blague, avec son rire rauque et tonitruant. Il ne faudrait pas longtemps pour que dans ce village aussi, elle acquière une réputation de croque-mitaine.

— Tu viens juste pour me gâcher mon moment ou tu as une vraie revendication ?
— Non, je viens voir comment tu vas.
— Au top !
— Paro… je te connais. Demain, tu vas l'affronter et tu vas me dire que ça ne te fait rien.
— Oh, j'avais oublié, tiens.

— C'est ça, oui. Tu peux faire mine devant tous ces pauvres damnés, mais pas à moi. Tu as peur ?
— Peur ? Mais pour qui me prends-tu ?
— Paro...

Quand elle voulait quelque chose celle-là, elle savait s'y faire. Et elle avait bien raison sur un sujet, elle connaissait les émotions du vieux mage, mieux que lui-même. Il acquiesça, vaincu.

— D'accord, tu as raison. Je crains de trouver quelqu'un que je ne reconnais pas demain. Thal' a tellement changé depuis toutes ses années. Tu as vu ce qu'elle a fait à Félicia ? Et si mes pouvoirs ne suffisaient pas ?
— On n'est pas là pour la vaincre, seulement pour gagner du temps.
— C'est vrai, mais...

Le vieil homme n'eut pas le temps de finir sa phrase qu'une agitation secoua tous les villageois. Flenn était de retour de son voyage vers Casperclane. Certains s'émurent de le voir sur un âne, quand la plupart attendaient son compte rendu. Il avait trouvé un moyen de s'infiltrer dans le palais pour trois personnes : Adeldon, Gronk et lui. Visiblement, la participation de la créature porcine n'était pas une question. La localisation du camp était bien parvenue jusqu'au palais impérial. Selon ses dires, l'armée tout entière était sur le pied de guerre et le talonnait déjà. Le lendemain, elle serait sur eux.

Pour passer une bonne soirée, ce n'est pas le genre d'informations qu'il est bon de distribuer. La foule n'avait plus rien à faire des histoires du vieux mage et s'était trouvé une nouvelle occupation : passer un moment avec ceux qu'ils aimaient. Dans sa vie, Parodegan avait malheureusement vécu trop de veilles de batailles. Elles ressemblaient toutes à celle-là. À la différence que d'habitude, il ne ressentait pas de craintes pour ses proches. Cette fois-ci, une curieuse sensation naissait au niveau de son estomac, comme des fourmillements. Pourtant, les côtes de sangliers préparés par les rebelles semblaient tout à fait respectables.

Chapitre 35

Un Accord Douteux

Le sommeil est un concept particulièrement précaire à l'heure où l'avenir d'un pays repose sur ses épaules. Gronk n'avait pas tardé à le découvrir. Alors qu'il cheminait dans l'épaisse forêt, sa bouche s'ouvrait sous l'effet d'une force incontrôlable à de multiples reprises. Des bâillements selon Flenn qui l'imitait à chaque fois avec un temps de retard. Il fallait dire que la nuit n'avait pas été spécialement longue. Ils étaient partis aux premières lueurs du jour, voulant éviter à tout prix de croiser la route de l'armée impériale.

En tête, Adeldon menait le groupe d'un pas déterminé. Lui non plus avait mal dormi vu le cerne qui englobait son œil gauche. Le droit était déjà suffisamment habillé de cicatrices pour ne pas en rajouter. Le chevalier se retournait régulièrement afin de presser ses acolytes. Il ne l'avait pas exprimé, mais Gronk sentait qu'il n'était pas enchanté de remplir cette mission avec ces deux-là. Il aurait sans doute préféré la réaliser tout seul. À son grand damne, il avait besoin des contacts du petit voleur pour rentrer dans la ville sans se faire repérer.

Au bout de quelques heures, ils approchèrent de l'orée du bois. La forêt n'était plus aussi dense et les arbres beaucoup moins grands. À l'horizon, à travers la brume matinale se devinait l'imposante cité qu'était Casperclane. Ses tours dorées laissaient refléter les rayons du soleil. Vue ainsi, la ville paraissait accueillante. D'ici, il était impossible de discerner les murailles impressionnantes de la cité. En revanche, ce qui était visible, c'était la colonne de soldats qui prenait la direction du bois un peu plus au sud.

Des légions entières se dirigeaient droit sur la position des rebelles. Des milliers d'hommes et de femmes rompus au combat qui allaient affronter une centaine de malheureux qui n'y connaissaient rien à l'art de la guerre. Heureusement que le plan ne nécessitait pas que les deux forces rentrent en contact. Il fallait seulement qu'Aby et Parodegan tiennent assez longtemps pour leur permettre à eux de transmettre le message.

— C'est impressionnant, souffla Gronk.

— Ce n'est là qu'une infime partie de son armée, expliqua Adeldon. En si peu de temps, l'Impératrice n'a pas pu rassembler les troupes postées dans les autres villes. Imaginez juste une seconde ce qu'elle serait capable d'accomplir avec une telle puissance.

— Au moins, ça fera toujours ça de moins qu'on croisera là-bas. Thalinda est avec eux ?

Le chevalier plissa les yeux avant de désigner une personne en tête de cortège qui lui ressemblait. La présence de Parodegan et de ses deux filles aura suffi à la faire sortir. Une bonne chose, car avec son pouvoir, il aurait été impossible de s'infiltrer dans le palais.

Adeldon et Gronk avaient essayé à plusieurs reprises de savoir par quel procédé le voleur prévoyait de les faire entrer. Des déguisements ou un parchemin de téléportation mineur avaient été avancés comme subterfuge. Flenn s'amusa de ses suppositions et ne révéla rien de son plan. Il se contenta d'un très léger : *quand vous le verrez, vous comprendrez.* Une description sommaire et très peu satisfaisante dans le contexte.

Néanmoins, s'il fallait reconnaitre une chose à Flenn, c'était qu'il ne cessait jamais d'être étonnant. Après quelques minutes à longer la lisière de la forêt, un amas de rochers leur bloqua la route. Gronk pensa naturellement qu'il allait falloir le contourner, mais le petit voleur se fraya plutôt un chemin en plein milieu. Les deux autres le suivirent, circonspects au début, puis réalisèrent que ce serait peut-être ça qu'il fallait comprendre. Une fois en haut du petit monticule de roches escarpées, le garçon se retourna vers les deux autres en se fendant d'un : *tada* de fierté.

— C'est ici ? demanda Gronk en se tournant sur lui-même.
— Flenn, nous n'avons pas le temps pour tes enfantillages. Où se trouve...
— Ici !

D'un pas enjoué, le garçon déblaya quelques roches sur le sol et une trappe de bois apparu. Il la souleva, révélant un couloir souterrain sombre et malodorant.

— Quelle est cette fourberie, encore ?
— Un tunnel.
— Qui va jusque dans Casperclane ?
— Tout à fait. Il servait originellement pour la contrebande.
— Nous proposes-tu d'utiliser un tunnel de contrebande pour nous infiltrer dans la ville ?

Le garçon répondit par un sourire radieux.

— La Garde doit connaitre cet endroit. À tous les coups, il y aura des soldats postés aux sorties.
— Non, les Gardes ne le connaissent pas.
— Comment le sais-tu ?
— Je le sais.

La réponse ne sembla pas convaincre Adeldon. Toutefois, le petit voleur n'était pas disposé pour expliquer davantage. Voyant cette discussion s'enliser et le temps filer, Gronk prit les devants et s'engouffra par la trappe. Quelques torches se trouvaient à l'entrée et il en attrapa une pour l'enflammer. La lumière vacillante brisa l'obscurité et lui permit d'avancer. Derrière lui, les deux autres lui avaient emboité le pas.

Le corridor avait été creusé à même la roche sans aucune recherche esthétique. L'humidité rendait les murs suintants et avait même noirci les étais par endroits. Les échos de leurs pas se répercutaient au loin, se perdant dans les abimes de la terre.

— Où finit ce tunnel ? voulut savoir Gronk, curieux.

— En plein milieu de la ville. On passera la muraille par le dessous, si profondément qu'on pourrait crier, personne ne nous entendrait. Je vous avais dit que vous pouviez me faire confiance, non ? Et pour rentrer dans le palais, là aussi, je me suis arrangé.

— Qu'as-tu fait ? exigea Adeldon n'aimant pas les surprises, surtout celles venant de Flenn.

— J'ai passé un accord avec la Guilde des Voleurs.

Ces noms résonnèrent dans la mémoire de Gronk, lui rappelant ce que son ami lui avait dit à son sujet.

— N'étais-tu pas pourchassé par cette Guilde ? demanda-t-il après s'être souvenu de cette fameuse discussion.

— Pourchassé, le mot est un peu fort. Disons qu'ils voulaient me mettre la main dessus, oui. J'avais... deux ou trois petites dettes à éponger avant qu'ils puissent m'aider.

— Sous-entends-tu que la Guilde des Voleurs va nous assister ? s'insurgea le chevalier.

— Elle le fait déjà. Ce tunnel, c'est à eux. En même temps, c'est aussi pour cette raison que les Gardes Impériaux ne nous tomberont pas dessus. Il y a comme des... chartes de coexistences entre la Guilde et les soldats de Thalinda. Chacun dans son camp, si vous voyez ce que je veux dire !

— Comment ont-ils accepté de t'aider si tu avais des dettes ? demanda Gronk.

— Le principe d'une dette, c'est de la régler. Une fois chose faite, c'est tout de suite plus simple.

— Que leur as-tu promis ?

— Rien de bien méchant. Deux, trois bricoles. Quand je leur ai donné le masque de Mandrog en or massif, ils étaient plus ouverts à la discussion.

— Et c'est tout ?

— De ce dont je me souviens, oui.

— Leur as-tu expliqué notre mission ? reprit Adeldon.

— Pas vraiment, non. Un des dogmes de la Guilde est de ne pas intervenir dans les affaires politiques. Je leur ai seulement promis un petit chaos passager qui ravira leurs finances. Donc, ils nous ouvrent les portes du palais, et leur participation s'arrêtera là.

— C'est déjà ça, se rassura Gronk.

L'entrée du tunnel se trouvait plusieurs kilomètres au sud de Casperclane, il était naturel qu'il faille parcourir la même distance sous terre. Cependant, lorsque l'horizon est dépourvu de points de repère, le trajet parait bien plus long. Finalement, l'interminable passage déboucha sur une porte de bois. Flenn revint en tête du groupe avant d'expliquer aux deux autres :

— Bon, à partir de maintenant, on rentre dans le territoire de la Guilde. Vous me laissez parler, vous ne dites rien.

— Et si... commença le chevalier.

— Pas d'exception, le coupa le voleur en levant son doigt.

Le garçon poussa ensuite la grande porte qui grinça lourdement en coulissant sur ses gonds. L'autre côté donnait sur une pièce circulaire, aménagée avec de nombreux tonneaux. L'odeur de houblon mélangé au bois pourri laissé devinait qu'ils se trouvaient dans une cave ou quelque chose de ce style. À vrai dire, l'endroit était sans importance. Seules les personnes au centre de la pièce en avaient. Chacun était habillé d'une grande robe de soie bleu luisant aux motifs floraux et arborait un masque à l'effigie d'un animal. Celui qui se tenait à l'équidistance de tous en portait un à l'image d'un paon.

— Bienvenue, les accueillit-il sans émotion.

Par habitude, Gronk s'apprêtait à répondre, mais le regard de Flenn lui rappela son ordre de ne pas prononcer de paroles. Cette société certainement très codifiée ne devait pas souffrir d'exception. La politesse n'en serait pas une.

— Suivez-moi, ordonna l'homme au masque de paon.

Son attitude et celle des autres le suivant montrait clairement que c'était lui qui dirigeait. Il quitta la pièce et s'engagea dans un couloir peu éclairé. Flenn lui emboita le pas, suivit timidement par Gronk et Adeldon. Le reste des individus ferma la marche d'un pas alerte, de ceux qui savent se battre.

Les couloirs s'enchaînèrent, l'un après l'autre. Si cet homme voulait les perdre dans un labyrinthe, il n'aurait pas pu être plus efficace. Ils finirent tout de même par emprunter un escalier qui déboucha à l'intérieur d'une maison. Tout y était richement décoré. Les assiettes étaient servies sur la table, les plats étaient disposés et les chandeliers émettaient une légère lumière. Mais une chose troubla Gronk. Tout y était trop beau, trop parfait. Or, toute vie réussit toujours par laisser quelques notes dissonantes. Cet endroit était dénué de présence. Cette maison n'en était pas une. Plutôt un leurre profitant à la Guilde.

Alors que Gronk détaillait le mobilier du logis, Adeldon s'était approché d'une des fenêtres. Sans dire un mot, il avait invité la créature porcine à le rejoindre. Devant la maison s'étendait une place relativement grande et bien entretenue. De l'autre côté s'élevait un immense bâtiment : le palais impérial. Le plan de Flenn avait réussi. Malgré le protocole étrange de cette Guilde et sa réputation, ils avaient tenu parole et les avaient menés jusqu'ici. Seule la présence de deux Gardes Impériaux venait ternir cette réussite.

— Nous vous avons mené jusqu'au palais, indiqua le chef de la Guilde. À vous de remplir votre part.

— Nous savons ce que nous vous devons, Maître, répliqua Flenn avec une révérence presque bien réalisée. Cependant, sauf erreur de ma part, notre accord stipulait de pénétrer dans le palais.

Le masque de paon ne laissait pas voir les expressions de son propriétaire. Toutefois, Gronk perçut une note de déception dans le silence qui s'étira dans le salon.

— Encore une fois, je ne veux pas prendre de décisions à votre place Maître, mais il me semble que pour commencer, il faudrait se débarrasser des deux gaillards plantés là-bas. Juste histoire de respecter les termes, vous voyez.

Le chef des Voleurs ne bougea pas. Gronk imagina un instant qu'il allait sortir une épée de sa robe et décapitait le garçon qui avait osé le commander. Cependant, les arguments avancés parurent avoir porté leur effet. L'imposant dirigeant siffla et un de ses hommes sortit de la maison. De la fenêtre, Gronk regarda la scène avec effroi. Le voleur se dirigea vers les soldats en factions d'un pas leste. Ces deux-là furent sans doute surpris par cet accoutrement étonnant et levèrent leur hallebarde dans sa direction. Une interjection plus tard et le premier Garde se retrouvait avec un trou supplémentaire pour respirer au niveau de la trachée. Le second n'offrit pas beaucoup plus de résistance et s'effondra sur le sol après quelques secondes de combat. Tout était allé très vite. Presque aussitôt, le voleur était de retour dans la pièce, comme si de rien n'était.

— La voie est libre, notifia l'homme au visage de paon d'un ton glacial.

— Je savais que je pouvais compter sur vous, Maître.

Flenn invita alors les deux autres à le suivre. Rapidement, ils traversèrent la place. Gronk ressentit un relent désagréable en enjambant les Gardes raides morts.

— Flenn ! invectiva le chevalier une fois libre de parler. Quelle est donc cette histoire de contrat ? Que leur as-tu promis ?

Le petit voleur ouvrit la porte du palais.

— Comme je vous ai dit, j'avais quelques dettes à payer pour qu'ils puissent nous aider.

— Tu nous as trahis !

— Non ! J'ai juste dû... négocier un peu. Disons que le masque de Mandrog leur a bien tapé dans l'œil. Il faut dire que ces types-là, ils adorent les masques, vous avez vu. Mais... ce n'était pas suffisant.

— Tu nous avais juré n'avoir échangé que ce masque.

— Ah oui, c'est vrai, j'ai oublié un minuscule détail tout à l'heure... Mais bon, ça ne change rien. Allez, je vous souhaite bonne chance pour aller botter les fesses de l'Impératrice et ramener la justice, la paix, et tout le tintouin dans l'Empire. Vous êtes des héros après tout, non ?

— Je le savais, tu nous abandonnes !

Le poing d'Adeldon était déjà en train de se refermer. Il allait lui en collait un au beau milieu de la figure pour raviver un peu l'ecchymose déjà présente. Mais Gronk avait compris, lui. Adeldon pouvait penser ce qu'il voulait, il faisait fausse route. Le garçon ne les avait pas trahis, il n'était pas en train de les abandonner. Tout le contraire même.

— Tu... tu t'es livré, n'est-ce pas ? fit-il d'une voix triste. Tu as réglé la dette en leur offrant ta vie.

Le garçon répondit par un sourire et Adeldon fronça les sourcils réalisant soudain son erreur.

— Que vont-ils faire de toi ?

— Oh, ça dépendra de leur humeur, je suppose. Ils m'ont promis un ravissant florilège de tortures et autres joyeusetés. De belles promesses, on verra s'ils arrivent à les tenir.

— Viens avec nous ! On peut encore fuir, tu n'es pas obligé…

— Ça, c'est bien toi, Gronk. Toujours à croire qu'il y a une solution. Mais regarde un peu mieux… il doit y avoir au moins une centaine d'arcs bandés, tous pointés sur moi. Si je faisais ne serait-ce qu'un pas vers cette porte, je suis un homme mort. Et vous aussi, d'ailleurs. Mais les citoyens de l'Empire comptent sur vous. Moi ? Je ne suis qu'un petit voleur, un gars de rien du tout. Alors, faites ce qu'il faut, soyez victorieux. Ça, ça comptera vraiment.

— Flenn, tu…

— Oh non, pas les adieux larmoyants, pitié ! Allez-vous-en avant que je change d'avis et que je finisse par trahir quelqu'un.

Le garçon était là, mais dans un instant il disparaitrait dans un engrenage qui dépassait complètement Gronk. Pourquoi la Guilde lui en voulait-elle autant ? Il ne le savait pas. La seule chose qu'il savait, c'était que son ami venait de se sacrifier pour eux, pour leur mission. Son cœur lui criait de rester, de lui venir en aide, mais sa tête, elle, savait qu'il n'y avait qu'une seule chose à faire. Avec regret, Gronk passa la porte du palais, laissant derrière lui le garçon. Adeldon lui emboita le pas, et avant même que l'entrée ne se soit refermée, les Voleurs encerclèrent Flenn pour l'embarquer.

Celui qui avait vécu sa vie en édifiant la trahison au niveau d'un art venait enfin de réaliser un acte qui le dépassait. Une larme roula sur la joue de Gronk. Dorénavant, il n'y avait qu'un seul moyen d'honorer ce sacrifice, c'était de remplir la mission qui les avait menés à Casperclane.

Chapitre 36

De Feux et d'Ombres

Parodegan connaissait par cœur l'atmosphère qui régnait avant un combat. Comme un mélange de frénésie guerrière et de peur rationnelle. Dans sa vie, il avait assisté à beaucoup trop de ces tueries pour pouvoir les compter. C'était avec une réelle amertume qu'il se tenait là, au milieu de ces jeunes gens, prêts à affronter les hordes impériales. Heureusement, le plan était simple : ne pas livrer bataille. Pour cela, le vieux mage avait une idée. Thalinda ne lui refuserait pas une conversation. Une occasion en or de mettre le passé de côté.

— Ils sont là ! hurla un rebelle depuis son poste de garde.

Sa voix était teintée d'un léger tremblement, plus proche de la peur que de l'excitation. Ce sentiment parcourut l'assemblée alors que des observations similaires se faisaient entendre de toutes parts du village. Ils l'encerclaient totalement. Thalinda n'avait pas rigolé. Elle avait dû envoyer toute la garnison de Casperclane pour réaliser ce tour de force.

La première rangée de l'armée impériale était constituée de la cavalerie, stoïque et imposante. Grâce à la densité élevée de la forêt, ce ne serait pas eux qui feront le plus de dégâts.

L'infanterie et les archers postés derrière auraient plus de chance de produire de lourdes pertes si le combat s'engageait. À cela, il fallait rajouter la poignée de mages dispersés aléatoirement dans les rangs. Il était impossible de prévoir la nature de leur Don.

À l'intérieur des murs, les regards se tournaient vers Aby. C'était elle qui donnerait le signal du repli. La centauresse désirait gagner le plus de temps possible. Dès lors que l'armée impériale comprendrait que leurs proies étaient fuyantes, ce serait un carnage sans aucune retenue. Pour le moment, les plus faibles pouvaient emprunter le tunnel quand les autres tenaient leur position dans les arbres ou sur la muraille.

Parodegan se fendit d'un léger signe de tête pour la commandante rebelle pour lui signifier qu'il allait lui accorder le temps nécessaire. Avant de passer les portes, il salua de la main ses deux filles proches de la géante. En entendant sa proposition de parler avec Thalinda, aucune des trois n'avait envisagé de rester en arrière. Mais pour leurs sécurités, il devait être seul.

La porte grinça et le vieux mage s'avança seul face à la terrible armée. Habillés de leur cuirasse argentée, les soldats étaient impressionnants, armes au poing et regards sanguinaires. Aucun d'entre eux n'avait jamais connu la guerre autrement que dans les récits historiques. Parodegan reconnaissait l'insouciance de ceux qui n'ont jamais ôté de vie. Cette innocence ne leur sera pas enlevée aujourd'hui. Personne ne périra.

Le sol recouvert de mousse amortissait chacun de ses pas. Parodegan se serait cru sur un nuage. Rien de mieux pour se donner un peu de courage. Ça faisait longtemps qu'il ne s'était pas dressé devant une telle puissance. Ça ne lui avait pas manqué.

Une fois à bonne distance, il s'arrêta. Derrière lui, les portes se refermèrent. Il ne fallait pas que les soldats voient ce qu'il se tramait à l'intérieur du camp. Soudain, les cavaliers face à lui s'écartèrent et Thalinda apparut. D'un pas léger, elle s'approcha de lui. Habillée d'un ensemble de cuirs rouge, elle était resplendissante. Bien qu'il soit concerné par le sujet, Parodegan n'avait jamais accepté l'étrange jeunesse éternelle des magiciens. Voilà trente ans qu'il ne l'avait pas vue et elle n'avait pas pris une ride. La seule différence étant qu'il n'y avait plus aucune trace d'amour dans son regard.

— Je n'aurais jamais cru que tu t'abaisserais à diriger la rébellion, déclara-t-elle froidement.

— Oh non. J'aimerais bien te dire que j'ai ma part de responsabilité là-dedans, mais ma participation est purement fortuite. Je crois que ces jeunes-là n'ont pas eu besoin de grand monde pour voir ce que tu as fait à leur pays.

L'Impératrice ne répondit pas. Son regard se perdit derrière lui, au niveau des murailles. Sans se retourner, Parodegan savait que ses filles avaient grimpé dessus pour observer l'altercation. Il avait beau avoir dit à Nörg de les en dissuader, il savait que leur détermination serait supérieure à toute contrainte physique.

— Elle sait ?

— Tu veux dire, est-ce que Sotsha est au courant que tu es sa mère ? J'en ai bien peur, oui. C'est un coup du sort, quelque chose que ni toi ni moi n'aurions pu prévoir.

— Tu t'étais engagé à ne jamais le lui révéler.

— Je n'ai rien fait. Je crains que la haine de Félicia soit la raison de toutes ses révélations. C'est une chose ardue d'essayer d'éloigner une fille de son père, tu sais.

Encore une fois, elle ne répondit pas.

— Étrangement, comme tu pourras le remarquer, ma rencontre avec Félicia s'est plutôt bien passée. Elle n'a essayé de me tuer que deux ou trois fois, c'est tout.

— Crois-moi que cette motivation l'a pourtant suivie toute sa vie.

— Je me doute, oui. Et je comprends maintenant très bien qui a pu lui mettre ces idées en tête. Plutôt que d'assassiner son père, je dirais qu'elle voulait avant tout le trouver. Ce qu'elle a fait.

— Grand bien lui fasse.

Les soldats derrière l'Impératrice ne bougeaient pas d'un pouce, comme s'ils étaient au défilé du Jour de l'Unité. De son côté, Thalinda ne semblait pas plus pressée que cela non plus. Le vieux mage se serait attendu à devoir utiliser des subterfuges pour la faire parler. Au lieu de ça, elle prenait son temps, comme si deux armées ne se faisaient pas face en ce moment même.

— Pourquoi tout ça, Thal' ?

Cette question ne reçut en guise de réponse qu'un haussement de sourcil.

— Celle que j'ai connue aurait réglé ce problème d'une dizaine de façons différentes de celui-ci. Inventer une menace pour unir ton peuple ? Sérieusement ?

— Tu sais donc pour l'orbe.

— Bien sûr. Explique-moi, s'il te plait. S'il reste un soupçon de ce qu'il y avait entre nous à l'époque en toi, donne-moi une explication.

Son œil se mit à briller d'une faible lueur.

— Tu m'as abandonné, Paro. Nous étions tous les deux, les rois du monde. Ensemble, nous aurions pu concrétiser nos rêves les plus fous.

— Je suis parti parce que tu es devenue délirante. Tu voulais élever nos deux enfants dans la violence et la peur. Tu cours après le pouvoir comme s'il pouvait te glisser entre les mains.

— Ce n'est pas de gaité de cœur que j'ai fait tout ça. Le monde est ainsi. Dois-je te rappeler ce qu'il s'est passé avec Kel' ?

— D'accord, nous avons croisé notre lot de personnes dangereuses, mais ça ne veut pas dire que le monde en est rempli. Tu avais le choix entre montrer la beauté de la vie ou sa laideur à nos filles et tu as opté pour le mauvais côté. T'es-tu déjà demandé ce que Félicia avait enduré durant toutes ces années ?

— Je l'ai juste préparée à affronter les défis de ce monde. Dans quelques années, elle me remerciera.

— Je...

Parodegan avait envie de continuer le débat, d'essayer de la convaincre, mais il voyait bien que la femme qui se tenait devant lui n'était plus celle qu'il avait connue. Elle avait raison, il était parti. Il avait fait un choix et ce choix était de sauver une de ses filles. Désormais, la femme qu'il avait quittée n'était plus celle qu'il avait face à lui. Même en sachant que son départ avait causé cette folie, il n'éprouvait aucun regret d'avoir choisi Sotsha vingt ans plus tôt.

Le temps gagné par cette discussion avait dû permettre à une bonne partie des rebelles de fuir. Encore quelques minutes et le camp serait vide. Pourtant, la porte de l'enceinte s'ouvrit avec fracas. Un orc en jaillit, hurlant de panique. Quelque chose clochait.

Aby regarda Parodegan sortir par la porte du village. Quand celle-ci se referma sur lui, elle savait que le sablier venait de se retourner pour eux. De loin, elle vit Sotsha et Félicia glisser entre les mains de la géante et se précipiter sur les murailles. C'était sans doute un problème, mais la centauresse devrait le gérer plus tard. Pour le moment, il fallait évacuer le camp. Heureusement, la veille, elle avait organisé la fuite le plus efficacement possible. Tous savaient quand il fallait faire mine de garder ses positions et à quel moment il fallait partir.

— On ne va pas fuir alors que le combat n'a même pas commencé, s'offusqua un lutin vindicatif.

— Vous allez suivre le plan.

— Et pourquoi partirais-je le premier ?

— Parce que vu la taille de tes jambes, vaut mieux que tu prennes de l'avance sur nous, se moqua son ami le faune.

La face du lutin vira au rouge sous sa colère, mais il ne dit rien. Le regard noir d'Aby suffit à lui faire entendre raison. Elle n'avait pas de temps à perdre avec les égos de chacun. Le lutin, ainsi que trois autres rebelles s'insinuèrent dans le tunnel. C'étaient les premiers à partir, le reste suivrait dans les minutes qui suivent. Aby supervisait elle-même les départs.

Alors qu'elle rassemblait le second groupe, elle vit le premier groupe revenir. Ils avaient fait demi-tour.

— Dans quelle langue il faut que vous dise qu'il est temps de partir ? répéta-t-elle, excédée.

— Non, mais c'est pas nous, c'est…

Le lutin n'eut pas besoin de finir sa phrase qu'Aby comprit qu'elle avait eu tort. Dans la fente s'élevait le bruit de pas. Les quatre rebelles étant revenus, il y avait donc quelqu'un d'autre dans le tunnel. La centauresse savait déjà de qui il s'agissait, elle voulait juste en obtenir la certitude. La démarche et l'allure ne trompaient pas. Aby aurait reconnu ce ventre rebondi, cette barbe touffue et cette apparence proche d'un ours entre mille. Veignar sortit de la pénombre, une épée à la main. Une seule question persistait :

— Que fais-tu là ?

L'ancien chef ne répondit pas. De nombreuses fées virevoltaient autour de lui, presque comme si elle percevait en lui un homme de valeur. Pourtant, rien dans son attitude ne montrait qu'il avait eu une prise de conscience et qu'il avait décidé de

rejoindre le juste combat de la rébellion. Plutôt l'inverse en réalité.
— Rendez-vous, fit-il simplement.
— Nous rendre ? À qui veux-tu que nous nous rendions ?
— Aux impériaux. J'ai négocié avec eux, personne ne sera blessé si vous vous soumettez.

Chaque mot de cette déclaration eut l'effet d'un coup de poignard.
— Tu t'es lié à l'Empire ?
— Je vous sauve la vie.
— Tu rigoles, tu nous proposes de vivre enchaîné à un système que nous avons rejeté. Que tu as rejeté également !
— Je préfère vivre enchaîné plutôt que de voir mourir ceux que j'aime.
— C'est ton choix, mais pas le mien. Écarte-toi du chemin.

Quand un centaure dégaine son espadon, c'est toujours un grand moment d'émotion, à s'en filer la chair de poule. Veignar fut insensible à cette démonstration de force et ne bougea pas d'un pouce.

Derrière Aby se trouvaient Tamssoul et Badrel. Elle craignait que leur fidélité à leur ancien chef soit trop forte pour les faire craquer. Quel soulagement ce fut d'entendre leurs épées quitter leur fourreau. La majorité des rebelles était rassemblée ici. Aucun ne dérogea de son soutien à leur nouvelle cheffe.

— Vous n'avez pas compris, reprit Veignar, ce n'est plus une question soumise au vote. Soit, vous vous rendez, soit vous mourez tous.

Brisant l'obscurité, plusieurs Gardes Impériaux glissèrent derrière. Rapidement, ils se répartirent en arc de cercle autour du renégat. Ils n'étaient pas nombreux, mais en quantité suffisante pour offrir une résistance considérable. Une fuite sans pertes commençait à devenir une possibilité compliquée. Sans compter que le temps gagné par Parodegan se restreignait sérieusement.

Pour couronner le tout, un des soldats tira la cordelette qui retenait les gravats et ils s'abattirent sur l'entrée du tunnel. Ces pierres devaient l'obstruer une fois que tous les rebelles étaient passés, pas avant. Voilà maintenant qu'ils étaient retenus en otage. Plus moyen de partir par les souterrains et l'ensemble de la garnison de Casperclane les encerclant. La situation commençait à être de plus en plus critique.

— Veignar ! Sale traître ! hurla Badrel de désespoir.

— Comment as-tu pu faire ça ? demanda son éternel compagnon musclé.

— Combien de fois devrais-je vous le dire ? Je vous sauve. Rendez-vous et aucun mal ne vous sera fait.

En réponse, chaque rebelle dégaina son arme. Aby sentit une grande fierté face à ces gestes d'un courage insensé. Néanmoins, elle ne pouvait s'empêcher de se demander si cet instant n'allait pas devenir le plus grand regret de sa vie. Une centaine de paumés contre dix fois plus de soldats rompus au combat, ce n'était pas de cette façon qu'elle s'était préparée à cette journée.

Dans tout groupe, il en existe toujours un avec un peu moins de courage que les autres. Chez les rebelles, ce jour-là, ce fut un orc, bâti comme un buffle de compétition, mais dont l'esprit devait faire les comptes un peu plus vite que les autres. Quoi qu'il en soit, lui ne dégaina pas son épée, préférant la jeter sur le sol et détaler. Le tunnel étant obstrué, il n'y avait plus qu'une seule issue : la porte. Sa carrure lui permit de l'ouvrir avec fracas et de se sauver en courant dans la forêt. Si quelques soldats avaient pu lui faire cette frayeur, il avait sans doute oublié qu'en dehors de ces murs, il y avait une armée entière qui s'apprêtait à fondre sur la ville et sur ses habitants. Il venait juste de leur ouvrir le passage.

Parodegan se retourna et vit l'orc apeuré courir dans sa direction. Son visage était livide, marqué par une terreur véritable. Chose peu courante chez les représentants de son espèce.

Il ne le lui fallut pas longtemps pour comprendre ce qui se tramait à l'intérieur. Une nappe de fumée recouvrait le passage que les rebelles devaient emprunter. Tous avaient tous dégainé leurs armes. C'est alors qu'il comprit enfin pourquoi Thalinda n'était pas plus pressée que ça depuis le début de l'échange. Tout ceci était un piège.

L'orc parcourut quelques mètres avant qu'une flèche vienne se loger au travers de gorge. Robuste comme il était, il parvint à faire quelques pas de plus avant de recevoir une seconde flèche qui acheva le travail de la première.

— Thal' ! s'offusqua le vieux mage. Que fais-tu ? Ce ne sont que des enfants.

— Des enfants qui ont eu l'audace de se dresser contre moi. Ils ont eu la chance de se rendre.

— Enfin, Thal »…

L'Impératrice n'avait plus de temps à perdre. Ses yeux s'illuminèrent d'une fumée noire inquiétante. À l'époque, cette fumée était un signe réconfortant pour Parodegan. Cela signifiait que l'immense pouvoir de Thalinda allait ravager les rangs ennemis. Aujourd'hui, sa magie sur les ombres allait s'abattre sur lui.

Entre ses mains, une boule noire grossit rapidement et avant même que Parodegan ne réagisse, elle le heurta en plein ventre. Le vieil homme traversa les quelques mètres qui le séparaient de la muraille sans toucher terre. Le bois solide accueillit sa course en explosant en mille morceaux. Encore sur le sol, Parodegan vit son bourdon cassé en deux, il n'avait pas survécu au choc. Ce bout de bois l'avait accompagné durant toutes ses aventures, vivant les mêmes batailles que les siennes sans se briser. Le magicien se releva en jetant les restes de son fidèle outil et puisa dans son Don. De toutes parts, le combat était lancé, l'armée impériale chargeait et les archers décochaient leurs flèches. Les rebelles n'avaient pas encore entamé la riposte que plusieurs d'entre eux rejoignaient déjà leurs ancêtres.

Parodegan ne pouvait détacher son regard de son ancienne compagne. Déterminée, elle lançait des sphères d'énergie noire sur les maisons pour déloger les archers insurgés. Son pouvoir était sans aucune mesure. La vision de ses deux filles esquivant les projectiles lui serra le cœur. Pour les protéger, il devait être meilleur que Thalinda. Sinon, tout serait perdu.

Chapitre 37

Le Gardien de la Tour Sombre

Le palais impérial était un véritable dédale de couloir et d'escalier. D'extérieur, le bâtiment paraissait immense, mais ce n'était rien comparé à ce qu'il était réellement. N'importe qui se serait perdu à travers toutes ses pièces identiques. Sauf qu'Adeldon avait une technique infaillible pour retrouver son chemin. Lorsqu'il avait parcouru ces allées avec Thalinda, il s'était amusé à regarder les tableaux accrochés aux murs et à reconnaitre les légendes qu'ils évoquaient. Ainsi, suivant ses histoires préférées, il guidait Gronk vers la salle des communications.

Aucun Garde ne se montra. Le palais était vide. Seuls quelques domestiques trimballaient des affaires dans les coursives. Épuisés par leurs devoirs quotidiens, ils ne semblaient pas en mesure d'assurer en plus la vigilance du château. Au moins, personne ne les arrêta.

L'immense dragon blanc Hyurne indiqua au chevalier qu'il se trouvait au bon endroit. Comment oublier ce gardien si illustre devant la porte ? Il se revoyait quelques jours plus tôt, en compagnie de l'Impératrice, envoyer le message qui avait précipité tout le reste.

Sans paroles, il fit comprendre à son compagnon porcin que la pièce convoitée se trouvait de l'autre côté de cette porte. Un bon coup de maillet fit sauter la serrure, comme si elle n'avait jamais été là. Les deux hommes pénétrèrent dans la pièce sombre. Les rares fenêtres étaient obstruées par d'épais rideaux. Seules quelques tablettes diffusant le message du jour illuminaient le lieu. Encore une annonce qui visait à faire monter la fièvre de l'angoisse chez le peuple. Adeldon n'y prêta pas attention et se dirigea plutôt vers la table au centre de la pièce. Il avait vu Thalinda s'en servir pour enregistrer son discours. Quelques runes magiques à caresser et une coupe de sang de crapauds à déverser et le tour serait joué. Quelle erreur avait-elle commise en lui expliquant le fonctionnement de cet objet.

Adeldon s'exécuta, pendant que Gronk surveillait le couloir. Alors que le chevalier faisait les mêmes gestes que l'Impératrice, le résultat fut bien différent. Il s'attendait à voir apparaitre un cercle d'énergie dans lequel il se verrait. À la place, une sphère lumineuse naquit de la table enchantée. Ce n'était pas son reflet qu'il voyait plutôt une scène de carnage insensé. Il essaya bien de recommencer les mouvements, mais les images défilaient toujours sans s'arrêter.

Soudain, quelques détails lui frappèrent l'esprit. L'endroit montré lui était connu. Il en était parti le matin même. C'était le camp des rebelles. Une grande bataille était en cours. Les soldats impériaux avaient réussi à briser les défenses des rebelles et fondaient sur la milice désorganisée.

Adeldon n'y croyait pas. C'était une ruse. Impossible que ces images décrivent ce qu'il se déroulait en ce moment même au village rebelle. Pourquoi n'avaient-ils pas appliqué le plan qui consistait à fuir par les grottes ? Tétanisé par ce qu'il voyait, il ne perçut pas la troisième personne présente dans la pièce. Sa voix s'éleva, le figeant sur place.

— J'aimerais, un jour, que tes actions ne soient pas si prévisibles, mon ami.

Cette voix aurait pu être reconnue entre mille. C'était celle de Jarod. Maintenant qu'Adeldon savait pour sa double identité, il s'en voulut de ne pas l'avoir discerné lorsqu'il portait le masque. Certes, le métal la déformait un peu, mais c'est son aveuglement qui l'avait empêché de l'identifier.

Sans se faire prier, Jarod sortit de l'ombre et se plaça devant le chevalier. Il ne revêtait pas sa tenue de Commandant. Il portait plutôt celle de Mandrog à l'exception de son masque. Celui-ci devait déjà être sur le visage d'un des adeptes de la Guilde des Voleurs de toute façon.

Gronk leva son marteau. Lui aussi avait compris l'identité du nouveau venu. D'un geste de la main, Adeldon l'arrêta. Pour le moment, il valait mieux qu'il continue d'observer le couloir. Le Commandant était tout seul, mais ça ne durerait sans doute pas.

— Que fais-tu là ? lança finalement le chevalier.

— C'est une bonne question. Pourquoi le Commandant de l'armée impériale n'est-il pas avec ses hommes pour la première grande bataille de l'histoire de cette armée ? Pour toi, évidemment. Tu es si prévisible.

— Comment ?

— Oh, voyons... Une information sur la localisation du camp rebelle avec en prime Parodegan et les deux filles disparues de Thalinda. Si ça ne sentait pas la diversion à plein nez, je ne comprends plus rien.

— L'armée s'y est pourtant rendue.

— Oui, mais comme tu vois sur ces images, la fuite n'est plus une option.

La table diffusait toujours les scènes insoutenables de massacres. Certains rebelles se défendaient avec vigueur et entrain, mais leur nombre ne cessait de diminuer. Adeldon, désespéré, cherchait Sotsha parmi eux. En vain.

De colère, le chevalier porta sa main à sa ceinture. Tout chevalier qu'il était n'avait qu'une façon d'exprimer son émotion : un bon combat à l'épée. Sauf que depuis Solenville, il avait perdu autre chose que la moitié de son visage. Son épée était manquante. Devant sa frustration, Jarod émit un rire à peine étouffé.

— Allons, Adeldon, dit-il, nous ne sommes pas ennemis. Je comprends ce que tu ressens, mais… vous avez perdu. Cette table ne diffusera plus aucun message, je le crains. Alors, à moins que tu sois magicien et que tu saches enchanter une autre table, tu garderas tes informations pour toi.

— Tu prétends comprendre ce que je ressens ? Imagines-tu une personne que tu considères comme ton ami, monter une farce afin de lui faire porter la responsabilité d'un complot ? Et tout ça pour quoi ? Un peu plus d'argent pour les riches et moins pour les pauvres ?

— Nul autre que toi n'aurait pu jouer ce rôle. Depuis toujours, tu rêves d'aventure et je t'en ai offert une.

— À quel prix ?

Sa voix dérailla un peu, l'émotion prenait le pas. La réponse à cette question était évidente, elle était même gravée sur son visage.

— Tu dramatises un peu trop. À aucun moment, tu n'avais pas besoin d'en souffrir. Si tu avais joué ton rôle, tout le monde se serait bien porté et tout se serait bien passé. Mais, il a fallu que tu joues aux héros, n'est-ce pas ?

— Pourquoi Jarod ? Pourquoi participes-tu à cette folie ? Tu es un homme intègre, du moins, tu l'étais.

— Je le suis toujours. Mon intégrité s'est transformée en loyauté envers celle qui m'a donné la chance de réussir. Tu vois, je ne possède pas d'héritage confortable qui me maintient en vie, moi. Après l'école, mes parents étaient souffrants, je n'avais pas de sous et c'est l'armée qui m'a permis de survivre. Toi, tu aurais pu m'aider, mais tu n'étais pas là, préférant attendre l'aventure dans ton village nordique, les doigts de pieds en éventails. Il n'y a que Thalinda qui est venue à ma rescousse. Grâce à elle, j'ai eu accès aux portes du pouvoir, mes parents ont pu vivre quelques années de plus et je n'avais plus à me soucier de l'argent. Alors, oui, à partir de ce moment-là, elle avait acquis ma loyauté.

— Même si c'est pour asservir un peuple entier ?

La remarque fit esquisser un sourire à Jarod.

— Je ne t'aurais jamais imaginé reprendre le vocabulaire des rebelles, mon cher ami.

— Tu as perdu le droit de m'appeler ainsi le jour où tu as donné mon nom pour ce stupide concours.

— C'est pourtant ce jour-là où ton existence a atteint son but.

Les deux hommes se faisaient face. Tous savaient comment cet affrontement allait se terminer. Jarod dégaina ses deux épées reposant dans son dos. Il tendit une des deux lames noires à Adeldon. Ce dernier hésita, avant d'accepter. Elle était légère, bien usinée et son toucher apportait une étrange sensation de puissance. Peut-être était-ce dû aux runes vertes qui luisaient à la surface.

— La dernière fois que nous nous sommes affrontés, tu n'as pas réussi à me porter un seul coup. Crois-tu vraiment que tu pourrais faire mieux maintenant ?

— Je vais te faire ravaler ta fierté mal placée.

— J'espérais un peu que tu dirais ça.

Gronk fit un pas dans la pièce, voulant se joindre à son ami. Adeldon l'arrêta une nouvelle fois :

— C'est mon combat. Je m'en charge.

— Très chevaleresque de ta part, répliqua Jarod avec ironie.

Les deux hommes, Adeldon et Jarod, se faisaient face, un silence pesant entre eux. Ils étaient comme deux prédateurs en chasse, chacun connaissant l'autre par cœur, ayant partagé des années de camaraderie. Néanmoins, l'amitié défaite par la trahison laissait place à une tension palpable. Chaque regard, chaque mouvement était mesuré, anticipé.

Leurs épées s'élevaient, semblant flotter dans l'air pesant de la pièce obscure. Ce n'était plus un entrainement amical, mais un véritable duel. Ironiquement, les lames exécutaient une danse sinistre, comme deux sœurs jumelles voulant se retrouver.

Adeldon attaqua en premier, un coup précis vers le flanc de Jarod, qui le para avec une aisance déconcertante. C'était un mouvement calculé, visant à sonder les défenses de son ancien allié. Mais l'habileté de Jarod n'avait pas fléchi avec le temps. Leurs lames se croisèrent à nouveau, produisant une pluie d'étincelles d'acier et de détermination. Chaque frappe était une déclaration de ce qu'ils avaient enduré dans leurs vies respectives, une danse macabre de fer et de chair.

— Je n'ai aucune intention de te faire du mal, mon ami, avoua Jarod avec un rictus presque amical.

— Qu'ai-je dit sur le fait de m'appeler ainsi ?

La colère guida l'attaque suivante. Adeldon visa la tête, mais l'autre n'eut qu'à se baisser pour l'éviter. Toutefois, la réplique était attendue cette fois. Le chevalier esquiva le coup porté aux jambes en sautant. S'ensuivit un affrontement direct où les épées rentrèrent en contact plusieurs fois, provoquant une pluie d'étincelles. Un coup à gauche, un coup à droite, l'estoc et ainsi de suite dans un ordre aléatoire.

Jarod combattait avec grâce et agilité lorsqu'Adeldon misait sur les coups puissants et dévastateurs. Aucun des deux ne prenait le temps d'un court répit, relançant les assauts inlassablement. Les rares fois où Adeldon parvenait à toucher la cuirasse du Commandant, ce dernier le lui rendait en arrachant une pièce d'armure. Ses deux épaulières avaient déjà chuté et un de ses avant-bras était à découvert. Mais ça n'empêchait pas Adeldon de poursuivre le combat, faisant vibrer son incroyable épée à chaque coup.

Aucun des deux hommes ne parvenait à prendre le dessus. Les coups de chacun étaient anticipés par l'autre avant même qu'ils soient exécutés. Même l'agilité de Jarod n'arrivait pas à lutter contre l'expérience et la détermination de son ancien camarade de classe. Ce dernier sentait le poids de la rage qui lui emplissait le cœur, lui donnant encore plus de force.

Lorsque les coups d'épée n'étaient pas suffisants, Jarod se fendait de pirouettes agiles qui laissaient des traces de chausses douloureuses sur la mâchoire d'Adeldon. Même la vision troublée, ce dernier parvenait à garder le contrôle. À Solenville, c'était la rage qui l'avait fait perdre quand elle l'avait envahi. Il devait mettre cela de côté et rester concentré. Pour le moment, ça marchait. Jarod reculait, même sans avoir été physiquement touché.

Le Commandant devait sentir qu'il perdait pied. Dépourvu de solutions offensives, il réalisa une roulade sur le sol, le menant directement derrière son adversaire. D'un geste rapide, il se releva et projeta sa lame vers Adeldon. Celui-ci esquiva en se baissant, au prix d'une mèche de cheveux. Une fois à genoux, il finit son mouvement par un puissant coup d'épaule dans l'abdomen de Jarod, projeté au loin, glissant sur le sol.

Pour s'en remettre, l'impérial dut prendre un instant de repos. Adeldon aurait pu en profiter pour poursuivre son attaque, mais il avait tout aussi besoin d'une pause. Ses poumons lui brulaient à chaque respiration et ses bras étaient comme lestés de plomb.

— Tu te mens à toi-même Adeldon, lança le Commandant en se relevant. Tu dis te battre pour le peuple, mais tu ne te bats que pour toi. Quand est-ce que ton épée a servi une autre cause que la tienne ?

— Je serais toujours du côté de l'honneur et des opprimés.

— Comme tu l'as été à Bratham ? Comme tu l'as été face au rebelle au début de votre voyage ?

Le chevalier lança un regard à son acolyte porcin pour lui signifier qu'il allait bien. Gronk, quant à lui, semblait paniqué. Autant dire que plus personne ne regardait le couloir. De toute façon, Adeldon était persuadé que dans son égo démesuré, Jarod était persuadé de pouvoir remporter ce combat seul.

— Admets que même aujourd'hui, tu es ici parce que cette histoire te touche personnellement. Si tu n'avais pas été impliqué, penses-tu que nous nous affronterions ?

C'en était trop pour Adeldon. Il se précipita vers son adversaire avant de s'apercevoir que c'était exactement ce que ce dernier attendait. Sa rage revenait avec force et lui faisait commettre des erreurs. Jarod avait récupéré son épée et para sans peine cette attaque. Un violent coup dans le ventre du chevalier lui fit réaliser sa méprise.

Le combat reprit de plus belle, dans un déchaînement de coups d'épée insensés. Un moment, Adeldon perdit son équilibre, butant sur des blocs communicants sur le sol et son terrible adversaire en profita pour lui asséner un coup au visage. Le tranchant de l'épée pénétra au niveau de sa peau brûlée et vint lui arracher une gerbe de sang.

— Ne t'inquiète pas, je ne crois pas qu'on verra la cicatrice au milieu des autres, railla Jarod.

La colère s'empara de nouveau d'Adeldon qui se jeta en avant, l'arme au poing. Mais dans sa précipitation, il ne vit pas que son adversaire avait dévié la lame d'un geste agile. Le poids de son corps l'entraina vers le bas et la physique fit le reste. L'instant d'après, il se sentit idiot sur le sol, désarmé et à plat ventre. Jarod ne perdit pas de temps et posa son pied sur son dos, dans un geste aussi déshonorant qu'imparable. Le chevalier sentit aussitôt le froid de la lame toucher sa nuque. La situation n'avait rien de grandiose.

— Tu as bien combattu, mon ami, mais tu n'as pas le niveau requis pour l'emporter.

La pointe de la lame commençait à s'enfoncer dans la gorge d'Adeldon. Le combat était fini, il avait perdu. Encore. La seule consolation qu'il trouvait était qu'il s'était donné corps et âme dans cette lutte contre l'infamie de l'Impératrice. Cette fois, c'était la fin. Adeldon fermait les yeux, attendant le juste sort réservé au combattant vaincu.

Au moment où la lame allait rendre son dernier jugement, un fracas retentit. En relavant la tête, Adeldon comprit immédiatement ce qu'il s'était produit. Gronk n'avait pas pu assister à ce spectacle sans rien faire et avait plutôt envoyé un coup de maillet retentissant dans l'abdomen de Jarod. Devant tant de force, le malheureux fut éjecté contre un mur, le souffle coupé. Avant qu'il puisse retrouver ses esprits, la créature porcine termina son travail en assénant un second coup qui envoya le Commandant dans un sommeil profond.

— Gronk ! Comment as-tu pu ?

L'intéressé ne répondit pas, préférant ausculter Jarod pour vérifier qu'il ne reviendrait pas de si tôt.

— Tu viens d'attaquer un homme dans son dos. Un homme qui venait de remporter son duel. C'est injuste et...

— On n'a pas le temps pour ça. Il est évanoui, mais il ne le restera pas infiniment. Garde tes remords pour plus tard. Comment envoi-t-on un message de cette table ?

Adeldon en avait presque oublié la raison de leur présence. La table enchantée diffusait toujours les images du combat qui faisait rage au camp des rebelles. Enfin, le terme massacre serait plus précis. Les corps s'amoncelaient dans toutes les directions.

— Il doit y avoir un moyen d'arrêter tout ça, reprit Gronk en s'affairant autour de la table.

— On ne peut pas.

L'autre le dévisagea, surpris.

— Jarod a été très clair. Cette table a été enchantée pour uniquement diffuser ces images. Nous ne pourrons jamais en envoyer d'ici.

— Alors que fait-on ?

— Rien.

— Je ne comprends pas.

— Regarde. Nos amis sont en train de tomber un par un. Nous ne pouvons pas diffuser le message. Je te le dis, Gronk, nous avons perdu.

— Peut-être cette manche, mais pas la guerre. Il y a forcément une solution.

Agenouillé sur le sol, Adeldon sentit des larmes rouler sur ses joues. Chaque respiration qu'il prenait était un affront à l'honneur de ses ancêtres. Par deux fois, il avait perdu un duel et pourtant il échappait encore une fois au sort réservé à ceux qui échouent. Les deux mains de Gronk lui prenant les épaules le sortirent de sa torpeur.

— Adeldon ! Ressaisis-toi. Nous devons faire quelque chose !

— Il n'y a plus rien à faire.

— Si ! Forcément. Tous ces morts ne peuvent pas être vains. Même Flenn s'est sacrifié. Réfléchis !

Le chevalier ne répondit pas. Plus rien n'était en leur pouvoir dorénavant. Des bruits de pas venant du couloir le confortèrent dans cette idée. Gronk lâcha un terrible juron pour couvrir sa frustration. Cela dut lui suffire pour se rendre compte que la situation était bien telle qu'Adeldon la présentait.

— Alors, partons, décida-t-il.

— À quoi bon ?

Gronk ne lui apporta pas de réponse. Avec un grognement déterminé, il le hissa sur son épaule. Adeldon était amorphe, la volonté et la force quittant son corps comme l'élan perdu d'une étoile filante.

Dépourvu de possibilités, Gronk se précipita vers la salle attenante à celle dans laquelle il se trouvait. Des latrines, le point faible de toute forteresse. Un coup de marteau plus tard et les sanitaires laissaient place à un trou béant s'enfonçant dans l'obscurité.

Sans même laisser à Adeldon le temps de protester, Gronk le lança dans l'obscurité, suivant son ami dans ce saut symbolisant leur seule échappatoire. La chute sembla interminable, le monde devenant un tourbillon d'ombres et de vents mordants, pour finalement se terminer violemment dans une vasque d'eau glaciale. Le froid vif était un choc bienvenu qui ramenait une clarté cruelle aux sens d'Adeldon.

Sous la capitale passait une rivière souterraine qui présentement serait leur voie de sortie. Au loin, ils entendirent les voix des soldats qui venaient de trouver le corps de leur Commandant. Avant qu'ils trouvent l'endroit par lequel ils s'étaient échappés, Adeldon et Gronk seraient loin. Mais à quoi bon fuir lorsque l'honneur a été perdu en chemin ?

Chapitre 38

Le Sacrifice des Braves

Lorsqu'elle n'était qu'une enfant, Parodegan racontait souvent à Sotsha une légende Valdenorienne. Elle prétendait que lorsqu'une âme valeureuse s'éteignait, une autre venait à naître quelque part ailleurs. Voilà pourquoi le Mal ne pouvait jamais gagner sur ces terres. Si ce mythe était vrai, de nombreuses naissances se produiraient. Tout autour de la magicienne, des scènes de chaos se déroulaient sans qu'elle ne puisse rien y faire. Les soldats impériaux avaient pénétré dans l'enceinte du village et fondaient sur toutes résistances.

Les rebelles, bien que valeureux et téméraires, ne pouvaient largement pas faire le poids face à une telle armée. La moitié de leur effectif était déjà au tapis, mort ou en incapacité de reprendre les armes. C'était une débâcle sordide et sans appel.

Agenouillée sur le sol depuis que le souffle d'une explosion l'avait propulsée en arrière, Sotsha regardait le massacre en cours. La fuite n'était pas une option envisageable. Veignar s'en était chargé en comblant le tunnel. Combattre aurait pu être une possibilité, mais les jambes de la jeune femme ne lui répondaient plus. Même la vision d'un cavalier la chargeant n'y changea rien. Lance tendue et regard déterminé, il ne fallait pas être devin pour anticiper ce qui allait se passer. De toute façon, Sotsha avait déjà le souffle coupé, cette mort ou une autre ne changeait pas grand-chose.

Juste avant que la lance ne la transperce, le cavalier fut projeté en l'air avant de s'écraser contre le tronc d'un arbre. Le cheval se releva, mais son propriétaire n'eut pas cette chance.

— Sotsha, debout !

C'était Nörg qui venait d'abattre sa masse sur le cavalier. Elle lui tendait sa main pour l'aider à se remettre sur pied. Curieusement, la vision de la géante eut un effet réconfortant sur la magicienne. À Freyjar, Nörg était perçue comme une individue peu recommandable et pourtant, ici, au milieu de ce champ de bataille, c'était sa sauveuse.

Ce geste fit sortir Sotsha de sa torpeur maladive, lui rappelant ce qu'il se passait autour d'elle. Les soldats se battaient avec toute la hargne d'une armée n'ayant pas connu la guerre depuis quarante ans et les rebelles avec le courage de ceux qui se battent avec des convictions. De toutes parts, la terre était retournée par la course des chevaux et les explosions des mages. Des morceaux d'écorces volaient, rendant l'atmosphère presque palpable.

— Même si je ne suis pas contre une bonne bagarre, il faut toujours reconnaitre sa défaite, reprit la géante. Viens, fuyons !

— On ne peut pas les abandonner ! Et... Papa !

Nörg éloigna un autre soldat d'un coup de massue. Le malheureux effectua une parabole remarquable qui aurait ravi tout physicien de son état avant de s'empaler sur une pique plantée dans le sol.

— Parodegan n'a pas besoin de nous. Moins on sera dans ses pattes, plus vite, il pourra régler ça.

— Je ne partirai pas sans lui.

Sans même attendre l'approbation de sa gardienne, Sotsha s'élança à travers le champ de ruine qu'était devenu le village rebelle pour chercher son père. C'était le moment idéal pour utiliser la lumière solide. Cependant, aucun des sorts lancés contre ses adversaires n'en porta la trace. Simplement, des effets de lumière qui les éblouissaient au mieux. Heureusement, cela donnait le temps à Nörg de les éloigner à coups de masse. Toutes les deux progressèrent ainsi à travers les rangs disparates des Gardes Impériaux.

En passant, la luxomanciste aperçut Veignar et Aby, en proie à un terrible duel. Le premier équipé d'une fine épée et l'autre d'un espadon qui en faisait trois fois la taille. Les deux étaient de redoutables guerriers maîtrisant à la perfection leur art. Ce n'était pas qu'un combat pour la survie. Entre eux explosaient une rancœur et une divergence d'opinions depuis bien trop longtemps étouffée. C'était la trahison de l'un qui avait condamné l'autre. Sotsha aurait pu venir en aide à la centauresse, mais son esprit était ailleurs, porté sur la recherche de son père. Une gerbe de feu explosa plus loin. C'était forcément lui. Sotsha s'y précipita.

Dans sa course effrénée, la jeune femme ne vit pas le soldat surgissant de derrière un tronc. Il lui attrapa le bras d'une poigne d'acier. Sotsha essaya de s'en dépêtrer, mais le Garde n'avait pas prévu de lâcher si facilement son butin. La magicienne s'en voulut de ne pas porter d'arme. Elle tenta bien de lui donner des coups, mais des mains dénudées contre une armure de métal ne firent pas beaucoup de dégâts. Quelques sorts vinrent lui exploser au visage, mais le problème de la luxomancie, c'est qu'il suffit de fermer les yeux pour ne pas en être affecté. La lumière solide aurait bien pu faire leur effet. Sauf qu'encore une fois, Sotsha n'arriva pas à l'utiliser.

Tiré par le Garde entre les arbres, il ne restait qu'un secours possible pour Sotsha : Nörg. La magicienne avait couru si vite que la géante n'avait pas réussi à la suivre. Un coup d'œil en arrière lui indiqua qu'elle était en prise avec une bonne dizaine de soldats. Il ne faisait aucun doute qu'elle en viendrait à bout, mais le ferait-elle à temps pour secourir Sotsha ?

Soudain, jaillissant d'un fourré, un magnifique loup blanc sauta à la gorge du Garde qui tirait Sotsha. Un coup de croc plus tard et le fantassin impérial se vidait de son sang en suffoquant sur le tapis de mousse. Le loup se transforma et Félicia prit sa place, les lèvres encore imbibées d'un sang qui n'était pas le sien.

— M... merci, bégaya Sotsha.

— Tu devrais t'en aller. Je ne serais pas toujours là pour te sauver les miches.

— Pas sans notre père.

L'animatrophe la considéra de haut en bas.

— Tu n'arrives déjà pas à te défaire d'un soldat isolé, et tu veux affronter directement Mère ? Crois-moi, fuis, c'est plus sage.

Félicia ne lui accorda pas plus de temps et se transforma en rapace qui s'envola. Elle ne fit que quelques battements d'ailes avant de s'abattre sous la forme d'un serpent sur un cavalier. Le reptile blanc enserra sa victime jusqu'à la faire suffoquer. Dans cette bataille sanglante, Félicia était à sa place. Néanmoins, elle avait parlé avec bon sens. Que pourrait bien faire Sotsha face à Thalinda ? La magicienne s'arrêta un moment, déboussolée par cette remarque. L'explosion de la muraille à quelques mètres devant elle la rappela à la réalité. Son père avait encore une fois été projeté au travers.

N'écoutant que son cœur, la jeune femme se précipitait vers lui, sautant les racines et les corps inanimés sur le sol. Deux soldats se pressaient déjà autour du vieux mage, les hallebardes pointées sur son torse. Dans un cri de rage, Sotsha lança un sort vers ces deux-là. Une flèche de lumière les frappa chacun, laissant un trou béant dans leurs poitrines. Si Sotsha n'avait pas été si énervée, elle aurait pu se réjouir d'avoir de nouveau utilisé la lumière solide.

Puisant dans cette colère, la jeune femme dégagea le chemin d'autres Gardes qui passaient l'ouverture de la muraille. Un par un, ils tombaient sur le sol, la mine surprise. En quelques secondes, les menaces avaient été écartées. Sotsha s'agenouilla à côté de son vieux père.

— Papa !
— Oh, Sotsha. Que fais-tu encore là ?

La jeune femme étendit encore une fois quelques soldats avec ses traits de lumière.

— C'est toi qui fais ça ?
— Je... je ne sais pas trop le maîtriser, mais oui.
— C'est grandiose.

Les yeux de son père brillaient, comme s'ils ne restaient plus qu'eux deux dans cette forêt. Le bruit de soldats se précipitant vers eux les sortit de cet instant suspendu. Ensemble, ils déchaînèrent une puissance fabuleuse contre l'ouverture béante de la muraille. Lui utilisant la force du feu et elle la précision de ses dagues de lumières mortelles.

Pendant de longues secondes, les sorts déchirèrent l'entrée. Le bois s'embrassa et se mit à craqueler. Les clous de fer fondirent et les chairs des malheureux se vaporisèrent. Lorsque ce fut fini, il ne restait qu'un épais nuage de fumée que même les rayons du soleil ne parvenaient pas à traverser. Sotsha esquissa un sourire. Maintenant qu'elle avait rejoint son père, ensemble, ils pourraient utiliser leur pouvoir combiné pour s'enfuir.

Alors que la fumée ne s'était pas encore dispersée, un bruit en émana. Au début, comme un petit cliquetis, puis le son prit de l'ampleur, se transformant vers le bruit d'un talon claquant sur le sol. S'il existait une horloge à toute vie, ce bruit serait sans conteste celui de la trotteuse se rapprochant dangereusement de l'heure fatidique. Les brumes se dissipèrent et dans l'ouverture, Thalinda se dressait là, sans aucune marque de blessures.

L'Impératrice s'arrêta pour observer les deux êtres sur le sol qui se croyait débarrassé de leurs adversaires. Son visage si parfait se déforma d'un sourire carnassier. Dans le creux de sa main tournait une boule aussi noire qu'une nuit sans lune. Parodegan se releva et se plaça entre elle et sa fille.

— Thal », tu vas trop loin. Cesse cette folie.

— Tu aurais dû y penser avant de comploter contre moi, avant de dresser nos filles contre leur mère.

— Je n'y suis pour rien. Tu y arrives très bien toute seule.

La boule d'énergie noire se fracassa contre un mur de feu dressé de justesse. Malgré cette protection, Sotsha sentit le choc dans tout son corps.

— Rendez-vous, et je promets d'épargner tous ces moins que rien.

— Je le ferais, mais nous savons tous les deux qu'une fois mort, tu ne t'arrêteras pas à moi.

Thalinda esquissa un nouveau sourire. Son ancien compagnon ne la connaissait visiblement que trop bien.

— Soit. Alors, mourrez, fit-elle religieusement en levant les bras.

Tout autour d'eux, les ombres des arbres et des rochers se mirent à bouger. Lentement, elles s'accumulèrent pour former un être à l'apparence plus ou moins humaine. Le colosse mesurait presque trois mètres de haut et autant de large. Ce qui lui servait de bras était initialement l'ombre d'un tronc. Avant qu'il ne puisse faire le moindre mouvement, Parodegan l'encercla d'une langue de feu qui se dissipa au contact de la matière sombre. Si le pouvoir du vieux mage était inutile face à cette chose, le combat était mal barré.

Félicia glissait entre les soldats, emportant la plupart dans un sommeil dont ils ne reviendraient pas. Alternant chacune de ses formes pour utiliser différentes attaques, elle abattait sa vengeance dans tous les coins du village. Ces soldats étaient les mêmes qui la voyaient enchaînée durant toute son enfance. La plupart d'entre eux auraient pu l'aider, la libérer. Jamais, aucun n'avait pris le temps de s'arrêter. Sur les centaines de présents, seulement quelques-uns avaient dû la croiser. Mais Félicia ne s'arrêta pas sur ce détail. Tous appartenaient à cet Empire, celui qui l'avait réduite en esclavage pour le compte de sa propre mère. Elle comptait bien les tuer un par un s'il le fallait.

Sous la forme du hibou, elle fondit sur un fantassin et planta ses terribles serres dans son dos. Ses griffes n'étaient pas suffisantes pour lui infliger la mort directement, mais le cri qu'il poussa indiqua que le coup avait infligé une douloureuse plaie. Le soldat se retourna rageusement en envoyant sa lance dans tous les sens. Mais l'oiseau avait déjà disparu, laissant place à un serpent qui lui brisait déjà les jambes. Une fois sur le sol, il ne restait plus qu'à se retransformer pour admirer le travail avec ses yeux d'humaine.

L'armure dégoulinante de sang et les jambes sans vie, le Garde gesticulait sur le sol. Lui apporter une mort rapide aurait été trop doux. Félicia se contenta de le regarder suffoquer tout en suppliant de l'achever. Elle aurait bien pu l'admirer durant de longues minutes, mais d'autres attendaient son terrible jugement. Seulement, un individu recroquevillé sur lui-même juste devant sa précédente victime attira son attention. Avant qu'elle ne le sauve, ce soldat était aux prises avec un jeune garçon qui n'avait pas le physique taillé pour la bagarre.

— Badrel ? réalisa-t-elle.
— Je... je... aide-moi.

— Que fais-tu encore là ? Va-t'en !

— Je n'ai nulle part où...

Une flèche vint se planter au milieu de sa gorge, l'empêchant de finir sa phrase. Une autre se dirigeait vers la jeune femme qui l'évita en plongeant sur le sol. De cette position, elle remarqua l'amoncellement de corps à quelques mètres plus loin. De ce tas morbide, elle en reconnut un : Tamssoul. L'imposant rebelle avait trouvé la mort lui aussi. Cela fit prendre conscience à Félicia que ce qui se jouait devant elle n'était pas qu'une opportunité de vengeance, mais tout simplement un massacre orchestré par l'Empire. Une forte envie de vomir lui prit les tripes. Dans son orgueil, elle avait combattu pour elle, en oubliant que les rebelles n'étaient pas des guerriers.

Cette pensée en amenant une autre, elle se remémora sa rencontre avec Sotsha quelques instants plus tôt. Sa sœur était toujours là. Bien qu'elle-même eût le désir de la tuer, elle réalisa combien ce qui se déroulait ici était terrible. Elle devait agir.

Le métal froid d'une lance posée contre sa nuque la tira de ses pensées.

— Debout, traîtresse !

Enfin, quelqu'un qui la reconnaissait comme ayant appartenu à l'Empire précédemment. Quelle chance !

D'un geste rapide, Félicia se retourna et attrapa le manche de l'arme pointée sur elle. Elle tira dessus et entraina vers elle le soldat au bout qui chuta. Une transformation en loup plus tard et un coup de croc bien placé et la voilà de nouveau libre.

Félicia traversa le champ de bataille au galop. Quelques rebelles résistaient toujours. Aby, elle-même, luttait de toutes ses forces. Visiblement, l'affrontement contre Veignar avait conduit à une fin heureuse pour la centauresse, sachant qu'elle était encore debout et lui non. Sa victoire s'accompagnait d'un lourd tribut : son bras droit manquait, sectionné depuis l'épaule. Cela ne l'empêchait pas de combattre avec une vigueur extraordinaire de sa mauvaise main. Ses opposants reculaient devant sa puissance. Félicia aurait pu l'aider, mais elle n'en fit rien. Les panaches de fumée à l'extrémité du camp attiraient son attention.

En arrivant à la source de ce chaos, Félicia débordant dans un affrontement bien avancé. Une forme noire et épaisse combattait Nörg la géante dans des prises des luttes audacieuses. Toutes les deux mesuraient la même taille et possédaient visiblement la même force. La seule différence étant que la forme noire ne ressentait pas la douleur et que chaque coup semblait ne faire aucun effet.

Au pied de ce conflit de titan, Sotsha projetait des lames de lumière sur l'ombre. Étonnamment, ces attaques paraissaient faire un peu de dégât sans pour autant causer de douleur.

Félicia se serait bien mêlée de ce combat, mais celui qui avait lieu juste à côté lui happa son attention. Parodegan et Thalinda étaient en prise à un heurt magique magistral. Des gerbes de feu embrasaient tout le coin, pendant que des boules d'énergie noire se fracassaient contre les troncs. Entre les deux magiciens, il y avait un déchaînement de puissance tel qu'il aurait pu faire s'effondrer des falaises entières. Félicia en était bien consciente et pourtant une idée farfelue fit son chemin. Ne serait-ce pas là l'occasion pour elle de se venger de sa mère ?

La réponse ne prit pas longtemps à se concrétiser. L'animatrophe reprit sa forme humaine et attrapa une dague sur le corps inanimé d'un rebelle. Concentrée comme elle l'était sur son combat, Thalinda ne la verrait jamais arriver. Ne voulant pas prendre trop de risque, elle se précipitait vers sa mère et plongea la lame entre ses côtes. Les attaques magiques cessèrent immédiatement et le colosse s'écroula. Une à une, les ombres retournèrent à leur place. Thalinda attrapa la blessure et son visage marqué par l'incompréhension se tourna vers sa fille.

— C'est une mort encore bien trop douce pour toi, cracha Félicia.

Alors qu'elle se serait attendue à voir sa mère s'effondrer devant l'annonce de sa mort imminente, elle dévoila ses dents dans un sourire inquiétant. Lentement, elle retira la dague de sa plaie et l'ombre du couteau se mit à se mouvoir indépendamment. L'instant d'après, l'ombre vint se glisser sous l'armure de cuir de l'Impératrice et stopper l'hémorragie. Ce ne pouvait pas être possible, elle ne pouvait pas s'en remettre aussi facilement.

Décomposée, Félicia n'anticipa pas le coup de poing de sa mère qui l'envoya sur le sol. En relevant la tête, elle vit s'abattre une boule d'énergie noire contre une muraille de feu. Sans elle, le sort aurait conduit à la fin prématurée du spectacle.

La muraille de feu disparut dans une trainée de flammes, mais déjà Thalinda rechargeait une nouvelle boule noire au creux de sa main. Pris de panique, Félicia n'eut d'autre réflexe que de reculer sur le sol, telle une araignée retournée. La nouvelle boule d'énergie se fracassa une nouvelle fois contre un mur de feu que Parodegan dressait au dernier moment. Ce spectacle dura encore quelques fois. Un sort mortel lancé, s'écrasant contre une parade de feu. Jusqu'à ce que la boule ne s'écrase plus contre la paroi de feu, mais contre la poitrine du magicien.

Sotsha voyait sa sœur se débattre sur le sol et son père la protéger. Soudain, le monde cessa de tourner quand le cycle se brisa. Thalinda n'envoya pas la boule noire contre Félicia, mais contre Parodegan directement. Tout le monde retint son souffle, les regards se braquèrent sur le magicien centenaire qui essayait d'inspirer tant bien que mal. En même temps, il est difficile de le faire lorsqu'un trou béant remplace ses poumons.

En quelques secondes, le visage du magicien vira au blanc et ses jambes flanchèrent. Sotsha se précipita vers lui, espérant pouvoir le sauver encore une fois. Accroupie ainsi, elle ne pouvait s'arrêter de pleurer. Le corps sans vie qu'elle avait entre ses bras était tout ce qu'elle avait toujours connu. Désormais, il n'y avait plus rien.

Sa haine se retourna contre celle qui venait de la priver de son père. Plusieurs traits de lumière solides explosèrent à l'endroit où se tenait Thalinda quelques secondes plus tôt. Mais elle n'y était plus. Elle avait dû profiter de la panique pour fuir, tout de même blessée par la dague de Félicia. Entre les branches des arbres, Sotsha pouvait voir une trainée noire qu'elle devinait être sa mère, poursuivie à grande peine par un hibou blanc tacheté de traces de sang.

Deux épaisses mains se posèrent sur les épaules de la jeune femme. Nörg la tirait en arrière.

— Sotsha, viens avec moi.

— Non ! hurla-t-elle de désespoir.

Plusieurs flèches vinrent se planter dans les troncs autour d'elles.

— Il n'aurait pas voulu que tu te sacrifies pour lui. Tu as une vie à vivre et des combats à mener.

Les cris des Gardes se faisaient de plus en plus proches.

— Je ne sais pas si…

— Va-t'en !

Nörg était déjà en proie à des combats. Sa masse envoyait ses opposants contre les troncs alentour. Sa force ne suffirait pas, il en venait toujours de plus en plus. Une lassitude énorme s'empara du cœur de la magicienne. Elle non plus ne pouvait rien contre ses soldats. Le choix était simple : rester auprès de son père et le rejoindre, ou bien s'échapper par ce trou dans l'enceinte.

Les mots de la géante résonnèrent en elle. Son père n'aurait jamais voulu qu'elle se sacrifie de cette façon. La jeune femme hésita. Ce genre de doute qui ferait changer une vie entière. Ses jambes la portèrent toutes seules. Elle traversa le trou et disparut dans la dense forêt. Derrière elle, le gourdin de Nörg éloignait les soldats trop zélés pour les suivre. Les cris guerriers s'élevèrent pendant encore de longues minutes avant que les deux femmes soient suffisamment loin du carnage. Elles avaient survécu, mais à quel prix ? Parodegan était mort et avec lui la majorité des rebelles.

Si le mythe était vrai, de nombreuses âmes valeureuses verraient le jour.

Épilogue

La forêt était ravagée. Plusieurs arbres se retrouvaient allongés sur le flanc, les troncs restants étaient dégarnis et c'était sans parler des maisons complètement fracassées. Gronk n'avait vu ce massacre que d'après les images du bloc communicant, se rendre sur place était encore plus déchirant. Les corps étaient amoncelés sur le sol. La mousse en recouvrait déjà certains. L'Empire avait récupéré ses soldats, laissant seulement les cadavres des rebelles. Vu le nombre présent, peu avaient dû s'en sortir. Une vague de tristesse serra le cœur de la créature porcine.

De nombreuses fées virevoltaient paisiblement. Ces êtres se nourrissant de magie résiduelle se délectaient de ce conflit. D'un geste de la main, Gronk en éloigna une qui voulait se poser sur lui. Il n'avait pas la tête à admirer le spectacle de la vie. Il était venu chercher quelque chose, ou plutôt quelqu'un. Recroquevillée au-dessus d'un corps recouvert d'une toile blanche, la jeune femme dessinait dans le sol un motif complexe du tranchant d'une dague.

— Toujours en vie ? demanda-t-elle sans se retourner.

— Oui. Mais on était attendu. Le message n'est pas passé.

La jeune femme continua son dessin sur le sol imbibé de sang.

— Et... Adeldon ?

— Vivant. Du moins la dernière fois que je l'ai vu. Il se rendait à Freyjar.

Félicia grava le dernier trait pour achever son motif. Elle se retourna ensuite vers Gronk, ses yeux embrumés.

— J'ai planté cette dague dans le ventre de Mère. Pourtant, elle s'en est sortie. Je...

L'animatrophe jeta son arme de rage au loin, avant de retourner son attention sur Gronk.

— Pourquoi n'es-tu pas avec Adeldon ou Sotsha ?

— Ils sont rentrés dans leur village.

— Et toi ?

— Je te cherchais.

La réponse étonna la jeune femme.

— J'ai besoin de toi et de tes talents.

— Moi ?

— Oui.

— Tu oublies que je t'ai contrôlé et que j'ai essayé de te tuer plusieurs fois ?

— Non, c'est même pour ça que je sais que tu es la mieux placée.

— Mieux placé que tes deux amis ?

Gronk ravala sa salive.

— Adeldon est brisé par sa défaite et Sotsha effondrée par la mort de son père. Ils... ont besoin de temps.

— Qu'est-ce qui te fait croire que moi, j'accepterais ? Je ne suis pas du genre à aider.

— Détrompe-toi. Quand je te regarde, je vois une femme qui cherche la rédemption.

— Tu ne sais pas de quoi tu parles. J'ai commis des atrocités dans ma vie qui te ferait vomir rien qu'à les entendre.

— Justement, je te propose de te racheter.

La jeune femme fixa Gronk droit dans les yeux. Un regard glacial, bien que dépourvu de toute animosité.

— Que veux-tu que je fasse quoi pour toi ? demanda-t-elle.

— Je savais que tu accepterais.

— Je n'ai pas dit oui encore.

Gronk se détourna de l'animatrophe en s'enfonçant dans la forêt. Il savait que cet effet fonctionnerait. Derrière lui, il entendit Félicia lui courir après.

— Reviens, on n'a pas fini.

— Je crois bien que si. En route, nous avons du chemin à faire.

— Quand as-tu entendu mon consentement ?

— Si tu ne voulais pas, tu ne m'aurais même pas laissé parler.

— J'ignore tout de cette mission.

— Elle est très simple : nous allons libérer Flenn des griffes de la Guilde des Voleurs.

Le peuple de Freyjar était rassemblé sur la plage. Une ancienne tradition datant de l'Âge des Héros imposait qu'un combattant mourant l'épée à la main avait le droit à des funérailles grandioses. C'était ce dont Parodegan avait eu le droit. Un navire enflammé s'éloignait de la plage, voguant sur une mer d'huile. Normalement, les corps des défunts devaient reposer sur ce navire. Les choses étant ce qu'elles étaient, le navire était vide.

Un vent doux ramenait l'odeur de brulé sur la plage, alors que le bateau funéraire s'éloignait. Adeldon se tenait à côté de son amie. Leurs retrouvailles avaient été difficiles pour chacun. Le seul réconfort qu'ils puissent obtenir était de savoir qu'ils étaient de nouveau réunis. Après toutes ces épreuves, le chevalier avait bien abandonné l'idée d'en vouloir à Sotsha pour l'histoire du philtre. Il ne restait que des sentiments forts l'un pour l'autre, peu importe leur explication.

Sous l'effet des flammes, le mât du navire s'écroula. Progressivement, la mer avalait le bateau qui s'enfonçait dans les eaux glaciales du Nord. Une partie des villageois se mit à entamer un chant magnifique, censé guider les défunts vers les portes de la mort selon la tradition. L'harmonie était superbe et vint arracher les larmes aux derniers récalcitrants.

Peu de temps après, la mer avait retrouvé son calme, le navire avait disparu. Les villageois commencèrent à partir, si bien que rapidement, il ne restait plus que quatre personnes sur la plage. Adeldon, Sotsha, Nörg et Brymir, le nain bucheron dont la sensibilité était soumise à rudes épreuves.

— Paro aurait détesté ces funérailles, commenta la géante.

— Non, je trouvais ça très bien moi, répondit le nain essuyant ses larmes sur ses joues gonflées.

— Il n'aimait pas qu'on le glorifie.

— J'aurais plutôt dit le contraire, répliqua Sotsha avec un grand sourire.

Les deux autres émirent un petit rire.

— En tout cas, j'espère qu'il trouvera le repos qu'il mérite, là où il se rend, reprit Brymir d'un ton plus grave.

— J'espère que tu as raison, acquiesça Nörg. Pour l'aider à trouver sa place, il va falloir vider quelques fûts.

— J'aurais pas dit mieux. Adeldon, Sotsha, vous venez ?

— Encore un moment, répondit la magicienne.
— On se retrouve à la taverne.

La démarche enjouée, la géante et le nain s'éloignèrent pour remplir une tradition vieille comme le monde. Le cœur lourd, Adeldon regardait au loin. Plus aucune vague ne venait troubler la surface de l'eau. Son esprit était toujours bloqué au palais impérial. Là-bas, il avait perdu un duel, mais surtout son honneur.

— Qu'allons-nous devenir, Adeldon ?

Le chevalier la dévisagea sans répondre.

— C'est horrible. Je me sens comme... perdue. Mon père était tout pour moi. Je voulais le rendre fier en trouvant cette orbe et... voilà qu'il est mort par ma faute.

— Ce n'est pas ta faute.

— Bien sûr que si. Il est parti pour me retrouver parce que j'avais envie de montrer que je n'étais pas une incapable. Si j'avais fait ce qu'il m'avait demandé, rien de tout ceci ne serait arrivé.

— Pas sûr.

La jeune femme considéra Adeldon un instant et sa tristesse disparut au détriment d'un sourire amusé.

— Adeldon, je crois que tu es vraiment la pire personne qui existe pour réconforter quelqu'un, s'esclaffa-t-elle.

— Euh... je...

Elle ne le laissa pas poursuivre et enroula ses bras autour de son torse avant de blottir sa tête contre son cou. Adeldon fut surpris de cette démonstration soudaine d'affection, mais décida de lui répondre en passant à son tour ses bras autour d'elle.

— Merci d'être là. C'est bizarre à dire, mais j'ai l'impression qu'il ne me reste plus que toi maintenant.

Ces remerciements réchauffèrent le cœur du jeune homme. Il aurait voulu les lui retourner, pourtant aucun mot ne sortait de sa bouche. Dans cette étreinte agréable, une petite pointe appuyée contre sa hanche. Au bout d'un instant, Adeldon se recula pour désigner l'endroit d'où provenait cette anomalie. Sotsha inspecta ses poches et en sortit des éclats de pierre bleutée.

— C'est l'orbe, s'amusa-t-elle. Je t'avais bien dit que je te la ramènerais, non ? Elle a sans doute dû recevoir un mauvais coup pour être dans cet état.

Le chevalier rejoignit sa camarade dans son euphorie joyeuse. Cet objet, bien que petit, était la cause de tous leurs malheurs. Il n'était pas si impressionnant désormais. Des éclats abimés qui se répartissaient sur le sable de la plage. Sauf un qui était plus brillant que les autres.

Par curiosité, Sotsha tendit son bras vers ce petit morceau. À son contact, sa main se mit à trembler et sa tête bascula en arrière. Son bras fut parcouru par des trainées bleues qui remontaient le long de ses veines. Après quelques secondes de tétanisation, les yeux de la jeune femme émirent une forte fumée et une flamme jaillit de ses mains. L'instant d'après, plus rien, tout était revenu à la normale.

— Que t'est-il arrivé ? s'empressa de demander Adeldon.

— Je... c'est étrange. C'est comme si... non, c'est impossible.

— Explique-toi Sotsha, je ne comprends rien.

— C'est l'orbe.

— Oui ?

— Et bah... je crois que c'en est une vraie, maintenant.

— Comment ça ?

— Ce morceau que j'ai, là. C'est une vraie orbe. Avec des pouvoirs, et tout.

— C'est impossible. Ton père avait bien dit qu'elle n'avait aucun pouvoir.

Sotsha posa sa main sur son menton pour méditer un instant.

— Rappelle-toi, reprit-elle, quand mon père nous a présenté la quête, il a mentionné le fait qu'une orbe pouvait contenir le cœur d'un magicien.
— Eh bien ?
— Tu ne comprends vraiment rien.
— Explique-moi ! s'énerva le chevalier.
— Ce que tu vois là, c'est mon père. Ou du moins ce qu'il en reste. J'ai gardé la pierre avec moi pendant tout le combat, y compris quand... Enfin bref, c'est possible que son pouvoir se soit incrusté dans cette pierre.
— C'est horrible !
— Non, au contraire, c'est super.

Adeldon restait dubitatif.

— Mon père nous a laissé un dernier cadeau. On va pouvoir s'en servir.
— Dans quel but ?
— Mais enfin Adeldon, pour libérer Valdenor.

Remerciements

Merci d'avoir pris le temps de parcourir ces pages. C'est mon tout premier roman, et j'espère de tout cœur avoir réussi à t'emmener avec moi dans ce petit bout d'univers, où les héros sont cabossés mais le cœur grand ouvert.

Bien sûr, impossible de conclure sans saluer ma famille et mes amis, qui m'encouragent depuis des années dans toutes mes folies créatives. Peut-être se reconnaitront-ils dans certains personnages…

Un merci tout particulier à Alya, dont l'apport à cette histoire est tout simplement inestimable. Sans elle, ce roman n'aurait pas eu la même âme.
Et un immense merci à ma sœur Gwen, qui a eu la gentillesse (et la patience) de réaliser l'illustration de la couverture.

Si ce livre t'a plu, n'hésite pas à en parler autour de toi, à laisser un petit mot sur BOD, Goodreads ou ailleurs, ou tout simplement à m'envoyer un message : ce sont ces petits retours qui donnent envie de continuer !

Pour suivre mes prochains projets, c'est par ici :

L'histoire n'est pas terminée…
Sotsha et Adeldon reviendront bientôt !